풀잎관
3

풀잎관

The Grass Crown

COLLEEN
McCULLOUGH

3

콜린
매컬로
지음

강선재 · 신봉아
이은주 · 홍정인
옮김

교유서가

MASTERS OF ROME

THE GRASS CROWN
3

CONTENTS

주요 등장 인물

*
소괄호 안은 전기적 정보이고
대괄호 안은 이 책에서 사용된
해당 인물의 별칭이나 약칭이다.
모든 연도는 기원전이다.

마리우스

가이우스 마리우스
율리아, 아내(가이우스 율리우스 카이사르의 누이동생)
가이우스 마리우스 2세〔젊은 마리우스〕, 아들

술라

루키우스 코르넬리우스 술라
율릴라, 전처(가이우스 율리우스 카이사르의 누이동생)
아일리아, 후처
루키우스 코르넬리우스 술라 2세〔어린 술라〕, 아들(율릴라 소생)
코르넬리아 술라, 딸(율릴라 소생)

폰토스

미트리다테스 6세 에우파토르, 폰토스 국왕
라오디케, 누이 겸 아내, 첫번째 폰토스 왕비(99년 사망)
니사, 아내, 두번째 폰토스 왕비(카파도키아의 고르디오스의 딸)
아리아라테스 7세 필로메토르, 조카, 카파도키아 국왕
아리아라테스 8세 에우세베스 필로파토르, 아들, 카파도키아 국왕
아리아라테스 10세, 아들, 카파도키아 국왕

카이사르

가이우스 율리우스 카이사르

아우렐리아, 아내(루틸리아의 딸, 푸블리우스 루틸리우스 루푸스의 조카딸)

가이우스 율리우스 카이사르 2세〔어린 카이사르〕, 아들

큰 율리아〔리아〕, 큰딸

작은 율리아〔유유〕, 작은딸

가이우스 율리우스 카이사르〔조부 카이사르〕, 아버지

율리아, 누이동생

율릴라, 누이동생

섹스투스 율리우스 카이사르, 형

클라우디아, 섹스투스의 아내

비티니아

니코메데스 2세, 비티니아 국왕

니코메데스 3세, 큰아들, 비티니아 국왕

소크라테스, 작은아들

드루수스

마르쿠스 리비우스 드루수스

세르빌리아 카이피오니스, 아내(카이피오의 누이동생)

마르쿠스 리비우스 드루수스 네로 클라우디아누스, 양자

코르넬리아 스키피오니스, 어머니

리비아 드루사, 누이동생(카이피오의 아내)

마메르쿠스 아이밀리우스 레피두스 리비아누스, 다른 가문에 양자로 간 친동생

카이피오

퀸투스 세르빌리우스 카이피오

리비아 드루사, 아내(마르쿠스 리비우스 드루수스의 누이동생)

퀸투스 세르빌리우스 카이피오 2세〔어린 카이피오〕, 아들

큰 세르빌리아〔세르빌리아〕, 큰딸

작은 세르빌리아〔릴라〕, 작은딸

퀸투스 세르빌리우스 카이피오(106년 집정관), 아버지, 톨로사의 황금으로 유명

세르빌리아 카이피오니스, 누이동생

메텔루스

퀸투스 카이킬리우스 메텔루스 피우스〔새끼 똥돼지〕

퀸투스 카이킬리우스 메텔루스 누미디쿠스〔똥돼지〕 (109년 집정관, 102년 감찰관), 아버지

폼페이우스

나이우스 폼페이우스 스트라보

나이우스 폼페이우스〔젊은 폼페이우스〕, 아들

퀸투스 폼페이우스 루푸스, 먼 친척

루틸리우스 루푸스

푸블리우스 루틸리우스 루푸스(105년 집정관)

스카우루스

마르쿠스 아이밀리우스 스카우루스, 원로원 최고참 의원(115년 집정관, 109년 감찰관)

카이킬리아 메텔라 달마티카, 후처

이탈리아
10° 동
12°
13°
14°
44°N
43°N
42°N
41°N
보노니아
아리미눔
파눔 포르투나이
안코나
루카
피사이
플로렌티아
아르누스강
루비콘강
메타우루스강
칼레스
아레티움
코르토나
페루시아
아시시움
이구비움
센티눔
아이시스강
카메리눔
포풀로니아
일바섬
텔라몬
코사
라이레
프레게나이
오스티아
라우렌툼
라비니움
안티움
로마
베이
피데나이
티부르
아나그니아
나르니아
나르강
스폴레티움
풀기눔
네르사이
코르피니움
술모
마루비움
프레겔라이
아르피눔
테라키나
카이에타
키르케이
폰티아 늪지
아이나리아섬
로마마일
킬로미터
0
25
50

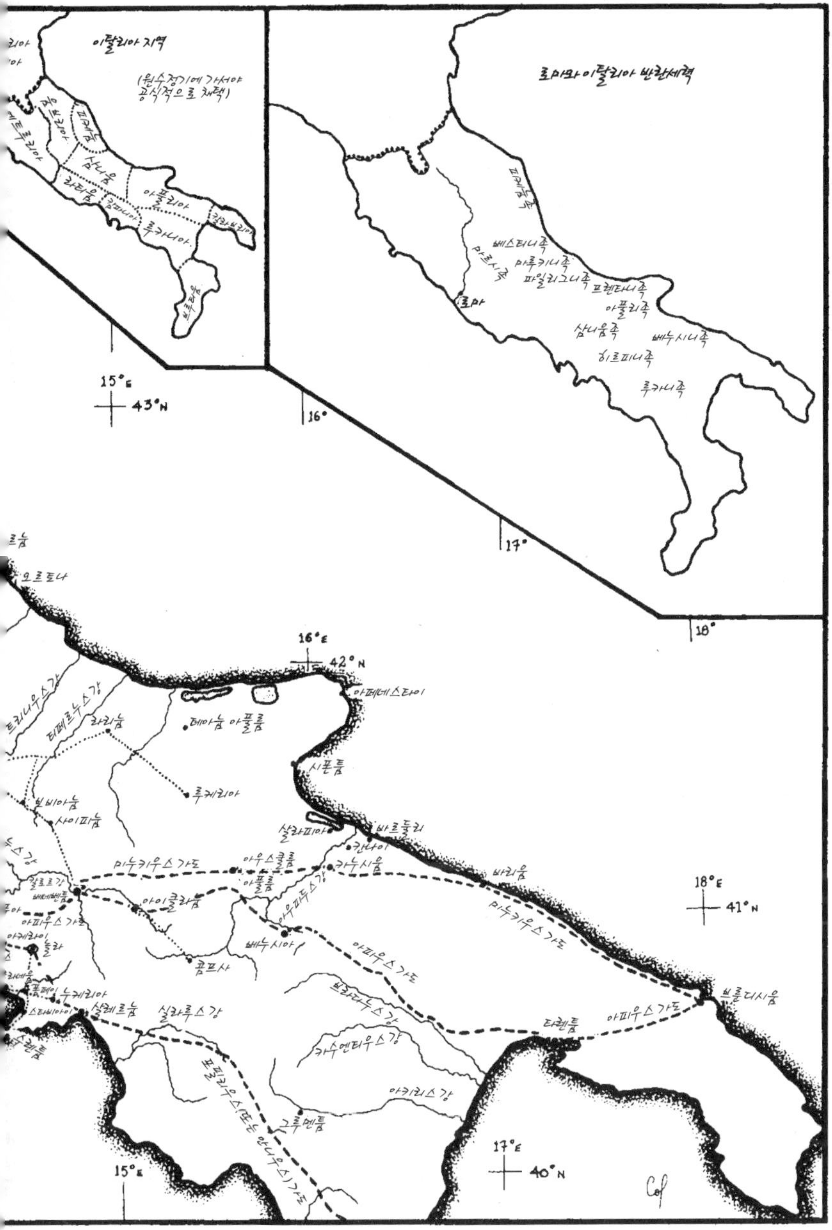
이탈리아 지역
(원수정기에 가서야 공식적으로 채택)
삼니움
라티움
아풀리아
루카니아
15°E
43°N
로마와 이탈리아 반란세력
베스티니족
마루키니족
파일리그니족
프렌타니족
아풀리족
삼니움족
베누시니족
히르피니족
루카니족
로마
16°
17°
18°
16°E
42°N
아페네스타이
시폰툼
살라피아
바르둘리
칸나이
카누시움
바리움
아우스쿨룸
미누키우스 가도
아이쿨라눔
베누시아
콤프사
아피우스 가도
라리눔
루케리아
브룬디시움
타렌툼
실라루스강
카수엔티우스강
아키리스강
그루멘툼
18°E
41°N
17°E
40°N
15°E

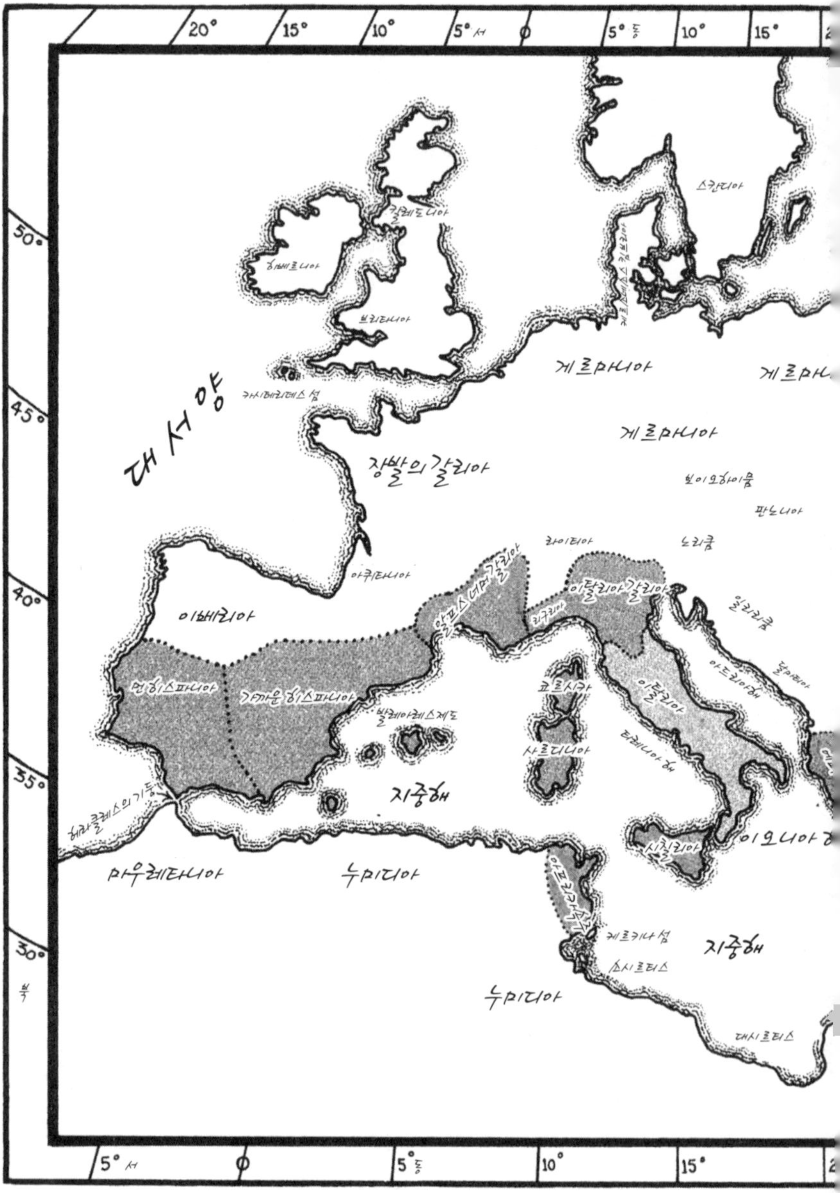

20°
15°
10°
5° 서
0
5° 동
10°
15°
50°
45°
40°
35°
30°
북
칼레도니아
히베르니아
브리타니아
카시테리데스 섬
대서양
스칸디아
게르마니아
게르마니아
장발의 갈리아
보이오하이뭄
판노니아
라이티아
노리쿰
아퀴타니아
이베리아
알프스 너머 갈리아
이탈리아 갈리아
리구리아
일리리쿰
아드리아해
먼 히스파니아
가까운 히스파니아
발레아레스 제도
코르시카
사르디니아
이탈리아
티레니아해
지중해
헤라클레스의 기둥
마우레타니아
누미디아
시칠리아
아프리카 속주
케르키나 섬
소시르티스
지중해
누미디아
대시르티스
5° 서
0
5° 동
10°
15°

로마 통치 지역
0 200 400 600 마일
0 200 400 600 800 1000 킬로미터
사르마티아
스키티아
히르카니아(카스피)해
킴메리아 보스포로스 해협
흑해
콜키스
트라키아 보스포로스 해협
트라키아
파플라고니아
폰토스
아르메니아 파르바
아르메니아
비티니아
갈라티아
헬레스폰트 해협
프리기아
소페네
카파도키아
피시디아
콤마게네
팜필리아
길리키아
오스로에네
파르티아 왕국
에게 해
로도스
시리아
크레타
키프로스
팔레스타나
페르시아 만
북
지중해
나바테아
리비아
이집트
아라비아 사막
25° 30° 35° 40° 45° 50° 55° 60°
50° 45° 40° 35° 30°
25° 30° 35° 40° 45°

The Grass Crown

제8장

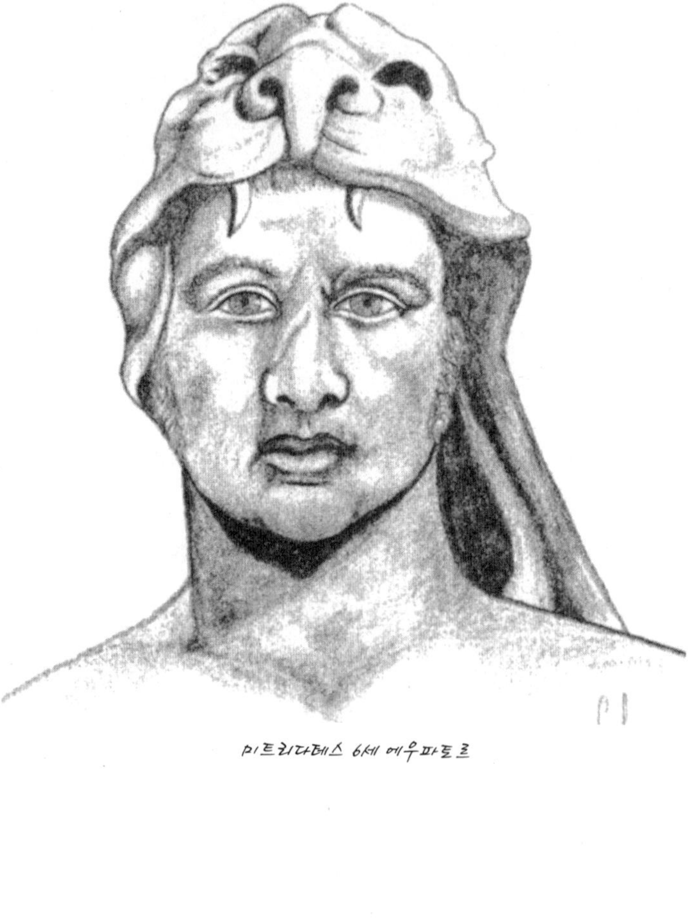

미트리다테스 6세 에우파토르

술라는 로마를 통치하면서 한 가지 중요한 부분을 아예 간과하고 있었다. 사람들이 그리워해마지않는 스카우루스가 죽은 후로는 사실 아무도 이 부분을 보지 못했다. 스카우루스의 후임 루키우스 발레리우스 플라쿠스가 술라에게 이를 상기시키려 했지만, 결단력이 부족한 성격 탓으로 결국 어정쩡한 시도에 그치고 말았다. 하지만 이 부분을 간과한 것이 술라의 탓만은 아니었다. 당시 로마의 관심은 온통 이탈리아에 쏠려 있어서, 그 난제에 실질적으로 관여된 사람이라면 어느 누구도 그 이상을 볼 수 없었다.

스카우루스가 죽기 전에 다루던 사안으로는 두 폐위된 왕, 비티니아의 니코메데스와 카파도키아의 아리오바르자네스 문제가 있었다. 노회하고 씩씩한 최고참 의원은 폰토스의 미트리다테스 왕이 어떤 상황인지 파악하려고 소아시아에 위원단을 파견했다. 위원단 수석은 마니우스 아퀼리우스가 맡았다. 그는 아콰이 섹스티아이 전투에서 마리우스의 중요한 보좌관이었고, 마리우스가 5선 집정관을 지낸 해에 동료 집정관이었으며, 시칠리아 노예전쟁을 승리로 이끈 장군이었다. 티투스 만리우스 망키누스와 가이우스 말리우스 말티누스가 동료 위원 자격으로 그와 함께했고, 니코메데스 왕과 아리오바르자네스 왕도 위원단과 동행했다. 스카우루스는 위원단의 임무를 분명히 했다. 두 왕을 복위시키고, 함부로 국경을 넘지 말라고 미트리다테스에게 경고를 주는 것이 그들의 할 일이었다.

아퀼리우스는 스카우루스에게서 수석 위원 직을 따내려고 전부터 부단히 애를 썼다. 이탈리아 전쟁이 터지면서 입은 손해가 막심해 재정적으로 몹시 궁한 상태였기 때문이다. 10년 전 시칠리아 총독을 지내고 손에 남은 것은 로마에 도착하자마자 받아든 기소장이 전부였다. 무죄 판결이 났지만, 퍽 억울하게도 세간의 평은 나빠졌다. 부친이 프리기아 땅 대부분을 폰토스에 넘긴 대가로 미트리다테스 5세에게서 받아 챙긴 황금은 오래전에 없어졌건만 그 일로 인한 오명은 아들에게까지 거머리처럼 붙어다녔다. 스카우루스는 이번 일을 아퀼리우스에게 주는 게 사리에 맞다고 생각했다. 그는 부자지간에 직위를 세습하는 관행을 굳건히 옹호하는 사람이었고, 아퀼리우스의 부친이 생전에 그쪽 이야기를 아들에게 자주 했을 거라고 생각했던 것이다. 그는 여기에 덧붙여 동료 위원들을 직접 고르는 특혜까지 주었다.

그 결과 탄생한 것은 정의보다 탐욕에, 타국 백성의 안녕보다 수중에 들어올 돈에 더 눈이 먼 사절단이었다. 소아시아 원정 일정이 확정되기도 전에 아퀼리우스는 칠순의 노군주 니코메데스와 대단히 흡족한 거래를 맺었고, 비티니아의 황금 100탈렌툼이 마술처럼 은행 계좌에 들어왔다. 안 그랬다면 그는 재정상태가 나쁘다는 이유로 출국금지령을 받았을 것이다. 이탈리아를 떠나는 원로원 의원은 누구나 정식 허가를 받아야 했다. 로스트라 연단과 레기아에 공시된 명단에 은행과 은행가들이 항상 촉각을 세우고 있어서, 그들에게 들키지 않고 슬쩍 빠져나가기란 불가능했다.

위원단은 에그나티우스 가도를 통한 육로가 아니라 해로를 이용해 지난해 6월 페르가몬에 도착했다. 아시아 속주 총독 가이우스 카시우스 롱기누스가 그들을 맞으러 나왔다.

탐욕과 부도덕에 관해서라면 카시우스는 수석 위원 아퀼리우스의 적수로 가히 부족함이 없는 자였다. 두 사람은 이 사실을 반가운 마음으로 재빨리 감지했다. 그리하여 해가 뜨겁던 6월의 어느 날, 티투스 디디우스가 헤르쿨라네움을 공격하다 최후를 맞이한 바로 그때 페르가몬에서는 새로운 계략이 짜였다. 특히 파플라고니아와 프리기아같이 폰토스에 인접해 있지만 사실상 로마령이 아닌 영토에서 쥐어짜낼 수 있는 황금의 양에 그들의 관심이 집중되었다.

원로원 명의의 서한이 폰토스의 미트리다테스 왕과 아르메니아의 티그라네스 왕 앞으로 페르가몬에서 발송되었다. 비티니아와 카파도키아에서 당장 군사를 철수하라는 명령서였다. 전령이 서한을 들고 떠나자 카시우스는 곧바로 1개 보조군단에 추가 훈련 명령을 내리고 아시아 속주 이 끝에서 저 끝까지 민병대를 소집했다. 세 로마 위원인 아퀼리우스, 만리우스, 말리우스는 소규모 분견대의 호위를 받으며 니코메데스 왕과 비티니아로 떠났다. 아리오바르자네스 왕은 갑자기 분주해진 총독과 함께 페르가몬에 남았다.

로마의 위세는 여전했다. 소크라테스 왕은 즉시 왕위를 잃고 폰토스로 물러났고 니코메데스 왕이 권좌를 되찾았으며, 아리오바르자네스도 자신의 왕국 카파도키아로 돌아가라는 명령을 받았다. 세 로마 위원은 니코메디아에서 남은 여름을 한가롭게 보내며, 흑해 해안선을 따라 폰토스와 비티니아 사이에 길게 뻗은 파플라고니아 땅을 침략할 계획을 세웠다. 파플라고니아의 신전에는 황금이 많았다. 늙은 니코메데스 왕은 알고 보니 실망스럽게도 황금이 별로 없었다. 한 해 전 로마로 피신할 때 금고에서 황금을 거의 다 꺼내들고 갔던 것이다. 그 황금은 스카우루스로 시작해(그도 작은 선물은 마다하지 않았다) 아퀼리우스까지 수많은 탐욕스런 로마인들의 손에 건네졌고, 이제 모조리 이 로마인들의 은행 계좌에 나뉘어 예치되어 있었다.

니코메데스 왕에게 황금이 별로 없다는 사실을 깨닫자 세 위원은 서로 조금씩 적의를 품기에 이르렀다. 만리우스와 말리우스는 아퀼리우스에게 속았단 기분이 들었고, 아퀼리우스는 로마에 두고 온 밑천을 헐지 않고서 두 사람을 만족시킬 정도로 많은 황금을 구하려면 어서 분발해야겠다고 생각했다. 제일 피가 마르는 사람은 니코메데스 왕이었다. 로마의 세 귀족이 이웃나라 파플라고니아를 침략하라고 들들 볶으며, 명령을 따르지 않으면 왕위를 또다시 잃게 될 거라고 협박했던 것이다. 페르가몬에서 카시우스가 보내오는 뜻도 이와 다르지 않았다. 결국 니코메데스 왕은 두 손 두 발 다 들고, 규모는 작아도 군장을 꽤 잘 갖춘 비티니아군에 동원령을 내렸다.

그리하여 9월 말, 세 로마 위원과 늙은 니코메데스 왕은 파플라고니아를 침공했다. 지휘관은 아퀼리우스였다. 니코메데스 왕은 이 작전에 마지못해 따라나선 손님에 지나지 않았다. 아퀼리우스는 미트리다테스 왕의 상처에 소금을 문대고 싶어 안달하면서, 니코메데스 왕에게 비티니아 해군 수비대 및 함대에 특별 지시를 내리라고 강요했다. 그리하여 트라키아 보스포로스 해협과 헬레스폰트 해협에 군대가 배치되었다. 이제 폰토스의 선박은 흑해와 에게 해 사이를 통과할 수 없었다. 어디 감히 로마에 거역할 테면 해보시지, 미트리다테스 왕! 하는 호통과

다를 바 없었다.

모든 것이 아퀼리우스의 계획대로 착착 진행되었다. 비티니아군은 파플라고니아의 해안선을 따라 진군하며 마을을 점령하고 신전을 약탈했다. 황금 공예품과 보물이 높이 쌓였다. 주요 항만도시 아마스트리스가 함락되고, 파플라고니아 내륙의 통치자 필라이메네스가 로마인 침략자들과 세를 합쳤다. 아마스트리스에서 세 로마 위원은 이제 페르가몬으로 돌아갈 때라고 판단했고, 가엾은 노왕 니코메데스와 그의 군대는 아마스트리스와 시노페 사이, 폰토스 국경에 지나치게 가까운 위험한 지대 어딘가에서 겨울을 보내도록 남겨졌다.

세 로마 위원이 미트리다테스 왕의 사절단을 맞은 것은 11월 중순경 페르가몬에서였다. 미트리다테스 왕은 그때까지 아무런 말이나 행동이 없던 터였다. 사절단 대표는 왕의 친척으로 펠로피다스라는 자였다.

"저의 친척인 미트리다테스 왕이 마니우스 아퀼리우스 집정관 권한 대행께 간절히 청하옵건대, 니코메데스 왕더러 당장 군대를 돌려 비티니아로 돌아가라고 명령해주십시오." 무장 호위대도 없이 그리스식 평복을 입고 페르가몬을 찾은 펠로피다스가 말했다.

"그건 불가능하오, 펠로피다스." 권위를 상징하는 상아 지휘봉을 손에 들고 고관 의자에 앉은 아퀼리우스가 말했다. 그의 주변에는 진홍색 옷을 입고 도끼머리를 끼운 파스케스를 든 릭토르 열두 명이 서 있었다. "비티니아는 주권국가요. 로마의 우호동맹국이기는 하나 자국의 일은 스스로 결정하지. 내게는 니코메데스 왕에게 '명령'을 내릴 권한이 없소."

"그렇다면 저의 친척인 미트리다테스 왕이 간절히 청하오니 비티니아의 약탈로부터 그 자신과 영토를 지키도록 허락해주십시오."

"지금 니코메데스 왕과 비티니아 군대 모두 폰토스 국경 밖에 있소. 분명히 경고하오. 당신 친척인 미트리다테스 왕은 니코메데스 왕이나 비티니아군에 대고 손가락 하나도 쳐들어선 안 돼. 그 어떤 경우에도 안 된다고, 왕에게 분명히 전하시오, 펠로피다스! 그 어떤 경우에도, 무슨 일이 있어도 안 되오."

펠로피다스는 한숨을 쉬더니 양쪽 어깨를 으쓱하며 손을 쫙 펼쳤다. 로마식과는 다른 몸짓이었다. "그렇다면 집정관 권한대행께 전하라고 지시받은 마지막 사항을 말씀드려야겠군요. '질 것을 뻔히 안다 해도 맞서 싸울 수밖에 없다!'라는 것이 미트리다테스 왕의 마지막 전언입니다."

"당신 친척이라는 왕이 우리에게 맞서 싸운다면 분명히 질 것이오." 아퀼리우스는 이렇게 말하고, 펠로피다스를 데리고 나가라고 릭토르들에게 고갯짓했다.

폰토스 귀족이 물러가자 침묵이 내려앉았다. 카시우스가 찌푸린 표정으로 정적을 깼다. "펠로피다스와 동행한 다른 폰토스 귀족의 말이, 미트리다테스가 로마에 직접 항의서한을 보낼 거라고 합니다."

아퀼리우스가 한쪽 눈썹을 추어올렸다. "그래봤자 무슨 소득이 있겠습니까? 지금 로마에는 그런 말을 들어줄 정도로 한가한 사람이 없습니다."

하지만 한 달 후 펠로피다스가 다시 찾아왔을 때는, 페르가몬의 세 로마인도 그를 그냥 돌려보낼 수 없었다.

"저의 친척인 미트리다테스 왕이 저를 다시 보낸 까닭은 저희 나라를 방어하는 것을 허락해달라고 한번 더 간청하기 위해서입니다." 펠로피다스가 말했다.

“당신네 나라는 위협을 받고 있지 않소, 펠로피다스. 그러니 내 대답은 여전히 안 된다는 것이오.”

“그렇다면 제 친척인 왕은 집정관 권한대행님을 건너뛸 수밖에 없습니다. 미트리다테스 왕은 로마 원로원과 인민에게 정식으로 항의할 것입니다. 소아시아에 파견된 로마 위원단이 지금 비티니아의 침략행위를 지지하는 동시에 폰토스가 맞서 싸울 권리를 거부하고 있다고 말입니다.”

“당신 친척인 그 귀하신 전하께서는 그러지 않는 편이 신상에 좋을 것이오, 알아듣겠소?” 아퀼리우스가 험악하게 맞받아쳤다. “폰토스와 소아시아 전 지역에 관한 한 내가 바로 로마 원로원과 인민이오! 이제 자리에서 물러나 다시는 오지 마시오!”

펠로피다스는 한동안 페르가몬에 머무르며, 카시우스가 지시한 수상한 군대 이동에 어떻게 대처할지 알아보았다. 그러는 동안 폰토스의 미트리다테스 왕과 아르메니아의 티그라네스 왕이 카파도키아 국경을 침략했으며, 또다시 카파도키아 왕위에 미트리다테스의 아들 아리아라테스(동명의 여러 아들 중 누구인지는 아무도 몰랐다)를 앉히려 한다는 소식이 들어왔다. 아퀼리우스는 즉각 펠로피다스를 불러 폰토스 왕과 아르메니아 왕더러 카파도키아에서 철수하라고 전하라 일렀다.

“그들은 로마의 보복이 두려워서 시키는 대로 할 겁니다.” 아퀼리우스는 카시우스에게 느긋하게 말하곤 별안간 몸을 떨었다. “가이우스 카시우스, 여긴 참 춥군요! 아시아 속주의 자금이 관저에 불을 지필 정도는 되지 않습니까?”

이듬해 2월, 페르가몬의 총독 관저에서는 자신감이 점점 높아졌다. 아퀼리우스와 카시우스는 이제까지보다 더 대담한 계획을 세우기에 이르렀다. 왜 폰토스 국경에서 멈추는가? 아예 폰토스에 쳐들어가 그곳의 왕에게 본때를 보여주지 않고? 아시아 속주의 군단은 혈기가 왕성했고, 스미르나와 페르가몬 사이에서 진을 치고 있는 민병대 역시 혈기 왕성한 상태였다. 게다가 카시우스는 또하나의 묘안을 냈다.

"킬리키아 총독 퀸투스 오피우스까지 이 일에 끌어들이면 지금 병력에 2개 군단을 추가할 수 있습니다." 카시우스가 아퀼리우스에게 말했다. "타르소스에 사람을 보내서 카파도키아의 운명을 의논할 회의에 참석하러 페르가몬에 오라고 퀸투스 오피우스에게 명령하겠습니다. 퀸투스 오피우스의 임페리움은 법무관급이지만 제 임페리움은 집정관급입니다. 그는 제 명령을 따를 수밖에 없어요. 카파도키아를 직접 치는 대신 미트리다테스를 뒤에서 공격해 제압하는 것이 우리 계획이라고 그에게 설명하겠습니다."

"사람들이 그러더군요." 아퀼리우스가 꿈꾸듯 말했다. "미트리다테스의 황금이 성벽 꼭대기까지 꽉꽉 들어찬 성채가 아르메니아 파르바에만 일흔 개가 넘는다고요."

하지만 호전적인 가문의 호전적인 사내 카시우스는 아랑곳없이 말을 이었다. "우리 넷이 할리스 강 연안 네 개 지역에서 동시에 폰토스를 칩시다." 카시우스가 열을 올렸다. "비티니아군은 흑해 연안의 시노페와 아미소스를 처리한 뒤 할리스 강을 따라 내륙으로 진군합니다. 가축 사료를 충분히 확보해야 하니까요. 기병대와 물자수송 가축이 비티니아군에 제일 많습니다. 아퀼리우스 당신은 내 휘하의 1개 보조군단을 데리고 갈라티아의 할리스 강변에서 공격하십시오. 나는 민병대를 이끌고 마이안드로스 강을 따라 프리기아까지 올라가겠습니다. 퀸투스 오피우스는 아탈레이아를 거쳐 피시디아까지 올라갑니다. 퀸투스 오피우스와 내가 할리스 강에 도착하면 당신과 비티니아군 사이에 자리하게 되지요. 4개 군대가 강변도로를 따라 동시에 공격해오면 미트리다테스는 정신이 없을 겁니다. 자기가 어디 있는지, 뭘 해야 좋을지 모르고 허둥대겠죠. 그자는 별 볼 일 없는 왕 아닙니까, 친애하는 마니우스 아퀼리우스! 병사보다도 황금이 더 많지요."

"그자가 이길 가능성은 없어요." 아퀼리우스가 입가에 미소를 띤 채 말했다. 그는 아직도 황금으로 가득찬 성채 일흔 개를 꿈꾸듯 떠올렸다.

카시우스가 대뜸 헛기침을 했다. "다만 조심할 게 한 가지 있습니다." 아까와 사뭇 다른 목소리였다.

아퀼리우스는 긴장한 듯했다. "무엇 말씀이오?"

"퀸투스 오피우스는 고루한 사람입니다. 로마는 영원해야 하고, 명예가 가장 중요하며, 다소 미심쩍은 가외활동으로 돈을 약간 챙기는 걸 대단한 패악으로 생각하지요. 그러니 이 군사행동의 목적이 카파도키아에서의 정의 실현만은 아닌 것 같다고 퀸투스 오피우스가 생각하게 할 만한 말이나 행동을 삼가십시오."

아퀼리우스가 킬킬 웃었다. "우리 몫이 더 많아지겠군요!"

"제 생각도 그렇습니다." 카시우스가 흐뭇하게 대꾸했다.

펠로피다스는 땀방울이 두피에서 눈썹을 거쳐 눈 속까지 파고드는 것을 애써 무시했다. 그는 덜덜 떨리는 두 손을 옥좌 쪽에 보이지 않으려 애썼다. "전하, 집정관 권한대행 마니우스 아퀼리우스가 그러고는 저더러 물러가라 하였사옵니다." 펠로피다스가 말을 끝맺었다.

왕은 눈썹 하나 꿈쩍하지 않았다. 얼굴에도 시종 변화가 없었다. 무감정하고, 무표정하고, 어쩌면 멍해 보이기까지 했다. 올해로 나이 마흔, 왕위를 차지한 지 23년이 된 미트리다테스 6세, 이름하여 에우파토르는 극도의 불쾌감 외에는 모든 속내를 감춰야 함을 터득한 터였다. 펠로피다스가 가져온 소식이 왕에게 엄청난 불쾌감을 일으키지 않은 것은 아니었다. 다만 이는 예상한 바였다.

지난 두 해 동안 왕은 날마다 희망에 부풀었다. 로마가 이탈리아 동맹과의 전쟁에 돌입했다는 소식을 접한 후 줄곧 품어온 희망이었다. 지금이 기회라고 본능적으로 느꼈다. 왕은 사위 티그라네스에게 만반의 준비를 하라는 서신을 보냈다. 티그라네스로부터 왕이 무엇을 하든 언제나 왕의 편에 있겠다는 답신을 받아들고, 가장 먼저 할 일은 로마의 이탈리아 전쟁을 최대한 힘들게 만드는 것이라고 판단했다. 왕은 이탈리아인 실로와 무틸루스에게 사절단을 보내 자금, 무기, 선박, 심지어 군대까지 지원해주겠다고 제안했다. 하지만 놀랍게도 사절단은 빈손으로 돌아왔다. 실로와 무틸루스는 폰토스 국왕의 제안에 분노와 경멸을 쏟아냈다.

"이탈리아와 로마의 싸움은 폰토스와 전혀 상관없는 일이라고 미트리다테스 왕에게 전하시오! 외국의 왕이 로마에 해를 입히려는 시도에 이탈리아는 일체 협력하지 않을 것이오."라는 것이 그들의 대답이었다.

무언가에 꾹 찔린 달팽이처럼 안으로 움츠러든 폰토스의 왕은 아르메니아의 티그라네스에게 아직 때가 아니니 기다리라는 명령을 보냈다. 하지만 과연 적당한 때가 오기는 할까. 자유와 독립을 쟁취하려면 도움이 절실한 이탈리아마저도, 군사적 후원을 제안하며 우호적으로 내민 폰토스의 손을 저리도 사납게 물어뜯는 마당에.

왕은 망설였다. 단호히 결정하고 밀어붙이려 했지만 자꾸만 불안이 발목을 붙잡았다. 어느 순간 지금이야말로 로마에 전면전을 선포할 때라고 확신했다가도, 다음 순간 확신이 사라지곤 했다. 왕은 걱정과 초조 속에 하루하루를 흘려보냈다. 모든 감정을 안에만 꾹꾹 담아두었다. 폰토스의 왕에게는 마음을 터놓고 의논할 친구나 조언자가 있을 수 없었다. 역시 대왕으로 불리는 사위 티그라네스도 그런 존재는 아니었다. 폰토스 궁정은 진공 상태에 있었다. 왕의 기분이 어떤지, 앞으로 행동에 나설지, 전쟁이 있기는 할지 확신할 수 있는 자는 아무도 없었다. 모두가 전쟁을 반기겠지만, 아무도 전쟁을 원치는 않았다.

이탈리아인들에게 접근했다가 실패하자 미트리다테스 왕은 마케도니아를 떠올렸다. 로마 속주인 마케도니아는 북방 야만족 지역과 맞닿은 1천600여 킬로미터 경계선을 어렵사리 지켜내고 있었다. 그쪽 국경 지대에 문제를 일으키자. 그러면 로마의 관심이 그쪽으로 쏠리겠지. 베시족, 스코르디스키족, 그리고 모이시아와 트라키아의 다른 부족들은 예전부터 로마에 증오의 씨앗을 품고 있었다. 그 씨앗에 촉촉이 물을 뿌리라는 명령하에 폰토스 첩자들이 파견되었다. 그 결과 마케도니아는 지난 수년간 겪은 온갖 야만족의 습격과 침입 중에서도 최악을 경험했다. 스코르디스키족은 첫번째 침입 때 무려 에페이로스의 도도나 성역까지 쳐들어갔다. 하지만 공교롭게도, 신들의 축복을 받은 로마령 마케도니아에는 뛰어나고 청렴한 장수 가이우스 센티우스가 속주 총독으로 부임해 있었다. 게다가 그는 휘하에 자기보다도 뛰어난 장수 퀸투스 브루티우스 수라를 보좌관으로 두고 있었다.

야만족에 의한 소요사태에도 불구하고 센티우스와 브루티우스 수라가 로마에 추가 지원을 요청하지 않자, 미트리다테스는 속주 내부에 말썽을 일으키는 쪽으로 관심을 돌렸다. 왕이 새로운 작전을 생각해낸 직후, 마케도니아에는 알렉산드로스 대왕의 직계 후손임을 자처하는 에우페네스라는 자가 나타났다. 알렉산드로스 대왕과 외모가 기가 막히게 닮은 자였다. 그는 이제 없어진 마케도니아의 옛 왕위가 자기 것이라고 주장했다. 테살로니카나 펠라 같이 발전한 도시의 주민들은 그자의 속셈을 곧장 꿰뚫어보았지만, 낙후된 내륙지역 사람들은 그의 대의를 열렬히 지지했다. 하지만 미트리다테스에게는 참으로 안타깝게도 에우페네스는 진정한 장수로서의 기백도, 추종자들을 군대로 조직화할 재능도 부족한 자였다. 센티우스와 브루티우스 수라는 에우페네스 사태를 이번에도 자체적으로 해결했다. 폰토스의 작전대로 이들이 긴급히 로마에 자금이나 군대를 요청하는 상황은 역시나 벌어지지 않았다.

그리하여 이탈리아 동맹 전쟁이 터진 지 2년이나 지났지만, 왕은 야심을 이루기 위한 길에서 단 한 발자국도 나아가지 못했다. 매 순간 갈팡질팡 망설이면서 자기 자신과 궁중 사람들의 삶을 불행하게 하고, 자기보다 덜 영리할진 모르나 분명 더 호전적인 티그라네스를 막아내며, 고민하면서, 그 누구에게도 속내를 털어놓지 못한 채.

왕이 옥좌에서 갑자기 움직이자 방에 있던 조신들이 모두 펄쩍 뛰었다. "페르가몬에 두번째로 갔던 때, 그때는 아주 오래 머물렀지. 그때 더 알아온 것은 없소?" 왕이 펠로피다스에게 물었다.

"가이우스 카시우스 총독이 휘하의 1개 로마 보조군단을 전시 편제로 두었고 민병대 2개 군단도 군사훈련과 군장정비를 시행중이옵니다, 대왕 전하." 펠로피다스가 혀로 입술을 축였다. 비록 사절단 임무 수행은 실패했지만 왕의 대의를 여전히 열렬하게 지지하고 있음을 보이려 전전긍긍했다. "대왕 전하, 페르가몬의 총독 관저에 제가 심어둔 첩자가 있습니다. 그곳을 떠나오기 직전에 그자로부터 들은 말로는, 가이우스 카시우스와 마니우스 아퀼리우스가 봄에 우리 폰토스를 침략할 계획이라고 합니다. 비티니아의 니코메데스 왕과 그의 동맹인 파플라고니아의 필라이메네스와 연합해서 말입니다. 또한 길리기아의 퀸투스 오피우스 역시 세를 합칠 것 같습니다. 그자는 가이우스 카시우스와 상의를 하러 지금 페르가몬에 가 있습니다."

"침략 계획이 로마 원로원과 인민의 공식 승인을 받은 것인지도 확인했고?" 왕이 물었다.

"총독 관저에서 흘러나오는 입소문으로는 그렇지 않습니다, 대왕 전하."

"마니우스 아퀼리우스라면 그럴 것을 익히 짐작했지. 그 개새끼는 선왕 때 보았던 아비 개와 같은 종자가 아닌가. 늘 황금을 탐하지. 내 황금을." 두툼하고 새빨간 입술이 옆으로 쫙 벌어지면서 크고 누런 이가 드러났다. "아시아 속주의 총독도 매한가지인가 보군. 거기에 킬리키아의 퀸투스 오피우스까지. 황금에 주린 삼인조라!"

"킬리키아 총독은 다른 것 같사옵니다, 대왕 전하. 그로 하여금 이번 침략은 우리 군이 카파도키아에 주둔해 있는 까닭인 것으로 믿게 하려고 나머지 두 사람이 신중을 기하고 있습니다. 제가 듣기로 퀸투스 오피우스는 로마인들이 영예롭게 여기는 인물입니다."

왕이 다시 침묵했다. 입술을 물고기처럼 볼록거렸지만, 두 눈은 아무것도 응시하지 않았다. 놈들이 내 땅을 위협한다면 그건 또다른 얘기지, 미트리다테스 왕은 생각했다. 놈들은 내가 내 나라 국경에 등을 붙이고 버틸 수밖에 없도록 몰아대겠지. 결국은 무기를 내려놓고 소위 세계의 통치자라는 저들이 내 나라를 유린하는 꼴을 속수무책으로 지켜보게 하려는 거야. 은신하던 어린 시절 나를 품어준 이 나라, 내가 목숨보다 사랑하는 이 나라를. 세계를 호령하는 것을 보고 싶은 내 나라를.

"그렇게는 못할 것이다!" 왕이 크고 힘차게 외쳤다.

모든 고개가 들려올라갔지만, 왕은 더이상 아무 말도 하지 않았다. 연신 입술을 쏙 내밀다 쑥 집어넣으며 볼록거릴 뿐이었다. 쏙 쑥, 쏙 쑥.

때가 왔어. 드디어 때가 온 거야, 미트리다테스 왕은 생각했다. 페르가몬에서 있었던 일을 궁중사람들도 다 같이 들었다. 이제 이자들도 나름대로 판단을 내리고 있어. 로마인에 대한 판단이 아니라, 나에 대한 판단. 황금에 주린 로마 위원들이, 바로 제놈들이 로마 원로원과 인민이라고 씨부렁대며 내 나라 국경을 쳐들어올 궁리를 하고 있어. 그런데도 내가 양순하게 바짝 엎드려만 있으면 신하들은 나를 경멸할 것이야. 그러면 내 위신은 땅에 떨어지고 저들은 더이상 나를 두려워하지 않겠지. 혈족 몇몇은 내가 폰토스 왕좌에서 물러나야 한단 생각을 품을 거야. 내겐 왕위에 오를 나이의 아들들이 있고, 각각의 아들놈에게는 권력에 목을 매는 어미가 있으며, 또 왕족 핏줄을 타고난 사촌들도 있어. 펠로피다스, 아르켈라오스, 네오프톨레모스, 레오니포스. 상황이 이런데도 내가 로마 놈들 짐작대로 똥개처럼 바짝 엎드린다면, 난 더이상 폰토스의 국왕일 수 없어. 나는 죽는다.

그러니 이제 로마와의 전쟁이다. 드디어 때가 왔어. 내 선택이 아니다. 어찌 보면 저들의 선택도 아니야. 황금에 주린 저 세 로마 위원들이 빚어낸 마법 같은 기회. 나는 마음을 굳혔다. 나는 로마와 전쟁을 벌일 것이다.

이렇게 결정을 내리자 미트리다테스는 어깨에서 무거운 짐이 들려 올라가고 마음 한편에 드리웠던 거대한 그림자가 갑작스레 걷히는 것을 느꼈다. 왕은 옥좌에 앉아 커다란 황금 두꺼비처럼 몸을 부풀렸다. 그의 눈이 반짝반짝 빛났다. 폰토스는 전쟁에 들어간다. 폰토스는 아퀼리우스와 카시우스를 본보기로 삼을 것이다. 폰토스는 로마의 아시아 속주를 차지할 것이다. 폰토스는 헬레스폰트 해협을 건너 마케도니아 동부로, 에그나티우스 가도를 타고 서쪽 밑으로 진군해갈 것이다. 폰토스는 흑해를 벗어나 에게 해로, 그렇게 서쪽으로 무한정 뻗어나갈 것이다. 폰토스의 군사와 함대 앞에 이탈리아와 로마가 나타날 때까지. 폰토스의 왕은 로마의 왕이 될 것이다. 폰토스의 왕은 세계 역사상 가장 강력한 군주, 알렉산드로스 대왕보다도 훨씬 더 위대한 왕이 될 것이다. 폰토스 왕의 자손들은 저멀리 히스파니아와 마우레타니아를 통치하고, 여식들은 아르메니아에서 누미디아를 거쳐 가장 먼 갈리아까지 모든 나라의 왕비가 될 것이다. 세상의 보물이 몽땅 이 세상의 왕의 것이 될 것이다. 세상의 모든 미녀와 모든 영토가! 그때 문득 사위 티그라네스가 머릿속에 떠오르자 왕은 슬며시 미소를 지었다. 티그라네스는 파르티아 왕국을 차지하고 동쪽으로 뻗어나가 인도와 저 너머 미지의 나라들을 차지하라지.

하지만 왕은 로마와 전쟁을 한다는 말은 하지 않았다. 그는 다만 입을 열어 명했다. "아리스티온을 데려와라."

궁 안에 팽팽한 긴장감이 감돌았다. 하지만 보석 박힌 옥좌에 앉아 경이로운 존재감을 풍기는 왕에게 지금 무슨 일이 일어나고 있는지 정확히 아는 자는 아무도 없었다. 다만 무슨 일이 일어나고 있음을 느낄 뿐.

키가 크고 눈에 띄게 잘생긴 그리스인이 알현실에 들어왔다. 튜닉과 클라미스 차림의 이 사내는 어색해하거나 남을 의식하는 기색 없이 왕 앞에 납작 엎드렸다.

"일어나시오, 아리스티온. 그대에게 시킬 일이 있소."

그리스인이 일어섰다. 정중한 몸가짐에서 왕을 향한 흠모가 느껴졌다. 그는 이러한 몸가짐을 미트리다테스 왕이 그의 호화로운 방에 지극히 사려 깊게 놓아둔 거울 앞에서 자주 연습해왔다. 아리스티온은 그동안 왕이 경멸하는 아첨과 왕이 노여워할 만한 독립성 사이에서 아슬아슬하게 균형을 잘 잡아온 것을 스스로 자랑스럽게 여겼다. 그가 이곳 시노페의 폰토스 궁정에 정착한 지도 이제 거의 1년이었다. 아리스토텔레스 계승자들이 세운 소요학파를 따르는 떠돌이 철학자로 밥벌이를 하던 그가 고향 아테네에서 이곳 시노페까지 오게 된 것은 그리스, 로마, 알렉산드리아에 비해 자기 같은 부류가 별로 없는 지역에서 수입이 더 짭짤하리라는 생각에서였다. 굉장한 운이 따랐는지, 시노페에서 때마침 폰토스의 왕이 그 같은 사람을 찾고 있었다. 왕은 10년 전 아시아 속주에 다녀온 이래 교양이 부족함을 늘 거북하게 의식해온 터였다.

아리스티온은 순수하게 대화체만으로 수업을 이끌어가면서 그리스와 마케도니아의 부상과 쇠퇴, 혐오스럽고 달갑잖은 로마의 강성한 세력, 상업과 무역의 여러 조건, 세계 지리와 역사 이야기를 왕에게 들려주었다. 급기야 그는 스스로 왕의 가정교사라기보다 왕의 품격과 교양을 좌우하는 자라고 자부했다.

"오, 강대하신 미트리다테스 전하, 전하를 위해 어디든 쓰일 수 있다는 생각만으로도 제 마음이 기쁨으로 가득하옵니다." 아리스티온이 감미로운 목소리로 말했다.

그러자 왕은 자신이 그동안 로마와의 전쟁을 겁냈을지언정 한편으로는 정확히 어떻게 로마와의 전쟁을 시작할 것인지 지난 수년에 걸쳐 고민해왔음을 드러냈다.

"그대는 아테네에서 정치 세력을 모을 수 있을 만큼 귀족 출신인가?" 왕이 뜻밖의 질문을 해왔다.

아리스티온은 놀란 기색을 내비치지 않았다. 예의 매력적인 모습 그대로였다. "네, 그렇습니다, 대왕 전하." 그는 거짓으로 답했다.

그는 사실 노예의 자식이었지만, 모두 오래전의 일이었다. 이제는 심지어 아테네에서조차 그 사실을 기억하는 자는 아무도 없었다. 눈에 보이는 게 다였다. 그리고 아리스티온의 외모는 귀족적 인상을 강렬하게 풍겼다.

"그렇다면 당장 아테네로 돌아가 정치 세력을 조성하시오. 그리스인들 사이에서 반로마 정서를 불러일으킬 영향력을 발휘할 충직한 정보원이 그리스에 필요하오. 그대가 이 일을 어떻게 해낼 것인지는 상관하지 않겠소. 단, 폰토스의 군사와 함대가 에게 해 양안을 쳐들어갈 때 반드시 아테네가, 그리고 그리스 전체가 내 손안에 있기를 원하오."

헉 소리와 함께 웅성거림이 퍼져나갔다. 흥분의 전율이, 전쟁의 열정이 그뒤를 이었다. 결국 왕은 로마의 발아래에 엎드리지 않겠다는 것이다!

"저희도 함께하겠사옵니다, 전하!" 아르켈라오스가 밝은 표정으로 외쳤다.

"소생들도 감사드리옵니다, 대왕 전하!" 장남 파르나케스가 외쳤다.

미트리다테스의 몸이 더욱 크게 부풀었다. 마음 깊은 곳에서 희열이 샘솟았다. 저들의 반역과 나의 사멸이 위험하리만치 가까이 다가왔음을 왜 진작 알지 못했나? 이 자리에 모인 조신과 혈족 들은 로마와의 전쟁에 이렇게나 굶주려 있었어! 준비는 다 되었다. 나는 수년 전부터 이미 준비되어 있었다.

"로마 위원들, 그리고 아시아 속주 총독과 킬리키아 속주 총독이 진군해오기 전에는 먼저 진군하지 않는다. 우리 국경선이 침범당하는 즉시 보복에 나선다. 함대에 장비를 정비하고 인원을 배치하라. 군대를 전시 편제로 둔다. 로마인들이 폰토스를 차지할 생각을 하면 내가 비티니아와 아시아 속주를 차지해버릴 것이다. 카파도키아는 이미 내 것이고 앞으로도 마찬가지다. 내 아들 아리아라테스에게 충분한 규모의 무장 병력을 남겨두고 왔으니까."

그 순간 왕의 살짝 튀어나온 초록빛 눈이 아리스티온을 보았다. "이봐 철학자, 뭘 꾸물거리는 거요? 임무에 필요한 황금을 금고에서 꺼내서 곧장 아테네로 가시오. 하지만 명심하시오! 그대가 내 첩자인 것을 어느 누구도 알아선 안 되오."

"알겠사옵니다, 대왕 전하, 잘 알겠사옵니다!" 아리스티온이 큰 소리로 외치고 뒷걸음질로 물러났다.

"파르나케스, 마카레스, 미트리다테스, 아리아라테스, 아르켈라오스, 펠로피다스, 네오프톨레모스, 레오니포스는 여기 남는다." 왕이 무뚝뚝하게 명령했다. "나머지는 물러가도 좋다."

루키우스 코르넬리우스 술라와 퀸투스 폼페이우스 루푸스가 집정한 해 4월, 로마는 갈라티아와 폰토스를 침공했다. 니코메데스 3세는 제발 자기 나라 비티니아로 돌아가게 해달라고 양손을 맞잡고 울며 애원했지만, 파플라고니아의 왕 필라이메네스는 니코메데스의 군대에 시노페 진군을 명령했다. 마니우스 아퀼리우스는 아시아 속주에 주둔해 있던 로마의 1개 보조군단을 이끌고 페르가몬에서 프리기아까지 육로로 이동했다. 거대한 함수호인 타타 호수 북쪽에서 폰토스 국경을 침범할 계획이었다. 중간에 무역로가 있어 상당히 빨리 이동할 수 있는 경로였다. 가이우스 카시우스는 스미르나 바깥에서 2개 민병대 군단을 데리고 마이안드로스 계곡을 오른 뒤 프리기아로 들어가 작은 교역마을 쓰림네소스로 향하는 경로를 택했다. 한편 타르소스에서 아탈레이아까지 항해해 온 퀸투스 오피우스는 휘하의 2개 군단을 데리고 피시디아로 진군한 다음 림나이 호수 서쪽으로 향했다.

5월 초, 비티니아군은 폰토스 국경을 건너 암니아스 강에 닿았다. 암니아스 강은 할리스 강의 내륙 쪽 지류로 시노페의 해안선과 평행을 이루며 흘렀다. 필라이메네스의 전략은 일단 암니아스 강과 할리스 강의 합류점으로 간 다음 바다를 향해 북으로 진군한 뒤 거기서 병력을 둘로 쪼개 시노페와 아미소스를 동시에 치는 것이었다. 하지만 불행하게도 비티니아군은 할리스 강 연안의 넓은 평야에 닿기 전 암니아스 강변에서 아르켈라오스와 네오프톨레모스 형제가 이끄는 폰토스의 대군을 만나 참담하게 패했다. 병영, 물자, 병사, 무기, 모든 것을 잃었다. 늙은 니코메데스 왕만은 제외하고. 니코메데스 왕은 자기 군대를 불가피한 운명에 내버려둔 채, 믿을 수 있는 귀족과 노예 몇 명만 추려내서 한 번도 틀린 적 없는 자신의 정확한 코끝을 로마로 향했다.

비티니아군이 아르켈라오스와 네오프톨레모스 형제와 맞닥뜨린 것과 거의 같은 시점, 아퀼리우스는 자신의 군단을 이끌고 산등성이에 올라 저멀리 남쪽의 타타 호수를 내려다보았다. 그러나 눈앞의 경치는 아퀼리우스를 사로잡지 못했다. 발아래에 펼쳐진 평원에 군대가 호수보다 넓게 포진해 있었던 것이다. 병사들의 갑옷과 무기가 햇빛에 반짝였다. 병사들의 기강이 확실하고 사기가 드높음이 노련한 로마 장수의 눈에 단박에 감지되었다. 저들은 게르만족 야만인 떼거리가 아니다! 아가리를 한껏 벌리고 그가 밑으로 떨어지길 기다리는 폰토스의 수십만 보병과 기병. 이는 오직 로마의 사령관만이 전광석화처럼 재빨리 판단할 수 있는 사실이었다. 아퀼리우스는 보잘것없는 병력을 뒤로 돌려 사력을 다해 도망쳤다. 페시노스(그곳에 금이 그렇게도 많다지만, 지체할 시간이 없었다!)에서 멀지 않은 상가리오스 강에 다 왔을 즈음 그의 후미를 붙든 폰토스군은 이어 그를 통째로 집어삼키기 시작했다. 아퀼리우스 역시 니코메데스 왕처럼 자기 군대를 피할 수 없는 운명에 내맡겨둔 채, 선임 군관들과 두 동료 위원과 함께 미시아 산맥을 넘어 달아났다.

아시아 속주 총독 카시우스는 미트리다테스 왕이 직접 추격했다. 하지만 예의 그 불안감이 또다시 왕을 엄습했다. 왕은 망설였고, 그 결과 카시우스는 비티니아군과 아퀼리우스 군대의 패전 소식을 미리 입수했다. 카시우스는 병사들을 끌고 남으로 또 동으로 이동해 무역로가 교차하는 대도시 아파메이아에 도착했고, 그곳의 튼튼한 요새 안에 꼭꼭 숨었다. 카시우스의 남서쪽에 있던 오피우스 역시 패전 소식을 전해 듣고 라오디케이아에 머물러 있는 쪽을 택했다. 그러나 미트리다테스 왕은 마이안드로스 강을 따라 정확히 그곳을 향해 내려오고 있었다.

그리하여 왕이 친히 지휘하는 폰토스군은 카시우스보다 오피우스와 먼저 마주쳤다. 오피우스 자신은 적의 포위에 맞서 끝까지 싸우고 싶었지만, 라오디케이아 사람들의 마음은 자기와 같지 않다는 것을 곧 깨달았다. 마을 사람들은 요새 문을 활짝 열어젖히고 꽃잎을 흩뿌리며 폰토스의 국왕을 환영하더니, 특별 선물을 바치듯 오피우스를 왕에게 넘겼다. 왕은 킬리키아 군대는 왔던 길 그대로 본토로 돌아가라고 명령했지만, 킬리키아 총독만은 그대로 억류했다. 킬리키아 총독은 라오디케이아의 아고라에 세워진 말뚝에 묶였다. 왕은 요란스럽게 웃으며 각종 오물, 상한 달걀, 썩어문드러진 채소 등 무르고 악취가 나는 것은 무엇이든 그에게 던지라고 민중을 선동했다. 돌멩이나 나무토막은 안 되었다. 오피우스는 명예로운 사내라고 했던 펠로피다스의 말을 왕은 기억했던 것이다. 이틀 후 크게 다치지 않은 채 풀려난 오피우스는 폰토스 호위대의 보호하에 타르소스로 돌려보내졌다. 도보였고, 아주 긴 여정이었다.

오피우스에게 닥친 불운을 전해들은 카시우스는 민병대를 아파메이

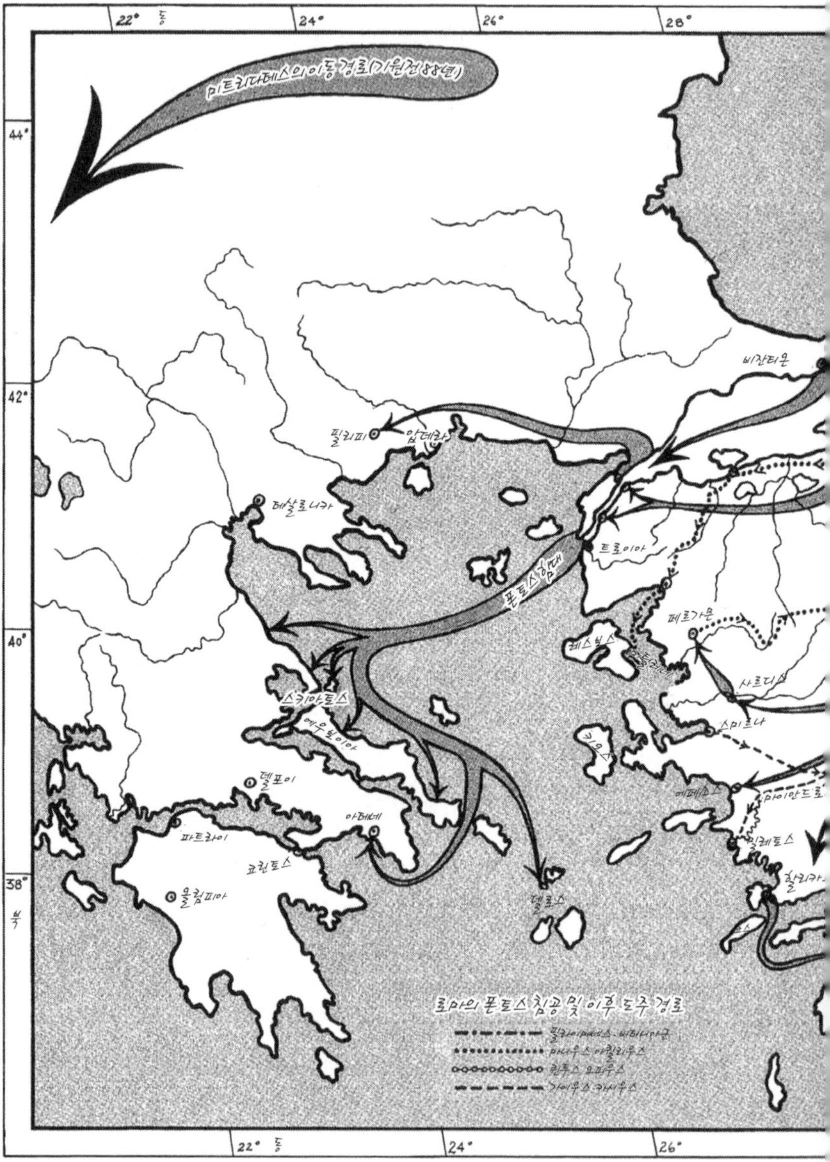
22° 동
24°
26°
28°
44°
42°
40°
38° 북
미트리다테스의 이동 경로(기원전 88년)
비잔티온
필리피
압데라
테살로니카
트로이아
폰토스 함대
페르가몬
레스보스
스키아토스
에우보이아
사르디스
스미르나
키오스
델포이
아테네
에페소스
마이안드로스
밀레토스
파트라이
코린토스
올림피아
델로스
로마의 폰토스 침공 및 이후 도주 경로
필라이메네스·비티니아군
마니우스 아퀼리우스
퀸투스 오피우스
가이우스 카시우스
22° 동
24°
26°

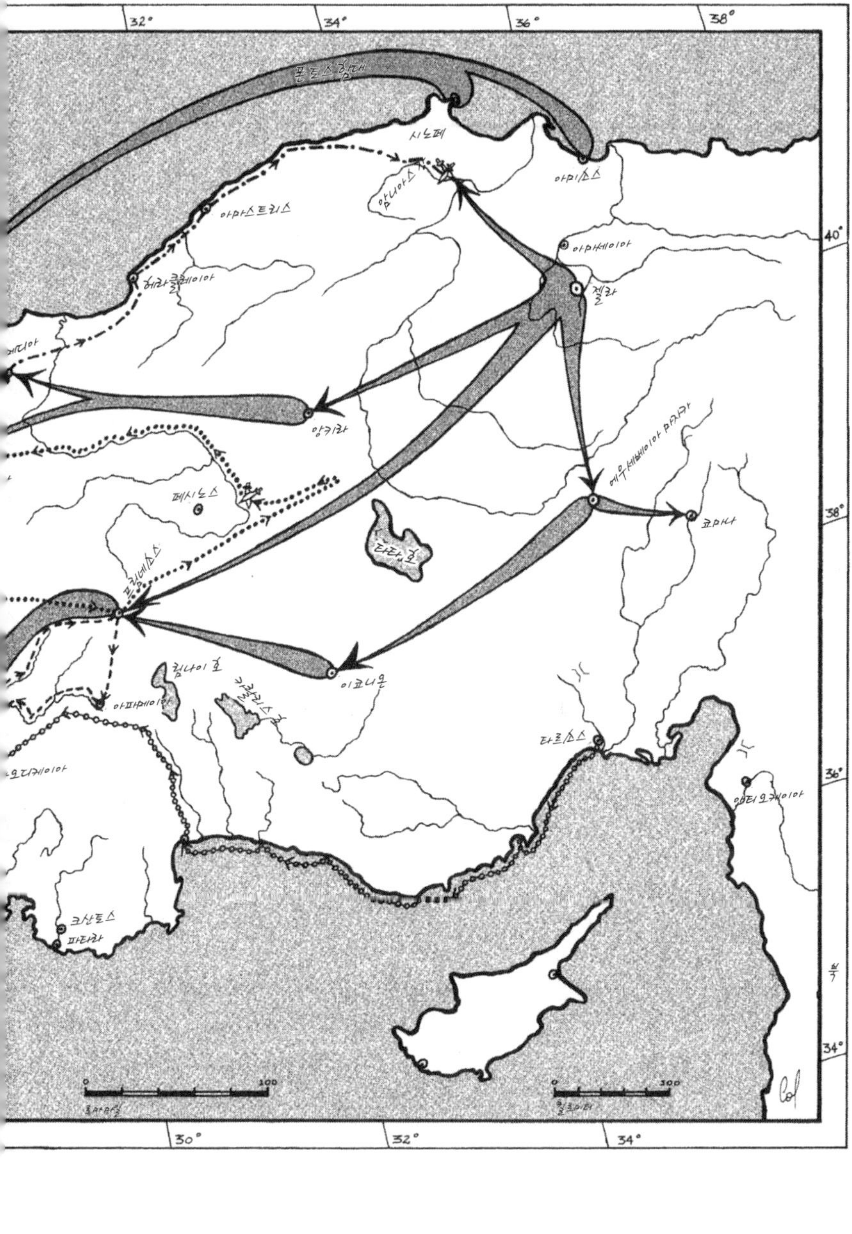
32°
34°
36°
38°
폰토스 함대
시노페
아미소스
암니아스
아마스트리스
아마세이아
헤라클레이아
젤라
앙키라
에우세베이아 마자카
페시노스
코마나
타타 호
이코니온
림나이 호
아파메이아
타르소스
안티오케이아
크산토스
파타라
40°
38°
36°
34°
30°
32°
34°
0
100
300

아에 버려둔 채 형편없는 말을 타고 밀레토스 해안으로 도망쳤다. 그는 미트리다테스 왕과 자기 사이에 마이안드로스 강이 놓이도록 유지하며 철저히 혼자서 이동했다. 라오디케이아 인근에 자리한 폰토스군의 포위망을 피하는 데는 성공했지만, 니사 시에서 신원이 발각되어 그곳의 행정장관 카이레몬 앞으로 끌려갔다. 공포에 질려 몰아쉬던 숨은 이내 희열로 바뀌었으니, 카이레몬은 로마의 열렬한 옹호자로서 카시우스에게 뭐든지 도움을 주고 싶어 안달했던 것이다. 그곳에 오래 지체할 수 없는 자신의 처지를 통탄하며 카시우스는 서둘러 든든히 식사를 하고 새로운 말에 올라 밀레토스까지 전속력으로 달렸고, 그곳에서 로도스 섬까지 기꺼이 태워주겠다는 빠른 배를 구했다. 로도스에 안전하게 도착한 카시우스는 이제 가장 어려운 과제에 맞닥뜨렸다. 아시아가 처한 상황의 심각성을 분명히 알리되 자신의 과오는 부각되지 않게 로마 원로원과 인민에게 서신을 쓰는 것. 헤르쿨레스도 감당키 어려울 이 어마어마한 과제는 하루 만에 완수될 수 없었고, 한 달이 지나도 마찬가지였다. 자신의 죄가 드러날까 두려운 마음에 카시우스는 자꾸만 미적거렸다.

6월 말이 되자 비티니아와 아시아 속주의 거의 전 지역이 미트리다테스 왕에게 함락되었다. 튼튼한 요새나 지리적 비접근성 또는 로마의 힘을 믿으며 버티는 몇몇 용감무쌍한 마을들이 곳곳에 남아 있을 뿐이었다. 니코메디아에서 밀라사까지 푸르고 무성한 초원에 폰토스 군인 25만여 명이 진을 쳤다. 이들 중 상당수가 킴메리족, 스키타이인, 사르마티아인, 록솔라니족, 카우카소스인 등 북방 야만족 출신이었다. 오직 미트리다테스 왕에 대한 엄청난 두려움만이 그들이 미쳐 날뛰지 않게 막았다.

이오니아, 아이올리스, 도리스 등 아시아 속주의 그리스 도시 및 항구 주민들은 동방의 철권통치자들이 으레 원하는 대로 왕 앞에 납작 엎드렸다. 지난 40년에 걸친 로마의 점령 기간 동안 쌓인 증오심은 이제 미트리다테스 왕에게 굉장한 자산이 되었고, 왕은 그해는 물론 앞으로 5년 동안 어떠한 형태로도 조세, 십분의일세, 또는 여타 세금을 부과하지 않겠다고 선포함으로써 반로마 정서를 더욱 부추겼다. 로마인이나 이탈리아인에게 돈을 빌린 자는 부채가 탕감되었다. 아시아 속주는 폰토스 치하의 삶이 로마 치하의 삶보다 나을 것이라는 기대를 품었다.

왕은 마이안드로스 강변에서 내려가 그가 좋아하는 도시 에페소스를 향해 북쪽으로 해안선을 따라 갔다. 그곳에 머무르는 잠깐 동안에도 왕은 정의를 베풀었다. 민병대원들은 항복하면 용서받고 자유를 얻을 뿐 아니라 고향으로 돌아갈 노자까지 받을 것이라고 선포함으로써 더더욱 아시아 속주민들의 마음을 얻었다. 로마를 그 누구보다 증오하는 자들, 최소한 그렇다고 그 누구보다 크게 떠벌리는 자들은 모든 읍, 도시, 구역에서 상급 시민으로 격상되었다. 로마 지지자나 로마 회사의 직원으로 알려진 사람들의 명단이 빠르게 늘어났고, 밀고자들은 부자가 되었다.

하지만 이 모든 환영과 알랑거림 아래에는 동방의 왕들이 얼마나 잔인하고 변덕스러운지, 겉으로 드러나는 그들의 친절이 얼마나 피상적인지 너무나 잘 아는 이들의 공포 또한 깔려 있었다. 어느 순간 한없이 잘해주다가도, 다음 순간 누군가의 목이 뎅겅 잘려나갈 수 있었다. 균형추가 언제 옆으로 기울지는 아무도 몰랐다.

6월 말 에페소스에서 폰토스의 왕은 세 가지 지령을 내렸다. 모두 기밀 지령이었지만 그중에서도 세번째는 최대 극비사항이었다.

이 지령들과 관련한 모든 것이 그에게는 얼마나 즐거웠던가! 누구는 어디로 가고, 누구는 무엇을 하고. 오, 내 손안의 인형들이 추는 경쾌한 한판 춤! 세부사항을 정하고 다듬는 건 다른 하찮은 놈들 손에 맡겨두는 거야. 하지만 교묘하게 맞물리는 이 거대한 작전을 설계하고 지휘한 공은 오직 내게 있지. 이런 작전이 어디 또 있을까! 왕은 콧노래를 흥얼대고 휘파람을 불며 궁을 바삐 돌아다녔다. 그는 필경사 수백 명을 엄선해 지령이 담긴 편지를 써서 봉인케 했다. 엄청난 양의 작업이 단 하루 만에 끝났다. 마지막 전령에게 건넬 마지막 소포가 봉인되었을 때, 왕은 필경사들을 궁 안뜰로 몰고 가 왕실 호위대를 시켜 그들의 목을 벴다. 망자보다 입이 무거운 자는 없는 법!

첫번째 지령은 아르켈라오스 앞으로 왔다. 그는 미트리다테스로부터 대단한 총애를 받는 자는 아니었다. 시필로스 산 아래 마그네시아에 정면 공격을 시도했다 완패하고 그 자신도 부상을 입은 터였다. 하지만 아르켈라오스는 여전히 왕의 가장 뛰어난 장수였다. 그리하여 그에게 첫번째 명령이 전해졌다. 단 한 통의 편지였다. 가멜리온 달의 말 그러니까 지금으로부터 한 달 뒤, 폰토스 함대 전체를 지휘해 흑해에서 에게 해로 이동하라는 명령이었다. 가멜리온은 로마력의 퀸틸리스(7월—옮긴이)에 해당했다.

두번째 지령 역시 단 한 통의 편지에 담겨 있었다. 젊은 왕자 아리아라테스(카파도키아 왕으로 세운 아리아라테스와는 다른 아들)에게 전달된 이 편지에서 왕은 폰토스군 10만여 명을 이끌고 헬레스폰트 해협을 건너 마케도니아 동부로 이동하라고 명했다. 역시 지금으로부터 한 달 뒤, 가멜리온 말이었다.

세번째 지령은 수백 통의 편지에 담겨, 비티니아의 니코메디아에서 카리아의 크니도스를 거쳐 프리기아의 아파메이아까지 모든 읍, 도시, 구역, 마을 공동체의 최고 정무관들에게 배포되었다. 왕은 남녀노소를 막론하고 소아시아의 로마인, 라티움인, 이탈리아인 시민을 한 명도 빠짐없이 그들의 노예와 함께 죽이라고 명했다. 역시 지금으로부터 한 달 뒤인 가멜리온 말에.

왕이 가장 좋아한 지령은 세번째였다. 생각만 해도 흐뭇해서 자기 몸을 껴안으며 기분좋게 낄낄댔고, 에페소스에서 산책할 때는 양 입꼬리를 귀에 걸고 웃으며 제자리에서 깡충 뛰어오르곤 했다. 가멜리온이 지나면 소아시아에는 로마인이 한 명도 남지 않는다. 그리고 언젠가 내가 로마와 로마인을 끝장내는 날엔, 헤라클레스의 기둥에서 닐루스 강의 첫번째 폭포에 이르기까지 한 명도 빠지 않고 모두 죽을 것이다. 로마는 더이상 존재하지 않을 것이다.

가멜리온 초, 폰토스의 왕은 가슴속에 비밀을 품고 에페소스를 떠나 페르가몬을 향해 북으로 떠났다. 그곳에는 특별한 선물이 그를 기다리고 있었다.

다른 두 동료 위원과 수하 군관들은 전부 페르가몬으로 도망갔지만, 아퀼리우스만은 레스보스 섬의 미틸레네로 갔다. 거기서 배를 타고 카시우스가 은신해 있다는 로도스 섬으로 갈 생각이었다. 하지만 아퀼리우스는 레스보스 섬에 발을 딛자마자 장티푸스에 걸려서 더 이동할 수가 없었다. 아시아 속주가 함락되었다는 소식을 접한 레스보스 섬 주민들(이들도 공식적으로 아시아 속주에 속했다)은, 친절하게도 로마 집정관 권한대행을 배에 실어 존경을 나타내는 특별 징표로서 미트리다테스 왕 앞으로 보냈다.

아퀼리우스는 미틸레네 맞은편의 작은 항구 마을 아타르네우스에서 바스타르나이족 거인이 탄 말의 안장 앞테에 쇠사슬로 묶였고, 그대로 질질 끌린 채 왕이 목을 빼고 선물을 기다리는 페르가몬까지 갔다. 쉴 새없이 부딪히고 넘어지고, 오물에 맞고, 조롱과 야유를 당하고 상스러운 욕설을 들으며, 비록 병든 상태이긴 해도 아퀼리우스는 끝까지 살아서 도착했다. 하지만 페르가몬에 도착한 아퀼리우스를 미트리다테스가 자세히 들여다보니 그대로 두었다가는 금방 죽을 게 틀림없었다. 이러다간 마니우스 아퀼리우스를 위해 내가 특별히 준비해둔 맛깔난 계획을 망치고 말겠어!

그리하여 로마 집정관 권한대행은 이번에는 나귀의 엉덩이를 보도록 거꾸로 안장에 묶였고, 그 상태로 페르가몬 전 지역 여기저기에 무자비하게 끌려다녔다. 얼마 전까지만 해도 로마령 아시아 속주의 수도였던 이곳의 시민들에게 폰토스의 왕이 로마의 집정관 권한대행을 어떻게 생각하는지, 로마의 보복을 얼마나 우습게 여기는지 보여주기 위함이었다.

마침내, 오물로 범벅이 되어 사람 그림자로밖에 보이지 않는 아퀼리우스가 이 고통을 연출한 당사자 앞으로 이끌려왔다. 페르가몬의 아고라 한가운데 놓인 호사스러운 단상 위 황금 옥좌에 당당히 앉은 왕이 그를 지그시 내려다보았다. 비티니아군을 철수시키길 거절한 자, 스스로 영토를 지키게 해달라는 왕의 청을 거절한 자, 로마 원로원과 인민에게 직접 항의하겠다는 뜻을 보내자 그마저도 거절한 자였다.

구부정하게 서서 썩은 내를 풀풀 풍기는 아퀼리우스를 바라본 순간,

폰토스의 미트리다테스 왕은 로마에 대해 품었던 마지막 한줌의 두려움마저 던져버렸다. 내가 지금껏 두려워한 것은 무엇이었나? 이처럼 우습기 짝이 없는 약골 앞에서 나는 왜 그리도 뒷걸음질쳤나? 나, 폰토스의 미트리다테스는 로마보다 훨씬 강하다! 병사가 채 2만도 안 되는 작은 4개 군대! 전형적인 로마의 모습은 가이우스 마리우스도, 루키우스 코르넬리우스 술라도 아닌 마니우스 아퀼리우스다! 나의 로마에 대한 개념은 예외적인 로마인 두 명으로 인해 영속되어온 그릇된 믿음이었어! 진짜 로마가 여기 나의 발아래에 서 있다.

"집정관 대행!" 왕이 날카롭게 외쳤다.

아퀼리우스는 고개를 들었지만, 말할 기운이 남아 있지 않았다.

"로마 집정관 대행, 네가 줄곧 탐내던 내 황금을 오늘 너에게 주겠다."

왕의 호위병들이 아퀼리우스를 데리고 단상에 올라가, 왕의 정면에서 왼쪽으로 조금 떨어진 곳에 놓인 낮은 의자에 그를 강제로 앉혔다. 호위병들이 그의 양팔을 어깨부터 손까지 몸통에 바짝 붙여 넓은 끈으로 단단히 조여 묶더니, 한 명이 오른쪽 끈을 꽉 붙들고 다른 한 명은 왼쪽 끈을 꽉 붙들었다. 아퀼리우스는 꼼짝할 수 없었다.

대장장이가 시뻘겋게 달궈진 도가니를 집게로 들고 나타났다. 쇳물을 몇 잔은 채울 크기의 도가니 안에서 연기가 피어오르며 매캐한 탄내가 풍겼다.

세번째 호위병이 아퀼리우스의 뒤로 돌아가더니 머리카락을 한 움큼 휘어잡아 머리통을 뒤로 젖힌 뒤, 반대쪽 손으로 아퀼리우스의 코를 잔인하게 비틀어 콧구멍을 막았다. 숨을 쉬려는 몸의 반사작용을 거부할 수는 없었다. 아퀼리우스가 입을 열고 할딱였다. 그 즉시 아름답고 부드럽게 반짝이는 황금 강줄기가 맑은 공기를 갈망하는 그의 목구멍으로 쏟아졌고, 그가 비명을 지르고 요동을 치며 자리에서 일어나려는 헛된 시도를 되풀이하는 내내 더 많은 황금물이 쏟아져 내렸다. 마침내 그는 죽었다. 입과 턱과 가슴 위에 굳은 황금은 마치 얼어붙은 폭포 같았다.

"칼로 베어서 마지막 한 방울까지 도로 꺼내라." 미트리다테스 왕은 이렇게 말하고, 아퀼리우스의 몸 안팎을 꼼꼼하게 긁어내는 광경을 열심히 바라보았다.

"시체를 개들한테 던져주어라." 옥좌에서 일어난 미트리다테스 왕은 단상 아래로 내려와 로마 집정관 권한대행 아퀼리우스의 이리저리 비틀리고 난도질된 잔해를 태연하게 밟고 지나갔다.

모든 것이 찬란히 아름답게 흘러가고 있어! 오직 미트리다테스만이 알고 있는 사실이었다. 시원한 바람이 부는 페르가몬 산꼭대기의 계단식 대지를 거닐며 왕은 가멜리온, 즉 7월의 마지막날을 기다렸다. 아테네의 아리스티온 역시 지금까지 일이 성공적으로 진행되었다고 전해 온 터였다.

강대하신 미트리다테스 전하, 아테네가 그리스 전체에 길을 열어 보여줄 것이니 이젠 그 무엇도 우리를 막을 수 없사옵니다. 저는 과거 아테네의 탁월함과 부유함에 대한 연설로 이곳의 작전을 개시했습니다. 전성기가 지난 민족은 늘 과거의 영광을 간절한 향수 속에 바라보는 탓으로, 그 영광을 되돌려주겠다는 약속에 쉽게 현혹되지요. 저는 지난 6개월간 아고라에서 꾸준히 연설을 하는 동시에 저의 반대 세력을 서서히 짓밟으며 추종자들을 모았습니다. 저는 카르타고가 로마에 등을 돌리고 전하와 동맹을 맺었다고 말하기도 했는데 청중은 그것까지도 사실로 믿었습니다! 아테네인들은 식견이 제일 가는 사람들이라는 것도 이제 옛말입니다. 로마가 카르타고를 멸망시킨 지 벌써 50여 년이 지났건만, 그 사실을 아는 자가 단 한 명도 없었습니다. 참으로 놀라운 일입니다.

오늘 서한을 올리는 이유는 제가 아테네의 군 지도자로 선출되었다는 희소식을 전해드리기 위해서입니다. (제가 글을 쓰는 지금은 포세이데온〔아티케력에서 가멜리온의 전달, 즉 6월—옮긴이〕 중순입니다.) 또한 동료들을 직접 선임할 권한도 제게 주어졌습니다. 저는 당연히 우리 그리스 세계의 구원이 대왕 전하의 손에 달려 있다고 굳게 믿는 자들, 전하가 사자장화 뒤축으로 로마를 으깨버리는 날이 오기만을 뜨겁게 고대하는 이들로 자리를 채웠습니다.

피레아스 항구를 포함해 전 아테네가 제 손안에 있습니다. 아쉽게도 저의 공공연한 적들과 친로마 분자들이 미처 손쓰기 전에 도망쳐 버렸습니다만, 멍청하게도 아테네에 계속 남아 있었던 자들은 모두 목숨을 잃었습니다. 위험해질 수도 있다는 생각을 미처 하지 못한 아테네의 부자들이 대부분이었습니다. 망명자들과 죽은 자들의 재산은 전부 압수해 로마와의 전쟁에 쓸 자금으로 묻어두었습니다.

저는 유권자들에게 내건 공약들을 반드시 이행할 것이지만, 그것이 대왕 전하의 작전 수행에 불편을 끼치지는 않을 겁니다. 제가 내건 공약은 로마인들로부터 델로스 섬을 되찾아주겠다는 것입니다. 델로스는 수익성이 엄청난 섬입니다. 아테네가 세계 패권의 정점에 있었을 때, 거기서 나는 수입은 아테네의 부를 지속시켜준 원동력이었지요. 가멜리온 초에 저의 벗 아펠리콘(뛰어난 제독이자 노련한 지휘관입니다)이 델로스 섬 원정에 나설 것입니다. 그곳은 이제 썩은 사과에 불과하니 저희가 질 가능성은 없습니다.

저의 주인이신 대왕 전하, 지금으로서는 이것이 전부이옵니다. 아테네 시는 전하의 것이고, 피레아스 항구는 전하께서 필요한 때 언제라도 전하의 배를 맞을 수 있게 활짝 열려 있사옵니다.

왕은 피레아스 항구와 그 뒤편에 장성(長城)으로 연결된 도시 아테네가 꼭 필요했다. 7월 그러니까 그리스인에게는 가멜리온의 마지막 날, 아르켈라오스의 함대들이 헬레스폰트 해협에서 흘러나와 에게 해 서쪽 연안에 쏟아져나왔으니까. 수로 말하자면 노가 3단 이상 배치된 갑판식 전투용 갤리선이 300척, 노가 2단으로 배치된 비갑판식 갤리선이 100척 이상, 육군과 해군을 가득 태운 수송선이 1천500척에 이르렀다. 이미 왕의 손안에 든 아시아 속주 연안은 신경쓸 필요가 없었다. 아르켈라오스는 폰토스군이 그리스에 주둔할 수 있게끔 하는 데에만 온 신경을 집중했다. 그리하여 폰토스 군대가 마케도니아를 양쪽에서 쳐부수고 들어갈 수 있도록. 그리스는 아르켈라오스 자신이, 마케도니아 동쪽은 젊은 아리아라테스가 맡았다.

젊은 아리아라테스 역시 부왕이 정해준 일정표를 충실히 따랐다. 7월의 마지막날, 그는 10만 군사를 이끌고 헬레스폰트 해협을 건너 로마인들의 기술로 닦은 에그나티우스 가도를 따라 트라키아 쪽 마케도니아의 좁은 연안 지대를 행군했다. 그의 군대를 저지하는 자는 아무도 없었다. 젊은 아리아라테스는 바다 쪽으로는 압데라, 내륙 쪽으로는 필리피에 상설 진지를 세운 후, 첫번째로 상대할 로마인 정착지로서 총독이 머무르는 강대한 도시 테살로니카를 향해 서쪽으로 진군했다.

그리고 7월의 마지막날 비티니아, 아시아 속주, 프리기아, 피시디아에 있던 로마인, 라티움인, 이탈리아인 시민은 남자, 여자, 아이, 노예 할 것 없이 최후의 한 명까지 모두 살해되었다. 세 가지 지령 중 최대 비밀이었던 이 지령을 내리면서 미트리다테스는 굉장한 교활함을 보였다. 왕은 이 지령을 실행에 옮길 때 자기 병사들이 아니라 그리스의 아이올리스, 이오니아, 도리스 주민들의 손으로 죽이도록 지시했다. 많은 지역에서 쌍수를 들어 이 명령을 반겼다. 이들 지역에서 로마인 압제자들을 죽이고 싶어 안달이 난 자원자들을 모으기란 어려운 일이 아니었다. 하지만 다른 지역 주민들은 이 명령에 경악했고, 그들에게 로마인들을 죽이라고 설득하기란 불가능했다. 어쩔 수 없이 트랄레스의 행정장관이 자기들을 대신해 살인을 자행해줄 프리기아인 용병들을 고용하자, 그간 난감해하던 다른 지역에서도 같은 조치를 취했다. 그렇게 그들은 자기들의 죄책감을 이방인들의 어깨에 지우려 했다.

단 하루 사이 8만 명에 이르는 로마인, 라티움인, 이탈리아인 시민들과 그 가족, 그리고 그들 소유의 노예 7만 명이 죽었다. 대학살은 비티니아의 니코메디아에서 카리아의 크니도스를 지나 저 먼 내륙지방 아파메이아까지 이어졌다. 구원된 자는 없었다. 도움을 받아 몸을 숨기거나 도망친 자 역시 없었다. 미트리다테스 왕에 대한 공포가 인간적 동정심을 훨씬 앞질렀던 것이다. 미트리다테스가 자기 병사들을 시켜 이 일을 자행했다면 학살에 대한 책임은 전적으로 미트리다테스에게 있었겠지만, 그는 그리스 주민들이 더러운 일을 대신하도록 강요함으로써 그들도 책임을 나누어갖게끔 만들었다. 그리고 그리스인들은 왕의 속뜻을 정확히 간파했다. 갑자기 폰토스의 미트리다테스 왕 치하의 삶도 로마 치하의 삶보다 조금도 나을 게 없어보였다. 아무리 세금을 감해준다 한들.

많은 사람들이 학살을 피해 신전에 은신하려 했지만 그들을 받아주는 곳은 없었다. 신전에서는 이 신, 저 신을 향해 통곡하는 그들을 강제로 끌어내어 학살자들에게 보냈다. 공포에 찬 나머지 떠나기를 거부하며 초인적인 힘을 발휘해 제단이나 신상을 손끝으로 붙들던 자들 몇몇은 손목이 잘린 채 끌려나가 죽임을 당했다.

최악은 미트리다테스 왕이 직접 봉인한 살인 집행 명령서의 마지막 구절이었다. 바로 로마인, 라티움인, 이탈리아인, 그리고 그들의 노예를 절대 불에 태우지도, 땅에 묻지도 말라는 것이었다. 시신은 사람들 거주지에서 최대한 먼 곳으로 옮겨져 협곡이나 막다른 골짜기, 산꼭대기나 바다 속에 썩도록 방치되었다. 로마인, 라티움인, 이탈리아인 시민 8만여 명과 그들의 노예 7만여 명 모두. 총 15만여 구의 시신. 감히 명령을 거역하고 희생자를 매장해준 지역은 단 한 군데도 없었기에 그해 섹스틸리스(8월—옮긴이)에 하늘의 새, 땅과 바다의 시체 청소부들은 마음껏 배를 불렸고, 미트리다테스 왕은 엄청나게 높이 쌓인 시쳇더미들을 구경하러 이곳에서 저곳으로 돌아다니며 한없이 즐거워했다.

극소수만이 죽음을 피했다. 로마 시민권을 박탈당하고 다시는 로마로 돌아갈 수 없는 형벌에 처해진 자들이었다. 그들 중에는 푸블리우스 루틸리우스 루푸스라는 자가 있었다. 로마 위인들의 벗이자 영예와 존경을 한몸에 누리는 스미르나 시민권자이며, 펜으로 카툴루스 카이사르와 똥돼지 메텔루스 누미디쿠스 같은 자들을 악의 넘치게 묘사해내는 자였다.

안테스테리온 그러니까 로마력의 섹스틸리스 초, 미트리다테스 왕은 모든 게 이보다 더 좋을 수는 없다고 생각했다. 밀레토스에서 아시아 속주의 안드라미티움을 거쳐 비티니아 국경선 너머까지 그가 파견한 지방관 태수들이 안락하게 정부 요직을 꿰차고 있었다. 비티니아에는 더이상 왕이 들어서지 않을 것이다. 미트리다테스가 비티니아의 왕위 계승자로 앉힐 만한 유일한 후보자도 이제는 죽고 없었다. 소크라테스는 폰토스로 돌아온 후 끊임없이 징징대며 왕을 짜증나게 하다가 결국 죽음과 동시에 입을 다문 터였다. 리키아 북쪽 아나톨리아 전 지대와 팜필리아와 킬리키아가 모두 폰토스 소유였고 나머지도 곧 그렇게 될 것이었다.

하지만 그 무엇도 로마인과 라티움인과 이탈리아인 학살만큼 왕을 기쁘게 하진 못했다. 썩도록 내버려진 시신 수천 구가 쌓인 장소를 새로 마주칠 때마다 왕은 환히 미소 지었고 소리내어 웃었으며 희열에 차올랐다. 왕은 로마인과 이탈리아인 간에 구분을 두지 않았다. 물론 로마와 이탈리아가 전쟁중임은 알고 있었다. 이는 미트리다테스가 누구보다도 잘 이해하는 현상이었다. 권력이라는 포상이 걸린 형제 대 형제의 싸움.

그랬다. 모든 것이 찬란히 아름답게 흘러갔다. 폰토스에서는 아들 미트리다테스가 부왕을 대리하여 정사를 보고 있었다(왕은 신중하게도, 아들이 똑바로 처신하도록 며느리와 손주들을 아시아 속주에 함께 데리고 왔다). 다른 아들 아리아라테스는 카파도키아의 왕이었다. 프리기아, 비티니아, 갈라티아, 파플라고니아는 아들들이 태수가 되어 직접 통치했고, 사위인 아르메니아의 티그라네스 왕은 폰토스의 발에 거치적거리지 않는 한 카파도키아 동쪽 지방을 마음대로 활보할 수 있었다. 티그라네스더러 시리아와 이집트를 정복하게 하자. 그러면 녀석은 거기에만 정신을 팔 거야. 미트리다테스는 얼굴을 찌푸렸다. 이집트 백성들은 외국인 왕을 인정하지 않겠지. 허수아비 프톨레마이오스가 필요하겠군. 그런 놈을 찾아낼 수만 있다면 말이지. 하지만 이집트 왕비 자리는 반드시 내 딸들이 차지해야 해. 내 딸들에게 예정된 자리를 티그라네스의 딸년들에게 빼앗길 수는 없지.

가장 인상적인 것은 왕의 함대들이 거둔 승리였다. 단, 아리스티온과 그의 '뛰어난 제독이자 노련한 지휘관' 아펠리콘의 형편없는 실패는 무시했을 때 이야기였다. 아테네의 델로스 섬 침공은 그야말로 낭패였다. 하지만 아르켈라오스의 제독 메트로파네스가 키클라데스 제도를 차지한 뒤 이어 델로스 섬까지 장악했고 그곳의 로마인, 라티움인, 이탈리아인 2만여 명을 추가로 죽였다. 메트로파네스는 델로스 섬을 아테네에 넘겨 그곳에서 아리스티온이 권력을 유지할 수 있게 했다. 폰토스 함대의 서부 기지가 되어줄 피레아스 항구가 꼭 필요했던 것이다.

이제 에우보이아 전역이 폰토스의 손안에 있었다. 스키아토스 섬과, 주요 항구도시 데메트리아스와 메토네가 자리한 파가사이 만 주변 상당한 규모의 테살리아 땅도 폰토스의 차지였다. 그리스 북부 지역을 정복한 후 테살리아에서 그리스 중앙으로 진입하는 도로를 차단해버리자, 결국 그리스 나머지 지역도 불편을 견디지 못하고 미트리다테스에 대한 지지를 표명했다. 펠로폰네소스 반도, 보이오티아, 라코니아, 아티케 전 지역이 로마로부터 자기네를 구원했다며 폰토스의 왕을 열렬히 환영했다. 그들은 이제 미트리다테스의 군사와 함대가 장홧발로 딱정벌레를 밟아 으깨듯 마케도니아를 깨부수는 것을 지켜보려고 뒷짐을 지고 뒤로 기대앉았다.

그러나 마케도니아를 깨부수는 것은—여하튼 당분간은—불가능한 일로 판명이 났다. 그리스가 돌연 로마에 적대적으로 굴고 폰토스 지상군이 에그나티우스 가도로 진군해 들어오는데도, 센티우스와 브루티우스 수라는 당황하지도 패배를 받아들이지도 않았다. 그들은 서둘러 보조군을 최대한 많이 소집해서, 마케도니아가 미트리다테스와 맞서기 위해 가진 전부였던 2개 로마 군단의 주둔지 옆에 이들을 추가 배치했다. 폰토스는 쓰라린 대가를 치르지 않고서는 마케도니아를 차지할 수 없을 것이었다.

모두가 인정하는 소아시아의 주인으로 페르가몬에 편안하게 자리잡은 미트리다테스 왕은 늦여름이 차츰 따분해졌다. 재미있는 일이라고는 딱 하나, 여기저기 쌓인 시체 언덕을 둘러보는 것뿐이었지만 이 기념비들 중 제일 어마어마한 것도 이미 본 터였다. 그러다 문득 왕은 페르가몬 아래로 흐르는 카이코스 강의 상류에 자리한 마을 하나를 빠뜨렸다는 사실을 떠올렸다. 아시아 속주에는 스트라토니케이아라는 이름이 붙은 마을이 둘이었다. 카리아에 자리한 더 큰 스트라토니케이아는 폰토스 포위군에 맞서 아직 완강히 버텼다. 작은 스트라토니케이아는 카이코스 강에서 페르가몬보다 더 안쪽에 자리했으며 미트리다테스에게 충성을 맹세한 곳이었다. 그리하여 왕이 말을 타고 그 마을에 들어선 날, 주민들은 한꺼번에 몰려나와 환호성을 지르며 의기양양하게 지나가는 왕 앞으로 꽃잎을 뿌렸다.

사람들 사이로 모니마라는 그리스 처녀에게 눈길이 간 왕은, 냉큼 처녀를 자기 앞에 대령하게 했다. 온몸이 창백한 여자로, 머리칼도 희고 눈썹과 속눈썹도 너무나 희어서 털이 하나도 없는 것 같은 기묘한 느낌의 미녀였다. 처녀를 가까이서 보고 난 뒤 왕은 이 윤기 나는 진분

홍 눈동자의 희귀하고 신기한 여인을 곧장 아내로 삼았다. 처녀의 아비 필로포에몬으로부터는 아무런 반대도 없었다. 특히나 왕이 남쪽의 에페소스에 모니마와 장인을 데려가 장인을 그곳 태수로 앉힌 뒤로는 더더욱.

새로 얻은 백색증 신부와 더불어 에페소스의 유명한 오락거리들을 즐기면서도, 왕은 일에도 충분한 시간을 할애해 로도스 섬에 간결한 전갈을 보냈다. 폰토스에 투항하고 그곳으로 도망간 총독 가이우스 카시우스 롱기누스를 넘기라는 요구였다. 로도스 섬은 신속히 답장을 보내 왕의 요구를 단호히 거절했다. 자신들은 로마 인민의 우호동맹이며, 신의를 지키기 위해 필요하다면 죽음도 불사하겠다는 것이었다.

정벌에 나선 이래 처음으로 미트리다테스는 성깔을 부렸다. 폰토스 중신들과 그들보다도 한술 더 떠 알랑대는 에페소스인들이 머리를 조아리는 동안, 왕은 알현실 여기저기를 향해 고래고래 악을 쓰다가 겨우 노기가 가라앉자 도끼눈을 뜬 채 옥좌에 앉았다. 한 손으로 턱을 괸 채 입술을 뾰족 내민 왕의 살찐 양볼에 눈물 자국이 보였다.

그 순간 왕은 다른 모든 일에 흥미를 잃었다. 왕은 로도스 섬을 굴복시키는 데에만 온 정력을 쏟았다. 감히 내게 '싫다고'? 로도스같이 쪼끄만 섬이 폰토스의 힘에 맞서 버틸 수 있다 생각한단 말인가? 하, 그럴 순 없음을 곧 알게 되리라.

왕이 소유한 함대는 에게 해 서쪽 군사 작전에 깊숙이 관여하고 있어서 로도스처럼 작은 섬을 치는 사소한 작전에 할애할 수 없었다. 따라서 왕은 스미르나, 에페소스, 프리에네, 밀레토스, 할리카르나소스, 키오스 섬, 사모스 섬에 왕에게 필요한 배를 전량 기증하라고 요구했다. 아시아 속주에 2개 군대를 주둔시켜놓은 터라 지상군은 많았다. 하지만 리키아의 파타라와 테르메소스가 폰토스에 끈질기게 저항하고 있어, 로도스 침입을 개시하기에 가장 적절한 위치인 리키아의 해변과 만까지 지상군을 이동시킬 수 없었다. 로도스 해군은 막강하기로 명성이 높았고, 이들 병력이 집중된 곳은 로도스 섬 서쪽 즉 할리카르나소스와 크니도스 쪽에서 내려오는 바다가 정면으로 바라다보이는 위치였다. 그러나 리키아 지방을 쓸 수 없으니 이들 해로를 따라 내려가는 수밖에 다른 뾰족한 방법이 없었다.

왕은 수송선 수백 척과 아시아 속주에서 동원 가능한 전투용 갤리선을 전부 할리카르나소스(가이우스 마리우스가 그토록 사랑했던 도시였다)에 집결시켰다. 그는 2개 군대 중 하나를 데려와 배에 태웠다. 그리하여 9월 말에 왕은 출항했다. 다른 배에 빽빽하게 둘러싸인 왕의 거대한 '16단 노선'은, 차양이 쳐진 선미루에 놓인 황금빛과 자줏빛 옥좌로 인해 쉽게 눈에 띄었다. 왕은 거기 앉아 내려다보이는 그 모든 것들의 주인으로서 무한한 희열을 느꼈다.

덩치 큰 군함은 둔중하고 느리기 마련이지만 그중 제일 느린 무장 갤리선도 수송선보다는 빨랐다. 사실 여기 모인 수송선들은 설계시에 만이나 갑을 따라 항해하는 것 이상을 염두에 두지 않은, 온갖 잡다한 화물선의 집합에 지나지 않았다. 따라서 이날 폰토스 선단에서 제일 앞서가던 배가 크니도스 반도 끝을 돌아 드넓은 카르파티아 해에 이를 즈음, 뒤에 일렬로 무수히 따라오던 배들 중 끄트머리에 달린 수송선은 겁에 질린 폰토스 병사들을 가득 실은 채 그제야 할리카르나소스 항구를 떠나고 있었다.

이윽고 로도스 해군이 가볍고 빠른 부분갑판식 3단 노선을 몰고 수평선에 나타나, 임시변통으로 꾸린 폰토스군 선단에 정면으로 돌진해왔다. 미트리다테스 왕이 앉아 있는 육중한 '16단 노선'을 전시에 사용한다는 것은 로도스의 해상 전술에서 있을 수 없었다. 그 같은 주력함으로는 해병과 포를 대량 운반할 수 있다. 하지만 로도스 해군은 해상전에서 포격같이 손쉬운 수단을 사용하는 것을 경멸했고, 적의 해병들이 자기네 배에 올라타는 게 가능할 정도로 한곳에 오래 머물지도 않았다. 로도스 해군의 명성은 빠른 속도와 신기에 가까운 항해술에 있었다. 그들은 둔중한 주력선 사이를 마음대로 휙휙 지나다녔다. 배의 부족한 무게를 상쇄하고도 남을 엄청난 속도로 돌진해서 적의 선박을 세게 들이박으면, 로도스의 3단 노선 끝에 달린 청동으로 보강한 떡갈나무 충각이 적의 육중한 '16단 노선' 측면을 깊숙이 밀고 들어갈 수 있었다. 적의 배에 구멍을 내놓는 것만이 해상에서 결정적인 승리를 거두는 유일한 방법이라는 게 로도스 사람들의 지론이었다.

로도스 해군을 발견한 폰토스 선단은 웅장한 전투에 돌입할 태세를 갖췄다. 하지만 로도스 해군은 살짝 기습공격만 하려는 듯, 빠른 속도로 폰토스 갤리선들의 주위를 빙빙 돌아 어지럽게 하더니 돌연 방향을 돌려 개중에서도 특히 둔중한 5단 노선 두 척의 옆구리를 세게 들이박고 물러가버렸다. 그러나 로도스인들은 무대에서 물러나기에 앞서 미트리다테스 왕이 평생 잊지 못할 공포를 안겨주는 데 성공했다. 그것은 왕의 첫 해상전이었다. 지금까지는 흑해에서의 항해가 해상 경험의 전부였고, 그곳에서는 제아무리 건방진 해적이라 해도 감히 폰토스 해군의 배를 공격할 엄두를 내지 않았다.

왕은 흥분되고 들뜬 마음으로 황금빛과 자줏빛 옥좌에 앉아, 눈앞에 펼쳐지는 장면을 하나도 놓치지 않으려고 눈에 불을 켰다. 자기 자신이 위험에 처할 수도 있다는 생각은 조금도 하지 않았다. 하지만 그가 몸을 왼쪽으로 완전히 꺾어 로도스 갤리선의 기막힌 항해술을 구경하고 있을 때, 문득 배가 휘청하더니 삐걱 소리와 함께 심하게 요동을 쳤다. 이어 노 여러 개가 나뭇가지처럼 따다닥 부러지는 소리가 경악과 공포의 비명 소리와 한데 뒤섞였다.

순간 왕을 압도한 갑작스런 공포는 시작과 더불어 순식간에 사라졌다. 하지만 이미 늦었다. 짧지만 온전했던 공포의 한순간, 폰토스 국왕이 옷에 실수를 한 것이다. 딱딱한 똥덩이가 어마어마한 양의 소변과 뒤섞여 사방에 쳐발렸다. 구린내 나는 갈색 덩어리가 황금 장식의 자줏빛 방석을 뒤덮고, 옥좌 다리를 따라 뚝뚝 떨어져 왕의 다리를 줄줄 타고 내려가서는 왕이 신은 장화의 덮개 위 황금빛 사자 갈기 안까지 흘러내렸다. 왕이 펄쩍펄쩍 뛰자 갑판 바닥에 웅덩이처럼 고인 똥물이 사방으로 튀었다. 그러나 어디 가버릴 데도 없었다! 수행원들과 군관들의 휘둥그레진 눈으로부터도, 선체 중앙부에서 왕의 안전을 확인하려 본능적으로 왕 쪽을 올려다보는 항해사들로부터도 어떻게도 감출 수가 없었다.

그때 왕은 자기네 배가 로도스 해군의 배에 받힌 것도 아니라는 사실을 깨달았다. 키오스 섬에서 차출한 크고 어설픈 '16단 노선' 하나가 실수로 왕이 탄 배의 기둥을 옆에서 치면서 부딪힌 면의 노가 모조리 부러졌던 것이다.

저놈들 눈빛에 담긴 것은 놀라움일까, 아니면 비웃음일까? 무서운 노기로 번득이는 왕의 퉁방울눈이 이 얼굴에서 저 얼굴로 옮겨다니자, 시뻘겋게 달아올랐던 모든 얼굴들이 투명한 잔에서 포도주가 비워지듯 새하얗게 질렸다.

"아프다!" 왕이 소리쳤다. "뭔가 잘못되었어. 아프단 말이다! 어서 날

도와, 이 머저리들!"

정적이 깨졌다. 사방에서 사람들이 왕에게 달려들었고, 갑자기 공중에서 천이 튀어나오는 것 같았다. 머리 회전이 빠른 두 사람이 양동이를 찾아 왕에게 바닷물을 들이부었다. 양동이에 든 차가운 물이 왕의 다리를 내리치자, 이 경악스러운 상황을 수습할 좋은 방법이 왕에게 불현듯 떠올랐다. 그는 고개를 뒤로 젖히고 우렁차게 웃었다.

"자, 자, 이 멍청한 것들아, 깨끗이 씻어내!"

왕은 황금빛 프테루게스 치마, 그 아래 황금빛 쇠사슬 킬트 치마, 다시 그 아래 자줏빛 튜닉을 들어올렸다. 튼실한 허벅지와 탄탄한 엉덩이 앞쪽에, 건강한 사내아이 반백여 명을 잉태시킨 힘 좋은 발동기가 드러났다. 최악의 것이 왕의 아랫도리에서 갑판바닥으로 씻겨내려가자 그는 옷을 전부 벗고 높은 뱃고물에 나체로 서서, 어리둥절해하는 선원들에게 그들 왕의 몸이 얼마나 훌륭한지 보여주었다. 왕은 여전히 웃는 얼굴이었고, 여전히 장난스러웠으며, 간간이 효과를 극대화하려는 듯 자기 배를 움켜잡고 그르렁거렸다.

하지만 로도스 함대가 완전히 물러가고 엉켜 있던 폰토스의 '16단 노선' 두 척이 분리되고 꼼꼼히 닦아낸 옥좌에 깨끗한 방석이 놓이자, 새로 의대를 갖춰 입은 왕은 손짓으로 함장을 불렀다.

"이봐, 함장. 이 배에서 망보던 놈과 항해사, 그놈들 혀를 뽑고 고환을 자르고 눈알을 뽑고 손목을 잘라. 그런 뒤 거지 동냥그릇을 주고 풀어줘라." 미트리다테스가 말했다. "그리고 저 키오스 배. 그 배도 망보던 놈과 항해사, 함장까지 똑같은 벌을 내린다. 그 배에 탄 놈들은 다 죽여. 그리고 절대, 절대, 절대로 나를 키오스 놈이나 키오스라는 저 재수없는 섬에서 침이라도 뱉으면 닿을 거리에 다시는 두어선 안 돼! 이해했나, 함장?"

함장이 침을 꿀꺽 삼키고 눈을 질끈 감았다. "네, 대왕 전하. 알겠사옵니다." 그는 자꾸 죄여오는 목을 가다듬으며, 지금 묻지 않을 수 없는 질문을 왕에게 장렬히 아뢰었다. "대왕 전하, 노를 더 구하려면 배를 어딘가에 정박해야만 하옵니다. 노 여분이 선내에 충분치 않습니다. 이대로는 돌아갈 수 없사옵니다."

왕은 이 소식을 아주 좋게 받아들이는 것 같았다. 왕이 퍽 온화한 목소리로 물었다. "어디쯤 정박하면 좋겠느냐?"

"크니도스나 코스 섬이 좋겠습니다. 남쪽으로는 갈 수 없사옵니다."

조금 전의 공공연한 망신이 아닌 다른 것에 대한 관심의 표현이 왕의 두 눈에 나타났다. "코스 섬!" 왕이 외쳤다. "코스 섬으로 가자! 아스클레피오스 신전의 신관들에게 따질 게 있어. 그자들이 로마인들의 망명을 수락해줬단 말이지. 그자들한테 보물이 얼마나 있는지도 알고 싶고. 그리고 황금도. 그래, 코스 섬으로 간다, 함장."

"펠로피다스 공이 대왕 전하를 뵙기를 바라옵니다."

"펠로피다스가 나를 보고 싶은데 기다릴 게 뭐 있느냐?"

여전히 왕은 위험한 상태였다. 왕이 제일 위험할 때는, 웃고 있지만 그 이유가 재미있어서는 아닌 때였다. 그럴 때는 무엇이든 왕을 폭발하게 할 수 있었다. 잘못된 말 한마디, 잘못된 표정, 잘못된 추측 하나만으로도. 왕의 손가락에서 딱 소리가 나기도 전에 옥좌 앞에 나타난 펠로피다스는 잔뜩 겁에 질려 있었다. 하지만 속이 드러나지 않도록 엄청난 주의를 기울였다.

"그래, 무엇인가?"

"대왕 전하, 전하께서 이 배를 수리차 코스 섬에 정박하라 명하신 것을 들었사옵니다. 그렇다면 저는 다른 배로 옮겨서 로도스 섬에 가 있으면 어떻겠사옵니까? 우리 지상군이 상륙할 때 제가 거기 있기를 바라시리라 생각한 것이옵니다만, 혹여 전하께서 직접 다른 배로 옮겨 타실 계획이시오면 제가 여기 남아 일을 처리하겠사옵니다. 명을 내려주옵소서, 대왕 전하."

"로도스로 가시오. 상륙지점을 정하는 것은 그대에게 맡기지. 병사들이 행군중에 지칠 수 있으니 로도스 시에서 너무 먼 곳은 말고. 병사들을 주둔시키고 내가 도착할 때까지 기다리시오."

'16단 노선'이 코스 섬의 코스 시 항구에 닿자, 미트리다테스 왕은 노 문제를 함장에게 맡겨두고서 노가 잘 돌아가는 날렵한 거룻배를 타고 뭍으로 갔다. 왕은 즉각 호위병을 데리고 코스 시 외곽에 자리한 치유의 신 아스클레피오스의 신전으로 향했다. 워낙 신속히 이동한 탓에, 왕이 신전 앞뜰로 걸어들어가 책임자 나오라며 우렁차게 소리쳤을 때 그의 정체를 아는 사람은 아무도 없었다. 책임자를 찾으며 고성을 지르는 것은 미트리다테스 왕이 상대를 욕보이려고 하는 전형적인 행동이었다. 왕은 이곳의 책임자가 다름아닌 대신관임을 누구보다 잘 알고 있었다.

"저 건방지고 오만한 놈은 누구지?" 어느 신관이 다른 신관에게 묻는 소리가 왕에게 들렸다.

"나는 폰토스의 미트리다테스이고, 네놈들은 이제 죽은목숨이다."

그리하여 대신관이 도착했을 때 그와 방문객 사이에는 신관 두 명이 목이 잘려나간 채 바닥에 누워 있었다. 예리하고 영리한 대신관은 황금색과 자주색 옷을 입은 덩치 큰 원숭이가 꽥꽥대며 자신을 찾는다는 말을 들었을 때 미지의 방문객이 누군지 대번에 짐작한 터였다.

"코스 섬의 아스클레피오스 신전에 오신 것을 환영합니다, 미트리다테스 전하." 대신관이 두려운 기색 없이 침착하게 말했다.

"그대는 로마인들에게도 그렇게 말한다지."

"저는 누구에게나 그렇게 말합니다."

"내가 죽이라고 명한 로마인들에게는 그래선 안 되지."

"전하께서 이곳에 망명을 청하신대도 똑같이 수락해드릴 겁니다. 아스클레피오스 신은 편애를 하지 않고, 인간은 누구나 한 번쯤 아스클레피오스 신을 필요로 합니다. 현명한 사람이라면 기억해둘 만한 사실이지요. 그분은 죽음이 아닌 생명의 신입니다."

"좋아, 저자들에게 한 것을 그대에 대한 벌로 쳐두시오." 왕이 죽은 두 신관을 가리키며 말했다.

"마땅한 벌의 두 배로군요."

"내 성질을 너무 돋우지 마시오, 대신관! 이제 장부를 보여주시오. 로마 총독한테 보여주는 장부 말고."

코스 섬의 아스클레피오스 신전은 이집트 국영 은행을 제외하면 세계 최대의 금융기관이었다. 아스클레피오스 신전이 그렇게 성장할 수 있었던 것은 이집트 프톨레마이오스 왕조의 비호(코스 섬은 한때 이집트 소유였다)하에 임명된 수많은 신관 관리자들을 통해 이어져 내려온 신중한 통찰력 덕분이었다. 당연한 수순대로 아스클레피오스 신전은 이집트 금융 체계의 한 분파로서 자금을 관리하는 기관으로 발전했다. 본래는 이곳도 여느 신전처럼 전형적인 성소에 가까웠다. 치유와 청결을 위한 신전으로 축성된 이곳 아스클레피오스 신전은 히포크라테스의 제자들이 창안한 장소로, 원래 수면 치료를 시행하던 곳이었다. 수면 치료란 잠으로써 꿈에 대한 치료와 해석을 시도하는 기법으로 에피다우로스나 페르가몬 지역 신전에서 여전히 시행되고 있었다. 하지만 세대가 바뀌고 이집트 프톨레마이오스 왕조가 코스 섬을 점령하면서, 신전의 주 수입원이던 치유의 자리는 돈이 대체했고 이곳 신관들은 그리스 방식보다 이집트 방식에 더 젖어들었다.

경내는 굉장히 드넓었다. 아름답게 조경된 공원 지대에 각종 건축물이 드문드문 흩어져 있었다. 체육관, 아고라, 상점, 목욕탕, 도서관, 신관 양성학교, 상주 학자 편의시설, 일반 주택 및 노예 숙소, 대신관 관저, 공동묘지가 있는 특별 구역, 소형 지하 수면실, 병원, 금융업 전용 대형 복합건물, 그리고 성스러운 플라타너스 숲 안에 자리한 아스클레피오스 신전.

아스클레피오스 신상은 프락시텔레스의 작품으로, 상아에 금장식을 한 조각상이나 황금 조각상이 아니라 파로스 섬의 흰색 대리석으로 만든 조각상이었다. 언뜻 제우스를 닮은 턱수염 달린 신이, 뱀이 휘감긴 기다란 지팡이에 기대어 선 모습이었다. 바깥으로 뻗은 오른손에는 서판이 들려 있었고 발아래에는 커다란 개가 반듯이 누워 있었다. 니키아스의 채색이 퍽 생생해서 어슴푸레한 조명 속에 당장에라도 옷자락이 흔들리고 근육이 자연스레 움직일 것만 같았다. 연푸른색 눈동자는 위엄이 있다기보다 인간적인 기쁨으로 빛났다.

왕은 이들 중 어떤 것에도 구미가 동하지 않았다. 퍽 긴 시간 동안 꾹 참고 경내를 두루 시찰한 뒤 왕이 내린 결론은, 신전 조각상이 변변찮아서 약탈할 거리도 못 되겠다는 것이었다. 왕은 장부를 확인하고 대신관에게 압수 목록을 알렸다. 일단 로마인들이 예치한 금 전량과 예루살렘 대신전에서 장기 예치한 금 800탈렌툼은 당연히 가져가겠다고 했다. 예루살렘 대신전 회의단이 영리하게도 셀레우코스 왕조와 프톨레마이오스 왕조의 약탈에 대비해 떼어둔 비상금이었다. 그리고 이집트의 클레오파트라 여왕이 14년쯤 전에 가져온 금 3천 탈렌툼도 압수하겠다고 했다.

"이집트 여왕이 안전하게 보호해달라며 사내아이 셋을 같이 맡겼군." 미트리다테스가 말했다.

하지만 대신관은 그보다 금이 더 걱정이었다. 화내지 않고 침착한 목소리를 유지하려 애쓰며 그가 말했다. "미트리다테스 전하, 저희는 금을 여기에 전량 보유하지 않습니다. 대부를 하지요!"

"다 달라고 한 적 없소." 왕의 목소리가 곱지 않았다. "내가 요구한 양은, 그래, 로마인들의 금 5천 탈렌툼과 이집트의 금 3천 탈렌툼 그리고 예루살렘의 금 800탈렌툼이오. 그 정도면 대신관 그대가 장부 처리하는 금액의 극히 일부야."

"하지만 근 9천 탈렌툼에 달하는 금을 드리고 나면 저희 금고는 텅텅 빕니다!"

"거 안됐군." 신전 장부가 놓인 책상을 물리고 일어서며 왕이 말했다. "금을 넘기시오, 대신관. 그대의 신전이 가루가 되는 걸 본 뒤에 그대 역시 뒈지고 싶지 않으면. 이제 이집트 사내아이들을 보여주시오."

대신관은 어쩔 수 없는 상황에 굴복했다. "금을 드리지요, 미트리다테스 전하." 대신관이 핼쑥한 얼굴로 말했다. "이집트 왕자들을 이리로 데려올까요?"

"아니, 햇빛 아래서 보겠소."

물론 왕은 허수아비 프톨레마이오스를 찾으려는 것이었다. 미트리다테스가 조바심치며 소나무와 삼나무 그늘을 거닐고 있노라니 사람들이 소년들을 데려왔다.

"셋을 거기 세워둬라." 왕이 6미터쯤 떨어진 곳을 가리키며 말했다. "대신관 그대는 내 옆으로 오시오." 지시가 이행되자 왕이 물었다. "저 애는 누군가?" 왕은 셋 중 나이가 가장 많아 보이는 청년을 가리켰다. 청년은 하늘거리는 원피스를 입고 있었다.

"이집트 프톨레마이오스 알렉산드로스 왕의 적자입니다. 차기 왕위 계승권자이지요."

"왜 알렉산드리아가 아닌 여기에 있는 거지?"

"왕자의 조모께서 왕자의 목숨을 염려하여 여기로 데려오셨습니다. 왕자가 왕위를 물려받을 때까지 저희가 여기 데리고 있겠다는 약속을 받고 가셨습니다."

"왕자 나이가 몇이오?"

"스물다섯입니다."

"모친은 누구지?"

대신관의 공경한 어조로 보아 이곳 코스 섬의 아스클레피오스 신전에서 이집트의 영향력이 아직도 건재함을 알 수 있었다. 분명 대신관은 프톨레마이오스 가계를 미트리다테스 가계보다 훨씬 더 고귀하게 여기고 있었다. "클레오파트라 4세입니다."

"왕자를 이곳에 데려온?"

"아닙니다. 왕자를 데려오신 건 조모 클레오파트라 3세입니다. 왕자의 모친은 그분의 딸이자 배불뚝이 프톨레마이오스 왕의 딸입니다."

"그 둘의 차남 알렉산드로스와 혼인했지?"

"그건 나중의 일입니다. 장남과 먼저 혼인해서 딸 하나를 낳았습니다."

"그게 더 말이 되는군. 내 듣기로는 장녀는 늘 장남과 혼인하니까."

"그렇긴 합니다만, 법으로 정해진 것은 아닙니다. 선대 여왕께서는 장남과 장녀 둘 다 몹시 미워하셨지요. 그래서 둘을 억지로 이혼시켰어요. 결국 클레오파트라 4세는 키프로스로 몸을 피했고, 거기서 차남 알렉산드로스와 혼인하여 이 왕자님을 낳으셨습니다."

"그 여잔 어찌되었소?" 왕이 관심을 보이며 물었다.

"선대 여왕께서 알렉산드로스와도 억지로 이혼을 시켜서 시리아로 도망갔습니다. 그곳에서 안티오코스 키지케노스와 혼인했지요. 당시 사촌 안티오코스 그리포스와 전쟁중이던 남편이 패하면서, 클레오파트라 4세는 다프네의 아폴론 제단에서 난자당해 죽었습니다. 살인을 지시한 장본인은 바로 친자매였던 그리포스의 아내였고요."

"꼭 우리 가문 얘기 같군." 미트리다테스가 싱긋 웃으며 말했다.

대신관은 이게 농담거리가 된다고 생각하지 않았기 때문에 그의 말을 못 들은 척했다. "선대 여왕께서는 결국 장남을 이집트에서 쫓아내고 저 왕자님의 부친 알렉산드로스를 데려다 왕으로 옹립하여 함께 나라를 다스리셨습니다. 그때 왕자님도 부친을 따라 이집트로 갔지요. 하지만 알렉산드로스는 어머니를 두려워하고 증오했습니다. 여왕께선 자신에게 닥칠 화를 예견한 걸까요, 모르겠습니다. 어쨌건 여왕께선 14년 전 황금을 가득 실은 배 몇 척과 손자 셋을 데리고 이곳 코스 섬에 오셔서 손자들을 부탁하셨습니다. 이집트로 돌아가고 얼마 지나지 않아 여왕께선 프톨레마이오스 알렉산드로스 왕에게 살해되었습니다." 대신관이 한숨을 쉬었다. 분명 선대 클레오파트라 여왕을 좋아한 것 같았다. 그 이름을 세번째로 물려받은 여인, 클레오파트라 3세를. "알렉산드로스 왕은 그런 다음 질녀 베레니케와 혼인했습니다. 형 소테르의 딸이지요. 또 전 부인이기도 한 클레오파트라 4세의 딸이기도 합니다."

"그러면 지금 이집트를 다스리는 것은 프톨레마이오스 알렉산드로스 왕이겠군? 왕비는 질녀 베레니케일 테고. 저 왕자에게는 사촌이자 이부누이가 되지."

"애석하게도, 아닙니다! 백성들이 6개월 전에 왕을 퇴위시켰습니다. 알렉산드로스 왕은 왕위를 되찾으려고 해상 전투를 벌이다 죽었습니다."

"그렇다면 저 청년이 지금 이집트의 왕이어야 하잖나!"

"아닙니다." 대신관이 대답했다. 그는 불청객의 머릿속을 어지럽히는 즐거움을 마음속으로 감추려 애썼다. "프톨레마이오스 알렉산드로스 왕의 형 소테르가 아직 살아 있습니다. 백성들이 알렉산드로스를 퇴위시키면서 대신 프톨레마이오스 소테르를 데려와 왕으로 추대했습니다. 지금의 왕은 딸 베레니케를 왕비로 둔 채 잘해나가고 있습니다. 물론 베레니케 왕비와 혼인할 수는 없습니다. 프톨레마이오스 왕조에서 혼인은 여자 형제나 질녀 또는 사촌과만 가능하니까요."

"선대 여왕이 소테르를 장녀와 강제로 이혼시킨 후 소테르가 다른 부인을 얻지 않았소? 자식은 더 없었고?"

"네, 재혼을 했습니다. 막냇동생 클레오파트라 셀레네와 혼인을 맺었지요. 두 사람 사이에서 아들 둘이 태어났습니다."

"그런데도 저 청년이 차기 왕권 후계자란 건가?"

"그렇습니다. 프톨레마이오스 소테르 왕이 죽으면 저 왕자님이 왕위를 물려받습니다."

"그래, 그래!" 미트리다테스가 신이 나서 양손을 맞비볐다. "저 젊은이를 데려가서 내가 안전하게 보호해야겠어, 대신관! 그리고 꼭 내 딸들 중 하나와 결혼시켜야지."

"그래보실 수도 있겠지요." 대신관이 무덤덤하게 말했다.

"그래보실 수도 있다니, 무슨 뜻이지?"

"여자를 좋아하지 않습니다. 어떻게 해도 여자와는 아무것도 하지 않으려 할 겁니다."

미트리다테스가 괴로운 듯 살짝 짜증을 내며 어깨를 으쓱했다. "그렇다면 저놈에게서 후사를 얻을 수 없겠군! 그래도 어쨌건 데려가겠소." 왕은 아직 어린아이에 불과한 다른 둘을 가리켰다. "그러면 저애들은 소테르와 그의 두번째 아내 클레오파트라 셀레네의 아들들이겠군?"

"아닙니다." 대신관이 말했다. "선대 여왕께서 소테르와 클레오파트라 셀레네의 아들들을 여기 데려오시긴 했습니다만, 온 지 얼마 되지 않아 어느 여름 병을 앓다 죽었습니다. 저 소년들은 더 어립니다."

"그러면 저애들은 대체 누구야?" 미트리다테스가 짜증이 차올라 버럭 소리를 질렀다.

"소테르가 나바테아 왕족 출신의 첩 아르시노에 공주에게서 얻은 아들들입니다. 소테르가 모친인 선대 여왕과 사촌 안티오코스 그리포스에 대항해 싸울 때 시리아에서 태어났지요. 소테르는 시리아를 떠날 때 이 아이들과 어미를 데려가지 않고 시리아의 자기 우호 세력인 사촌 안티오코스 키지케노스에게 맡겼습니다. 그래서 저 소년들은 어릴 때 시리아에서 살았습니다. 그리고 8년 전 그리포스가 암살되고 키지케노스가 시리아의 유일한 왕이 되었습니다. 당시 그리포스의 아내는 클레오파트라 셀레네였습니다. 첫째 아내가 죽은 뒤 맞아들인 것이지요. 첫째 아내 역시 프톨레마이오스 왕가의 딸이었는데 무척이나, 어험! 끔찍하게 죽었습니다."

"얼마나 끔찍하게 죽었나?" 이집트의 프톨레마이오스 왕조에 늘 따라붙는 화려함은 없을지언정, 자신의 가문 역시 비슷한 내력을 갖고 있던 터라 왕은 직설적으로 물었다.

"아까 말씀드렸듯이 그리포스의 첫째 아내가 클레오파트라 4세를 죽였습니다. 다프네의 아폴론 제단에서요. 하지만 키지케노스는 그리포스의 첫째 아내를 잡아다가 아주, 아주 서서히 죽였습니다. 말하자면 한 번에 이빨 하나, 그런 식이었지요."

"그러니까 그 막냇동생 클레오파트라 셀레네는 그리포스가 죽은 뒤에 과부로 오래 있지 않았군. 키지케노스와 혼인을 했어."

"맞습니다. 하지만 클레오파트라 셀레네는 그 두 아이를 좋아하지 않았습니다. 그렇게 싫어하던 첫째 남편 소테르의 자식들이니까요. 5년 전에 저 왕자들을 저희에게 보낸 건 클레오파트라 셀레네였습니다."

"두말할 것도 없이 키지케노스가 죽은 후였겠지. 클레오파트라 셀레네는 의붓아들과 혼인했고. 그리고 여전히 시리아에서 클레오파트라 셀레네 여왕으로 군림하고 있어. 대단해!"

대신관이 눈썹을 추어올렸다. "셀레우코스 왕조의 역사를 아주 잘 알고 계십니다."

"약간 알지. 나도 그 왕가의 인척이니까." 왕이 말했다. "저 왕자들은 나이가 몇이고 이름은 무엇인가?"

"둘 중 형은 정식 이름이 프톨레마이오스 필라델포스입니다만, 저희가 아울레테스라는 별명을 지어주었습니다. 처음 왔을 때 목소리가 꼭 피리 소리 같았거든요. 나이가 들고 저희에게 교육을 받으면서 전처럼 삑삑거리는 소리를 내지 않으니 무척 흐뭇하게 생각합니다. 나이는 이제 열여섯입니다. 아우는 열다섯입니다. 그냥 원래 이름대로 프톨레마이오스라고 부르지요. 착하긴 한데 좀 게으릅니다." 대신관은 인내심을 발휘해보았지만 결국 낙담한 아버지 같은 얼굴로 한숨을 내쉬었다. "아무래도 천성인 듯합니다."

"그렇다면 사실상 저 두 소년이 이집트의 미래로군." 미트리다테스가 생각에 잠긴 듯 말했다. "문제는 저 아이들이 서자라는 것. 서자는 왕위를 이을 수 없지."

"혈통이 완전히 순수하지는 않지요. 그건 사실입니다." 대신관이 말했다. "하지만 저 소년들의 사촌 알렉산드로스가 후손을 생산하지 못하면, 분명 그렇게 될 겁니다, 프톨레마이오스 왕족의 후손은 저애들밖에 없습니다. 최근에 저애들의 부친 프톨레마이오스 소테르 왕으로부터 아이들을 즉시 돌려보내라는 서한을 받았습니다. 다시 왕이 되었으니 백성들에게 저 소년들을 보이고 싶은 것이지요. 왕비가 없으니 새로 혼인할 수도 있지만 말입니다. 백성들은 저 소년들을 기꺼이 후계로 인정하겠다는 의사를 보였습니다."

"소테르가 운이 없군." 미트리다테스가 태연하게 말했다. "내가 저 아이들을 데려가겠소. 내 딸들과 꼭 혼인시키겠어. 저애들 자식은 내 손자가 될 거야." 왕의 목소리가 달라졌다. "저애들 모친 아르시노에는 어떻게 됐지?"

"모르겠습니다. 클레오파트라 셀레네가 저 아이들을 이곳으로 보낼 때 아르시노에를 죽이라고 교사하지 않았을까 짐작할 뿐입니다. 저 아이들도 그렇게 생각합니다."

"아르시노에의 혈통은 어떻지? 좋은가?"

"아르시노에는 나바테아의 선왕 아레타스와 그의 왕비 사이에서 난 장녀입니다. 나바테아에서는 왕의 가장 훌륭한 딸을 이집트의 첩으로 보내는 것을 법도로 삼지요. 셈족계 소수민족 왕가에 그만큼 명예로운 유대관계가 또 어디 있겠습니까? 아레타스 왕의 모친은 시리아 셀레우코스 왕조의 후손이었습니다. 아레타스 왕의 부인, 그러니까 아르시노에의 모친은 시리아의 데메트리오스 니카노르 왕과 파르티아의 로도구네 공주 사이에서 난 딸이었고요. 파르티아의 로도구네 공주는 마찬가지로 셀레우코스 왕조 출신이자 아르사케스 왕조 출신이기도 하지요. 상당히 화려한 혈통입니다." 대신관이 말했다.

"아, 그래, 나 역시 그 왕가 여자를 아내로 두었어!" 폰토스의 왕이 흥분하며 말했다. "안티오키스라고, 착하고 아담한 여자야. 데메트리오스 니카노르와 로도구네 사이에서 난 딸. 그 여자에게서 훌륭한 아들 셋과 딸 둘을 보았지. 그 딸들이 저 소년들에게 완벽한 신붓감이로군, 완벽해! 혈통을 더 진하게 해줄 좋은 혼사야."

"짐작건대 프톨레마이오스 소테르 왕께선 프톨레마이오스 아울레테스를 이복누이이자 숙모인 베레니케 왕비와 혼인시키려 합니다." 대신관이 단호한 어조로 말했다. "이집트인 입장에서는 그쪽으로 혈통을 더 진하게 하는 편이 훨씬 더 좋을 겁니다."

"이집트인들에겐 참으로 안된 일이군." 미트리다테스가 대신관 쪽으로 몸을 돌려 험악한 표정으로 그를 노려보았다. "이집트의 프톨레마이오스 소테르와 나는 똑같이 셀레우코스 혈통을 물려받았음을 그 누구도 잊어선 안 돼! 내 증고모이신 라오디케께선 안티오코스 대왕과 혼인하셨고, 두 분의 딸 라오디케께선 내 조부 미트리다테스 4세와 결혼하셨어! 그러니 소테르는 나와 친척 간이고 내 두 딸 클레오파트라 트리파이나와 베레니케 니사 역시 소테르의 친척이다. 게다가 나바테아의 아르시노에가 낳은 소테르의 아들들 역시 내 딸들과 친척간이야. 아르시노에의 모친이 데메트리오스 니카노르와 로도구네의 딸이고, 안티오키스 역시 그러하니까!"

왕이 심호흡을 한 번 하고 입을 열었다. "프톨레마이오스 소테르에게 편지를 써서 아들들을 내가 맡는다고 하라. 베레니케는 지금쯤 마흔이 다 되었겠지. 프톨레마이오스 왕가에는 적령기의 여자가 남아 있지 않으므로, 소테르의 아들들은 폰토스의 미트리다테스 왕과 시리아의 안티오키스 사이에서 난 딸들과 혼인할 것이라고 전해. 그리고 그대는 그 편지 때문에 지금 내게 필요한 존재라는 것을 뱀 지팡이를 든 그대의 신에게 감사해야 할 것이다. 안 그랬으면 나는 영감탱이 네놈을 당장에 죽이라고 명했을 테니까. 정말 유별히도 불경한 놈이야."

왕은 세 청년이 서 있는 곳으로 성큼성큼 걸어갔다. 셋 다 얼떨떨하니 불안한 표정이었다. "프톨레마이오스 왕자들, 너희들은 폰토스에 가서 산다." 왕이 무뚝뚝하게 말했다. "자, 따라와. 빨리!"

그리하여 미트리다테스 왕의 웅장한 갤리선은 다시 바다로 나아갔다. 갤리선에 이끌려가는 작은 배 몇 척이 에페소스를 향해 크니도스 북부로 뱃머리를 돌렸다. 이들 배에는 9천 탈렌툼에 달하는 황금과 이집트 왕위 계승권자 세 명이 실려 있었다. 코스 섬은 과연 어려운 시기에 높은 수익을 올릴 수 있는 훌륭한 피난처였다. 또한 폰토스의 왕에게 허수아비 프톨레마이오스도 제공해주었다.

펠로피다스가 로도스 섬 상륙지로 고른 곳에 왕이 와보니 남은 수송선 수가 너무 적었다. 이대로는 로도스 시를 공격할 수 없겠다고 생각하고 있는데, 펠로피다스가 말했다.

"나머지 1개 군대를 수송해올 수 있습니다, 대왕 전하. 로도스의 다

마고라스 제독이 우리 수송선을 두 차례나 공격해오는 바람에 절반이 바다 밑으로 가라앉았사옵니다. 생존자 일부는 이리로 왔습니다만 대부분은 도로 할리카르나소스로 가버렸습니다. 다음번에는 수송선들이 보호 조치 없이 각자 알아서 따라오게 하는 것보다 전투용 갤리선으로 에워싸고 이동해야겠사옵니다."

이 소식이 왕에게 달가울 리 없었다. 하지만 그 자신은 안전하게 도착한데다 코스 섬에서 일이 잘되었으며 폰토스 병사들의 죽음 따위에는 무관심했으므로, 왕은 군사력이 보충될 때까지 기다려야 한다는 사실을 받아들였다. 그는 폰토스에서 섭정중인 아들 미트리다테스에게 이집트 왕위를 이을 젊은이들에 관한 편지를 쓰는 것으로 관심을 돌렸다.

셋 다 교육을 잘 받은 것 같지만 폰토스가 세계에서 지니는 중요성에 대해선 완전히 무지하니, 아들아, 네가 이것을 반드시 바로잡아야 한다. 안티오키스가 낳은 내 딸들, 클레오파트라 트리파이나와 베레니케 니사를 두 소년과 즉시 정혼시켜라. 클레오파트라 트리파이나의 짝은 프톨레마이오스 필라델포스, 베레니케 니사의 짝은 별칭이 없는 프톨레마이오스로 해라. 혼인식은 딸들이 각각 열다섯이 되는 해에 치르거라.

계집애 같은 녀석, 프톨레마이오스 알렉산드로스는 남자 좋아하는 버릇을 반드시 고쳐놔야 해. 이 녀석이 적자이니까 이집트인들은 차기 왕으로 분명 이놈을 더 선호할 것이다. 그러니 그놈은 머리통을 계속 어깨에 달고 있을 요량이면 여자를 좋아하는 법을 배워야 해. 이 명령을 실행하는 일을 네게 맡긴다.

종이에 펜을 대는 것은 왕에게 여간 고역이 아니었다. 왕은 평소 필경사를 이용했지만 이 편지는 직접 쓰고 싶었다. 편지를 다 쓰기까지 며칠이 걸렸고, 태워버린 종이가 한두 장이 아니었다.

10월 말 편지를 띄운 후 폰토스의 왕은 드디어 로도스 시를 칠 만큼 스스로 강해진 느낌이 들었다. 왕은 밤을 노려 공격을 거행했다. 항구는 로도스 해군이 지키고 있으므로, 육지 쪽 경계에 병력을 집중했다. 하지만 공격은 참패로 끝났다. 로도스 같은 난공불락의 요새 도시를 급습할 때 필요한 지식이나 기술을 가진 자가 폰토스의 지휘 계통에는 전혀 없었던 것이다. 로도스 시를 정복할 확실한 방법은 장기간 봉쇄뿐이었지만 불행히도 왕에게는 그 정도의 인내심이 없었다. 무조건 정면 공격이라야 했다. 단 이번에는 로도스 해군을 미끼로 꾀어 항구에서 멀리 유인할 것이었다. 이번 전투에서 가장 큰 공격은 삼부카(공성〔攻城〕용 사다리 장치. 그리스의 전통악기 삼부카와 모양이 비슷하다—옮긴이)를 선봉에 세우고 바다에서 이루어질 것이었기 때문이다.

왕을 가장 짜릿하게 한 것은 이 삼부카 아이디어를 온전히 그가 냈다는 점, 그리고 자문회의에서 펠로피다스를 비롯한 모든 장수들이 확실히 성공할 기막힌 작전이라며 이 아이디어를 반겼다는 점이다. 미트리다테스는 행복감에 취해 삼부카를 직접 만들리라 결심했다. 자기가 직접 나서서 설계하고 건조 과정까지 전부 감독하겠다는 것이었다.

왕은 한 조선소에서 건조된 동일한 '16단 노선' 두 척을 가져다가 양 선박의 중앙부를 밧줄로 한데 동여맸다. 왕의 건축공학적 무지가 삼부카를 망친 것이 바로 이 지점이었다. 밧줄을 배의 바깥쪽에서 당겨 매야 무게가 전체 구조물에 고르게 분산될 텐데, 배가 맞닿은 쪽을 묶은 것이다. 그러고 나서 양끝이 바다 위로 튀어나올 정도로 커다란 갑판을 두 척의 배 위에 얹은 다음, 갑판을 선체에 고정하는 작업은 보기에만 그럴싸하게 대충 끝냈다. 다음으로는 갑판 중앙선을 따라 탑 두 대를 세웠다. 위치는 양 뱃머리 사이와 양 고물 사이였다. 양 고물 사이 거리가 좀더 가까웠다. 그런 다음 두 탑 사이에 널따란 다리를 놓고, 도르래와 인양기 장치로 갑판 바닥에서 탑 꼭대기까지 오르내릴 수 있게 했다. 각 탑 안에서 노예 수백 명이 거대한 수레바퀴를 발로 밟아 돌리면 다리가 끌어올려졌다. 그리고 뱃머리 탑에서 고물 탑까지 길게, 넓고 무거운 널빤지를 다리의 한쪽 옆면에 경첩으로 부착했다. 다리가 들려 올라가는 동안에는 포탄을 막는 방패막이로 쓰고, 다리가 최대 높이로 즉 로도스 항구의 거대한 해안방벽보다 조금 더 높게 끌어올려지면 방벽 위로 떨어뜨려서 건널판으로 쓸 것이었다.

공격은 11월 말을 향해가던 고요한 날, 로도스 해군을 북쪽으로 유인한 지 두 시간 후에 개시되었다. 폰토스 육군이 내륙 쪽 방벽의 가장 허술한 지점을 공격하는 동안, 폰토스 해군은 로도스 항구를 향해 노를 저어 들어갔다. 로도스 함대가 속임수를 알아채고 돌아오더라도 가까이 접근할 수 없도록 폰토스 함대를 바깥쪽에 배치해둔 터였다. 어마어마한 폰토스 선단 한가운데에 웅장한 위용의 삼부카가 있었다. 거룻배 수십 척이 예인해가는 삼부카에 병사 수송선들이 바짝 붙어 따라가는 형상이었다.

로도스 사람들은 해안방벽 뒤에서 놀라 비명을 지르며 허둥댔다. 손재간 좋은 거룻배꾼들은 삼부카를 이시스 신전 앞 방벽까지 끌고 가서 배의 측면이 방벽을 보도록 정박시켰다. 정박이 완료되자 군 수송선들이 삼부카 둘레로 모여들었다. 위에서 돌덩어리, 화살, 창살이 미친듯이 떨어졌지만 폰토스 병사들은 큰 부상 없이 삼부카 안으로 쏟아져 들어가 갑판 바닥까지 내려져 있는 다리 위로 빼곡히 모여섰다. 인양기 담당이 채찍을 휘둘러 노예들로 하여금 수레바퀴를 밟게 했다. 끔찍한 비명과 힘겨운 신음 소리가 한데 터져나오는 가운데, 병사들을 가득 실은 다리가 공중으로 오르기 시작했다. 로도스 병사 수백 명이 해안방벽의 구멍 밖으로 투구 쓴 머리를 내민 채 이 광경을 지켜보았다. 그들의 표정에는 경이와 공포가 뒤섞여 있었다. 미트리다테스도 운집한 배들 한가운데에 자리한 '16단 노선'에서 이 광경을 지켜보았다. 그는 삼부카가 로도스군의 관심을 온통 이시스 신전 쪽 방벽에만 집중시킬 때만을 기다렸다. 일단 삼부카가 관심의 초점이 되면, 다른 배들을 별다른 방해 없이 나머지 구역을 따라 정박시키고 사다리로 병사들을 올려 보낼 수 있다. 폰토스 병사들은 항구를 지나 요새 꼭대기를 차지할 것이다.

실패할 리가 없어! 이번엔 놈들을 이겼어! 왕은 자신의 삼부카를, 그리고 삼부카의 높은 두 탑 사이를 서서히 올라가는 다리를 애정 어린 눈빛으로 바라보았다. 곧 저 다리가 해안방벽과 같은 높이로 올려지고, 지금은 방패막이 역할을 하는 저 널빤지가 경첩을 펼치고 마술처럼 건널판으로 변신하면, 병사들은 그 위를 달려 로도스 수비군 사이로 쏟아져 들어가겠지. 다리가 다시 갑판까지 내려지고 또 한 무리의 병사들을 실어 꼭대기까지 인양해줄 때까지 로도스인들을 전부 제압할 만큼 넉넉한 숫자의 병사들이 다리에 올라타 있다. 도저히 잘못될 수가 없어, 미트리다테스 왕은 생각했다. 나는 무엇에든 최고야!

하지만 삼부카 다리를 따라 배의 무게중심이 위쪽으로 올라가면서 배의 전체적인 무게 배분이 달라졌다. 한데 묶여 있던 두 척의 배 사이가 벌어지기 시작했다. 밧줄이 투두둑 소리를 내며 끊기고, 탑이 휘청거렸으며, 갑판이 위로 불룩하게 휘고, 탑 사이를 오르던 다리가 무희의 스카프처럼 흔들렸다. 그러더니 이 모든 것을 지탱하던 두 배가 중심선을 향해 뒤집히기 시작했다. 옆구르기를 하는 두 선박 사이로 갑판이며 탑이며 다리며 병사, 항해사, 공병, 그리고 수레바퀴를 힘겹게 밟아 돌리던 노예들까지 전부 바다로 떨어졌다. 날카로운 비명, 으드득으스러지는 소리, 아우성과 더불어 방벽 위에서 신이 난 로도스인들의 흥분된 환호성이 울려퍼졌다. 환호성은 이내 조롱 섞인 격렬한 웃음소리로 바뀌었다.

"로도스라는 이름을 다시는 듣고 싶지 않다!" 자신을 태우고 할리카르나소스로 돌아가는 웅장한 갤리선 위에서 왕이 말했다. "저 바보 천치들을 상대하는 이딴 시시한 작전을 계속하기에는 겨울이 너무 가까워졌어. 나는 마케도니아로 진군하는 내 군대들과 그리스 해안 주변의 내 함대들에 면밀한 관심을 쏟아야 한단 말이다. 이 멍청한 삼부카 설계와 관련된 모든 기술자를 죽일 것을 명한다. 아니, 죽이지 말고, 혀를 뽑고 눈알을 뽑고 손목을 자르고 고환을 잘라서 거지 동냥그릇을 들려라!"

굴욕을 당한 뒤 분이 풀리지 않았던 왕은 군대를 이끌고 리키아로 가서 파타라 포위를 시도했다. 하지만 왕이 아폴론과 아르테미스의 어머니인 레토 여신의 신성한 숲의 나무들을 베어 넘어뜨리자, 여신이 그의 꿈에 나타나 멈추라고 경고했다. 다음날 왕은 이 과업을 부하들에게 넘겼다. 지휘권은 불쌍한 펠로피다스에게 내려졌다. 왕은 매혹적인 백색증 신부 모니마를 데리고 히에라폴리스로 갔다. 낭떠러지 아래로 떨어지는 결정수 폭포가 있는 온천 웅덩이 속을 마음껏 뛰놀면서, 그는 로도스 섬의 비웃음과 인생 최대의 공포를 경험케 해준 키오스 배를 모두 잊을 수 있었다.

The
Grass
Crown

제9장

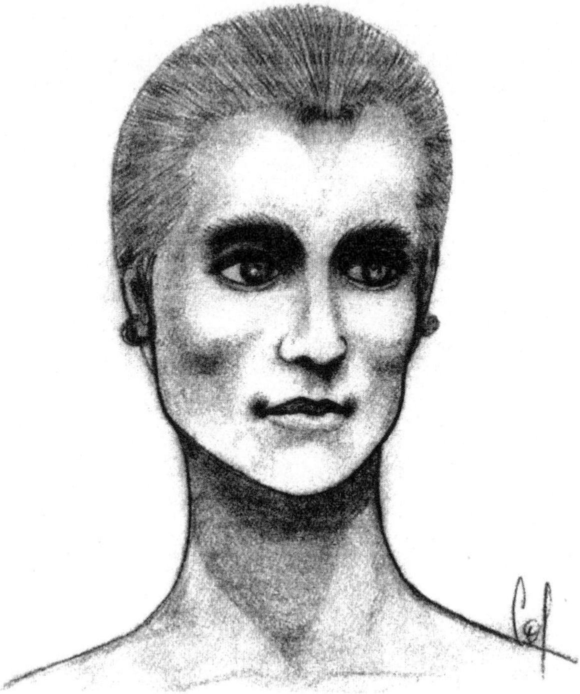

아우렐리아

아시아 속주의 로마인 · 라티움인·이탈리아인 거주민 대학살 소식이 로마에 당도했을 때, 로마는 미트리다테스가 아시아 속주를 침략한 사실조차 모르고 있었다. 사실 로마에 바깥소식이 이렇게 빨리 전해진 적은 없었다. 7월의 마지막날로부터 단 아흐레 만에 원로원 최고참 의원 루키우스 발레리우스 플라쿠스의 주재로 원로원 회의가 열렸다. 외세와의 전쟁과 관련된 사안이어서 장소는 신성 경계선 밖 벨로나 신전이었다. 플라쿠스는 참석한 의원들 앞에서 푸블리우스 루틸리우스 루푸스가 스미르나에서 보내온 서신을 소리내어 읽었다.

> 그리스의 반란 사태로 인해 서신 전달이 방해되진 않을 거라 굳게 믿으며, 이 일을 위해 특별히 마련한 코린토스와 브룬디시움행 쾌속선 편에 이 서신을 보냅니다. 전령에게 브룬디시움에 당도한 후에는 로마까지 말을 타고 전속력으로 밤낮없이 질주하라 일렀습니다. 이 일에 소요된 상당한 비용은 스미르나 행정장관인 나의 벗 밀티아데스가 내주었습니다. 밀티아데스는 응당한 순리에 따라 아시아 속주

가 다시 로마의 소유가 되는 날, 로마 원로원과 인민이 그에게서 받은 도움을 기억해주기만을 바랐습니다.

여러분은 폰토스의 미트리다테스 왕이 저지른 침략행위를 아직 모르겠지요. 그자는 지금 비티니아와 우리 로마의 아시아 속주를 전부 차지했습니다. 마니우스 아퀼리우스는 그야말로 참혹하게 죽었고, 가이우스 카시우스는 저도 어디인지 모르는 곳에 피신해 있습니다. 폰토스의 백만 대군 중 25만 병사가 타우로스 서쪽에 있고 에게해는 폰토스의 함대로 뒤덮였으며, 그리스는 폰토스와 동맹을 맺고 로마에 등을 돌렸습니다. 마케도니아가 홀로 고립된 상태라 심히 우려스럽습니다.

하지만 최악의 소식은 이것이 아닙니다. 7월 마지막날에 아시아 속주, 비티니아, 피시디아, 프리기아의 모든 로마인과 라티움인과 이탈리아인이 미트리다테스 왕의 명령하에 학살되었습니다. 노예들도 함께 학살되었습니다. 사망자 수가 시민 8만 명, 노예 7만 명으로 도합 15만여 명에 이를 듯합니다. 제가 그들과 운명을 함께하지 않은 것은 제가 비시민권자였기 때문이지만, 왕이 제게는 손대지 말라고 사전에 따로 주의를 준 것이리라 짐작하고 있습니다. 직접 이름을 거명해서 말입니다! 하데스의 사냥개를 달래기 위해 바치는 작은 선물일 터. 하나 제 늙은 목숨을 살려둔 것이 로마의 여인들과 어린 아기들을 무자비하게 난자한 것을 어찌 벌충하겠습니까? 신을 향해 통곡하며 제단에 매달리던 자들까지 무자비하게 끌려나왔고, 시신들 역시 폰토스 왕의 명령에 따라 땅에 묻히지도 못하고 누운 채 썩어가고 있습니다. 이 야만스럽고 극악무도한 괴물은 세상의 왕이 되겠다는 환상을 품고서, 올해가 다 가기 전에 이탈리아 땅을 밟겠다고 호언장담합니다.

이탈리아 동쪽에서 마케도니아 내의 우리 사람들 말고는 그자 콧대를 꺾어줄 자가 아무도 남질 않았습니다. 사실 저는 마케도니아에 대해서도 체념하고 있습니다. 진위 여부를 아직 확인하진 못했지만, 미트리다테스 왕이 테살로니카를 상대로 개시한 육상 원정이 중간에 이렇다 할 만한 저항 한번 만나지 않고 쭉 뻗어나가 벌써 필리피 서부까지 관통했다는 소식입니다. 그리스의 상황은 좀더 확실하게 압니다. 지금 그곳에서는 아리스티온이라는 폰토스 첩자가 아테네의 권력을 한 손에 낚아챘고, 그자의 설득에 따라 그리스 지역 대부분이 미트리다테스에게 지지를 선포했습니다. 에게 해 제도가 폰토스의 손아귀에 들어갔고, 폰토스 함대의 크기는 실로 거대합니다. 델로스가 함락되면서 또 한번 2만 명에 이르는 우리 사람들이 죽음을 맞았습니다.

제발, 여러분께 간청하나니, 이 서신은 신중을 기하고자 간결하고 절제된 표현을 쓴 것임을 감안하여, 이 무시무시한 야만인 미트리다테스가 스스로를 로마의 왕이라 부르는 일이 발생하지 못하도록 당장 가능한 조치를 취하십시오. 상황의 심각성이 지금 이 정도입니다.

"아, 이런 일이 벌어지다니!" 감찰관 루키우스 카이사르가 형 카툴루스 카이사르에게 말했다.

"원치 않더라도 이미 벌어졌소." 마리우스가 말했다. 그의 눈빛이 반짝 빛났다. "미트리다테스와의 전쟁이라! 이날이 올 줄 알고 있었지. 사실 놀라운 것은 이날이 오기까지 꽤 오래 걸렸다는 것이오."

"루키우스 코르넬리우스가 로마로 오고 있습니다." 다른 감찰관 푸블리우스 리키니우스 크라수스가 말했다. “이젠 저도 숨이 좀 트이겠어요.”

“왜?” 마리우스가 사나운 표정으로 따지듯 물었다. “루키우스 코르넬리우스를 부르다니 잘못된 판단이오! 그는 이탈리아 전쟁을 마무리짓게 하시오.”

“루키우스 코르넬리우스는 수석 집정관입니다.” 카툴루스 카이사르가 말했다. “원로원은 수석 집정관이 부재한 상태로 중대 결정을 내릴 수 없습니다.”

“체!” 마리우스는 이렇게 대꾸하고 육중한 발걸음으로 회의장을 나가버렸다.

“저분 왜 저러는 거요?” 원로원 최고참 의원 플라쿠스가 물었다.

“왜 그러겠습니까, 루키우스 발레리우스? 늙은 군마가 입맛에 맞는 전쟁 냄새를 맡은 것 아니겠습니까. 외세와의 전쟁.” 카툴루스 카이사르가 말했다.

“하지만 자기가 나가려고 생각할 리는 없잖습니까?” 감찰관 크라수스가 말했다. “이젠 늙고 병들었는데!”

“당연히 자기가 나가려고 생각하지요.” 카툴루스 카이사르가 말했다.

이탈리아에서의 전쟁은 끝났다. 마르시족은 결코 정식으로 항복하지 않았지만, 로마에 맞서 무기를 집어든 민족들 중 가장 처참한 피해를 입었다. 마르시족 남자 생존자를 거의 찾아볼 수 없을 지경이었다. 2월에 실로는 삼니움으로 도망친 뒤 아이세르니아에서 무틸루스와 합류했다. 무틸루스를 막상 만나보니 부상이 심각해 군대 지휘가 불가능했다. 하반신이 마비된 상태였다.

"삼니움 지휘권을 자네에게 넘겨야겠네, 퀸투스 포파이디우스." 무틸루스가 말했다.

"안 돼!" 실로가 소리쳤다. "나는 자네처럼 병사들을, 특히나 삼니움족 병사들을 이끌 재주가 없고 지휘관으로서 노련한 기술도 없어."

"자네 말곤 없어. 내 삼니움족 병사들은 자네를 따르기로 했네."

"삼니움족 사람들은 진정으로 전쟁을 지속하길 바라는 건가?"

"그렇네. 하지만 이탈리아가 아닌 삼니움의 이름으로."

"그들의 마음은 이해해. 하지만 그들을 이끌 삼니움족은 자네 한 사람밖에 남지 않았어!"

"아니, 나도 안 돼, 퀸투스 포파이디우스. 자네가 이끌어야 해."

"그래, 잘 알겠네." 실로가 한숨을 쉬었다.

두 사람 다 독립국 이탈리아의 무너져버린 희망에 대해서는 이야기하지 않았다. 이탈리아가 끝장났으면 삼니움도 이길 가망이 없음을 알고 있었지만, 두 사람 모두 그런 이야기 역시 하지 않았다.

5월, 최후의 저항군이 실로의 지휘 아래 아이세르니아에서 출격했다. 보병 3만 명, 기병 천 명, 해방노예로 구성된 증원군이 2만 명이었다. 보병은 대부분 이런저런 전투에서 부상을 입고 마지막 안전지대인 아이세르니아로 흘러든 병사들이었다. 기병대는 실로가 데리고 왔다. 그는 기병대를 데리고 아이세르니아를 에워싼 로마군 전선을 뚫고서 도시 안으로 잠입한 터였다. 이 모든 사실을 종합해볼 때 이번 출격은 불가피했다. 아이세르니아는 그 많은 입을 오래 감당할 수 없었다.

행군하는 병사들 모두 이것이 마지막 저항임을 알았다. 진짜로 이길 거라 기대하는 자는 없었다. 그들이 바랄 수 있는 최선은 헛된 죽음이 없는 것뿐이었다. 하지만 막상 실로의 군대가 보비아눔을 장악하고 그곳의 로마인 수비대를 해치우자 병사들의 사기가 조금씩 살아났다. 어쩌면 가망이 있는 걸까? 그들은 메텔루스 피우스가 진을 치고 있는 아피우스 가도의 베누시아 쪽으로 향했다.

그리고 그곳 베누시아 외곽에서 이 전쟁의 마지막 전투가 벌어졌다. 마르쿠스 리비우스 드루수스의 죽음으로 촉발된 사건들의 참으로 묘한 마무리였다. 드루수스를 가장 사랑했던 두 사내, 친구 실로와 동생 마메르쿠스가 베누시아의 들판에서 일대일 결투로 만난 것이다. 삼니움족들은 체력 좋고 경험 많은 로마인들에게 상대가 되지 않았고, 그렇게 삼니움족 수천 명이 옆에서 죽어가는 동안 실로는 마메르쿠스와의 끈질긴 몸싸움 끝에 쓰러졌다. 마메르쿠스는 눈물을 가득 머금은 채 바닥에 쓰러진 마르시족을 내려다보다 칼을 들었다. 그는 망설였다.

"끝내라, 마메르쿠스!" 실로가 숨찬 소리로 외쳤다. "내 손에 죽은 카이피오를 생각해. 이건 네가 갚아야 하는 빚이다. 난 새끼 똥돼지에게 잡혀 걸어가는 수모는 겪고 싶지 않아!"

"카이피오를 죽인 대가다." 마메르쿠스는 이렇게 말하고 그를 죽였다. 마메르쿠스는 드루수스와 실로와 씁쓸한 승리를 생각하며 외롭게 울었다.

"끝났습니다." 새끼 똥돼지가 루키우스 코르넬리우스 술라에게 말했다. 술라는 전투 소식을 듣고 즉각 베누시아로 온 터였다. "베누시아가 어제 항복했습니다."

"아니, 끝나지 않았네." 술라가 단호히 말했다. "아이세르니아와 놀라가 항복하기 전까진 끝난 게 아니야."

새끼 똥돼지가 약간 소심하게 주저하듯 입을 열었다. "그래도 혹시 우리가 아이세르니아와 놀라에서 포위를 중단하면, 이 두 지역의 생활이 정상으로 돌아가서 모두가 아무 일도 없었던 듯 예전처럼 지낼 가능성도 생각해볼 수 있지 않습니까?"

"자네 말이 옳아." 술라가 말했다. "바로 그래서 둘 중 어느 곳에서도 포위 공격을 거두지 않겠다는 것이네. 왜 그자들을 봐준단 말인가? 폼페이우스 스트라보는 아스쿨룸 피켄툼을 대충 봐주지 않았어. 새끼 똥돼지, 아이세르니아와 놀라는 지금 이 상태로 두게. 필요하다면 이대로 영원히."

"스카토는 죽었고 파일리그니족이 항복했다고 들었습니다."

"맞네. 순서가 뒤집혔다는 점만 빼면." 술라가 빙긋 웃었다. "폼페이우스 스트라보가 투항해오는 파일리그니족을 받아들인 게 먼저일세. 스카토는 같이 그럴 수 없으니 검으로 자결한 거야."

"그러니까 이제 정말 끝났군요!" 메텔루스 피우스가 감탄하며 말했다.

"아이세르니아와 놀라가 항복하기 전까진 아니야."

아시아 속주의 로마인·라티움인·이탈리아인 대학살 소식은 카푸아에 머물던 술라에게까지 전해졌다. 술라는 카푸아를 새로운 기지로 삼은 터였다. 카툴루스 카이사르는 그간의 노고를 치하해 휴식을 취하라고 로마로 돌려보냈다. 사실 카툴루스 카이사르의 비서로 있던 신동 마르쿠스 툴리우스 키케로를 써보니 일을 썩 잘해서, 카툴루스 카이사르가 굳이 필요치 않았다.

키케로가 본 술라는, 이유는 다르지만 어쨌든 폼페이우스 스트라보 못지않게 무서웠다. 키케로는 카툴루스 카이사르가 몹시 그리워졌다.

"루키우스 코르넬리우스, 혹시 연말께에 제대가 가능할까요?" 키케로가 물었다. "계산을 해보니 그때쯤이면 복무기간은 2년이 안 되지만 출정한 군사 작전 수는 총 10회가 됩니다."

"생각해보지." 술라가 말했다. 그는 키케로에 대해 폼페이우스 스트라보가 내린 것과 비슷한 판단을 내린 터였다. "지금으로선 자네를 보내줄 수 없네. 이곳에 대해 자네만큼 잘 아는 자가 없으니까. 이제 퀸투스 루타티우스도 쉬러 로마로 가고 없지 않나."

하지만 쉼이란 있을 수 없지. 노새 네 마리가 끄는 이륜마차를 타고 전속력으로 로마로 질주하며 술라는 생각했다. 여기에서 큰불을 잡으니 저기에서 화염이 솟구치는구나. 게다가 새로 난 불에 비하면 이탈리아 전쟁은 연기 나는 잔가지에 지나지 않아.

고위 원로원 의원들 전원이 아시아 속주 관련 원로원 청문회에 참석하러 로마에 모여들었다. 심지어 폼페이우스 스트라보도 회의장에 나타났다. 원로원 의원 약 150명이 마르스 평원의 신성경계선 바깥에 자리한 벨로나 신전에 모였다.

"마니우스 아퀼리우스가 사망한 건 다들 아십니다. 추측건대 두 동료 위원들도 사망했을 겁니다." 술라가 원로원에 대고 대화하듯 말했다. "가이우스 카시우스는 화를 면한 것 같은데 기별이 없습니다. 무엇보다 이해할 수 없는 건 킬리키아의 퀸투스 오피우스가 왜 찍소리조차 없냐는 겁니다. 킬리키아 역시 잃은 겁니다. 로마가 이런 소식을 추방된 민간인에 의지해 들어야 한다니 참으로 안타까운 일입니다."

"그만큼 미트리다테스의 공격이 번개 같았다는 의미겠지요." 카툴루스 카이사르가 미간을 찌푸리며 말했다.

"아니면," 마리우스가 예리하게 말했다. "우리의 공식 대표단 사이에 모종의 거래가 있었던 것이겠지요."

다들 뭐라 대꾸하진 않았지만 그 말에 드는 생각이 있었다. 어떤 확실한 충성심이 원로원을 항상 하나로 단결시켰지만, 늘 한데 어울리는 원로원 의원들이 서로의 실제 인간 됨됨이를 모를 수 없었다.

"그렇다 해도 최소한 퀸투스 오피우스는 연락이 있어야 합니다." 술라가 다른 사람들의 생각을 대변해 말했다. "명예심이 높은 분이니 로마에 한시바삐 알리려 했을 겁니다. 킬리키아 역시 잃은 것으로 봐야 합니다."

"어떻게든 푸블리우스 루틸리우스에게 전언을 하여 정보를 더 구해야 합니다." 마리우스가 말했다.

"우리 사람들 중에 생존자가 있다면 8월 말께 로마에 도착할 겁니다." 술라가 말했다. "그때쯤이면 정보가 더 나올 겁니다."

"저는 푸블리우스 루틸리우스의 서신을 생존자가 전무하다는 뜻으로 해석했습니다." 술피키우스가 호민관석에서 말했다. 그가 두 주먹을 불끈 쥐며 그르렁거렸다. "미트리다테스는 이탈리아인과 로마인을 조금도 달리 대하지 않았습니다!"

"미트리다테스는 야만인이지 않소." 카툴루스 카이사르가 말했다.

하지만 술피키우스에게 이것은 너무 단순한 대답이었다. 이틀 전 원로원 최고참 의원 플라쿠스가 루푸스의 서신을 읽었을 때 술피키우스는 한동안 돌처럼 굳어 있었다.

"그자는 구별을 하지 않았습니다." 술피키우스가 다시 말했다. "왜 미트리다테스 그자가 구별을 하지 않았는가는 핵심이 아닙니다! 중요치 않아요! 중요한 건 아시아 속주의 이탈리아인은 아시아 속주의 로마인, 라티움인과 똑같은 대가를 치렀다는 사실입니다. 그들도 똑같이 죽었습니다. 이탈리아인 여자와 아이와 노예도 똑같이 죽었습니다. 그자는 전혀 구별을 하지 않았어요!"

"그만 좀 하시오, 술피키우스!" 본론으로 돌아가기를 원하던 폼페이우스 스트라보가 외쳤다. "당신 지금 꼭 진창에 낀 바퀴처럼 굴고 있잖소!"

"제가 질서를 바로잡겠습니다." 술라가 예의를 갖춰 말했다. "우리는 이곳 벨로나 신전에 이유나 차별을 조사하려고 모인 게 아닙니다. 대책을 논의하려고 모였습니다."

"전쟁!" 폼페이우스 스트라보가 곧바로 외쳤다.

"모두의 의견입니까, 일부의 의견입니까?" 술라가 물었다.

원로원은 한목소리로 전쟁을 외쳤다.

"전장에 충분한 수의 군단이 있습니다." 메텔루스 피우스가 말했다. "군장도 제대로 갖추었습니다. 최소한 이 점만 보아도 평소보다 준비가 잘되어 있습니다. 내일이라도 당장 20개 군단을 배에 태워 동방으로 보낼 수 있습니다."

"그렇지 않습니다." 술라가 차분하게 말했다. "사실, 저는 20개 군단은 고사하고 1개 군단이라도 보낼 수 있을까 싶습니다."

원로원에 정적이 흘렀다.

"원로원 의원 여러분, 자금을 어디서 구할 겁니까? 이탈리아 전쟁이 끝난 지금 우리에게는 군단을 해산하는 것 말곤 다른 선택지가 없습니다. 왜냐하면 이제 우리는 군단에 조금이라도 더 돈을 쓸 형편이 못 되니까요! 이탈리아 안에서 로마가 위기에 처하자 전 로마인과 라티움인 가문이 발 벗고 나서서 전쟁에 참여했습니다. 어쩌면 여러분은 외세와의 전쟁에서도 같은 의무를 져야 한다고 말씀하실지 모르겠습니다. 특히나 침략국이 벌써 아시아 속주를 삼켰고 우리 사람들 8만 명이 희생되었으니까 말입니다. 하지만, 지금 이 순간 우리 로마 본토는 직접적인 위협하에 있지 않습니다. 우리 병사들은 몹시 지쳤고요. 그들은 이제 급료를 받았습니다. 그러나 우리는 그 돈을 치르느라 전 재산이 들었습니다. 이 말인즉슨 우리는 이제 군대를 해산하고 병사들을 집에 돌려보내야 한다는 것입니다. 왜냐하면 또 한번 전쟁을 치르기 위해 그들에게 지불해야 할 돈이 마련될 가망조차 없으니까요!"

술라의 말은 정적 속으로 가라앉았다. 장내가 더욱 고요해졌다.

카툴루스 카이사르가 한숨을 내쉬었다. "자금에 대한 고려는 잠시 미뤄둡시다. 지금 훨씬 더 중요한 것은 우리가 미트리다테스를 막아야 한다는 사실 아닙니까!"

"퀸투스 루타티우스, 제 말을 안 들으셨군요!" 술라가 소리쳤다. "작전을 수행할 돈이 없다 이 말씀입니다!"

카툴루스 카이사르가 특유의 오만한 표정을 지으며 이렇게 말했다. "저는 루키우스 코르넬리우스 술라에게 미트리다테스 전쟁의 지휘권을 부여할 것을 제안합니다. 일단 지휘권 문제를 매듭지으면 자금 문제도 처리할 수 있습니다."

"저는 루키우스 코르넬리우스 술라에게 미트리다테스 전쟁의 지휘권을 주지 말 것을 제안합니다!" 마리우스가 우렁찬 목소리로 외쳤다. "루키우스 코르넬리우스 술라는 로마에 남아 돈 걱정이나 하게 두십시다! 돈이라니! 로마가 멸망 위기에 처한 이때 돈 걱정을 하다니! 돈은 구해질 것입니다. 늘 그래왔습니다. 미트리다테스 왕은 돈이 아주 많으니 결국엔 그자가 전쟁비용을 치르게 될 겁니다. 원로원 의원 여러분, 돈 걱정이나 하는 자에게 이 전쟁의 지휘권을 맡길 순 없습니다! 이 전쟁은 제게 맡기셔야 합니다!"

"건강이 좋지 않으십니다, 가이우스 마리우스." 술라가 말했다. 그의 얼굴이나 목소리에는 어떠한 감정도 드러나지 않았다.

"지금 돈이 문제가 아니란 걸 알 만큼은 건강하오!" 마리우스가 쏘아붙였다. "폰토스는 게르만족의 위협이 재현된 것과 다를 바 없습니다! 게르만족과 싸워 이긴 자가 누굽니까? 가이우스 마리우스입니다! 지엄하신 동료 의원 여러분, 이 전쟁의 지휘권은 제게 주셔야 합니다. 이 전쟁을 승리로 이끌 사람은 제가 유일합니다!"

원로원 최고참 의원 플라쿠스가 자리에서 일어났다. 온건한 성품의 소유자로, 지금껏 용기 있는 처신으로 명성을 얻어본 적은 없는 자였다. "가이우스 마리우스께서 나이도 젊고 건강도 좋으시다면, 저는 의원님께 지휘권을 맡기자고 누구보다도 열렬히 주장할 것입니다. 하지만 루키우스 코르넬리우스의 말씀이 옳습니다. 의원님은 건강이 좋지 않습니다. 너무 연로하세요. 뇌졸중을 두 번 치르셨습니다. 사령관의 능력이 가장 중요한 이때, 다시 쓰러질 수도 있는 분에게 전쟁 지휘권을 맡길 수는 없습니다. 우리는 무엇이 뇌졸중을 유발하는지 모르지만 뇌졸중이 한번 온 사람에게 또 온다는 것은 압니다. 과거에 의원님이 그랬듯 말이죠. 앞으로도 그렇겠지요! 아니요, 원로원 의원 여러분, 원로원 최고참 의원인 저는 가이우스 마리우스께서 이 전쟁을 이끄는 것은 고려해볼 여지조차 없다고 말하겠습니다. 저는 지휘권을 수석 집정관 루키우스 코르넬리우스에게 부여하자는 제안에 동의합니다."

"운명의 여신이 끝까지 나와 함께할 것이오." 마리우스가 고집스럽게 말했다.

"가이우스 마리우스, 원로원 최고참 의원께서 발언한 뜻을 생각하셔서 그분 의견을 받아들이십시오." 술라가 차분하게 말했다. "저는 물론, 아무도 의원님을 가볍게 여기지 않습니다. 하지만 사실은 사실입니다.

뇌졸중을 두 번이나 앓았고 벌써 일흔이 되신 분에게 전쟁을 맡기는 것은 위험합니다."

마리우스는 잠자코 있었다. 하지만 그가 원로원의 의견을 받아들인 것이 아님은 명백했다. 앉아 있는 마리우스의 양손은 양 무릎을 세게 감싸쥐고 있었고, 오른쪽 입매가 아래쪽으로 틀어져 왼쪽과 비슷한 모양을 이루었다.

"루키우스 코르넬리우스, 지휘권을 받아들이겠습니까?" 카툴루스 카이사르가 물었다.

"원로원이 명백한 다수의견으로 제게 지휘권을 주실 경우에만 그렇게 하겠습니다, 퀸투스 루타티우스. 그러지 않으면 수락하지 않겠습니다."

"그러면 찬반으로 나누어 섭시다." 원로원 최고참 의원 플라쿠스가 말했다.

원로원 의원들이 임시 회의장의 좌석에서 걸어나와 두 갈래로 무리지어 섰다. 반대 자리에 선 의원은 단 세 명이었다. 가이우스 마리우스, 루키우스 코르넬리우스 킨나, 호민관 푸블리우스 술피키우스 루푸스.

"허, 믿을 수 없군요!" 감찰관 크라수스가 동료 감찰관 루키우스 카이사르에게 투덜댔다. "술피키우스가?"

"학살 소식 이후로 아주 이상하게 굴고 있어요." 루키우스 카이사르가 말했다. "아까도 들으셨지요! 계속 한다는 소리가, 미트리다테스가 로마인과 이탈리아인 사이에 구별을 두지 않았답니다. 이탈리아인에게 시민권을 주는 것을 결사반대한 당사자가 바로 본인임을 이제 와서 후회하나봅니다."

"그렇다고 해서 왜 가이우스 마리우스 편에 선단 말입니까?"

루키우스 카이사르가 어깨를 으쓱했다. "모르겠습니다, 푸블리우스 리키니우스! 나도 도무지 모르겠어요."

술피키우스가 마리우스와 킨나와 같이 선 이유는 그들이 원로원에 반대했기 때문이었다. 다른 이유는 없었다. 루푸스가 스미르나에서 보내온 소식을 들었을 때 술피키우스에게는 중대한 변화가 일어났으며, 그후로 한시도 고통에서 벗어날 수 없었다. 죄책감이 그를 짓눌렀다. 괴롭도록 혼란스러운 그의 머릿속에는 오직 한 가지 사실만이 맴돌았다. 다른 나라 왕은 로마인과 이탈리아인을 전혀 다르게 보지 않았다. 다른 나라왕이 로마인과 이탈리아인을 하나로 뭉뚱그려 취급했다면 나머지 세상 사람들 눈에도 둘은 아무 차이가 없다. 전자의 본질과 활동은 후자의 그것과 다르지 않다.

열렬한 애국자이자 극렬 보수주의자였던 술피키우스는 이탈리아인과 전쟁이 벌어졌을 때 온 마음을 바쳐 로마인의 대의를 옹호했다. 드루수스가 죽은 해에 재무관이었던 술피키우스에게는 갈수록 더 많은 책임이 주어졌고 그는 맡은 일을 훌륭하게 해냈다. 술피키우스가 노력한 덕분에 수많은 이탈리아인이 목숨을 잃었다. 술피키우스가 동의한 덕분에 아스쿨룸 피켄툼 주민들은 야만인보다 못한 취급을 받고 지독한 고통을 겪었다. 이탈리아 소년 수천 명이 폼페이우스 스트라보의 개선행진에서 걸은 뒤 먹을 것도 입을 것도 돈도 없이 로마 시에서 추방당했다. 그 아이들은 그저 어린 몸뚱어리에 깃든 생의 의지에 따라 살든지 죽든지 했을 것이다. 도대체 로마는 스스로 무엇이라고 생각하기에 자기 동족들에게 그토록 끔찍한 형벌을 가했단 말인가? 로마는 폰토스의 왕과 진정 무엇이 다른가? 폰토스 왕의 태도는 적어도 이중적이지 않다! 폰토스의 왕은 최소한 정의와 우월함이라는 장막 뒤로 자신의 진짜 동기를 숨기지 않았다. 이 문제에 관해서라면 폼페이우스 스트라보 역시 마찬가지였다. 이중적으로 구는 것은 바로 원로원이다.

무엇이 옳은가? 누가 옳은가? 단 한 명의 이탈리아 사내라도, 단 한 명의 이탈리아 여자라도, 단 한 명의 이탈리아 아이라도 대학살을 피해 로마에 나타난다면 나 푸블리우스 술피키우스는 그 가련한 생존자의 얼굴을 마주볼 수 있을까? 나 푸블리우스 술피키우스는 미트리다테스 왕과 진정 무엇이 다른가? 나 역시 이탈리아인 수천 명을 죽이지 않았는가? 폼페이우스 스트라보의 보좌관으로서 그자의 잔혹행위에 동조하지 않았는가 말이다.

술피키우스의 머릿속엔 이렇듯 고통과 혼란이 가득했지만, 한편 일관성 있는 생각도 있었다. 어쩌면 그 혼자만 일관성 있고 타당하고 논리적인 생각이라 느꼈는지도 모르지만.

잘못은 로마에 있지 않다. 원로원에 있다. 바로 나와 같은 계층의 사내들. 나 자신도 예외일 수 없다. 원로원 안에, 그리고 내 안에 로마 특유의 배타성의 원천이 흐르고 있다. 원로원은 나의 벗 마르쿠스 리비우스 드루수스를 살해했다. 원로원은 포에니 전쟁이 끝난 뒤 로마 시민권을 나누어주기를 중단했다. 원로원은 프레겔라이 마을의 파괴를 인가했다. 원로원은, 원로원은, 원로원은……. 바로 나 자신의 계층. 나, 술피키우스가 속한 계층.

이제 원로원은 대가를 치러야 한다. 나 자신도 예외가 아니다. 로마 원로원은 사라져야 할 때다, 하고 술피키우스는 결심했다. 오래된 세도가문이 더이상 존속해선 안 된다. 부와 권력이 집중된 소수가 이탈리아인에게 가했던 실로 무시무시한 부당행위가 또다시 자행되어선 안 된다. 우리는 잘못한 사람들이다, 하고 술피키우스는 생각했다. 우리는 대가를 치러야 한다. 원로원은 사라져야 한다. 로마를 인민의 손에 넘겨야 한다. 우리는 인민의 손에 주권이 있다고 말하지만 사실 인민은 우리의 저당물에 불과하지 않은가. 최하층민을 말하는 게 아니다. 인민. 로마에서 최대 다수를 차지하면서도 제일 적은 권력을 누리는 2, 3, 4계급. 진정 부유하고 힘있는 1계급 기사들은 모든 면에서 원로원과 차이가 없다. 그러니 1계급 기사들 역시 사라져야 한다.

마리우스와 킨나(그런데 왜 킨나는 '반대'에 선 것인가? 갑자기 킨나와 마리우스를 하나로 묶은 것은 무엇일까?) 옆에 선 술피키우스는 맞은편에 빽빽이 모여 서서 자기 쪽을 쳐다보는 원로원 의원 무리를 쳐다보았다. 그들 가운데에는 그와 친한 벗들, 가이우스 아우렐리우스 코타(감찰관들이 술라의 말을 진지하게 받아들인 덕분에 그는 스물여덟에 원로원 의원으로 지명되었다. 감찰관들은 저 배타적인 집합체 원로원을 적합한 자들로 채우려고 늘 애를 썼으니까)와 차석 집정관 퀸투스 폼페이우스 루푸스가 공순하게 나머지 의원들과 모여 있었다. 저들은 자기들의 죄가 보이지 않을까? 왜 저들은 마치 내가 죄인이라는 듯이 쳐다보는 것인가? 아니, 나는 죄인이 맞다! 나는 죄인이다! 나는 그 사실을 안다. 저들은 그저 아무것도 모른다.

그리고 만일 저들이 이해하지 못한다면 나는 새로운 이번 전쟁(아, 어찌하여 우리는 늘 전쟁중인가?) 준비가 완료될 때까지 나의 시간이 오기를 기다리리라, 하고 술피키우스는 생각했다. 카툴루스 카이사르나 루키우스 코르넬리우스 술라와 같은 자들은 이번 전쟁에 참여하느라 로마를 떠나 있을 테니 나를 막지 못하리라. 나는 기다리겠다. 나의 때를 기다리겠다. 그리고 원로원을 없앨 것이다. 1계급을 없앨 것이다.

"루키우스 코르넬리우스 술라." 원로원 최고참 의원 플라쿠스가 말했다. "로마 원로원과 인민의 이름으로 미트리다테스와의 전쟁 지휘권을 수락하십시오."

"다 차치하고, 대체 돈을 어디서 구한단 말입니까?" 그날 저녁 술라는 자신의 새집에서 만찬을 들며 말했다.

식사 자리에는 카이사르 형제, 유피테르 대제관 루키우스 코르넬리우스 메룰라, 감찰관 푸블리우스 리키니우스 크라수스, 상업가이자 은행가 티투스 폼포니우스, 은행가 가이우스 오피우스, 최고신관 퀸투스 무키우스 스카이볼라, 그리고 장기간 병석에 누워 있다 막 원로원에 복귀한 마르쿠스 안토니우스 오라토르가 합석해 있었다. 술라의 초대 손님 목록은 이 질문에 대한 답을 염두에 두고 짠 것이었다. 과연 그 답을 구할 수 있을지는 미지수였지만.

"국고에 돈이 전혀 없소?" 안토니우스 오라토르가 믿을 수 없다는 듯 물었다. "제 말은, 우리 모두 도시 재무관들과 국고 담당관들의 행태를 잘 알지 않느냐는 겁니다. 그자들은 국고에 돈이 많은 때조차도 국고가 비었다고 하니까요."

"믿으십시오, 마르쿠스 안토니우스. 없습니다." 술라가 단호하게 말했다. "제가 국고위원회에 몇 차례 직접 가봤습니다. 제가 가는 것을 아무도 모르게 사전에 신중을 기했고 말입니다."

"옵스 신전은 어떻소?" 카툴루스 카이사르가 말했다.

"그쪽도 비었습니다."

"흠." 최고신관 스카이볼라가 말했다. "로마의 옛 왕들이 이 같은 비상사태에 대비해 은밀히 비축해둔 황금이 있습니다."

"무슨 황금 말이오?" 여러 사람이 한목소리로 물었다. 거기엔 술라도 껴 있었다.

"저도 최고신관이 되기 전에는 몰랐습니다. 정말이에요!" 스카이볼라가 방어적인 태도로 말했다. "유피테르 옵티무스 막시무스 신전 지하에 있습니다. 아, 200탈렌툼에 조금 못 미칩니다."

"아주 잘됐군요!" 술라가 비꼬았다. "세르비우스 툴리우스가 로마의 왕이던 시절에는 그 정도 자금이면 모든 전쟁을 끝내고도 남았지요. 요즘 시대에 그 정도 자금이라면 4개 군단을 6개월 정도 유지할 수 있겠습니다. 전쟁을 서둘러 마쳐야겠군요!"

"거기서부터 시작하면 되지요." 폼포니우스가 느긋한 목소리로 말했다.

"은행가 여러분이 국가에 2천 탈렌툼을 빌려주면 안 됩니까?" 감찰관 크라수스가 물었다. 돈을 몹시 사랑하지만 원하는 만큼 갖고 있지는 못한 그였다. 수입원이라면 히스파니아에서의 주석 채굴권이 다였고, 평소 너무 바빠 그마저도 면밀히 감시하지 못했다.

"그만한 돈이 없으니까요." 오피우스가 인내심을 발휘해 말했다.

"게다가 우리 은행가들은 대개 잉여 자금을 아시아 속주의 은행에 둡니다. 지금쯤은 따져볼 필요도 없이 미트리다테스가 다 차지했겠지요." 폼포니우스가 한숨을 쉬었다.

"여기 두는 돈도 있잖습니까!" 감찰관 크라수스가 코웃음 치며 빈정댔다.

"그렇기야 하지요. 하지만 국가에 빌려줄 만큼은 안 됩니다." 오피우스가 주장했다.

"레스 팍타(사실)입니까, 레스 픽타(거짓)입니까?"

"사실이에요, 푸블리우스 리키니우스. 정말입니다."

"여기 모인 분들께서는 모두 이번 위기가 이탈리아 때보다 심각하다는 데 동의하십니까?" 유피테르 대제관 메룰라가 물었다.

"네, 네!" 술라가 딱딱댔다. "저는 그자를 직접 만나본 적이 있습니다, 유피테르 대제관. 미트리다테스를 막지 않으면 그자 스스로 로마의 왕이 될 거라고 제가 장담합니다!"

"공유지 매각은 인민의 동의를 얻을 수 없을 테니까, 새로 세금을 부과하지 않고 자금을 모을 방법은 한 가지뿐입니다." 메룰라가 말했다.

"무엇입니까?"

"포룸 로마눔 부근의 국가 자산을 전부 매각하는 겁니다. 그 자산은 인민의 동의가 필요 없습니다."

모두가 충격 속에 말을 잇지 못했다.

"국유 자산을 매각하기에 지금보다 나쁜 시기는 없을 겁니다." 폼포니우스가 비통한 목소리로 말했다. "지금 부동산 시장은 매입자에 유리합니다."

"게다가 포룸 로마눔 주변에 국유 자산이 신관 관저 말고 또 뭐가 있는지도 모르겠군요." 술라가 말했다. "신관 관저는 팔 수 없습니다."

"동의합니다. 신관 관저 매각은 신성모독입니다." 그 자신도 국영 관저에 사는 메룰라가 말했다. "하지만 다른 자산이 있습니다. 폰티날리스 성문 안쪽 카피톨리누스 언덕 경사면에 벨라브룸 구역에 면한 부지가 있습니다. 대저택을 짓기 좋은 최상급 부지죠. 또 대시장과 쿠페데니스 시장이 있는 대형 부지도 있습니다. 두 곳 다 쪼개어 팔 수 있습니다."

"부지를 전부 매각하는 데엔 동의할 수 없습니다." 술라가 강경하게 말했다. "시장 부지는, 네, 좋습니다. 기껏해야 시장이고 릭토르단의 놀이터에 지나지 않지요. 카피톨리누스 언덕 일부, 그러니까 카피톨리누스 언덕길 서쪽으로 벨라브룸 구역에 면하는 부지, 그리고 폰티날리스 성문에서 라우투미아이 감옥까지 이어지는 부지도 괜찮습니다. 하지만 포룸 로마눔 땅은 일체 건드려선 안 됩니다. 또 포룸 로마눔에 면하는 카피톨리누스 언덕 땅도 안 됩니다."

"제가 시장 부지를 매입하겠습니다." 오피우스가 말했다.

"더 높은 입찰가가 없을 때에 한해서입니다." 내심 같은 계산을 하던 폼포니우스가 말했다. "일을 공정하게 처리하고 매입가를 최대한 높이기 위해 매각은 전부 경매에 부쳐야 합니다."

"대시장은 되도록 유지하고 쿠페데니스 시장만 매각하는 것이 낫겠습니다." 술라가 말했다. 그렇게 훌륭한 자산을 경매로 팔아치워야 한다는 사실에 그는 문득 염증을 느꼈다.

"그게 옳은 것 같습니다." 카툴루스 카이사르가 말했다.

"저도 동의합니다." 루키우스 카이사르가 말했다.

"쿠페데니스 시장을 매각하면 향신료 상인과 화훼 상인의 임차 부담이 증가할 겁니다." 안토니우스 오라토르가 말했다. "상인들이 우릴 못마땅해할 거요!"

하지만 술라는 또다른 대안을 생각하고 있었다. "그 돈을 빌리는 건 어떻습니까?" 그가 물었다.

"어디서 말입니까?" 메룰라가 의아해하며 물었다.

"로마의 신전들로부터 말입니다. 추후에 전리품으로 빚을 갚는 거지요. 유노 루키나, 베누스 리비티나, 유벤타스, 케레스, 유노 모네타, 마그나 마테르, 카스토르·폴룩스, 두 유피테르 스타토르, 디아나, 헤르쿨레스 무사룸, 헤르쿨레스 올리바리우스, 이들 신전은 모두 돈이 많습니다."

"안 됩니다!" 스카이볼라와 메룰라가 동시에 소리쳤다.

눈앞의 얼굴들을 휙 훑어보고 술라는 아무도 지지해주지 않으리란 걸 간파했다. "알겠습니다. 하지만 로마의 신전이 제 전쟁비용을 대는 데 허락하지 않으신다면, 그리스의 신전에 대해서도 반대를 하시겠습니까?" 술라가 물었다.

스카이볼라가 얼굴을 찡그렸다. "어디에서건 신성모독은 신성모독입니다, 루키우스 술라. 그리스에서건 로마에서건 신은 다 신입니다."

"네, 하지만 그리스의 신은 로마의 신이 아닙니다. 안 그렇습니까?"

"신전은 신성불가침한 곳입니다." 메룰라는 완강했다.

돌연 술라 안에 웅크려 있던 다른 짐승이 뛰쳐나왔다. 그 모습을 처음 본 몇몇 사람은 공포에 질렸다. "잘 들으십시오." 술라가 이를 드러내며 말했다. "모든 걸 여러분 마음에 들게만 할 순 없고, 신들에게도 마찬가집니다! 로마의 신들은 여러분께 양보하겠습니다만, 전장에서 군단을 유지하려면 얼마나 많은 비용이 드는지 모르는 분은 여기 하나도 없습니다! 여기저기서 긁어모아봐야 황금 200탈렌툼밖에 안 되는 돈으로는, 6개 군단을 데리고 그리스까지밖에 못 갑니다. 폰토스의 25만 병사와 겨루기에는 하잘것없지요. 여러분에게 상기시킬 또 한 가지 사실은, 폰토스의 병사는 벌거벗은 게르만족 야만인이 아니라는 겁니다! 저는 미트리다테스의 군대를 제 눈으로 직접 봤습니다. 로마 군단병처럼 군장을 갖췄고 훈련도 잘되어 있었습니다. 로마 군단병만큼 우수하진 않겠지만, 갑옷을 입고 기강이 잡혀 있다는 사실만으로도 벌거벗은 게르만족 야만인들보다 훨씬 더 강력한 적입니다. 가이우스 마리우스처럼 저 역시 병사들을 잃고 싶지 않습니다. 그러려면 군량비와 장비 유지비가 있어야 합니다. 우리에게 없는 돈, 로마의 신들이 제게 내어주기를 여러분이 허락하지 않는 돈 말입니다. 그러니 여러분에게 경고합니다. 결코 이건 그냥 하는 말이 아닙니다! 저는 그리스에 도착하면 올림피아, 도도나, 델포이, 그리고 돈을 구할 수 있는 신전 어디에서든 필요한 돈을 취할 겁니다. 이 말인즉슨 유피테르 대제관, 최고신관 두 분께서는 우리 로마의 신들과 열심히 협력해야 할 것이고, 오늘날 로마의 신들이 그리스의 신들보다 더 강력하길 소망하는 것이 좋으리란 뜻입니다!"

다들 한마디도 없었다.

짐승은 사라졌다. "좋습니다!" 술라가 쾌활하게 말했다. "이것으로 그 얘기가 끝났다고 생각하신다면, 이번엔 그보다 기분좋은 소식을 말씀드리지요."

카툴루스 카이사르가 한숨을 내쉬었다. "굉장히 기대되는군요, 루키우스 코르넬리우스. 부디 말씀해주십시오."

"제 수하의 4개 군단과 더불어, 가이우스 마리우스가 훈련시켰고 현재 루키우스 킨나의 수하에 있는 2개 군단을 추가로 데려가겠습니다. 마르시족은 힘이 다 빠졌으니 킨나는 군사가 필요치 않습니다. 나이우스 폼페이우스 스트라보는 병사들 급료 청구서를 로마에 보내지만 않으면 무엇이든 원하는 대로 해도 좋습니다. 저로서는 그자와의 말싸움으로 시간을 낭비할 생각이 없으니까요. 그렇더라도 여전히 10개 군단 남짓을 해산시켜야 합니다. 모두 우리가 급료를 지불해야 하지요. 그리고 분명 우리에게는 그만한 돈이 없습니다." 술라가 말했다. "따라서 저는 주민들이 전멸하다시피 한 이탈리아 지역의 땅을 병사들에게 급료 대신 나누어주는 법을 제정하려고 합니다. 폼페이. 파이술라이. 하드리

아. 텔레시아. 그루멘툼. 보비아눔. 이제 빈 마을이 되어버린 이들 여섯 개 지역 주변에는 꽤 괜찮은 농지들이 있습니다. 이 지역들은 제가 해산시킬 10개 군단에게 돌아갈 겁니다."

"하지만 그곳들은 공유지입니다!" 루키우스 카이사르가 외쳤다.

"아직은 아닙니다. 앞으로도 아닐 거고요." 술라가 말했다. "병사들에게 돌아갈 땅입니다. 그렇게 하지 않는다면, 그 말인즉슨 로마의 신전들에 대한 여러분의 경건하고 독실한 태도를 이제 바꾸겠다는 뜻으로 받아들여도 될까요?" 술라가 나긋나긋한 말씨로 물었다.

"그럴 수는 없습니다." 최고신관 스카이볼라가 말했다.

"그렇다면, 제 법안이 공포될 때 여러분은 원로원과 인민 양쪽 모두를 제 편으로 끌어오시는 게 좋을 겁니다." 술라가 말했다.

"우리는 당신을 지지하겠습니다." 안토니우스 오라토르가 말했다.

"그리고 공유지에 관해서는 제가 나가 있는 동안엔 발표하지 마십시오. 나중에 제 군단들을 데리고 돌아오면, 그들을 정착시킬 버려진 이탈리아 땅이 더 많이 필요할 테니까요."

결과적으로, 로마의 재정 수준은 6개 군단에도 미치지 못했다. 술라의 군대는 병사 한 명, 가축 한 마리 더 보태지 않고 정확히 5개 군단과 말 2천 필로 정해졌다. 황금을 모두 모아보니 4천여 킬로그램으로, 200 탈렌툼에도 미치지 못했다. 참으로 보잘것없는 액수였지만 이것이 재정 파탄에 이른 로마가 동원할 수 있는 최대치였다. 이 군자금으로는 전투용 갤리선은 한 척도 제작할 수 없고, 병사들을 그리스로 실어나를 수송선을 빌리는 값이나 겨우 댈 수 있었다. 술라는 마케도니아 서부보다 그리스로 가는 게 낫겠다고 판단했다. 하지만 소아시아와 그리스의 상황에 대해 추가 정보를 입수하기 전에 작전을 미리 짜놓을 생각은 아니었다. 술라의 마음이 그리스로 기운 것은 그곳에 부유한 신전이 많기 때문이었다.

9월 말, 술라는 드디어 로마를 떠나 카푸아에 주둔한 그의 수하 군단과 합류할 수 있었다. 앞서 술라는 믿음직스럽고 충실한 참모군관 루키우스 리키니우스 루쿨루스를 면담하고, 술라가 직접 이름을 거명하여 그의 봉직을 요청하면 이번 재무관 선거에 나올 것인지 미리 의향을 타진했다. 루쿨루스가 반색하자 술라는 곧장 그에게 부사령관 자격을 주고 카푸아로 먼저 보냈다. 국가 자산을 경매에 부치고 병사들을 6개 군단으로 편성하느라 진창 속을 허우적대던 9월 한 달 동안, 술라는 절대 로마를 떠나지 못할 것만 같았다. 그가 끝내 진창에서 빠져나올 수 있었던 것은 동료 원로원 의원들이 보인 강철 같은 의지와 저돌적인 추진력 덕분이었다. 술라의 동료 의원들은 모두 그에게 매료되었다. 하지만 어째서인지 술라는 그들로부터 최고 지도자감으로는 주목을 받지 못했다.

"마리우스와 스카우루스의 그늘에 가려 있어요." 안토니우스 오라토르가 말했다.

"아니요, 단지 명성을 쌓지 못한 겁니다." 루키우스 카이사르가 말했다.

"그게 누구 탓이었습니까?" 카툴루스 카이사르가 냉소했다.

"주로 가이우스 마리우스 탓이라고 봐야지요." 그의 아우가 대꾸했다.

"술라 그 사람은 자신이 뭘 원하는지 분명하게 압니다." 안토니우스 오라토르가 말했다.

"네, 정말 그렇습디다." 스카이볼라가 이렇게 대꾸하고 몸을 떨었다. "그 사람 눈 밖에 날 일은 정말이지 피하고 싶습니다!"

이것은 정확히 어린 카이사르에게도 든 생각이었다. 어린 카이사르는 자기 집 천장 속의 은신처에 누워 어머니와 술라가 대화하는 것을 지켜보고 있었다.

"나는 내일 떠나오, 아우렐리아. 당신을 안 보고 가면 서운해서 말이오." 술라가 말했다.

"저도 당신이 절 안 보고 가면 서운했을 거예요." 아우렐리아가 대답했다.

"가이우스 율리우스는 집에 없소?"

"루키우스 킨나와 같이 마르시족에게 가 있어요."

"마무리 작업중이군요." 술라가 고개를 끄덕였다.

"힘든 일이 많은데도 무척 좋아 보이네요, 루키우스 코르넬리우스. 이번 결혼생활이 행복한 것으로 봐야겠죠."

"그런 것이거나, 아니면 내가 지나친 애처가가 되어가는 거겠죠."

"그럴 리가요! 당신은 절대 지나친 애처가는 되지 않을 거예요."

"가이우스 마리우스께선 자신의 패배를 어떻게 받아들이고 계시오?"

아우렐리아가 입술을 꽉 오므렸다. "아무래도 가족들 앞에서 험담을 자주 쏟아내세요." 그녀가 말했다. "요즘 당신을 썩 좋아하시진 않죠."

"충분히 예상했소. 하지만 그분도 내가 행동을 절제했단 건 분명 인정하실 거요. 내가 지휘권을 손에 넣으려고 침을 질질 흘리며 미친듯이 로비한 건 아니니까."

"애당초 그럴 필요가 없었죠." 아우렐리아가 말했다. "그분이 그렇게 역정이 나신 이유가 바로 그거고요. 그분은 로마에 자신을 대체할 전쟁 지도자가 있다는 게 익숙지 않으세요. 당신이 풀잎관을 받기 전까진 늘 그분뿐이었잖아요. 아, 원로원에 포진한 정적들은 늘 강력했고 자주 그분을 좌절케 했지만, 그분은 자기밖에 없단 걸 아셨어요. 정적들이 아무리 그래도 결국엔 자기를 쓸 거라 확신하셨다고요. 하지만 이제 그분은 늙고 병들었어요. 그리고 당신이 있지요. 그분은 기사들의 지지를 당신이 빼앗을까봐 두려운 거예요."

"아우렐리아, 그분은 이제 끝났소! 명예도 그대로고, 엄청난 명성도 그대로요. 하지만 그분의 시대는 끝났소. 왜 그걸 모르신답니까?"

"지금보다 젊고 정신이 맑았더라면 깨달으셨겠지요. 문제는 뇌졸중으로 그분 정신이 흐트러졌다는 거예요. 적어도 율리아는 그렇게 생각해요."

"율리아는 누구보다도 분명히, 또 일찍 알아차렸을 거요." 술라가 가려고 일어섰다. "당신 가족들은 어떻소?"

"아주 잘 지내요."

"아들은요?"

"늘 활기차고, 늘 통제가 안 되고, 늘 불요불굴이죠. 두 발을 땅에 붙여놓기가 정말 어려워요." 아우렐리아가 말했다.

하지만 제 발은 땅에 닿아 있어요, 엄마! 어린 카이사르는 생각했다. 술라와 아우렐리아가 사라지자 어린 카이사르는 몸을 꼼지락거리며 자신만의 둥지에서 빠져나왔다. 왜 엄마는 항상 저를 바람에 떠다니는 깃털이나 민들레 씨앗으로 생각하시는 거예요?

푸블리우스 술피키우스는 10월 중순에 로마의 기존 질서를 향한 첫 일격을 내질렀다. 술라라면 시간을 낭비하지 않고 겨울 역풍이 불기 전에 병사들을 데리고 아드리아 해를 건널 거라고 예상한 것이다. 마음속에서랄 것 말고 별다른 준비는 없었다. 선동 정치가를 좋아하지 않는 사람이 선동 정치가의 기술을 연마한다는 것은 불가능한 일이니까. 하지만 술피키우스는 신중을 기해 미리 마리우스에게 면담을 요청하고 그의 지지를 구했다. 원로원을 좋아하지 않는 가이우스 마리우스! 그의 반응은 술피키우스를 실망시키지 않았다. 술피키우스의 제안을 들은 마리우스는 고개를 끄덕였다.

"전적으로 지지해줄 테니 염려 말게, 푸블리우스 술피키우스." 위대한 인물이 말했다. 그러고는 잠시 아무 말이 없다가 문득 생각난 듯 덧붙였다. "하지만 자네에게 한 가지 부탁하겠네. 미트리다테스 전쟁의 지휘권을 나한테 주는 법을 제정해주시게."

대가치고는 작아 보였다. 술피키우스가 미소를 지었다. "좋습니다, 가이우스 마리우스. 어르신이 지휘권을 쥐게 될 겁니다."

술피키우스는 평민회를 소집하고, 사전 집회에 법안 두 개를 따로 제출했다. 하나는 원로원 의원 중 부채가 8천 세스테르티우스 이상인 자의 의원직을 박탈하는 법안이었고, 다른 하나는 이탈리아에 로마 시민권을 부여하는 데 우호적이라는 이유로 바리우스가 사람들을 기소하던 시절에 바리우스 특별위원회에서 추방형을 받은 이들을 전부 로마에 귀환시킬 것을 요구하는 법안이었다.

은으로 된 혀와 금으로 된 목청을 가진 술피키우스는 최적의 음조를 찾아냈다. "저들이 뭐라고 원로원에 앉아서, 바로 이 평민회가 내려야 할 결정을 자기들이 내린단 말입니까? 게다가 저자들 대부분은 돈이 없어서 엄청난 빚을 졌습니다." 술피키우스가 외쳤다. "여러분 중에 빚진 사람은 아무런 구제를 받지 못합니다. 원로원의 배타적인 특권 뒤에 숨을 수도 없고, 여러분을 몰아치는 건 정치적이지 않다고 판단해서 여러분의 빚을 줄여줄 이해심 많은 채권자도 없지요! 하지만 원로원 의사당 안의 저들은 빚 따위 사소한 문제는 다시 좋은 시절이 올 때까지 무시하면 그만입니다! 저 자신이 원로원 의원이어서 잘 압니다. 저는 평소 그들이 주고받는 말을 듣고, 채권자들이 이런저런 특혜를 받는 것도 봅니다! 저는 심지어 원로원 사람들 중에 누가 대부업을 하는지도 압니다! 여러분, 이제 이 모든 일은 사라질 겁니다! 빚을 진 사람이 원로원 의석을 가져선 안 됩니다! 나머지 로마 사람들보다 하등 나을 게 없는 자가 스스로를 저 고명하고 배타적인 집단의 일원으로 칭해서는 안 됩니다!"

원로원 의원들은 충격 속에 자세를 고쳐 앉았다. 그들이 놀란 것은 저렇게 선동 정치가 행세를 하는 자가 다름아닌 술피키우스이기 때문이었다. 술피키우스! 그는 가장 보수적이고 원로원에 있어 소중한 자가 아니었던가! 작년까지만 해도 바리우스 특별위원회 추방자의 복귀 법안에 거부권을 행사하지 않았는가! 그런 그가 그들의 복귀를 주장하다니! 대관절 무슨 일이 있었던 것인가?

이틀 후 술피키우스는 평민회를 재소집하고 세번째 법안을 공포했다. 새 이탈리아 시민권자, 그리고 수천 명에 달하는 로마의 해방노예 출신 시민권자를 모두 서른다섯 개의 트리부스에 골고루 배분하는 법안이었다. 트리부스 두 개를 신설하기로 한 피소 프루기 법안은 폐기될 것이었다.

"트리부스 수는 지금의 서른다섯 개가 적당하고, 더 늘어나서는 안 됩니다!" 술피키우스가 외쳤다. "또 트리부스회와 평민회에서 시민 수가 고작 3, 4천 명인 몇몇 트리부스가, 시민 수가 10만 명이 넘는 에스퀼리누스 트리부스나 수부라 트리부스와 투표권이 동등한 것도 옳지 않습니다! 이처럼 로마의 통치 제도는 모든 면에서 저 전지전능한 원로원과 1계급을 보호하려는 목적에 따라 설계되었습니다! 원로원 의원이나 기사가 에스퀼리누스 트리부스나 수부라 트리부스에 속합니까? 당연히 아닙니다! 그들은 파비우스, 코르넬리우스, 로밀리우스 같은 트리부스에 속하지요! 자, 이제 그들의 파비우스, 코르넬리우스, 로밀리우스 트리부스를 프리페르눔, 부카, 비비니움 출신 사람들이 공유하게 합시다. 그들의 파비우스, 코르넬리우스, 로밀리우스 트리부스를 에스퀼리누스 언덕과 수부라 지구 출신 해방노예들이 공유하게 합시다!"

청중은 열광적인 환호로 답했다. 최상층과 최하층을 제외한 모든 계층이 술피키우스를 전폭적으로 지지했다. 최상층은 기득권을 잃기 때문에, 최하층은 그래봐야 자신들의 상황은 조금도 바뀌지 않기에.

"이해가 안 됩니다!" 안토니우스 오라토르가 기가 차서 티투스 폼포니우스에게 말했다. 민회장에 서 있는 두 사람의 주변에서 술피키우스 지지자들이 악을 쓰며 환호했다. "저 사람은 귀족입니다! 이렇게 많은 추종자들을 모을 시간이 없었고요! 저 사람은 사투르니누스가 아닙니다! 도무지 이해가 안 됩니다!"

"아, 저는 압니다." 폼포니우스의 어조는 신랄했다. "저자는 빚 문제를 들어 원로원을 공격했어요. 오늘 이 자리에 모인 군중이 바라는 것은 단순합니다. 이 사람들은 술피키우스가 들고 오는 법안이 무엇이든 통과만 시켜주면, 그가 부채 탕감법을 제정해주리라고 믿는 겁니다."

"하지만 8천 세스테르티우스 이상 빚을 진 의원들을 내쫓느라 바쁜 사람이 어떻게 그런 법안을 냅니까! 8천 세스테르티우스라니, 쥐꼬리만한 돈 아닙니까! 로마 시에서 그 정도 빚도 없는 사람이 있습니까!"

"곤란한 입장이신가봅니다, 마르쿠스 안토니우스?" 폼포니우스가 물었다.

"아니요, 당연히 아닙니다! 하지만 몇몇 사람들은 그렇게 대답하지 못할 겁니다. 심지어 퀸투스 앙카리우스, 푸블리우스 코르넬리우스 렌툴루스, 가이우스 바이비우스, 가이우스 아틸리우스 세라누스 같은, 네, 그런 훌륭한 사람들도 말입니다, 티투스 폼포니우스! 하지만 지난 두 해 동안 현찰 문제를 안 겪어본 사람이 누가 있습니까? 루카니아에 땅이 그렇게 많은 포르키우스 카토 집안사람들도 지난 전쟁 때문에 단 1 세스테르티우스의 수입도 없습니다. 역시나 남쪽에 땅을 가진 루킬리우스 집안사람들도 마찬가집니다." 마르쿠스 안토니우스가 잠시 숨을 고르더니 폼포니우스에게 물었다. "술피키우스 그 사람이 원로원에서 부채를 문제삼아 의원들을 내쫓는 마당에 어찌 부채 탕감 법안을 내겠습니까?"

"술피키우스는 빚을 탕감해줄 의도가 없어요." 폼포니우스가 말했다. "그가 그래주기를 2, 3계급이 그냥 바라는 거지요."

"술피키우스가 그들에게 뭐라도 약속했을까요?"

"술피키우스는 그럴 필요가 없습니다. 그저 희망만이 그 사람들 하늘에 떠 있는 유일한 태양입니다, 마르쿠스 안토니우스. 그들은 사투르니누스 못지않게 원로원과 1계급을 증오하는 자를 보고 있습니다. 그러니 그들은 이제 제2의 사투르니누스를 바라는 겁니다. 하지만 술피키우스는 그자와 판이하게 다릅니다."

"어째서요?" 안토니우스 오라토르가 울화통을 터뜨렸다.

"저자의 머릿속에 무슨 구더기가 들었는지 저라고 알 턱이 있습니까." 폼포니우스가 말했다. "어서 군중 사이를 빠져나갑시다. 사람들이 이쪽으로 달려들어서 우리 사지를 갈가리 찢어놓기 전에."

원로원 계단에서 그들은 차석 집정관을 만났다. 옆에 그의 아들이 한껏 상기된 표정으로 서 있었다. 막 루카니아에서 군복무를 마치고 돌아온 터라 전쟁의 기운이 아직 가시지 않은 상태였다.

"사투르니누스 때와 똑같군요!" 젊은 폼페이우스가 외쳤다. "이번엔 그를 상대할 준비가 되어 있습니다. 그가 과거의 사투르니누스처럼 군중을 좌지우지하게 내버려둘 수 없습니다! 이제 거의 모든 사람들이 전쟁에서 돌아왔으니, 믿을 만한 단체를 조직해서 저자를 저지하기는 쉽습니다. 제가 그렇게 하겠습니다! 저자가 소집할 다음 집회는 이번과 양상이 사뭇 다를 거라고 여러분께 장담합니다!"

폼포니우스는 아들은 무시하고 그 아버지와 다른 원로원 의원들에게 집중했다. "술피키우스는 제2의 사투르니누스와 거리가 멉니다." 그가 완강한 태도로 말했다. "시대가 다르고 동기가 다릅니다. 당시는 식량 부족이 문제였습니다. 지금 문제는 방만한 부채입니다. 하지만 술피키우스가 로마의 왕이 되려는 것은 아닙니다. 술피키우스는 저 사람들이 로마를 통치하길 원하는 겁니다." 폼포니우스의 손가락이 민회장을 빽빽이 메운 2, 3계급을 가리켰다. "그때와는 상황이 아주 다르지요."

"사람을 보내 루키우스 코르넬리우스를 불렀습니다." 차석 집정관이 폼포니우스, 안토니우스 오라토르, 카툴루스 카이사르를 향해 말했다. 카툴루스 카이사르는 폼포니우스가 하는 말을 듣고 그쪽으로 다가온 터였다.

"이 사태를 직접 제어할 수 없을 것 같으십니까, 퀸투스 폼페이우스?" 껄끄러운 질문을 하는 데 능한 폼포니우스가 물었다.

"네, 안 될 것 같습니다." 폼페이우스 루푸스가 솔직히 시인했다.

"가이우스 마리우스는요?" 안토니우스 오라토르가 물었다. "그는 로마의 어떠한 군중이라도 제어할 수 있지 않습니까."

"이번엔 아닙니다." 카툴루스 카이사르가 경멸조로 대꾸했다. "이번 사례에서는 가이우스 마리우스가 저 반역자 호민관의 뒤를 밀어주고 있습니다. 네, 마르쿠스 안토니우스, 푸블리우스 술피키우스를 이렇게 만든 건 바로 가이우스 마리우스입니다!"

"그럴 리가요." 안토니우스 오라토르가 말했다.

"내 분명히 말씀드리는데, 가이우스 마리우스가 저자를 밀어주고 있어요!"

"그 말이 사실이라면, 술피키우스의 이름으로 네번째 법안이 등장하겠군요." 폼포니우스가 말했다.

"네번째 법안?" 카툴루스 카이사르가 얼굴을 찌푸렸다.

"미트리다테스 전쟁 지휘권을 루키우스 술라로부터 박탈하는 법안 말입니다. 그리고 가이우스 마리우스에게 주겠지요."

"어찌 감히 그러겠습니까!" 폼페이우스 루푸스가 경악했다.

"왜 안 그러겠습니까?" 폼포니우스가 차석 집정관을 빤히 쳐다봤다. "수석 집정관을 부르시길 잘했습니다. 언제쯤 여기 오시겠습니까?"

"내일이나 모레쯤 올 겁니다."

술라는 이튿날 새벽 동트기 훨씬 전에 도착했다. 폼페이우스 루푸스의 편지를 받은 즉시 그길로 로마로 달려온 것이다. 과거 어떤 집정관이 이렇게 자주 비보를 접했단 말인가? 술라가 자문했다. 아시아 속주 학살에 이어 제2의 사투르니누스라니. 나라는 파산했고, 반란을 막 진압했다. 나는 역대 집정관 중 유일하게 국가 자산을 팔아치운 자라는 오명을 뒤집어쓸 것이다. 하지만 내 힘으로 해결할 수만 있으면 이것들 중 무엇도 문제가 되지 않아. 그리고 이것들 모두 내가 해결할 수 있다.

"오늘도 집회가 있는가?" 술라가 폼페이우스 루푸스에게 물었다. 그는 로마에 도착하자마자 폼페이우스 루푸스의 집을 찾은 터였다.

"있네, 티투스 폼포니우스는 술피키우스가 미트리다테스 전쟁 지휘권을 자네에게서 박탈해서 가이우스 마리우스에게 주는 법안을 낼 거라고 하더군."

순간 술라의 몸짓이 정지되었다. 그의 두 눈조차 미동하지 않았다. "나는 집정관이고, 이 전쟁은 합법적으로 나에게 주어졌어." 술라가 말했다. "가이우스 마리우스가 건강하다면 지휘권은 그에게 돌아갔겠지. 하지만 가이우스 마리우스는 건강이 좋지 않아. 그는 지휘권을 가져선 안 돼." 술라가 콧김을 내뿜었다. "이건 가이우스 마리우스가 술피키우스를 뒤에서 밀고 있단 뜻이군."

"다들 그렇게 생각하네. 마리우스가 집회에 직접 나타난 적은 없지만, 그의 하수인들이 하층 계급 군중 사이에서 일을 벌이는 것을 나도 본 적이 있네. 수부라 지구 깡패들 사이에서 대장 노릇을 하는 그 불쾌한 자를 비롯해서 말일세."

"루키우스 데쿠미우스 말인가?"

"그래, 그자일세."

"이런, 이런! 가이우스 마리우스의 새로운 면모로군, 퀸투스 폼페이우스! 그분이 루키우스 데쿠미우스 같은 수단에 손을 댈 정도로 타락할 거라곤 생각 못했어. 하지만 걱정인 것이, 나이가 많고 건강도 나쁘다고 원로원에서 떠들썩하게 지적했으니 그분도 자기 시대가 끝났음을 확실히 깨달았을 거야. 가이우스 마리우스는 자기 시대가 끝나는 걸 원치 않아. 미트리다테스 전쟁에 나가고 싶어하지. 그리고 그것이 자기가 제2의 사투르니누스가 되어야 한다는 의미라면, 그는 그렇게 할 걸세."

"말썽이 생기겠어, 루키우스 코르넬리우스."

"나도 아네!"

"아니, 내 말은 내 아들을 포함해 의원들과 기사들의 자제 여러 명이 술피키우스를 포룸 로마눔에서 몰아내겠다고 지금 세를 조직하고 있다는 말일세." 폼페이우스 루푸스가 말했다.

"그렇다면 술피키우스가 평민회를 소집할 때 자네와 내가 포룸 로마눔에 있는 게 좋겠군."

"무기를 갖고서?"

"아니, 우린 이 일을 반드시 합법적으로 해결지어야 해."

동이 트기 바쁘게 포룸 로마눔에 도착한 술피키우스는, 차석 집정관 아들이 이끄는 패거리에 대해 미리 소문을 접한 게 틀림없었다. 술피키우스는 곤봉과 작은 나무방패로 무장한 수많은 2, 3계급 젊은이들의 호위를 받고 있었고, 이 호송대 주변을 다시 5계급과 최하층민으로 보이는 사내들이 둘러싸고 있었다. 전직 검투사들과 교차로단 회원들이었다. 실로 엄청난 규모의 '경호대' 무리 앞에서 젊은 폼페이우스 루푸스가 끌고 온 작은 군대는 힘없는 난쟁이처럼 왜소해 보였다.

"인민은 주권자입니다!" 그가 데려온 '경호대'만으로 이미 반이 찬 민회장에서 술피키우스가 청중에게 외쳤다. "아니, 인민은 주권자라고 다들 말합니다! 원로원과 지도층 기사들이 여러분의 표가 필요할 때마다 들먹이는 편리한 관용구지요. 하지만 이 말은 사실 아무것도 의미하지 않습니다! 이 말은 공허합니다, 이 말은 조롱입니다! 여러분은 실제로 국정 운영에서 무슨 책임을 집니까? 그저 여러분을 소집하는 사람들, 즉 호민관들의 처분에 따를 뿐입니다! 민회에서 법을 제정하고 공표하는 주체는 여러분이 아닙니다. 여러분은 여기서 호민관이 제정하고 공표한 법안에 단순히 투표만 하지요! 그리고, 극소수의 사례를 제외하고 호민관은 누구의 말을 듣습니까? 네, 원로원과 기사계급입니다! 반대로, 자신이 주권자 인민의 종복이라 천명한 호민관들은 어떻게 되었습니까? 그들이 어떻게 되었는지 제가 말씀드리겠습니다! 그들은 원로원 의사당에 감금되고 원로원 의사당 지붕 기왓장에 맞아 곤죽이 되었습니다!"

술라가 어깨를 뒤틀었다. "하, 이건 전쟁 선포로군, 안 그렇습니까? 저자는 지금 사투르니누스를 영웅으로 만들려는 겁니다."

"자기 스스로를 영웅으로 만들려는 거지요." 카툴루스 카이사르가 말했다.

"들어봅시다!" 유피테르 대제관 메룰라가 날카롭게 말했다.

"이제," 술피키우스가 말하고 있었다. "로마의 주권자가 누구인지 원로원과 기사계급에게 보여줄 때입니다! 제가 여기 여러분의 옹호자, 여러분의 수호자, 여러분의 종복으로서 여러분 앞에 선 이유가 바로 그것입니다! 여러분은 저 고통스럽던 3년으로부터 막 벗어나기 시작했습니다. 지난 3년 동안 여러분은 막대한 조세 징수와 토지 수용으로 인한 부담을 어깨에 졌습니다. 여러분은 갖고 있던 재산 대부분을 로마에 내전 자금으로 내주었습니다. 하지만 원로원 사람 어느 누구라도, 여러분의 형제인 이탈리아 동맹들과 전쟁을 벌이는 것을 어떻게 생각하는지 여러분에게 물어보았습니까?"

"물어봤고말고!" 최고신관 스카이볼라가 단호히 말했다. "저자들은 원로원보다 더 열렬하게 전쟁에 찬성했어!"

"이제 저들은 그러한 사실을 기억하지 않을 겁니다." 술라가 말했다.

"아니요, 그들은 여러분에게 묻지 않았습니다!" 술피키우스가 크게 소리쳤다. "그들은 여러분의 형제인 이탈리아인들에게 그들의 시민권을 나눠주길 거부했습니다. 여러분의 시민권이 아닙니다! 여러분 것은 그저 그림자에 불과하지요. 그들의 시민권이 로마를 통치하는 실체입니다! 그들은 소수로 구성된 배타적인 지방 트리부스에 수천 명에 달하는 새 시민권자가 유입되는 것을 허락할 수 없었습니다. 그러면 자기들보다 열등한 자들이 지나치게 많은 권력을 쥐게 될 테니까요! 그리하여 그들은 이탈리아인들에게 시민권을 주기로 한 뒤에도 새 시민권자들이 선거 결과에 영향을 미치지 못하도록 몇 개 안 되는 트리부스에 그들을 욱여넣으려고 한 겁니다. 하지만 주권자이신 인민 여러분, 새 시민권자와 해방노예를 전체 서른다섯 개 트리부스에 골고루 배분하는 제 법안을 여러분이 승인하면, 그러한 수작도 모두 끝입니다!"

한바탕 떠들썩한 환호가 터져나왔다. 그 소리가 너무 커서 술피키우스는 잠시 발언을 멈출 수밖에 없었다. 술피키우스가 밝게 미소 지었다. 삼십대 중반의 미남인 그는 평민 출신임에도 골격이 단단하고 금발 머리여서 파트리키 귀족처럼 보였다.

"원로원과 기사계급은 이것 말고도 또다른 방법으로 여러분을 기만해왔습니다." 환호가 가라앉자 술피키우스가 말을 이었다. "군사 지휘권을 부여하고 전쟁을 총괄하는 특권, 이것은 법에 근거하지 않으므로 그저 특권일 뿐입니다! 이제 그 특권을 원로원과 그들의 비밀 주인인 기사계급으로부터 박탈할 때입니다! 정말 로마다운 모든 것의 근간이자 토대인 여러분에게 합법적으로 주어진 권한을 되찾을 때입니다. 그러한 권한 중 하나가, 로마가 전쟁을 벌일지 말지를 결정할 권리입니다. 그리고 전쟁을 벌여야 한다면 누가 지휘권을 잡을지를 결정할 권리입니다."

"올 것이 오는군." 카툴루스 카이사르가 말했다.

술피키우스가 돌아서서 손가락으로 술라를 가리켰다. 원로원 계단 위에 군중을 뒤로하고 선 술라는 외모 때문에 쉽게 눈에 띄었다.

"저기 수석 집정관이 있습니다! 그를 수석 집정관으로 뽑은 것은 여러분의 동료들이 아니라 그의 동료들이지요! 집정관 선거에서 투표할 차례가 하다못해 3계급까지라도 내려왔던 때가 언제입니까?"

자칫 논지에서 벗어날 위험이 있음을 깨달은 듯, 술피키우스는 잠시 말을 끊고 다시 아까의 이야기로 돌아왔다. "수석 집정관에게는 로마의 미래에 아주 중요한 전쟁의 지휘권이 돌아갔습니다. 로마 최고의 장군이 이 전쟁을 이끌지 않으면 로마는 더이상 존재하지 않을지도 모릅니다. 폰토스의 미트리다테스 왕을 상대로 하는 이 중요한 전쟁의 지휘권을 누가 수석 집정관에게 주었을까요? 이 일을 맡을 로마 최고의 장군이 수석 집정관이라고 판단한 사람들은 누구일까요? 네, 원로원 의원들과 그들의 비밀 주인인 기사계급! 언제나처럼 자기들 사람을 내세웠지요! 그저 파트리키 귀족이 지휘관 옷을 입고 선 것을 보려고 거리낌 없이 로마를 위험에 빠뜨리는 자들입니다! 제 말은, 저 루키우스 코르넬리우스 술라라는 자가 대체 누구냐는 겁니다! 어떤 전쟁을 승리로 이끌었지요? 주권자인 인민 여러분은 저 사람을 아십니까? 저 사람이 누구인지 제가 말씀드릴 수 있습니다! 루키우스 코르넬리우스 술라가 저기 서 있는 까닭은 그가 그동안 가이우스 마리우스의 등에 올라타 있었기 때문입니다! 지금껏 저자가 이룬 모든 것은 가이우스 마리우스의 등에 올라타서 성취한 것입니다! 그는 이탈리아 전쟁을 승리로 이끌었다고 하더군요! 하지만 우리 모두는 이탈리아 전쟁 초반에 가장 강력한 한 방을 날리고 돌아온 것은 바로 가이우스 마리우스였음을 잘 알고 있습니다. 가이우스 마리우스가 아니었다면 저 술라라는 자는 승리를 거둘 수 없었습니다!"

"저자가 감히 어떻게!" 감찰관 크라수스가 기겁했다. "분명 당신의 공이었습니다. 다른 누구도 아닌 당신의 공이었어요, 루키우스 코르넬리우스! 당신은 풀잎관을 받았습니다! 이탈리아인들의 무릎을 꿇린 건 당신이었어요!" 감찰관 크라수스는 숨을 한껏 들이마시고 술피키우스에게 큰 소리로 외치려 했지만, 술라가 그의 팔을 비트는 통에 입을 다물었다.

"내버려두십시오, 푸블리우스 리키니우스! 우리가 저들에게 소리를 지르기 시작하면 저자들은 우리 쪽으로 와서 린치를 가할 거요. 나는 이 소란이 합법적이고 평화로운 방식으로 정리되길 원합니다." 술라가 말했다.

술피키우스는 이제 자신의 논지를 끝까지 몰아갔다. "이 루키우스 코르넬리우스 술라라는 자가 여러분 앞에서 연설할 수 있을까요, 주권자 인민 여러분? 물론 그럴 수 없습니다! 저 사람은 파트리키니까요! 여러분 같은 부류를 상대하기에는 지나치게 훌륭한 사람인 거지요! 원로원과 기사계급은 저 귀하신 파트리키 귀족에게 미트리다테스 전쟁 지휘권을 주려고, 자격과 능력이 훨씬 출중한 이를 뒤로 제쳐두었습니다! 가이우스 마리우스를 뒤로 제쳐둔 겁니다! 그분이 늙고 병들었다면서! 하지만 주권자인 인민 여러분께 묻겠습니다! 지난 두 해 동안 건강을 되찾기 위해 매일같이 이 도시를 걸은 사람이 누굽니까? 가이우스 마리우스입니다! 그분은 연세는 많지만 전처럼 건강합니다! 가이우스 마리우스, 그분은 비록 연로하지만 여전히 로마 최고의 장군입니다!"

환호성이 다시 한번 터져나왔다. 그러나 이번에는 술피키우스를 향한 것이 아니었다. 군중이 둘로 갈리고 그 사이로 민회장 바닥을 홀로 힘차게 걸어오는 마리우스가 보였다. 마리우스는 이제 소년에게 기댈 필요가 없었다. 그의 옆에는 소년이 없었다.

"로마의 주권자이신 인민 여러분, 저는 여러분이 저의 네번째 법안을 승인해주실 것을 요청합니다!" 술피키우스가 마리우스를 향해 활짝 웃으며 소리쳤다. "저는 폰토스의 미트리다테스 왕과의 전쟁에 대한 지휘권을 저 오만한 파트리키 루키우스 코르넬리우스 술라로부터 박탈하여 바로 여러분의 가이우스 마리우스에게 드릴 것을 제안합니다!"

술라는 더 듣지 않았다. 그는 최고신관 스카이볼라와 유피테르 대제관 메룰라에게 자신과 동행해줄 것을 부탁하고 집을 향해 걸어갔다.

자신의 서재에 편안하게 앉은 술라가 두 사람을 바라보았다. "자, 이제 어떻게 할까요?"

"왜 루키우스 메룰라와 접니까?" 스카이볼라의 대답이었다.

"두 분은 로마 종교의 수반이시니까요." 술라가 말했다. "또 법을 잘 아시고요. 저 작전이 맥없이 질질 늘어져서 군중들이 술피키우스의 작전을, 그래서 결과적으로 술피키우스를 지겹게 느끼게 할 방법을 찾아 주십시오."

"부드러운 방법이어야 하겠군요." 메룰라가 생각에 잠긴 채 말했다.

"아기고양이 털처럼 부드러워야 하지요." 술라가 희석하지 않은 포도주가 담긴 잔을 비우며 말했다. "이게 포룸 로마눔에서의 패싸움이 되어버리면 단연코 술피키우스가 이깁니다. 술피키우스는 사투르니누스와 다릅니다! 훨씬 더 영리해요. 우리보다 한발 앞서 폭력적인 방법을 택했지요. 그자 주변에서 경호를 선 사람들 수를 대충 세어봤는데 무려 4천 명에 가까웠습니다. 다들 무장하고 있었지요. 언뜻 곤봉만 든 것 같지만 옷 속에 칼을 감추고 있었을 겁니다. 포룸 로마눔처럼 제한된 공간에서 그들에게 민간 병력만으로 본때를 보여주기란 사실상 불가능해요." 술라는 말을 끊고, 마치 시고 씁쓸한 뭔가를 맛본 듯 얼굴을 찡그렸다. 그의 냉정하고 창백한 눈동자는 아무것도 보고 있지 않았다. "최고신관, 유피테르 대제관, 저는 저 자신의 지위와 우리의 다른 정당한 특권들이 무너지는 것을 막을 수만 있다면 펠리온 산을 오사 산 위로 옮겨 쌓는 일도 마다하지 않겠습니다! 하지만 일단 인민이라는 무기를 앞세운 술피키우스를 우리가 이길 방법이 없는지 확인해봅시다."

"그렇다면," 스카이볼라가 말했다. "우리가 할 일은 단 하나, 집정관께서 날짜를 하나 골라서 지금부터 그날까지 모든 민회일을 휴일로 선포하는 겁니다."

"아, 그것 좋은 생각이군요." 메룰라의 얼굴이 밝아졌다.

술라가 얼굴을 찌푸렸다. "합법적입니까?"

"더할 나위 없이 합법적입니다. 안식일과 휴일에는 민회를 소집할 수 없어요. 그리고 양 집정관, 최고신관, 대신관단은 안식일과 휴일을 정함에 있어 완전한 재량권을 지니지요."

"그렇다면 오늘 오후 로스트라 연단과 레기아에 휴일을 공포합시다. 포고관들을 시켜 지금으로부터 12월 이두스까지 안식일 및 휴일로 정했음을 선포하십시오." 술라가 소름끼치는 미소를 지었다. "술피키우스의 호민관 임기는 12월 이두스 사흘 전에 끝납니다. 술피키우스가 호민관 직에서 물러나면 곧장 그를 반역죄와 폭력선동죄로 고발할 겁니다."

"재판을 조용히 진행해야 하겠군요." 스카이볼라가 부르르 떨며 말했다.

"하, 이런, 퀸투스 무키우스! 그 재판이 어찌 조용히 치러지겠습니까?" 술라가 물었다. "저는 그자를 소환해서 재판정에 세우면 그걸로 끝입니다! 달콤한 말로 군중의 마음을 얻지 못하게 되면 그것만으로도 그는 충분히 무력해질 겁니다. 나는 그를 독살할 거요."

두 쌍의 놀란 눈이 술라의 얼굴을 향했다. 독살 따위를 운운할 때의 술라는 절대 이해할 수 없는 이방인처럼 느껴졌다.

다음날 아침 술라는 원로원을 소집하여, 양 집정관과 대신관들이 휴일 기간을 선포했으며 그 기간 동안에 민회 소집이 일체 금지된다고 발표했다. 원로원 의원들은 술라의 발표를 조용한 환호로 맞았다. 이를 반대할 마리우스는 원로원 회의장에 없었다.

회의가 끝나자 카툴루스 카이사르는 술라와 함께 회의장에서 걸어 나왔다. "어찌하여 가이우스 마리우스는 자격도 없는 지휘권을 얻으려고 국가를 위험에 빠뜨린단 말이오?" 카툴루스 카이사르가 따지듯 물었다.

"아, 거야 이제 늙었고, 두렵기도 하고, 정신도 전 같지 않고, 로마의 7선 집정관이 되고 싶은 거지요." 술라가 피곤하다는 듯 말했다.

바로 그때, 먼저 회의장을 떴던 최고신관 스카이볼라가 갑자기 그들 쪽으로 달려왔다. "술피키우스가!" 스카이볼라가 외쳤다. "술피키우스가 휴일 선포를 무시하고 나섰습니다! 휴일 선포는 원로원이 꾸민 계략이라면서 집회를 강행하고 있어요!"

술라는 그다지 놀라는 것 같지 않았다. "그렇게 반응할 줄 알았습니다."

"그렇다면 휴일 선포 따위가 무슨 소용입니까?" 스카이볼라가 분개하여 물었다.

"휴일 기간에 그가 논의하고 통과시킨 법안이 모두 무효라고 선언할 수 있지요." 술라가 말했다. "우리가 휴일 선포를 통해 기대할 수 있는 이득은 그게 전부입니다."

카툴루스 카이사르가 말했다. "채무가 있는 의원들을 원로원에서 전부 몰아내는 법안을 술피키우스가 통과시키면, 그 법이 무효라고 선언할 수조차 없습니다. 원로원 의원 수가 정족수에 못 미칠 테니까요. 그렇게 되면 원로원은 더이상 정치 세력으로 존재하지 않습니다."

"그렇다면 티투스 폼포니우스와 가이우스 오피우스 같은 은행가들을 모아서 원로원 의원들의 부채를 전부 탕감해줄 방안을 마련합시다.

물론 비공식적으로요."

"안 될 겁니다!" 스카이볼라가 울화통을 터뜨렸다. "원로원 의원들에게 돈을 빌려준 채권자들이 지금 돈을 갚으라고 난린데, 다들 돈이 없어요! 폼포니우스나 오피우스같이 평판 좋은 대부업자에게 돈을 빌리는 의원이 어딨습니까! 너무 공개적이지 않소! 감찰관들에게 쉽게 알려진단 말입니다!"

"그렇다면 제가 가이우스 마리우스를 반역죄로 고발하고 그의 자산으로 돈을 만들겠습니다." 술라가 일그러진 얼굴로 말했다.

"오, 루키우스 코르넬리우스, 안 돼요!" 스카이볼라가 애끓는 소리를 냈다. "'주권자 인민'이 우리를 갈가리 찢어놓을 겁니다!"

"그렇다면 제 군자금을 털어서 그걸로 의원들 빚을 갚아야겠군요!" 술라가 이를 갈며 말했다.

"안 돼요, 루키우스 코르넬리우스!"

"안 된다는 말은 진저리가 납니다." 술라가 말했다. "그래서 지금 저더러 술피키우스 저자와 술피키우스 덕에 자기들 빚이 탕감될 거라고 믿는 골빈 머저리들한테 실컷 얻어터지라 이겁니까? 저는 그러지 않을 겁니다! 펠리온 산을 오사 산 위에라도 올리겠다 이겁니다, 퀸투스 무키우스! 저는 필요하다면 뭐든지 할 겁니다!"

"자금을 조성합시다." 카툴루스 카이사르가 말했다. "빚이 없는 의원들이 나서서 퇴출 위기에 놓인 의원들을 구제할 자금을 조성합시다."

"그러려면 미래를 내다보고 미리 했어야지요." 스카이볼라가 우울하게 말했다. "자금을 모으려면 적어도 한 달은 걸릴 거예요. 저는 빚이 없습니다, 퀸투스 루타티우스. 아마 의원님도 그럴 겁니다. 루키우스 코르넬리우스도 그렇겠지요. 그렇다고 당장 동원할 돈이 있습니까? 저는 전혀 없습니다! 의원님은 있습니까? 자산을 매각하지 않고 천 세스테르티우스가 넘는 돈을 당장 마련할 수 있습니까?"

"가능은 합니다만, 딱 그 정도입니다." 카툴루스 카이사르가 말했다.

"저는 불가능합니다." 술라가 말했다.

스카이볼라가 말했다. "자금을 모아야 하긴 하겠지만 자산 매각이 필요할 겁니다. 그 말인즉슨 시간이 오래 걸린다는 겁니다. 빚을 진 원로원 의원들의 자격이 박탈된 이후겠지요. 하지만 그때라도 빚을 다 갚으면 감찰관들이 바로 직위를 복권시켜줄 겁니다."

"술피키우스가 그렇게 되도록 내버려둘 거라고 생각하십니까?" 술라가 물었다. "그자는 추가 법안을 낼 겁니다."

"아, 어느 캄캄한 밤에 술피키우스를 흠씬 두들겨 패줄 수 있으면 좋겠군!" 카툴루스 카이사르가 사나운 표정으로 말했다. "그자는 어째서, 우리가 반드시 이겨야 하는 전쟁의 자금조차 충분치 않은 이때 이 모든 일을 벌인답니까!"

"왜냐하면 푸블리우스 술피키우스는 머리가 영리하고 신념이 뚜렷하니까요." 술라가 말했다. "그리고 가이우스 마리우스가 그를 부추기는 것 같습니다."

"그들은 대가를 치를 겁니다." 카툴루스 카이사르가 말했다.

"조심하시오, 퀸투스 루타티우스. 그들로 인해 당신이 대가를 치를 수도 있습니다." 술라가 말했다. "아직 그들은 우리에게 두려운 존재예요. 그럴 만한 이유가 충분합니다."

민회에서 법안을 표결에 부치려면, 해당 법안이 최초로 논의된 집회가 있은 뒤 열이레가 지나야 했다. 하루하루 날짜가 흐르는 동안에도 술피키우스는 쉬지 않고 집회를 열었다. 법안 승인은 그렇게 점점 더 가까이 다가왔고, 갈수록 더 피할 수 없는 일로 느껴졌다.

술피키우스가 맨 처음 낸 법안 두 개가 표결에 부쳐지기 하루 전, 젊은 폼페이우스 루푸스와 그의 원로원 의원 및 1계급 기사 가문 친구들은 가능한 마지막 수단인 무력을 써서라도 술피키우스에게 제동을 걸겠다고 결심했다. 그들은 부친들이나 고위 정무관들 모르게 열일곱 살에서 서른 살까지의 젊은이를 천 명 이상 집결시켰다. 아주 최근까지도 이탈리아 전쟁터에 있었던 이 청년들은 모두 갑옷과 무기를 소유하고 있었다. 그리하여 술피키우스가 첫 두 법안의 실질적인 안건 상정을 마무리하는 집회를 한창 진행하고 있을 때, 중무장을 한 1계급 젊은이 천여 명이 포룸 로마눔으로 행진하여 들어오더니 회의 참석자들을 공격하기 시작했다.

술라는 이 폭력사태에 준비가 되어 있지 않았다. 원로원 계단 꼭대기에서 동료 집정관 폼페이우스 루푸스를 비롯한 고위직 의원들과 함께 술피키우스를 지켜보고 있는데, 어느 순간 포룸 로마눔 낮은 구역 전체가 갑자기 전쟁터로 변한 것이다. 젊은 폼페이우스 루푸스가 칼을 휘두르며 장내를 아수라장으로 만드는 광경이 눈에 들어왔다. 술라 바로 옆에서 청년의 아버지가 지르는 고통에 찬 비명이 들렸다. 술라는 그가 앞으로 나가지 못하게 팔을 세게 붙들었다.

"그냥 있게, 퀸투스 폼페이우스. 자네가 나서봤자 할 수 있는 게 없어." 술라가 무뚝뚝하게 말했다. "아들 근처에도 못 갈 걸세."

불행히도 이날 모인 군중의 규모가 너무 컸던 탓에 실제 민회장의 바깥 구역에까지 사람들이 넓게 퍼져 있었다. 지휘관 경험이 없는 젊은 폼페이우스 루푸스는 자기 사람들을 좁은 부채꼴이 아니라 넓게 흩어진 형태로 배치했다. 부채꼴 대형을 선택했다면 장내의 군중 사이를 손쉽게 뚫었을 것이다. 지금 이대로는 술피키우스의 경호대가 쉽게 하나로 뭉칠 수 있었다.

젊은 폼페이우스 루푸스는 용맹한 전사처럼 민회장 가장자리를 따라 길을 뚫는 데 성공했고 마침내 로스트라 연단까지 다다랐다. 사람들을 헤치고 연단에 오르기까지, 그는 오로지 술피키우스에게만 집중하고 있었다. 그 탓에 전직 검투사로 보이는 건장한 중년 사내를 미처 보지 못했다. 사내가 젊은 폼페이우스 루푸스에게 검을 내리치자, 그는 연단에서 굴러떨어져 술피키우스의 경호대 발치에 쓰러졌고 결국 곤봉에 맞아죽었다.

술라는 청년의 아버지가 지르는 비명 소리를 들었다. 그는 동료 의원들이 청년의 아버지를 자리에서 급히 끌어내는 것을 눈이 아닌 감으로 알았다. 술피키우스의 경호대는 젊은 엘리트 무리를 물리쳤다는 승리감에 취해 이번에는 원로원 계단을 향해 돌진할 것이었다. 술라는 충격으로 경황이 없는 의원들의 대열에서 뱀장어처럼 미끄러져나왔다. 그는 아수라장이 된 연단 아래로 뛰어내린 뒤 토가 프라이텍스타를 벗어던졌다. 그리고 싸움에 열중해 있는 어느 그리스인 해방노예가 걸친 클라미스를 능숙한 손놀림으로 벗겨냈다. 어디서나 쉽게 눈에 띄는 자신의 머리를 망토로 가리고, 그저 이 소란에서 벗어나고 싶은 그리스인 해방노예인 척 그 자리를 빠져나갔다. 놀란 상인들이 정신없이 노점을 정리하는 포르키우스 회당의 주랑 아래 잠시 숨어 있다가, 아르겐타리우스 언덕길을 향해 조심히 걷기 시작했다. 주변에 군중이 점차 줄어들면서 어느새 싸움도 보이지 않았다. 술라는 아르겐타리우스 언덕길을 내처 올라 폰티날리스 성문을 통과했다.

술라는 자기가 가려는 곳을 정확히 알았다. 이 모든 일의 주모자를 만나러. 이번 전쟁을 진두지휘하고 7선 집정관이 되려는 가이우스 마리우스를 만나러.

술라는 클라미스를 벗어던지고 튜닉만 걸친 채 마리우스의 집 대문을 두드렸다. "가이우스 마리우스를 만나겠다." 술라는 집정관 예복을 완벽하게 차려입고 오기라도 한 듯한 어투로 문지기에게 말했다.

그를 잘 아는 문지기로서는 그의 명령을 쉽사리 거절할 수가 없었다. 문지기가 대문을 열고 술라를 집안으로 들였다.

그러나 술라를 맞으러 나온 이는 마리우스가 아닌 율리아였다.

"아, 루키우스 코르넬리우스, 끔찍한 일이에요!" 율리아는 이렇게 말하고 하인 쪽으로 고개를 돌렸다. "포도주를 내오거라."

"가이우스 마리우스를 만나겠습니다." 술라가 이를 앙다문 채 말했다.

"만나실 수 없어요, 루키우스 코르넬리우스. 지금 주무시고 계세요."

"그러면 깨우십시오, 율리아. 직접 깨우시지 않으면 제가 깨우겠습니다!"

율리아가 다시 하인 쪽으로 고개를 돌렸다. "스트로판테스에게 가서, 가이우스 마리우스를 깨우고 루키우스 코르넬리우스 술라가 급한 일로 오셨다고 말씀드리라 전해라."

"그분께선 이제 완전히 제정신이 아닌 겁니까?" 술라가 물병에 손을 뻗으며 물었다. 포도주를 마시기엔 목이 너무 탔다.

"무슨 말씀인지 모르겠어요!" 율리아가 수세에 몰린 표정으로 외쳤다.

"아, 이보세요, 율리아! 당신은 그분의 아내가 아닙니까! 당신이 그를 모르면 누가 알겠습니까!" 술라가 으르렁댔다. "미트리다테스 전쟁 지휘권이 자기 손에 들어오도록 상황을 조종하고, 모스 마이오룸을 무너뜨리려고 작심한 작자가 무법자처럼 굴도록 부추기고, 포룸 로마눔을 엉망진창으로 만들어서 집정관 폼페이우스 루푸스의 아들을 죽음으로 내몰았습니다. 그 청년 말고도 수백 명이 죽었어요!"

율리아가 눈을 감았다. "이제 그분은 저로선 통제가 안 돼요."

"제정신이 아니십니다." 술라가 말했다.

"아니요! 루키우스 코르넬리우스, 그분 정신은 온전해요!"

"그렇다면 그분은 더이상 제가 알던 분이 아니신 거로군요."

"그분은 단지 미트리다테스와 싸우고 싶은 거예요!"

"당신도 거기에 찬성하십니까?"

율리아가 다시 눈을 감았다. "저는 그분이 이제 집에 머무르고 당신에게 전쟁을 맡겨야 한다고 생각해요."

그때 위인이 나오는 소리가 들리자 두 사람은 침묵했다.

"뭐가 잘못됐나?" 마리우스가 방으로 들어오며 물었다. "무슨 일로 여길 왔나, 루키우스 코르넬리우스?"

"포룸 로마눔에서 전투가 벌어졌습니다." 술라가 말했다.

"경솔했군." 마리우스가 말했다.

"경솔했던 건 술피키우스입니다. 그자는 원로원이 생존을 위한 전투에서 남은 마지막 수단, 즉 칼에 기댈 수밖에 없는 처지로 원로원을 내몰았습니다. 퀸투스 폼페이우스의 아들이 죽었습니다."

마리우스가 미소를 지었다. 썩 보기 좋은 모습은 아니었다. "참 안됐군! 그 청년 편이 이겼을 것 같진 않아."

"맞습니다. 청년 쪽이 졌습니다. 다시 말해서 그토록 길고 혹독했던 전쟁 끝에, 그리고 또다른 길고 혹독한 전쟁을 앞둔 바로 지금, 로마는 훌륭한 젊은이를 백여 명이나 잃었습니다." 술라가 냉정하게 말했다.

"또다른 길고 혹독한 전쟁? 우습군, 루키우스 코르넬리우스! 나는 계절이 바뀌기 전에 미트리다테스를 물리칠 수 있네." 마리우스가 득의양양하게 말했다.

술라는 한번 더 노력했다. "가이우스 마리우스, 로마에 돈이 없다는 사실을 왜 이해 못하십니까? 로마는 파산상태입니다! 20개 군단의 출정비용을 감당할 수 없어요! 이탈리아 전쟁으로 로마는 엄청난 빚을 졌단 말입니다! 국고가 비었어요! 제아무리 위대한 가이우스 마리우스라 해도 겨우 5개 군단으로는 폰토스처럼 강한 적을 한 계절 만에 이길 수 없습니다!"

"내가 사비로 몇 개 군단을 더 마련할 수 있네." 마리우스가 말했다.

술라는 마리우스를 노려보았다. "폼페이우스 스트라보처럼 말씀입니까? 하지만 병사들 급료를 직접 치르신다면 그들은 더이상 로마의 병사가 아닌 당신의 병사가 됩니다, 가이우스 마리우스."

"헛소리! 내 자산을 로마의 처분하에 두는 것뿐이야!"

"헛소리! 로마의 자산을 당신의 처분하에 두는 것이지요!" 술라가 날카롭게 받아쳤다. "당신은 당신의 군단을 이끌게 되는 겁니다!"

"집에 가서 흥분을 가라앉히게, 루키우스 코르넬리우스. 지휘권을 잃어서 화가 났군."

"저는 아직 지휘권을 잃지 않았습니다." 술라가 말했다. 술라는 율리아를 쳐다봤다. "율리우스 카이사르 가문의 율리아, 당신이 할 일을 아시겠지요. 그 일을 하십시오! 로마를 위해. 가이우스 마리우스가 아니라."

율리아는 술라를 대문까지 바래다주었다. 율리아의 얼굴은 무표정했다. "더는 아무 말 하지 마세요, 루키우스 코르넬리우스. 저는 남편을 화나게 할 수 없어요."

"로마를 위해섭니다, 율리아! 로마를 위해!"

"저는 가이우스 마리우스의 아내예요." 율리아가 손을 뻗어 대문을 열며 말했다. "제 첫번째 의무는 남편을 위하는 것입니다."

그래, 루키우스 코르넬리우스, 이번엔 네가 졌다! 술라는 마르스 평원을 걸어 내려가며 스스로에게 말했다. 가이우스 마리우스는 광란의 묵시를 쏟아내는 피시디아의 예언자처럼 미쳤어. 하지만 아무도 그걸 인정하지 않을 테고, 아무도 그를 막지 않을 것이다. 내가 아니면.

먼길을 택해 돌아가면서 술라는 자신의 집이 아닌 차석 집정관의 집으로 갔다. 술라의 딸은 갓난 아들과 한 살짜리 딸을 둔 과부가 되었다.

"둘째 아들더러 퀸투스라는 이름을 물려받으라고 했네." 차석 집정관이 줄줄 흘러내리는 눈물을 닦지도 않은 채 말했다. "물론 우리에겐 퀸투스가 낳은 어린 아들이 있어. 그 아이가 종가의 대를 이을 거야."

코르넬리아 술라는 보이지 않았다.

"내 딸은 어떤가?" 술라가 물었다.

"가슴이 찢어져라 아파한다네, 루키우스 코르넬리우스! 하지만 며느리에게는 자식들이 있으니 조금이나마 위안이 되겠지."

"그래, 비통한 일이네만, 퀸투스 폼페이우스, 나는 여기 애도차 온 것이 아니네." 술라가 딱딱한 말투로 말했다. "회의를 반드시 열어야 해. 그래, 이런 때엔 누구라도 당연히 바깥세상 일은 하고 싶지 않겠지. 자네 마음을 충분히 아네. 나 역시 아들을 잃은 적이 있으니까. 하지만 바깥세상은 사라지지 않아. 내일 새벽에 우리집에 와달라고 부탁을 해야 되겠네."

술라는 지칠 대로 지친 채 팔라티누스 언덕 등성이를 타박타박 넘어서, 자신의 우아한 새집에서 초조한 마음으로 남편을 기다리는 아내에게로 돌아갔다. 아내는 무사히 돌아온 술라를 보고 기쁨의 눈물을 터뜨렸다.

"절대 내 걱정은 하지 마시오, 달마티카." 술라가 말했다. "내 시대가 아직 오지 않았어. 나는 아직 내 운명을 실현하지 않았소."

"우리의 세상이 끝나가고 있어요!" 달마티카가 외쳤다.

"내가 살아 있는 동안엔 아니오." 술라가 말했다.

술라는 자기보다 훨씬 더 젊은 사내처럼 꿈도 꾸지 않고 긴 잠을 잤다. 동이 트기 전에 눈을 떴을 때 정확히 어떻게 해야 할지 아무 생각도 떠오르지 않았다. 하지만 그는 이처럼 목적의식 없는 마음의 상태가 조금도 걱정되지 않았다. 운명의 여신이 순간순간 내리는 지시에 따르는 것이 내게는 항상 최선의 길이었어, 하고 술라는 생각했다. 그는 이날이 시작되길 몹시 기다리는 자신을 발견했다.

"제 추산대로라면, 오늘 아침에 술피키우스의 원로원 채무 법안이 통과되면 의원 수가 곧장 40명으로 줍니다. 정족수에 미치지 못하지요." 카툴루스 카이사르가 우울하게 말했다.

"그래도 감찰관들은 직위가 유지됩니다, 그렇지요?" 술라가 물었다.

"네." 최고신관 스카이볼라가 말했다. "루키우스 율리우스와 푸블리우스 리키니우스는 빚이 없습니다."

"그러면 감찰관들이 원로원에 의원들을 다시 채워넣는 호기를 부릴 거라고는 술피키우스가 미처 생각하지 못했다는 가정하에 움직여야겠군요." 술라가 말했다. "만일 술피키우스의 생각이 거기까지 미친다면 그자는 십중팔구 또다른 법을 들고 올 겁니다. 그전에 우리가 퇴출된 동료 의원들을 빚에서 구제합시다."

"동의합니다, 루키우스 코르넬리우스." 메텔루스 피우스가 말했다. 그는 술피키우스가 로마에서 소란을 피우고 있다는 소식을 전해 듣고 곧장 아이세르니아에서 돌아와, 카툴루스 카이사르와 스카이볼라와 이야기를 나누며 술라의 집에 막 걸어들어온 참이었다. 메텔루스 피우스가 짜증스럽다는 듯 양팔을 내밀었다. "그 바보들이 최소한 자기와 같은 부류의 사람들한테서 돈을 빌렸더라면 채무를 쉽게 변제받았을 겁니다. 당분간만이라도요! 하지만 우린 스스로 판 함정에 빠진 겁니다. 돈이 궁한 원로원 의원이 그 돈을 동료 의원한테서 빌리지 못하면, 일을 아주 조용히 처리해야 하지요. 어쩔 수 없이 최악의 고리대금업자들에게 가는 겁니다."

"나는 술피키우스가 우리에게 왜 이렇게 덤벼드는지 아직도 이해가 안 됩니다!" 안토니우스 오라토르가 짜증스럽게 말했다.

"그만하시오!" 지겨워진 나머지, 모두가 한목소리로 외쳤다.

"마르쿠스 안토니우스, 그 이유는 아마 끝까지 알 수 없을 거요." 술라가 평소보다 참을성 있게 말했다. "이번엔 이유 따위는 상관없습니다. 무엇을 할 것이냐가 훨씬 더 중요합니다."

"그래서, 퇴출된 의원들을 어떻게 빚에서 구제할 겁니까?"

"전에 동의하셨듯이 자금을 조성합시다. 이 자금을 운용할 위원회가 있어야 할 겁니다. 퀸투스 루타티우스, 당신이 의장을 맡으십시오. 빚을 진 의원들 중에 자기의 진짜 처지를 당신에게조차 뻔뻔하게 숨길 자는 없을 테니까요." 술라가 말했다.

유피테르 대제관 메룰라가 낄낄대더니 죄책감을 느낀 듯 한 손으로 입을 가렸다. “경박하게 굴어 죄송합니다.” 메룰라의 입술이 떨렸다. “단지 우리가 분별 있는 사람들이라면 루키우스 마르키우스 필리푸스는 수렁에서 건져주지 말아야 한다는 생각이 들었습니다! 그자의 빚은 나머지 의원들의 빚을 모두 합친 것보다도 많은데다가, 이번이야말로 그자를 원로원에서 영구히 축출할 기회니까요. 그 사람 한 명쯤 빠진다 해도 별 차이는 없을 겁니다. 평화와 고요라는 측면을 제외하고는요.”

“굉장히 좋은 의견이로군요.” 술라가 무덤덤하게 대꾸했다.

“루키우스 코르넬리우스, 당신의 문제는 정치에 너무 무심하다는 겁니다.” 카툴루스 카이사르가 분개하여 말했다. “우리가 루키우스 마르키우스를 어떻게 생각하는지는 고려할 사항이 아닙니다. 마르키우스 필리푸스 가문은 대단히 유서 깊은 명문가입니다. 그의 원로원 의원 임기는 반드시 지켜져야 합니다. 게다가 그의 아들은 완전히 다른 사람입니다.”

“네, 옳습니다, 그렇지요.” 메룰라가 한숨을 쉬었다.

“좋습니다, 그건 그렇게 합시다.” 술라가 희미하게 미소를 지으며 말했다. “나머지는 그저 다음 일이 벌어지기를 기다리는 것 말고는 없습니다. 단 한 가지, 이제는 유일 기산을 마칠 때입니다. 종교 규정에 따라 술피키우스의 법안들은 실질적으로 무효화됩니다. 그리고 지금으로서는 가이우스 마리우스와 술피키우스가 자기들이 승리했고 우리에겐 힘이 없다고 생각하게 내버려두는 것이 우리에게 유리합니다.”

“실제로 우리에겐 힘이 없습니다.” 안토니우스 오라토르가 말했다.

“저는 꼭 그렇게 생각하진 않습니다.” 술라가 말했다. 그는 줄곧 조용하고 시무룩하게 앉아 있는 차석 집정관을 향해 몸을 돌렸다. "퀸투스 폼페이우스, 자네는 로마를 잠시 떠나 있어도 다들 충분히 이해할 걸세. 가족들을 데리고 바닷가에 가 있으면 어떻겠나. 여행을 비밀에 부칠 필요는 없네."

"나머지 우리들은 어쩌고요?" 메룰라가 겁을 내며 말했다.

"여러분은 위험하지 않습니다. 술피키우스가 원로원 의원들을 다 죽이는 방법으로 원로원을 끝장내겠다고 작정했다면 바로 어제 그렇게 했을 겁니다. 우리로서는 다행스럽게도, 그자는 합법적 수단을 선호합니다. 한데 수도 담당 법무관은 채무가 없는 게 맞습니까? 물론 그게 문제가 되진 않을 겁니다. 고위 정무관은 원로원에서 퇴출되더라도 정무관 직위를 그대로 유지하니까." 술라가 말했다.

"마르쿠스 유니우스에겐 빚이 없습니다." 메룰라가 말했다.

"좋습니다. 확실하군요. 집정관들이 없는 동안 그가 로마를 통치해야 할 테니까요."

"집정관들이라뇨? 당신까지 로마를 떠나 있을 거란 말입니까, 루키우스 코르넬리우스!" 카툴루스 카이사르가 아연실색하여 말했다.

"카푸아에서 보병 5개 군단과 말 2천 필이 지휘관을 기다리고 있습니다." 술라가 말했다. "제가 갑작스레 떠나왔으니 소문이 무성해질 겁니다. 가서 모두를 다독여야 합니다."

"정말이지 정치에 무심하십니다! 루키우스 코르넬리우스, 상황이 이토록 심각한데 집정관 두 분 중 한 분은 로마에 있어야지요!"

"무엇 때문에요?" 술라가 눈썹을 치키며 물었다. "로마는 지금 집정관들의 통치하에 있지 않습니다, 퀸투스 루타티우스. 로마는 지금 술피키우스의 것입니다. 제 의도는 술피키우스에게 로마가 자기 것이라는 확신을 주는 것입니다."

술라가 이 입장에서 한 치도 물러서지 않았기에 회의는 금방 끝났다. 술라는 캄파니아로 떠났다.

술라는 모자 쓴 머리를 푹 숙인 채 수행원도 없이 노새를 타고 천천히 이동했다. 어디에서나 이야기판이 한창이었다. 술피키우스와 원로원의 붕괴 소식은 아시아 속주 대학살 소식만큼이나 빠르게 퍼진 터였다. 술라는 라티나 가도를 타고 줄곧 로마의 시골 지역을 관통해갔다. 그는 현지 주민들 다수가 술피키우스를 이탈리아의 첩자로 여기고 있으며, 더러는 미트리다테스의 첩자라고 의심한다는 사실을 알게 되었다. 또 로마에서 원로원이 없어지는 것을 좋게 여기는 사람은 없다는 사실도 알게 되었다. 가이우스 마리우스라는 마법의 이름도 자주 회자되었지만, 천성적으로 보수적이기 마련인 시골 사람들은 대개 마리우스의 건강상 그가 새 전쟁의 지휘를 맡는 데 회의적이었다. 술라는 이동중에 머문 다양한 숙소에서 자신의 신분을 드러내지 않은 채 대화를 나누는 것이 퍽 즐거웠다. 릭토르들은 처음부터 카푸아에 두고 왔고, 옷도 평범한 여행자처럼 입은 터였다.

길에서 술라는 노새의 움직임에 생각의 흐름을 내맡겼다. 가벼운 생각들이 머릿속에서 어지럽게 소용돌이치며 지나갔다. 대개는 정리되지 않은 생각들이었지만, 그렇지 않은 것도 있었다. 그렇지 않은 것도 있다. 내가 확신하는 한 가지. 내 군단에 돌아가기로 한 것은 잘한 결정이다. 그들은 바로 나의 군단이니까. 그중에서 적어도 4개 군단만큼은. 술라는 두 해 가까이 그들을 직접 이끌었고, 그들은 술라에게 풀잎관을 선사했다. 다섯번째 군단은 캄파니아인 군단으로, 루키우스 카이사르

휘하에 있다가 티투스 디디우스에게 넘겨졌고 그다음엔 메텔루스 피우스 밑으로 갔던 군단이었다. 미트리다테스를 치러 동방으로 데려갈 다섯번째 군단을 골라야 했을 때, 술라는 킨나와 코르누투스 수하의 마리우스 군단을 차출하려던 애초 구상을 뒤집었다. 지금 카푸아에 주둔한 내 군단들 중에 마리우스의 군단이 없어서 참으로 기쁘군, 하고 술라는 생각했다.

"원로원 의원이 되면 그게 문제입니다." 술라의 충성스러운 부관 루쿨루스가 말했다. "관례에 따라 원로원 의원은 돈을 모두 토지와 자산에 묻어두지요. 누가 돈을 그냥 놀립니까? 그러니 돈이 급하게 필요할 때 현금이 충분치 않아요. 그래서 자꾸 돈을 빌려 써 버릇하게 되는 거고요."

"자네도 빚이 있나?" 술라가 물었다. 예전에 미처 해보지 못한 생각이었다. 가이우스 아우렐리우스 코타처럼, 루키우스 리키니우스 루쿨루스 역시 술라가 감찰관들을 공개적으로 종용한 후 서둘러 원로원 의원으로 지명된 사례였다. 그는 스물여덟 살이었다.

"1만 세스테르티우스 정도 있습니다, 루키우스 코르넬리우스." 루쿨루스가 덤덤하게 대답했다. "하지만 요즘 로마 사정이 그렇다니 제 아우 바로 루쿨루스가 해결해줄 겁니다. 요즘은 아우가 돈 있는 사람이거든요. 저는 좀 힘듭니다. 그래도 제 외삼촌 메텔루스 누미디쿠스와 외사촌 피우스 덕분에 감찰관 심사를 통과할 만큼은 됩니다."

"그래, 기운 차리게, 루키우스 리키니우스! 동방에 가면 미트리다테스의 황금이 다 우리 게 될 테니까."

"어떻게 하실 생각이십니까?" 루쿨루스가 물었다. "신속히 움직이면 술피키우스법이 시행되기 전에 출항할 수 있습니다."

"아니, 여기서 사태의 추이를 지켜봐야 할 것 같네." 술라가 말했다. "지휘권이 불확실한 상태로 출항하는 건 어리석은 짓이야." 술라가 한숨을 내쉬었다. "사실 폼페이우스 스트라보한테 편지를 써야 할 때가 온 것 같네."

루쿨루스는 예의 그 맑은 회색 눈 깊이 커다란 의문을 품은 채 장군을 지그시 바라보았지만, 끝내 아무 말도 하지 않았다. 지금의 사태를 제어할 사람이 과연 있다면 그건 바로 술라였다.

엿새 후 원로원 최고참 의원 플라쿠스로부터 편지가 왔다. 비공식 전령을 통해서였다. 술라는 편지를 뜯어 안에 담긴 짧은 내용을 신중하게 읽었다.

"흠." 술라가 편지를 들고 온 루쿨루스에게 말했다. "원로원 의원이 40여 명밖에 남지 않은 것 같군. 바리우스 특별위원회에서 추방된 의원들이 로마로 돌아오고 있다. 하지만 이제 빚이 있는 사람은 원로원 의원이 될 자격이 없고, 그 사람들은 물론 전부 빚이 있다. 이탈리아의 새 시민권자들과 해방노예 시민권자들이 전체 서른다섯 개 트리부스에 골고루 배정될 예정이다. 그리고 마지막으로 가장 중요한 소식, 주권자 인민이 제정한 특별법에 의거해, 루키우스 코르넬리우스 술라의 지휘권이 박탈되고 가이우스 마리우스가 새 지휘관으로 임명되었다."

"아." 루쿨루스가 한 방 맞은 표정을 지었다.

술라는 편지를 집어던지고 하인을 향해 손가락으로 딱 소리를 냈다. "내 판갑과 검." 이어 술라는 루쿨루스에게 말했다. "전군을 소집하게."

한 시간 후 술라는 진지의 광장 연단에 올랐다. 완벽하게 군장을 갖춰 입었지만, 머리에는 투구가 아닌 모자를 쓰고 있었다. 술라는 속으로 말했다. 저들에게 익숙한 모습을 보이자, 루키우스 코르넬리우스.

저들이 아는 술라의 모습을 보여주자.

"자, 제군." 목청을 높이지 않으면서 또박또박 분명한 목소리로 술라가 말했다. "아무래도 미트리다테스와 싸우러 가지 못하게 된 것 같다! 제군들은 지금껏 여기서 그저 시간만 흘려보냈다. 지금 로마에서 권력을 쥔 자들이—그들은 집정관이 아니다!—최종 결정을 내리길 기다리면서. 그들이 이제 결정을 내렸다. 평민회의 명령에 따라, 폰토스의 미트리다테스 왕을 대적하는 이번 전쟁의 지휘권은 가이우스 마리우스에게로 갔다. 로마 원로원은 없어졌다. 의원 수가 정족수를 구성할 만큼 되지 않기 때문이다. 따라서 전쟁과 군사 관련 사안에 대한 결정권은 일체 평민들의 손에 주어졌고, 그들을 이끄는 자는 그들을 대표하는 호민관 푸블리우스 술피키우스 루푸스다."

술라는 연설을 잠시 끊고, 병사들이 서로 웅성대며 저멀리 있는 병사들에게까지 그의 말을 전달해주기를 기다렸다. 그는 예의 기만적인 평소 목소리로 다시 연설을 시작했다(그런 목소리를 내는 방법을 수년 전에 술라에게 가르쳐준 사람은 메트로비오스였다).

"그러나 엄연한 사실은 나는 법에 따라 정식으로 선출된 수석 집정관이고, 지휘권을 선택할 권리는 수석 집정관인 내게 있으며, 폰토스의 미트리다테스 왕과의 전쟁이 종료될 때까지 지속되는 집정관급 임페리움을 로마 원로원이 내게 부여했다는 것이다. 그리고 나는, 마땅한 나의 권리에 따라 나와 동행할 군단들을 선택했다. 바로 제군들이다. 생사고락을 함께했고, 계속되는 힘들고 험난한 작전들을 늘 함께해온 나의 병사들. 어찌 내가 제군들을 선택하지 않겠나? 제군들은 나를 알고, 나는 제군들을 안다. 가이우스 마리우스는 자기 병사들을 사랑한다지만 나는 제군들을 사랑하진 않는다. 또한, 가이우스 마리우스의 병사들은 그를 사랑한다지만 나는 제군들이 날 사랑하지 않기를 바란다. 사내들이 해야 할 일을 하는 데 사랑 같은 게 필요하다고 생각해본 적은 없기 때문이다. 아니, 내가 왜 제군들을 사랑하겠나? 제군들은 로마 안팎의 온갖 수챗구멍에서 빠져나온 냄새나는 악당 무리가 아닌가! 하지만, 그렇다, 나는 제군들을 진심으로 존경한다! 처음에도 또 그다음에도 나는 제군들에게 늘 최고이길 부탁해왔다. 그리고 세상의 모든 신께 맹세컨대, 제군들은 늘 최고였다!"

누군가 환호하기 시작하자 모두가 환호성을 질렀다. 단, 연단 바로 앞에 서 있는 군인들 한 무리만은 예외였다. 집정관 휘하 군단을 지휘하는 선출직 정무관인 군무관들이었다. 루쿨루스와 호르텐시우스 등 지난해 군무관들은 술라 밑에서 일하는 것을 기쁘게 여겼다. 올해 군무관들은 술라를 지독히 싫어했고, 그를 지나치게 요구가 많은 혹독한 상관으로 여겼다. 술라는 한쪽 눈으로 그들을 주시한 채 병사들이 마음껏 환호하도록 했다.

"그렇다, 제군. 우리 모두는 미트리다테스와 싸우러 바다 건너 그리스와 소아시아로 가고 있었다! 사랑하는 우리 이탈리아의 논밭을 망치거나 이탈리아 여자들을 겁탈하러 가는 것이 아니었다. 아, 그 얼마나 대단한 전쟁이 되었을 것인가! 제군들은 미트리다테스한테 황금이 얼마나 많은지 아나? 황금이 산처럼 쌓였다. 소아르메니아만 해도 70개 이상 되는 요새에 황금이 성벽 꼭대기까지 꽉꽉 쟁여 있지! 그게 다 우리 게 될 터였다. 아, 로마에 내는 것 없이 우리가 다 차지한단 얘긴 아니다. 로마에도 원래의 몫보다 더 많은 황금이 돌아갔겠지! 너무 많아서 그 안에서 멱을 감아도 될 정도니까! 로마가, 그리고 우리가! 탐스러운 아시아의 여인들은 또 어떤가. 넘치는 노예들! 그야말로 군인만을 위한 절묘한 물건들이지."

술라는 어깨를 움츠렸다 올리며 양팔을 뻗어 빈 손바닥을 펼쳐보였다. "하지만 제군, 이젠 다 소용없다. 평민회가 우리에게서 이 임무를 박탈했다. 누가 싸우고 누가 지휘할지를 평민회가 결정할 거라고 어느 로마인이 예상했겠나. 그러나 법에 따라 그렇게 되었다. 나는 그렇다고 들었다. 재직중인 수석 집정관의 임페리움을 박탈하는 것이 어찌 합법적일 수 있는지 묻지 않을 수 없지만 말이다! 나는 로마의 종복이다. 제군들 모두 그러하다. 그러니 황금과 외국 여인들에 대한 꿈에는 이제 안녕을 고해야 할 거다. 왜냐하면 가이우스 마리우스가 폰토스의 미트리다테스와 싸우러 동방으로 갈 때 그는 자기 군단을 데리고 갈 테니까. 그는 내 군단을 원치 않을 것이다."

술라가 연단에서 내려왔다. 앞에 도열한 군무관 스물네 명에게는 눈길 한번 주지 않은 채 그들 사이를 지나쳐 막사 안으로 들어갔다. 루쿨루스가 남아 병사들을 해산시켰다.

루쿨루스가 사령관 막사에 보고하러 왔다. "훌륭한 연설이었습니다. 장군께선 유명한 웅변가도 아니시고 딱히 수사학의 규칙을 따르지도 않으시지만, 자신의 뜻을 전달하는 방법을 정확히 아십니다, 루키우스 코르넬리우스."

"그래, 고맙네. 루쿨루스 리키니우스." 판갑과 프테루게스를 벗으며 술라가 기분좋게 말했다. "내 생각도 그래."

"이제 어찌되는 겁니까?"

"지휘권이 정식으로 박탈될 때까지 기다려야지."

"정말 감행하실 겁니까, 루키우스 코르넬리우스?"

"뭘 말인가?"

"로마 진군 말입니다."

술라가 눈을 휘둥그렇게 떴다. "이보게, 루키우스 리키니우스! 자네 어떻게 그런 걸 물어볼 생각을 하나?"

루쿨루스가 말했다. "그건 제대로 된 대답이 아닙니다."

"그것만이 자네가 얻을 유일한 대답이야." 술라가 말했다.

타격은 이틀 뒤에 왔다. 두 전직 법무관 퀸투스 칼리디우스와 푸블리우스 클라우디우스가, 로마의 새 주인 푸블리우스 술피키우스 루푸스가 공식 인장을 박아 보낸 서한을 들고 카푸아에 당도한 것이다.

"이렇게 나만 있는 데서 주시면 안 되오." 술라가 이의를 제기했다. "내 군대 앞에서 전달해야 합니다."

루쿨루스는 또다시 군대 정렬 지시를 받았고, 술라는 또다시 연단에 올라섰다. 그러나 이번엔 혼자가 아니었다. 두 전직 법무관이 술라와 함께 섰다.

"제군, 여기 이분들은 로마에서 온 퀸투스 칼리디우스와 푸블리우스 클라우디우스다." 술라가 격식을 차리지 않은 어투로 말했다. "나한테 줄 공식 문서를 가져온 것 같다. 나는 제군들을 이 자리에 증인으로서 부른 것이다."

매사에 지나치게 진지한 칼리디우스가 거창한 몸짓으로 술라에게 봉인을 확인시킨 뒤 서한을 뜯었다. 그가 서한을 소리내어 읽기 시작했다.

"발신, 로마 인민의 평민회, 수신, 루키우스 코르넬리우스 술라. 본 평민회의 명령에 따라 귀하의 폰토스 미트리다테스 왕과의 전쟁 지휘권이 즉시 박탈된다. 귀하는 군대를 해산시키고 즉시 복귀……."

칼리디우스는 더 읽지 못했다. 돌멩이가 날아와 칼리디우스의 관자놀이에 명중하면서 그를 쓰러뜨린 것이다. 거의 동시에 두번째 돌멩이가 날아와 클라우디우스에게 명중했다. 클라우디우스가 휘청거렸다. 클라우디우스에게 돌멩이가 몇 차례 더 날아왔고 끝내 그 역시 연단 바닥에 털썩 무너져내렸다. 술라는 1미터도 떨어지지 않은 자리에 태연한 표정으로 서 있었다.

돌팔매질이 그쳤다. 술라가 몸을 숙여 한 사람씩 살피고 허리를 세웠다. "죽었다." 술라는 이렇게 알리고 크게 한숨을 쉬었다. "허, 제군, 이건 불에다 기름을 부은 격이군! 유감스럽게도 평민회의 눈에 이제 우리 모두는 환영받지 못할 손님이다. 우리는 평민회의 공식 특사들을 살해했어. 그러니 이제," 술라는 여전히 평상시 말투였다. "우리에겐 두 가지 선택지밖에 없다. 여기 남아서 반역죄 재판을 기다리거나, 그게 아니면 로마에 가서 로마 인민의 충직한 종복인 우리 군인들이 도저히 용납이 안 되는 위헌적인 법과 명령에 대해 어찌 생각하는지 평민회 사람들에게 직접 보여주거나. 여하튼 나는 로마로 갈 것이고, 갈 때 이 죽은 자들도 같이 데려갈 것이다. 그리고 나는 평민회에 이자들을 직접 넘길 것이다. 포룸 로마눔에서. 인민 권리의 엄격한 수호자 푸블리우스 술피키우스 루푸스가 지켜보는 앞에서. 이건 모두 술피키우스 그자가 한 짓이다! 로마가 한 게 아니다!"

술라는 말을 끊고 숨을 들이쉬었다. "자, 포룸 로마눔에 가는 문제라면 나는 혼자라도 상관없다. 하지만 이중에 누구든지 나와 함께 로마에 가고 싶은 자가 있다면 나는 그의 동행을 아주 기꺼이 받아들이겠다! 그렇게 된다면, 내가 로마의 신성경계선을 건널 때 마르스 평원에서 동행인들이 등뒤를 든든히 지켜주리라 안심할 수 있을 것이다. 만일 그렇지 않다면, 나는 동료 집정관 퀸투스 폼페이우스 루푸스의 아들과 같은 운명을 맞이할 것이다."

그들은 술라와 함께였다. 당연히.

"하지만 군무관들은 장군과 진군하지 않을 겁니다." 막사에서 루쿨루스가 술라에게 말했다. "장군을 직접 뵐 배포는 없어서 저더러 자기들 입장을 전해달라고 하더군요. 군무관들은 군대가 로마에 진군하는 것을 용납할 수 없답니다. 이탈리아에 주둔한 군대가 로마에 소속된 유일한 군대이므로, 로마는 군사적 보호를 받지 않고 있는 도시라는 겁니다. 게다가 개선행진 군대를 제외하고 로마 군대가 로마 가까이 주둔한 적은 없었지요. 따라서 장군께서는 지금 조국, 더군다나 장군을 물리칠 군대가 없는 무방비의 조국을 향해 진격하는 거랍니다. 군무관들은 장군의 행동을 규탄하고, 장군을 따르지 말라고 병사들을 설득하겠답니다."

"그들에게 행운을 빌어주게." 술라가 막사를 비울 준비를 하며 말했다. "군무관들은 여기 남아서 무방비 상태의 로마에 군대가 진군한다고 질질 짜라지. 단, 나는 놈들을 가둬둘 거야. 순전히 그들의 안전을 위해서." 술라의 눈길이 루쿨루스에게 머물렀다. "자넨 어떤가, 루키우스 리키니우스? 나와 같이할 텐가?"

"네, 루키우스 코르넬리우스. 죽음도 불사하겠습니다. 인민은 원로원의 권리와 의무를 박탈했습니다. 그러니 우리 조상들이 세운 로마는 더 이상 존재하지 않습니다. 아직 태어나지 않은 제 아들들에게 물려주고 싶지 않은 로마에 진군하는 일은 범죄가 아니라고 생각합니다."

"오, 거 말 잘했군!" 술라가 검을 끈으로 묶고 모자를 썼다. "그러면 우리가 역사를 새로 써보세."

루쿨루스가 멈춰섰다. "맞습니다!" 그가 나직이 말했다. "이건 역사를 새로 쓰는 일입니다. 이제껏 로마 군대가 로마에 진군한 적은 없으니까요."

"이제껏 로마 군대를 이렇게까지 도발한 경우도 없었어." 술라가 말했다.

로마 병사 5개 군단은 술라와 그의 보좌관을 선두로 라티나 가도를 따라 로마로 출발했다. 후미에는 칼리디우스와 클라우디우스의 시신을 실은 노새 수레가 따라왔다. 전령이 전속력으로 달려가 쿠마이에 머물던 폼페이우스 루푸스에게 소식을 전한 터여서, 술라가 테아눔 시디키눔에 다다랐을 때에는 폼페이우스 루푸스가 그를 기다리고 있었다.

"아, 이건 아니야!" 차석 집정관이 괴로워하며 말했다. "그렇게 생각할 수밖에 없네! 자네는 로마에 진군을 하고 있어! 무방비 도시에!"

"'우리'가 로마로 진군하지." 술라가 차분하게 말했다. "염려 말게, 퀸투스 폼페이우스. 방어군 없는 도시를 침략할 필요는 없을 거야. 내 군대는 나와 동행하는 것뿐이야. 기강이 어느 때보다도 잘 잡혀 있네. 내 휘하 백인대 수가 150개가 넘는데도 밭에서 무 하나 뽑은 자가 없어. 병사들의 한 달분 식량이 충분히 확보되어 있고, 다들 상황을 잘 이해하고 있어."

"자네 군대는 우리와 동행할 필요가 없어."

"뭐라고, 그러면 집정관 둘이 적절한 호위도 없이 간단 말인가?"

"릭토르가 있지 않나."

"그래, 그것 흥미로운 일이지. 릭토르들은 우리와 같이 가겠다는데 군무관들은 안 가는 쪽으로 결정을 내렸단 말이야." 술라가 말했다. "선출직 관리들은 로마 국정 운영의 주체와 대상에 대한 태도가 확실히 달라."

"자넨 뭐가 그리 신이 났는가?" 폼페이우스 루푸스가 절망스럽게 소리쳤다.

"잘 모르겠네." 술라는 놀란 표정을 지어 보이며 내심 짜증이 이는 것을 감추었다. 이 감상적이고 회의에 찬 동료의 연약한 살갗에 부드러운 크림을 발라주어야 할 때로군. "내가 만일 행복한 기분이라면, 더이상 참지 않겠다고 결심한 까닭일 거야. 포룸 로마눔에서의 어리석은 작태와, 제놈들 생각이 모스 마이오룸보다 우월하다고 착각하여 우리 조상들이 인내하며 조심스럽게 쌓아올린 것들을 파괴하려는 자들을. 내가 바라는 건 처음 모습 그대로의 로마일 뿐이야. 원로원이 창시하고 이끌어온 로마. 호민관이 되고자 하는 이들이 제멋대로 구는 것을 막고 그들을 잘 활용하는 로마. 때가 왔네, 퀸투스 폼페이우스. 다른 자들이 로마를 후퇴시키는 것을 그냥 보고만 있을 수 없는 때가 왔어. 사투르니누스나 술피키우스 같은 자들. 그리고 그 누구보다도 가이우스 마리우스 같은 자들."

"가이우스 마리우스는 맞서 싸우려 들 거야." 폼페이우스 루푸스가 처량한 목소리로 말했다.

"뭘 가지고? 로마에서 가장 가까운 군대라봐야 알바 푸켄티아에 주둔한 1개 군단뿐일세. 아, 그래, 킨나와 자기 군사들을 호출하려고 하겠지. 내 분명히 아는데, 킨나는 지금 가이우스 마리우스의 호주머니 속에 들어 있거든. 하지만 두 가지가 가이우스 마리우스를 방해할 거야. 첫째, 다른 사람들은 설마 내가 진짜로 로마에 군사를 끌고 가겠느냐는 지극히 당연한 의구심을 품겠지. 그냥 위협처럼 보일 거야. 이걸 끝까지 밀고 갈 참이라고는 아무도 생각하지 못하겠지. 둘째, 가이우스 마리우스는 현재 공직이 없는 평범한 시민 신분일세. 정무관이 아니고 임페리움도 없지. 그러니 킨나에게 군대를 데려오라고 호출하려면 집정관이나 집정관 권한대행으로서가 아닌 친구로서 부탁해야 하는데, 가이우스 마리우스의 그런 조치를 술피키우스가 수용하지 않을 거야. 술피키우스야말로 내 행동을 단순한 위협으로 볼 테니까."

차석 집정관은 경악에 찬 눈길로 수석 집정관을 바라보았다. 논리정연한 얘기였다! 구구절절 옳은 말이었다. 이제 폼페이우스 루푸스는 알았다. 술라는 분명 로마를 침략할 작정이었다.

술라의 군대는 길을 막는 특사들과 두 번 마주쳤다. 첫번째는 아퀴눔, 두번째는 페렌티눔에서였다. 술라가 로마로 진군한다는 소식이 독수리처럼 날아간 모양이었다. 두 차례에 걸쳐, 특사들은 술라에게 지휘권을 내려놓고 군대를 카푸아로 돌려보내라고 인민의 이름으로 명령했다. 두 차례에 걸쳐, 술라는 명령을 거절했다. 두번째엔 이렇게 덧붙였다.

"가이우스 마리우스, 푸블리우스 술피키우스, 그리고 남은 원로원 의원들에게 마르스 평원에서 만나자고 전하시오."

특사들은 술라의 제안을 진지하게 받아들이지 않았고, 술라도 진심이 아니었다.

그뒤 술라는 투스쿨룸에서 수도 담당 법무관 마르쿠스 유니우스 브루투스와 마주쳤다. 브루투스는 라티나 가도 한가운데에서, 지지 차원으로 동행한 다른 법무관과 함께 술라를 기다리고 있었다. 길 한쪽에 그들 휘하의 릭토르 열두 명이 여섯 명씩 두 무리로 모여서 있었다. 그들은 손에 든 파스케스 안에 도끼가 있다는 사실을 애써 감추었다.

"루키우스 코르넬리우스 술라, 저는 로마 원로원과 인민으로부터 당신의 군대가 이 지점에서 로마로 단 한 발짝도 나아가지 못하게 저지하라는 명령을 받고 왔습니다." 브루투스가 말했다. "군단들은 지금 무장 상태이고, 당신은 개선식에 나선 것도 아닙니다. 여기서 더 전진하는 것을 금합니다."

술라는 아무 말 없이 돌처럼 굳은 표정으로 노새 위에 앉아 있었다. 두 법무관은 길 한쪽 겁먹은 릭토르들에게로 거칠게 밀쳐졌고, 로마로의 진군은 계속되었다. 술라는 라티나 가도가 첫번째 로마 외곽 순환도로와 합류하는 지점에서 가던 길을 멈추고 병력을 셋으로 나누었다. 이 군대가 마르스 평원에 머물 것이라는 말을 진심으로 믿는 사람이 하나라도 있었다면, 이제 그도 술라가 침략을 결심했음을 현실로 받아들여야 했으리라.

"퀸투스 폼페이우스, 자네는 제4군단을 맡아서 콜리나 성문으로 가게." 술라가 말했다. 동료가 이 과업을 완수해낼 만큼 심지가 굳은지 못내 의심스러웠던 것이다. "자네는 시내로 들어가지 않아." 술라가 부드럽게 말했다. "그러니 걱정할 필요 없네. 자네 임무는 누구든 살라리아 가도로 군단을 데려오는 것을 막는 일이네. 병사들을 데리고 진지를 친 다음 내 진길을 기다리게. 혹시 살라리아 가도를 타고 내려오는 군대가 보이거든, 에스퀼리누스 성문으로 즉시 사람을 보내게. 난 거기 있을 테니까."

다음으로 술라는 루쿨루스를 향했다. "루키우스 리키니우스, 자네는 제1군단과 제3군단을 맡아서 빠른 속도로 행군한다. 자넨 갈 길이 멀

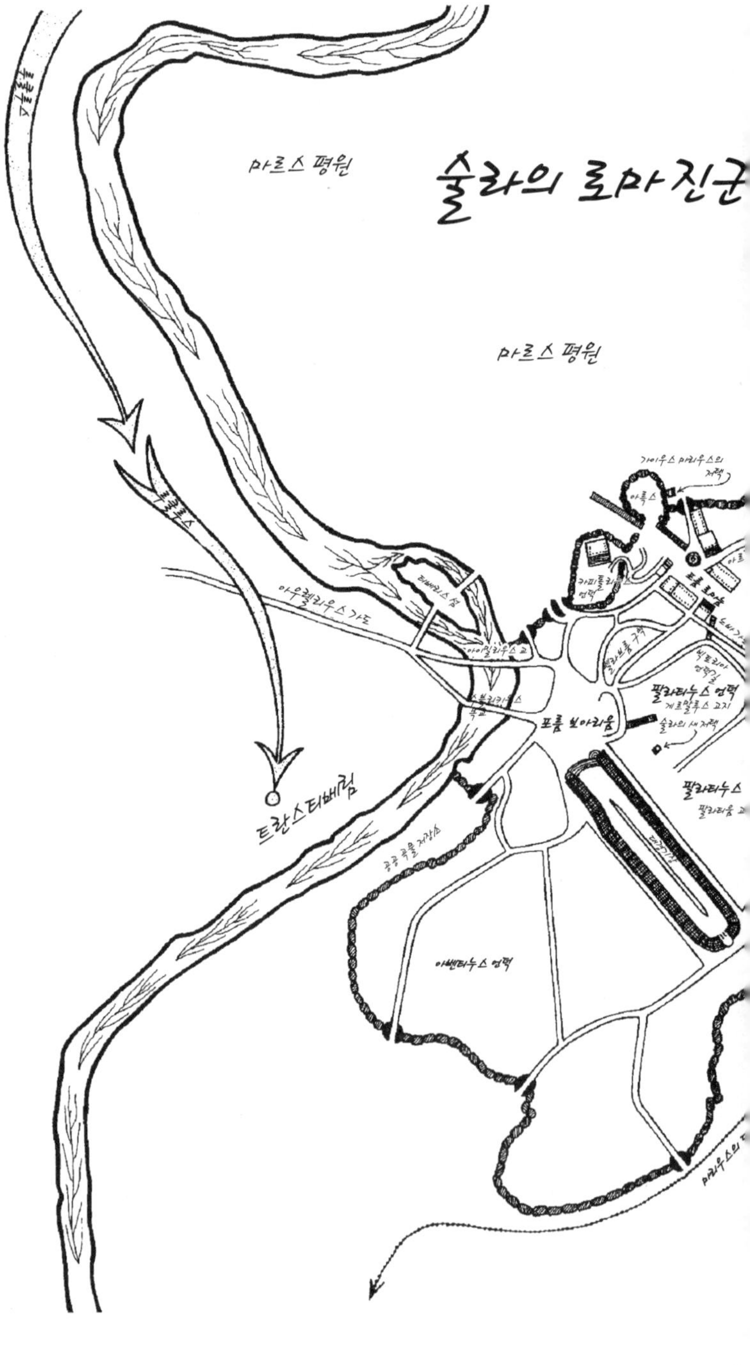
술라의 로마진군
마르스 평원
마르스 평원
아우렐리우스 가도
티베리스 섬
아이밀리우스 교
수블리키우스 교
트란스티베림
포룸 보아리움
가이우스 마리우스의 저택
아륵스
카피톨리움 언덕
포룸 로마눔
벨라브룸 구역
빅토리아 언덕길
팔라티누스 언덕
게르말루스 고지
술라의 새 저택
대경기장
공공곡물저장소
아벤티누스 언덕

핑키우스 언덕
콜리나 성문
퀴리날리스 언덕
알타 세미타
롱구스 구
살루스 신전
세모 상쿠스 디우스 피디우스 신전
롱구스 구
비미날리스 언덕
에스퀼리누스 언덕
파트리키 구
아우렐리아의 인술라
포룸 에스퀼리누스
수부라 언덕길
사부키 구
사부키 구
케룰리아이 늪지
사크라 가도
오피우스 언덕
카일리우스 언덕
폼페이우스 루푸스
루쿨루스

어. 물비우스 교를 이용해서 티베리스 강을 건넌 뒤 바티카누스 평원을 가로질러 트란스티베림까지 진군해. 거기에서 기다리게. 그쪽 구역을 전부 점령하고 다리마다 군대를 주둔시켜. 그러니까, 티베리스 섬을 가로지르는 아이밀리우스 교와 수블리키우스 목교."

"물비우스 교에도 병사를 둬야 하지 않습니까?"

술라가 잔인한 승리의 미소를 지었다. "플라미니우스 가도를 따라 내려오는 군단은 없을 것이네, 루키우스 리키니우스. 폼페이우스 스트라보에게서 서한을 받았어. 그자 역시 푸블리우스 술피키우스의 위헌적인 행태를 몹시 개탄하면서, 미트리다테스 전쟁 지휘권이 가이우스 마리우스에게 가지 않길 바랐네."

술라는 교차로에 머무르다가, 폼페이우스 루푸스와 루쿨루스가 자기를 충분히 앞질러갔다는 판단이 들자 자기가 맡은 2개 군단의 진행 방향을 에스퀼리누스 성문 쪽으로 돌렸다. 하나는 제2군단, 다른 하나는 집정관 군단이 아니어서 번호가 없는 군단이었다. 아피우스 가도와 라티나 가도가 동시에 로마의 외곽 순환도로와 합류하는 지점에 이르기 전까지는 저멀리 세르비우스 성벽 위에 구경꾼들이 있는지 잘 보이지 않았다. 그러나 순환도로를 따라 동쪽으로 행군하여 로마의 공동묘지를 가득 메운 무덤 사이를 지날 무렵 성벽이 훨씬 더 가까워지면서, 술라의 군단병들은 자기들을 보러 몰려온 구경꾼들이 성벽 뒤에 빽빽이 서 있는 것을 보았다. 사람들은 눈앞의 현실을 도저히 믿을 수 없다는 듯 비명을 질렀다.

에스퀼리누스 성문 앞에서 술라는 망설이는 척하지 않았다. 술라는 번호 없는 군단을 곧장 로마 시내로 돌진시켰다. 그는 병사들을 도로로 침투시키지 않았다. 세르비우스 성벽을 타고 올라가 거대한 이중벽 아게르를 장악하게 했다. 콜리나 성문에서 에스퀼리누스 성문까지 군인들이 줄지어 섰고, 이렇게 해서 술라의 병사들은 폼페이우스 루푸스의 병사들과 연락이 가능하게 되었다. 술라는 아게르를 따라 1개 군단을 배치한 다음, 제2군단의 2개 보병대대는 에스퀼리누스 성문 안쪽 대시장 안으로 데려가고, 나머지 대대는 에스퀼리누스 성문 바깥쪽에 주둔시켰다. 로마는 포위되었다. 지금부터 무슨 일이 벌어질지는 술피키우스와 마리우스에게 달려 있었다.

에스퀼리누스 언덕은 군사 작전에 적합한 장소가 아니었다. 포룸 에스퀼리누스로 이어지는 좁은 거리들은 늘상 북적였고, 좀 넓다 싶은 길에는 점포나 가판대, 손수레, 마차가 늘어서 있었다. 또 대시장에는 상인, 건달, 세탁부, 물 긷는 노예, 먹고 마시는 사람들, 황소가 끄는 수레, 양쪽으로 짐을 멘 나귀, 수업료가 싼 학교가 있었고 한편에 가판대가 삼립해 있었다. 포룸 에스퀼리누스 안으로 이어지는 도로나 골목길이 워낙 많기도 했지만, 이곳은 또한 두 큰 길(수부라 지구를 기점으로 높아지는 수부라 언덕길과 케롤리아이 늪지 남동쪽의 공장 및 작업장 밀집지대에서 올라가는 사부키 구)이 끝나는 지점이기도 했다. 그러나 바로 이 부적합한 터에서 로마를 쟁취하기 위한 전투가 벌어졌다. 술라가 시내에 진입한 지 약 한 시간이 지나서였다.

물론 포룸 에스퀼리누스는 가차 없이 쓸어내버린 터였다. 장이 섰던 자리에는 병사들이 열중쉬어 자세로 조용히 경계를 펴고 있었다. 갑옷을 완벽하게 차려입은 술라는 노새를 타고 자신의 군대 벡실룸과 집정관 휘하 제2군단의 은 독수리 군단기 옆에 있었다. 한 시간이 지나자, 알 수 없는 웅웅 소리가 거리의 비명과 소음을 몰아내며 다가왔다. 그 진원이 가까워져옴에 따라 소리도 점점 커졌다. 그것은 싸움을 갈망하는 거대한 사내들 무리가 내지르는 함성이었다.

그들은 포룸 에스퀼리누스로 연결되는 모든 골목길과 거리에서 쏟아져나왔다. 술피키우스의 '경호대' 선봉대와, 마리우스가 데쿠미우스를 비롯한 로마 곳곳의 교차로단 두목들을 통해 끌어모은 노예 및 해방노예였다. 하지만 그들은 로마 군단병이 겹겹이 서 있는 광경을 보자 제자리에 멈춰섰다. 은 독수리 군단기가 번쩍였고, 고수들과 나팔수들은 장군 옆에 모여 서서 명령을 기다리고 있었다. 장군의 표정은 평온했다.

"나팔수, 나팔을 불어라. 전원 검과 방패를 앞으로." 술라의 음성은 분명하고 차분했다.

나팔이 울렸다. 검 천 개가 검집에서 뽑히는 부드러운 소리에 이어 방패가 올라갔다 땅에 꽂히며 쿵 소리가 났다.

"고수들, 북을 쳐라. 전원 대열을 유지하고 공격에 대비하라." 술라의 목소리는, 앞에 무질서하게 늘어선 수도방위대 무리의 귀에도 똑똑히 들렸다.

고수들이 북을 쳤다. 끝없이 울려퍼지는 공허한 북소리는 전쟁통의 그 어떤 비명 소리보다도 훨씬 더 군중의 마음을 불안케 했다.

그때 군중이 양쪽으로 갈라졌다. 그 사이를 걸어나오는 이는 가이우스 마리우스였다. 손에는 검을 들고 머리에는 투구를 썼으며 어깨에는 진홍색 장군용 망토를 걸치고 있었다. 마리우스 옆으로 술피키우스가, 뒤로는 젊은 마리우스가 있었다.

"돌격!" 마리우스가 우렁차게 외치며 거친 함성을 질렀다.

마리우스의 무리는 명령을 따르려고 애썼지만, 그토록 제한된 공간에서 술라 쪽 전선을 뚫을 추진력을 모으기가 쉽지 않았다. 술라 전선의 병사들은 그들을 무시하듯, 검은 옆에 둔 채 방패로만 툭툭 쳐냈다.

“나팔수들, 나팔을 불어라, 교전 개시.” 술라가 안장에서 몸을 옆으로 기울여 제2군단의 은 독수리 군단기를 자기 손으로 직접 움켜쥐었다.

드디어 때가 왔지만, 병사들 중 어느 누구도 진정으로 피를 보고 싶지는 않았다. 술라의 군인들은 오직 장군을 기쁘게 하려는 일념으로 엄청난 의지를 끌어내 검을 들어 적과 맞섰다.

어떠한 전술도, 작전도 가능하지 않았다. 포룸 에스퀼리누스는 방향도 통제도 없이 싸움박질에 몰두한 사내들로 가득했다. 몇 분 후, 제1보병대대가 수부라 언덕길과 사부키 구로 들어와 전투에 가세했다. 뒤이어 제2보병대대를 비롯한 여타 보병대대들이 대열을 맞추어 에스퀼리누스 성문을 통과해 들어왔다. 마리우스와 술피키우스 쪽 민간인들을 밀어붙이는 훈련된 병사들의 힘은 실로 어마어마했다. 노새에 탄 술라가 전방을 살피려고 앞으로 이동했다. 그는 빠르게 까닥이는 수많은 머리통을 위에서 내려다보는 유일한 사람이었다. 거리와 골목길마다 고층건물 거주민들이 몸을 밖으로 내밀고 무기가 될 만한 것을 군인들을 향해 마구 던지고 있었다. 오지항아리, 통나무, 벽돌, 걸상이 비처럼 쏟아졌다. 그래, 자기네 도시를 군인들이 침략했다는 사실에 진정으로 분개한 자들도 있겠지. 술라가 생각했다. 그 역시 이런 인술라에서 살아본 적이 있었다. 하지만 다른 사람들은 그저 높은 데서 물건을 마음껏 떨어뜨려 보고 싶은 유혹을 참지 못한 것이리라.

“횃불을 몇 개 구해와라.” 독수리 군단기를 장군에게 내준 기수에게 술라가 말했다.

광장에서 훔친 횃불이 재빨리 도착했다.

“북과 나팔을 총동원해 최대한 소리를 높여라.” 술라가 말했다.

인술라로 둘러싸인 제한된 공간에서 소음은 사람들을 미치게 했다.

모두가 일순 멈칫했다. 술라가 원했던 절호의 순간이었다.

"하나라도 더 던지면 도시에 불을 지르겠다!" 술라가 목청을 최대한 높여 소리를 지르고 횃불을 공중으로 높이 날렸다. 횃불이 어느 창문 안으로 쏙 들어갔다. 이어 횃불 몇 개가 더 던져졌다. 머리통이 모두 사라지고 투척도 멈추었다.

술라는 만족하여 다시 전투에 집중했다. 이제 더이상 투척 공격은 없을 것이다. 인술라 주민들은 지금 이것이 서커스가 아닌 심각한 실제 상황임을 이해했다. 전투와 화재는 다르다. 모두가 전쟁보다 화재를 더 무서워했다.

술라는 아직 전투에 가세하지 않은 1개 보병대대를 불러 사부키 구로 보냈다. 우측으로 돌아 소브리우스 구로 진군한 뒤 한번 더 우측으로 돌아 수부라 언덕길로 진입해서, 거기에서 폭도들을 후방 공격하라고 명령했다.

이것이 분기점이 되었다. 기강이 부족한 군중은 점차 힘을 잃었다. 그들은 동작을 멈추고 공황상태에 빠졌다. 마리우스는 계속 싸우는 노예는 해방시켜주겠다고 고래고래 고함쳤다. 술피키우스도 겁쟁이가 아니었다. 그 역시 포룸 에스퀼리누스에서 젊은 마리우스와 함께 승산 없는 싸움을 이어가고 있었다. 하지만 마리우스, 술피키우스, 젊은 마리우스도 곧 방향을 돌려 풀리우스 언덕길을 따라 도망쳤고, 은 독수리 군단기를 손에 쥔 술라가 군인들과 함께 그 뒤를 맹렬히 추격했다.

카리나이 지구의 텔루스 신전은 내부에 상업지구가 형성되어 있어 경내가 넓었다. 그곳에서 마리우스는, 쓰는 언어마저 제각각인 사람들을 멈춰 세우고 다시 세를 결집시키려 했다. 그러나 그들은 직업군인들처럼 행동하려 들지 않았다. 겁에 질려 울면서 칼과 곤봉을 내동댕이치더니 카피톨리누스 언덕 쪽으로 달아나버렸다. 도심의 시가지에서조차 군인이 우세했다.

마리우스, 젊은 마리우스, 술피키우스가 사라지자 전투는 완전히 멈추었다. 술라는 산달라리우스 구 아래로 노새를 몰아 카리나이 지구 아래 늪지대로 갔다. 사크라 가도가 트리움팔리스 가도와 만나는 곳이었다. 술라는 거기 멈춰 서서 나팔수와 고수에게 제2군단을 군단기 아래에 집합시키라고 명령했다. 그때 제2군단의 백인대장들이 약탈 행위를 하다 붙잡힌 병사 몇 명을 술라 앞으로 데려왔다.

"단단히 경고했다. 밭에서 무 하나 뽑아서도 안 된다고." 술라가 그들을 향해 말했다. "로마의 군단병은 로마를 약탈하지 않는다."

술라는 죄인들을 현장에서 즉결 처형했다. 이는 이 장면을 지켜보던 병사들에게 확실한 본보기가 되었다.

"퀸투스 폼페이우스와 루키우스 루쿨루스를 불러와." 술라는 이렇게 말하고 병사들에게 전투대형을 풀고 열중쉬어 자세로 있으라 명했다.

폼페이우스 루푸스와 루쿨루스 둘 다 아무것도 할 필요가 없었다. 전투도 전혀 없었다.

"잘됐군." 술라가 두 사람에게 말했다. "내가 수석 집정관이니 이것은 순전히 내 책임일세. 더구나 내 휘하의 병사들만 전투에 참여했으면, 책임은 확실히 내게 있어."

저렇듯 공정한 사람이라니, 루쿨루스는 술라를 경이에 찬 눈길로 바라보며 생각했다. 그렇지만 한편으로 뒤돌아서 로마를 칠 수 있는 사람이다. 복잡한 사람이야. 아니, 그것은 정확한 표현이 아니었다. 그는 기분이 이 끝에서 저 끝까지 오가서 아무도 그의 반응을 짐작할 수 없었다. 그를 자극하는 것이 과연 무엇인지 아무도 알지 못했다. 술라 자신을 제외하고는.

"루키우스 리키니우스 자네는 제1군단의 7개 보병대대를 티베리스 강에 배치해서 트란스티베림이 소란스러워지지 않게 한다. 제1군단의 나머지 보병대대는 아벤티누스 언덕의 곡물 저장소와 투스쿠스 구에 보초를 세워서 시민들의 약탈 행위를 방지하게. 제3군단은 티베리스 강 주변 민감한 위치에 주둔시키게. 로마 항, 라나타리우스 평원, 피스키나 푸블리카, 카페나 성문, 대경기장, 포룸 보아리움, 포룸 홀리토리움, 벨라브룸 구역, 플라미니우스 경기장, 마르스 평원에 보병대대를 각각 1개씩 배치하도록. 그래, 그렇게 하면 10개 보병대대가 열 개 지점을 맡게 되는군."

술라가 차석 집정관을 바라보았다. "퀸투스 폼페이우스, 제4군단은 계속 콜리나 성문 바깥에 두고 살라리아 가도로 내려오는 군단이 없는지 살피도록 하게. 그리고 아게르 주변에 배치된 내 군단을 데리고 가서 보병대대별로 북쪽과 동쪽 언덕들, 그러니까 퀴리날리스 언덕, 비미날리스 언덕, 에스퀼리누스 언덕에 분산 배치하게. 또 수부라 지구에 2개 보병대대를 배치하게."

"포룸 로마눔과 카피톨리누스 언덕에도 군인들을 둡니까?" 루쿨루스가 물었다.

술라가 단호하게 고개를 저었다. "절대 안 돼, 루키우스 리키니우스. 나는 사투르니누스와 술피키우스의 전례를 따르지 않을 것이다. 제2군단은 카피톨리누스 언덕 아래와 포룸 로마눔 주변에 보초를 서되 두 장소에서 눈에 띄지 않는 곳에 선다. 내가 회의를 소집했을 때 인민은 신변이 안전하다는 느낌을 받아야 해."

"자넨 계속 여기 있을 건가?" 폼페이우스 루푸스가 물었다.

"그러네. 루키우스 리키니우스 자네는 할 일이 하나 더 있다. 포고관들을 시켜서, 인술라에서 물건을 던지는 행위는 정식 집정관들에 대한 전쟁 도발 행위로 간주하여 해당 인술라를 그 자리에서 불질러버리겠다고 선포하게. 그리고 첫번째 포고관들이 돌고 난 뒤에 포고관들을 한 차례 더 돌려서 낮의 두번째 시각에 포룸 로마눔에서 전 인민을 대상으로 회의가 열린다고 선포하게." 술라는 말을 잠시 끊고 필요한 사항을 모두 전달했는지 점검했다. 그렇다는 판단이 들자 이렇게 덧붙였다. "임무를 마치면 와서 보고하게."

그때 제2군단의 최고참 백인대장 마르쿠스 카눌레이우스가 술라의 눈에 잘 띄는 자리로 나와서 섰다. 표정이 지극히 만족스러워 보였다. 술라는 안심했다. 아주 좋은 신호로군. 내 병사들이 여전히 내 편이라는 뜻이니까.

"그자들을 찾았나, 마르쿠스 카눌레이우스?" 술라가 물었다.

최고참 백인대장이 고개를 저었다. 투구 양쪽에 달린 큼지막한 심홍색 말총 장식이 부채처럼 흔들렸다. "아니요, 루키우스 코르넬리우스. 푸블리우스 술피키우스가 배를 타고 티베리스 강을 건너는 것을 누군가 봤답니다. 아마 에트루리아 항구를 향해 간 것 같습니다. 가이우스 마리우스 부자는 오스티아 쪽으로 간 것으로 짐작됩니다. 수도 담당 법무관 마르쿠스 유니우스 브루투스 역시 달아났습니다."

"어리석긴!" 루쿨루스가 놀라 외쳤다. "진정으로 법이 자기네 편에 있다고 믿는다면 그들은 필시 로마에 남아야 합니다. 포룸 로마눔에서 장군과 논쟁을 벌이면 자기네가 이길 공산이 크다는 걸 분명히 알 텐데요!"

"자네 말이 맞아, 루키우스 리키니우스." 술라가 말했다. 그는 자신의 보좌관이 사태를 이런 식으로 해석한 것이 마음에 들었다. "겁에 질린 거겠지. 마리우스나 술피키우스가 자기들의 행보를 잠시 이성적으로 생각해봤다면 로마에 남는 게 현명하다는 사실을 깨달았을 거야. 하지만 알다시피 나는 늘 운이 좋거든. 내게는 무척 다행스럽게도, 그들은 로마를 떠나는 쪽을 택했어." 운이 아니야, 술라는 혼자 생각했다. 마리우스와 술피키우스 둘 다 자기들이 로마에 남으면 내가 그들을 은밀히 살해할 수밖에 없다는 걸 아는 거지. 내가 반드시 막아야 할 상황이 있다면 바로 포룸 로마눔에서 그들과 논쟁하는 거야. 민중의 영웅은 그들이지 내가 아니니까. 그러나 그들이 도망갔다는 사실은 양날의 검이다. 딱히 내게 책임을 물을 수 없을 방식으로 그들을 죽여야 할 필요가 없는 대신, 나는 그들에게 추방형을 내림으로써 인민의 증오심을 불러일으키는 부담을 져야 할 테니까.

병사들은 밤새 깨어 로마의 거리와 빈터를 순찰했다. 불을 피울 수 있는 곳 어디나 모닥불이 타올랐고, 창밖으로는 밤잠 없는 로마인이 한 번도 들어보지 못한 징 박힌 군화 소리가 쿵쿵 울렸다. 그러나 도시는 잠든 척했고, 이윽고 쌀쌀한 새벽이 되자 포고관들의 외침 소리에 부르르 몸을 떨며 일어났다. 포고관들은 로마의 법에 따라 선출된 두 집정관의 보호 아래 로마가 평화를 되찾았으며 오늘 낮의 두번째 시각에 집정관들이 로스트라 연단에서 회의를 연다고 소리쳤다.

놀라울 정도로 많은 사람들이 회의에 참석했다. 심지어 마리우스와 술피키우스의 지지층인 2, 3, 4계급도 많이 참석했다. 1계급은 전원 참석한 반면 최하층민은 아예 보이지 않았다. 5계급 역시 불참했다.

"만, 아니 만 5천." 술라가 벨리아 고지로부터 사케르 언덕길을 걸어 내려가며 루쿨루스와 폼페이우스 루푸스에게 말했다. 술라는 자주색 단을 댄 토가 차림이었다. 폼페이우스 루푸스도 마찬가지였다. 루쿨루스는 원로원 의원임을 상징하는 넓은 띠를 댄 튜닉을 흰색 토가 안에 입었다. 그들 주변에 무력을 상징하는 것은 아무것도 없었다. 군인들도 눈에 띄지 않았다. "이 자리에 모인 사람들은 내 말을 한마디도 빠뜨리지 않고 전부 들어야 해. 바깥쪽 군중에게까지 잘 전달되도록 포고관을 적절하게 배치하게."

군중을 헤치고 지나가는 릭토르들 뒤를 따라 두 집정관은 연단에 올라갔다. 연단 위에는 원로원 최고참 의원 플라쿠스와 최고신관 스카이볼라가 그들을 기다리고 있었다. 술라에게는 어마어마하게 중요한 대면이었다. 앙상하게 뼈만 남은 원로원의 그 누구도 아직 만나보지 못한 터였다. 평화적인 정부기구를 군대로 제압해버린 지금 카툴루스 카이사르, 양 감찰관, 유피테르 대제관, 또는 연단 위의 저 두 사람이 과연 자신의 편에 서줄지 전혀 알 수 없었다.

그들 두 사람에게 이 상황이 달갑지 않다는 것만큼은 아주 명백했다. 둘 다 마리우스와 연고가 있었다. 스카이볼라의 딸은 젊은 마리우스와 약혼한 사이였고, 플라쿠스는 순전히 마리우스가 선거에서 밀어준 덕분에 집정관과 감찰관 자리까지 오른 터였다. 술라는 지금 당장 그들과 긴 대화를 나눌 수는 없다 해도 무슨 말이든 건네지 않을 수 없었다.

"제 편이십니까?" 술라가 짧게 물었다.

스카이볼라가 떨리는 숨을 삼켰다. "네, 루키우스 코르넬리우스."

"그렇다면 제가 군중에게 하는 말을 잘 들으십시오. 품고 계신 질문과 의구심에 답이 될 것입니다." 술라는 원로원 계단과 연단 쪽을 바라보았다. 양 감찰관, 안토니우스 오라토르, 유피테르 대제관 메룰라와 함께 카툴루스 카이사르가 서 있었다. 카툴루스 카이사르가 술라에게 슬쩍 눈짓을 해보였다. "잘 들으십시오!" 술라가 외쳤다.

술라는 돌아서서 원로원 의사당을 등진 채 포룸 로마눔의 낮은 구역을 향해 연설을 시작했다. 사람들은 술라의 등장을 환호로 맞지는 않았지만 야유나 조롱도 없었다. 청중이 그의 말을 들을 준비가 되어 있다는 뜻이었고, 그건 꼭 시내 골목길과 공터마다 군인이 서 있기 때문만은 아니었다.

"로마 인민 여러분, 저는 제가 취한 행동의 심각성을 누구보다 잘 압니다." 술라가 또박또박 분명한 목소리로 말했다. "또한, 로마 시내에 군대가 주둔한 것은 전적으로 제 뜻임을 분명히 말씀드립니다. 저는 수석 집정관입니다. 법에 따라 선출되었고 법에 따라 제 군대를 통솔하는 위치에 있습니다. 어느 누구도 아닌 바로 제가 저 군대를 로마에 데려왔습니다. 차석 집정관 퀸투스 폼페이우스 루푸스를 포함한 제 동료들은 자신의 의무대로 제 명령을 따랐습니다. 하지만 저는 퀸투스 폼페이우스 루푸스의 아들이 바로 이곳, 우리의 신성한 포룸 로마눔에서 술피키우스의 몇몇 폭도들에게 살해되었음을 여러분께 상기시키고자 합니다."

술라는 천천히 말하며 포고관들이 바깥쪽 군중에게까지 그의 말을 전달해줄 수 있게 했다. 그는 저멀리에서 마지막 외침이 끝날 때까지 잠시 연설을 끊었다.

"로마 인민 여러분, 원로원과 집정관들에게는 로마의 정사와 법률을 관장할 권리가 있습니다. 하지만 이 권리는 너무나 오랜 기간 무시되었습니다. 급기야 이 권리는 최근 몇 년간 스스로 호민관이라 칭하는, 권력에 미친 자기 본위의 극소수 선동 정치가들에게 철저히 짓밟혔습니다. 입에 발린 소리로 군중에게 아첨하는 부도덕한 그들은 일단 인민 권리의 수호자로서 선출되면 그 신성한 직책을 그야말로 무책임하게 남용합니다. 그들이 내세우는 구실은 한결같습니다. 자기들은 늘 '주권자 인민'을 대표한다고 주장하지요! 그러나 로마 인민 여러분, 진실은, 그들은 순전히 자기네 이익을 위해 움직인다는 것입니다. 그들은 국가의 능력으로 도저히 줄 수 없는 돈이나 특권을 내세워 여러분을 현혹합니다. 이러한 인간들이 두각을 드러낸 것은 늘, 국가가 인민에게 돈이나 특권을 베풀기 가장 어려운 시기였다는 사실을 기억하십시오. 그들이 성공하는 이유가 바로 이것입니다! 그들은 여러분의 욕망과 여러분의 두려움을 이용합니다! 그들의 의도는 선하지 않습니다. 그들은 여러분에게 사실상 지킬 수 없는 약속을 합니다. 일례로, 사투르니누스가 정말로 여러분에게 곡식을 무상 제공했습니까? 당연히 그러지 않았지요! 당시에는 곡식 자체가 없었으니까요. 만일에 곡식이 있었더라면 여러분의 집정관들과 원로원이 여러분께 그 곡식을 드렸을 것입니다. 나중에 곡식이 들어왔을 때, 그것을 나누어준 사람은 바로 여러분의 집정관 가이우스 마리우스였습니다. 무상은 아니지만 매우 저렴한 가격에 곡식을 공급했지요."

술라는 그가 말하는 속도를 포고관들이 따라갈 수 있도록 또다시 연설을 끊었다.

"여러분은 술피키우스가 여러분의 빚을 탕감해줄 법안을 정말로 냈을 거라 생각하십니까? 당연히 그랬을 리 없습니다! 심지어 저나 제 군대가 개입하지 않았다 해도, 그것은 그자 능력 밖의 일이었습니다. 술피키우스는 빚을 구실 삼아 어느 한 계급을 정당한 지위에서 통째로 끌어내린 사람입니다. 바로 원로원에 그렇게 했지요! 그런 자가 어떻게 세상사람 빚을 다 탕감해줄 수 있겠습니까! 여러분이 그자의 행동거지를 잘 살펴봤다면 그자의 속을 꿰뚫어보셨을 겁니다. 술피키우스가 원한 것은 원로원을 무너뜨리는 일이었습니다. 그는 그렇게 할 방법을 찾았고, 여러분에게 그릇된 믿음을 심어주는 데 성공했습니다. 그자가 여러분으로 하여금 여러분의 적이라고 믿게 만든 이들에게 한 것과 정반대의 것을 여러분에게 해줄 듯이 믿게 만든 겁니다. 그자는 여러분 눈앞에 미끼를 흔들었습니다. 마치 여러분의 부채를 전부 탕감해줄 것처럼 말입니다. 하지만 로마 인민 여러분, 그자는 여러분을 이용했습니다. 그자는 공식 회의석상에서 단 한 번도, 일괄적인 부채 탕감을 추진하겠다고 발언하지 않았습니다! 대신 여러분 사이에 하수인들을 심어서 사적으로 조용히 속닥거리는 방법을 택했지요. 이것만 봐도 그자는 여러분에게 진실하지 않았음을 알 수 있지 않습니까? 만일 그자가 정말 여러분의 부채를 탕감해줄 생각이었다면 로스트라 연단에서 당당히 선언했을 겁니다. 그는 그렇게 한 적이 없습니다. 그는 여러분을 이용했을 뿐 여러분이 처한 곤경에는 아무런 관심이 없었습니다. 반면 저는 여러분의 집정관으로서 국가의 재정 구조를 위태롭게 하지 않고서도 여러분의 채무 부담을 최소한으로 줄여줄 구제책을 강구했고, 그 과정에서 가장 높은 자로부터 가장 낮은 자까지 전 로마인을 염두에 두었습니다. 저는 심지어 로마인이 아닌 자들까지도 고려했습니다! 이자를 상호 합의된 원래 이율에 따라 원금에 대해서만 물도록 제한하는 일반법을 제정했습니다. 따라서 여러분이 빚에서 구제되도록 도움을 준 이는 사실상 접니다. 술피키우스가 아닙니다!”

술라는 제자리에서 한 바퀴 빙 돌며 군중 사이를 살펴보는 시늉을 했다. 그러기를 수차례 반복하더니 다시 앞을 바라보고, 헛수고했다는 듯 어깨를 으쓱하며 두 손을 들어올렸다.

"푸블리우스 술피키우스는 어디에 있습니까?" 술라가 의아하다는 표정으로 물었다. "제가 로마에 군대를 데려온 이래 제 손에 죽은 사람들은 어떤 사람들입니까? 노예나 해방노예 몇 명, 그리고 전직 검투사 몇 명. 폭도들입니다. 존경받아 마땅한 로마인들이 아니었습니다. 그렇다면 푸블리우스 술피키우스는 왜 여기 나타나 제 말에 반박하지 않습니까? 저는 푸블리우스 술피키우스에게 여기 나와 이 품위 있고 영예로운 토론장에서 제 말에 반박할 것을 요구합니다. 원로원 의사당 안이 아니라, '주권자 인민'이 모두 보이는 이곳 바깥에서 말입니다!" 술라가 양손을 입가에 대고 크게 외쳤다. "호민관 푸블리우스 술피키우스, 여기 나와서 내 말에 답하시오!"

하지만 그에게 돌아온 것은 군중의 침묵뿐이었다.

"로마 인민 여러분, 술피키우스는 여기 오지 않았습니다. 왜냐하면 제가—법에 따라 선출된 집정관인 제가!—저의 유일한 벗들인 제 병사들을 데리고 저 자신과 제 병사들을 위해 정의를 실현하고자 이 도시에 들어왔을 때, 푸블리우스 술피키우스는 로마에서 달아났기 때문입니다. 한데 왜 그자가 도망친 겁니까? 죽을까봐 두려워서요? 그럴 이유가 뭐가 있습니까? 제가 선출직 정무관을, 어느 존경받는 평범한 로마 시민을 죽이려고 한 일이 있습니까? 여기 제가 갑옷을 입고, 오른손에 피가 뚝뚝 떨어지는 검을 쥐고 서 있기라도 합니까? 아니요! 저는 여기에 제 고위 관직을 상징하는 자주색 단을 댄 토가를 입고 서 있으며, 저의 벗들은 이 자리에 참석하지 않았습니다. 그들은 여기 참석할 필요가 없습니다! 제가 합법적으로 선출된 여러분의 대표자인 것처럼, 저는 합법적으로 선출된 그들의 대표자이니까요. 그런데도 술피키우스는 여기에 없습니다! 왜 그자가 여기에 없습니까? 여러분은 진정으로 그가 죽을까봐 겁을 낸다고 생각하십니까? 만일 그렇다면, 로마 인민 여러분, 그것은 그자가 자신의 행위가 불법적인 반역 행위임을 스스로 알기 때문입니다. 하지만 저는 일단 그에게 무죄 추정의 원칙을 적용하고, 그가 오늘 이곳에 자리해주기를 간절히 바랐습니다!"

또다시 연설을 끊을 시점이 왔다. 군중 사이를 살펴보며 술피키우스가 이 자리에 참석해 있기를 몹시 바라는 시늉을 해 보일 시점. 술라가 양손을 입가에 대고 외쳤다. "호민관 푸블리우스 술피키우스! 여기 나와서 내게 답하시오!"

아무도 나오지 않았다.

"로마 인민 여러분, 술피키우스는 없습니다. 그는 도망쳤습니다. 그가 여러분을 기만한 것처럼 지금껏 그를 기만해온 사람, 가이우스 마리우스와 함께!" 술라가 외쳤다.

갑자기 군중이 동요하며 웅성거렸다. 로마의 인민에게 그 이름은 비난조로 언급되어선 안 될 단 하나의 이름이었다.

"네, 압니다." 술라는 자신의 말이 바깥쪽까지 정확히 전달되도록 천천히 신중하게 말했다. "가이우스 마리우스는 우리의 영웅입니다. 가이우스 마리우스는 누미디아의 유구르타로부터 로마를 구했습니다. 가이우스 마리우스는 게르만족으로부터 로마와 로마 치하의 세상을 구했습니다. 가이우스 마리우스는 카파도키아에 가서 혼자 힘으로 미트리다테스 왕을 자기 나라에 돌려보냈습니다. 이건 여러분이 미처 몰랐던 사실이지요, 그렇지 않습니까? 하지만 저는 오늘 여기서 가이우스 마리우스의 또다른 위대한 행적 역시 기꺼이 소개할 것입니다! 가이우스 마리우스의 위대한 행적은 미처 다 알려지지 않았습니다. 저는 그분의 행적을 모두 잘 압니다. 그분이 유구르타와 게르만족을 물리치는 동안 그분의 충성스러운 보좌관이었으니까요. 저는 그분의 오른팔이었습니다. 누군가의 오른팔인 자들은 사람들에게 알려지지 않는, 명성을 얻지 못하는 운명입니다. 그리고 저는 그분의 빛나는 명성에 털끝만큼도 유감을 품고 있지 않습니다. 그분은 그럴 자격이 있으니까요! 그러나 저 역시 로마의 충직한 종복입니다. 저 역시 동방에 가서 혼자 힘으로 미트리다테스 왕을 자기 나라로 돌려보냈습니다. 저는 로마 군대를 이끌고 에우프라테스 강을 건너 미지의 땅을 밟은 최초의 로마인입니다."

술라는 다시 한번 말을 끊었다. 그는 군중이 잠잠해지는 것을 기쁜 마음으로 지켜보았다. 그는 자신의 확고한 열의가 군중을 설득해낸 것이 기뻤다.

"저는 지금까지 가이우스 마리우스에게 오른팔이자 벗이었습니다. 그분의 처제였던 제 아내와 사별하기까지 저는 수년간 그분과 동서지간으로 지냈습니다. 저는 전처와 이혼하지 않았습니다. 그분과 저 사이에는 어떠한 종류의 반목도 없었습니다. 그분의 아들과 제 딸은 사촌지간입니다. 수일 전 푸블리우스 술피키우스의 심복들이 앞날이 창창한 명문가 자제들을 수없이 살해한 날, 제 동료 퀸투스 폼페이우스의 아들도 세상을 떠났습니다. 그 젊은이는 제 사위이자 가이우스 마리우스에겐 처조카의 남편이었습니다. 그날 저는 죽음을 피해 포룸 로마눔에서 도망쳐야 했습니다. 그런데 제가 그날 목숨을 지키기 위해 찾아간 곳은 어디였을까요? 네, 저는 가이우스 마리우스의 집으로 갔고 그분은 저를 숨겨주셨습니다."

그래, 군중은 확실히 진정되었다. 그는 가이우스 마리우스라는 민감한 주제를 적절하게 이끌어냈다.

"가이우스 마리우스가 마르시족을 상대로 대승을 거두었을 때도 저는 또다시 그분의 오른팔 역할을 했습니다. 그리고 삼니움족 손에 죽을 위기에 처한 제 군대, 지금 제가 로마에 데리고 들어온 바로 그 군대를 구하고 풀잎관을 받았을 때, 가이우스 마리우스는 제가, 지금까지 공로를 인정받지 못했던 자신의 부관이 마침내 전장에서 명성을 얻은 것을 크게 기뻐했습니다. 쓰러뜨린 적군의 규모와 의미를 따져볼 때 그분이 거둔 승리보다 제가 거둔 승리가 훨씬 더 컸지만, 그분이 그런 것을 마음에 두셨을 것 같습니까? 당연히 아닙니다! 그분은 저를 위해 기뻐하셨습니다! 그분은 제가 집정관으로 취임하던 날 원로원에 다시 모습을 드러내지 않으셨습니까? 그분이 자리해주신 덕분에 저의 자리가 더욱 빛나지 않았습니까?"

청중은 이제 완전히 몰입해 있었다. 모두가 조용했다. 술라는 결론을 향해 달려나갔다.

"하지만 로마 인민 여러분, 여러분과 저, 그리고 가이우스 마리우스를 비롯한 우리 모두는 때론 달갑지 않은 사실을 직시해야 합니다. 그러한 사실로 가이우스 마리우스에 관한 것이 있습니다. 이제 그분은 다른 나라를 상대로 한 대규모 전쟁을 지휘하기에 충분히 젊지도, 건강하지도 않습니다. 그분은 정신에 손상을 입었습니다. 여러분 모두 알다시피, 그분의 정신은 신체와 달리 회복되지 못하고 있습니다. 여러분은 지난 2년간 그분이 열심히 걷고 수영하고 운동하여 그분의 신체가 심각한 상태에서 회복된 것을 보셨지만, 그분의 그러한 노력이 정신까지 되돌려놓지는 못했습니다. 저는 요 근래 그분의 처신이 바로 정신적 질병 탓이라고 생각합니다. 저는 도가 지나쳤던 그분의 행동들을 그분에 대한 제 애정으로 기꺼이 용서하려 합니다. 여러분도 그래야 합니다. 로마는 큰불을 겪었고, 그로 인한 여파가 채 가시지 않은 상황에서 더 큰불을 맞았습니다. 게르만족보다 훨씬 더 크고 훨씬 더 위험한 이 세력은 어느 동방의 왕이라는 모습으로 우리에게 다가오고 있습니다. 그의 군대는 제대로 훈련받았고 제대로 군장을 갖추었으며 병사의 수가 수십만에 이릅니다. 그의 함대에는 갑판식 전투용 갤리선이 수백 척입니다. 그는 로마가 이제껏 감싸고 보호한 다른 나라 인민들로부터 지지를 이끌어냈습니다. 그들은 이제 우리 로마의 보호를 사양하겠답니다. 로마 인민 여러분, 그런데 제가 어찌 가만있을 수 있습니까? 여러분이 이러한 상황을 잘 알지 못한 채 이 전쟁의 지휘권을 저, 그러니까 인생의 절정기에 있는 저로부터 빼앗아 이제 인생의 절정기를 지난 그분께 가져다주려는데 말입니다!"

평소 대중 연설을 좋아하지 않았기에 그는 바짝 긴장해 있었다. 하지만 포고관들이 자신의 말을 끝까지 전달하도록 또 한 차례 기다리는 동안 그는 마치 목이 타지 않은 척, 양 무릎이 떨리지 않는 척, 군중이 어떻게 반응하든 상관하지 않는 척하며 서 있었다.

"로마 인민 여러분, 설령 제가 합법적으로 부여받은 폰토스의 미트리다테스 왕과의 전쟁 지휘권을 가이우스 마리우스를 위해 기꺼이 포기하려 했더라도, 제 휘하의 5개 군단은 그것을 받아들일 수 없었을 겁니다. 제가 이 자리에 서 있는 것은 법에 따라 선출된 수석 집정관으로서만이 아닙니다. 법에 따라 임명된 로마 군인들의 대표로서이기도 합니다. 그들이 로마로 진군할 것을 택했습니다. 로마를 장악하려는 게 아닙니다! 로마인들을 적으로 돌리려는 게 아닙니다! 한때 우리의 영웅이었던 병든 노인의 선동으로 인해 저보다 훨씬 더 현란한 혀가 민회에서 끌어낼 수 있었던 부당한 법에 대해, 그들이 어떻게 느끼는지 로마의 인민 여러분께 보여주기 위해서였습니다. 하지만 제 군인들은 미처 여러분을 만나볼 기회를 갖기도 전에, 그들이 로마에 평화롭게 입장하는 것을 거부하는 무장 깡패들과 맞서야만 했습니다. 바로 가이우스 마리우스와 푸블리우스 술피키우스가 노예와 해방노예 사이에서 모아온 무장 깡패들이었습니다. 그러니까 제 군인들의 입장을 거부한 자들은 분명, 존경하는 로마 시민들이 아니었습니다. 존경하는 로마 시민들께서는 저와 제 병사들의 의사에 귀기울이고자 오늘 여기 모여 계시지요. 저와 제 병사들이 청하는 것은 오직 하나입니다. 우리에게 법적으로 타당하게 주어진 임무, 바로 미트리다테스 왕과의 전쟁을 저희가 수행하도록 허락해달라는 것입니다."

술라는 숨을 깊게 들이마신 뒤, 집합 나팔 소리처럼 크고 요란한 목소리로 외쳤다.

"제가 동방으로 가겠다 함은, 제 자신이 누구보다 건강함을 알기 때문입니다. 제가 과거에 뇌졸중을 앓은 적이 없음을 스스로 알기 때문입니다. 로마가 반드시 쟁취해야 하는 그것을 로마에 줘야 할 자리에 있음을 스스로 알기 때문입니다. 그것은 바로 다른 나라의 사악한 군주로부터의 승리입니다! 로마의 왕이 되려 하는 자, 무려 8만 명에 이르는 우리의 남녀와 아이 들이 그들을 수호하는 신들을 향해 울부짖으며 제단에 매달릴 때 가차 없이 그들의 목숨을 앗아간 자! 제 지휘권은 전적으로 법에 따라 주어졌습니다. 다시 말해, 로마의 신들은 이 과업을 바로 저에게 부여했습니다. 로마의 신들은 바로 저에게 그들의 신뢰를 걸었습니다."

그가 이겼다. 훨씬 더 대단한 웅변가인 최고신관 스카이볼라에게 자리를 내주기 위해 옆으로 물러서는 순간 술라는 자신이 이겼음을 알았다. 은으로 된 혀와 금으로 된 목청을 지닌 자에게 잠시나마 현혹되었지만 로마 시민들은 분명 사고가 정상적이고 분별력이 있었으며, 강제적으로뿐만 아니라 이성적으로 설득할 때도 상식을 이해하는 사람들이었다.

"루키우스 코르넬리우스, 다른 방법을 찾아냈더라면 더 좋았겠단 바람은 있지만, 나는 당신을 지지해야겠소." 마침내 집회가 해산한 뒤 카툴루스 카이사르가 술라에게 말했다.

"다른 방법이 있었습니까?" 안토니우스 오라토르가 따졌다. "말씀해보십시오, 퀸투스 루타티우스! 다른 방법을 제시해보십시오!"

그 질문에 답한 사람은 아우 루키우스 카이사르였다. "한 가지 예를 들자면 캄파니아에서 군단을 데리고 머무르며 지휘권 포기를 거부하는 방법이 있었겠지요."

감찰관 크라수스가 코웃음 쳤다. "아, 그렇군요! 그러다 술피키우스와 마리우스가 이탈리아에서 나머지 군단들을 결집하면 어떻게 됐겠습니까? 그러다 어느 쪽도 물러서지 않으면, 그땐 이탈리아인들과의 전쟁이 아닌 진짜 내전이 벌어졌을 겁니다! 루키우스 코르넬리우스는 로마에 군대를 데려옴으로써 최소한 로마인들 사이에 무장 충돌이 발생하는 상황만큼은 방지한 겁니다. 로마에 주둔해 있는 군단이 없다는 바로 그 사실이 그에게 가장 확실한 성공을 담보한 것이지요!"

"옳은 말씀입니다, 푸블리우스 리키니우스." 안토니우스 오라토르가 말했다.

그 문제는 그렇게 남겨졌다. 술라가 택한 방식을 모두가 개탄했지만, 아무도 대안을 생각해내지 못했다.

술라와 원로원 지도급 인사들은 그뒤로 열흘 이상 날마다 포룸 로마눔에서 연설하며 서서히 인민을 자기들 편으로 끌어들였다. 그들은 이 악착스러운 작전을 통해 술피키우스를 폄하하고, 마리우스는 지금 가진 월계관에 만족해야 할 병든 노인네라며 살살 깎아내렸다.

약탈죄를 즉결 처형으로 다스린 그날 이후 술라의 군단은 흠 잡을 데 없이 처신했고, 어느덧 여러 주민들에게 사랑받는 존재가 되었다. 종종 먹을 것이나 호의 어린 선물을 받기도 했는데, 특히 그들이 바로 그 놀라의 전설적인 군대이며 이탈리아 전쟁을 승리로 이끈 진짜 군대라는 소문이 주민들 사이에 퍼지고 난 후엔 더욱 그러했다. 술라는 군량 지급이 로마 시의 식량 공급에 부담이 되지 않도록 조심을 기했지만, 주민들이 베푸는 선심만큼은 병사들이 알아서 하게 내버려두었다. 하지만 주민 일부는 병사들을 회의적인 시선으로 보면서 이들이 자의로 로마에 진군해 들어왔다는 사실을 기억했다. 그러니 저들의 장군이 포룸 로마눔에서 아무리 번지르르한 말을 내세운다 해도, 자칫 민간인들이 군인들에게 수틀리게 나오면 언제든 대량 학살이 벌어질지도 모를 일이었다. 어쨌든 저 장군은 군인들을 캄파니아로 돌려보내지 않았다. 그는 군인들을 로마에 두었다. 어떠한 경우라도 군대를 쓰길 거부할 자가 취할 태도는 아니다.

"저는 인민을 신뢰하지 않습니다." 술라가 이제 너무 축소되어 지도급밖에 남지 않은 원로원에 대고 말했다. "제가 안전하게 바다 너머로 가면 곧장 또다른 술피키우스가 등장할 공산이 큽니다. 그런 일이 아예 불가능하게 새 법안을 통과시킬 생각입니다."

술라가 로마에 들어간 것은 11월의 이두스였다. 대규모 법제 개혁을 시작하기에는 자칫 위험할 만큼 늦은 시기였다. 카이킬리우스 · 디디우스법에 의거해, 집회에서 새 법안을 발표한 후에는 해당 법안을 비준하기까지 장날이 세 번 지나야 했다. 술라가 소기의 목적을 달성하기 전에 집정관 임기가 끝나버릴 가능성이 컸다. 설상가상으로, 또다른 카이킬리우스 · 디디우스법은 상호 무관한 여러 사안을 단일 법안에 포함시키는 것을 금지했다. 법제 개혁을 제때 완료하기 위해 술라에게 법적으로 가능한 유일한 방법은, 가장 위험한 과정을 거치는 것이었다. 즉 집회에서 전 인민 앞에 새 법안들을 소개하고 토론하는 절차를 거치는 것. 그러면 술라가 애초 이 법안을 설계한 궁극적인 목적이 모두에게 노출될 것이었다.

술라의 딜레마를 풀어준 사람은 카이사르 스트라보였다. "간단합니다." 이름처럼 사팔뜨기인 그가 말했다. "법안 하나를 더 만들어서 그걸 먼저 공포하세요. 당신 법안에 대해서만 카이킬리우스 · 디디우스 프리마법의 의무조항을 면제시켜주는 법안 말입니다."

"민회에서 절대 통과시켜주지 않을 겁니다." 술라가 말했다.

"아, 통과시킬 겁니다. 군인들이 많이 보이면 말입니다!" 카이사르 스트라보가 쾌활하게 말했다.

카이사르 스트라보의 말은 적중했다. 술라가 트리부스회(평민뿐만 아니라 파트리키도 참석했다)를 소집하고 보니 아주 기꺼이 법을 제정하려는 분위기가 느껴졌다. 따라서 술라의 법안에 대해서만 카이킬리우스 · 디디우스 프리마법의 의무조항을 면제시키는 법안이 트리부스회에 제출되었다. 이 법은 해당 법안 자체에도 적용되었기 때문에, 술라가 준비한 법제 개혁의 첫번째인 이 코르넬리우스법은 공포된 그날 바로 통과되었다. 때는 11월 말로 접어들고 있었다.

하나씩 하나씩 총 여섯 개의 추가 법안이 제출되었다. 술라는 법안 소개 순서를 짜는 데 굉장히 공을 들였다. 인민이 술라의 의도를 눈치채고 상황을 뒤집기 전에 이 일을 완성하는 것이 필수였다. 그리고 이 모든 과정에서 술라는 군인과 주민 간의 갈등이 아주 조그마한 기미조차 나타나지 않도록 혼신의 힘을 기울였다. 그는 군인들 때문에 인민이 자신을 불신하고 있음을 잘 알았다.

하지만 술라는 인민의 애정 따위에는 추호의 관심도 없었다. 단지 인민이 자기에게 복종하는 것만이 중요했다. 따라서 그는 로마 내에서 입소문 작전을 벌이는 것도 나쁘지 않다고 판단했다. 술라의 법안들이 통과되지 않으면 로마는 후대에 길이길이 기억될 학살극을 보게 된다는 소문. 술라 자신의 목이 걸려 있는 이상 무엇도 그를 막지 못할 것이었다. 인민이 들은 대로 고분고분 따르기만 한다면 그를 맹렬히 증오하든 말든 순전히 그들 자유였다. 그 또한 인민을 맹렬히 증오하게 된 터였다. 물론 술라는 학살극을 절대 용납하지 않을 것이다. 만에 하나 그러한 사태가 실제로 벌어진다면 그의 정치 인생은 영원히 끝나버릴 테니까. 그러나 공포의 작동원리를 잘 아는 술라는 학살극 따위는 없을 것임을 알았다. 그리고 그가 옳았다.

두번째 코르넬리우스 법안은 별다른 악의가 없어 보였다. 현재 40명만 있는 원로원에 300명을 충원한다는 내용이었다. 과거에 퇴출되었거나 추방된 의원을 복귀시키는 법안에 따라붙는 오명을 피하기 위해 술라는 문구를 고심하여 작성했다. 신임 의원들은 감찰관에 의해 통상적인 방식으로 지명된다고 명시했을 뿐, 부채 문제로 퇴출된 의원을 재임명하라는 지시는 전혀 없었다. 퇴출 의원들의 빚을 해결해주기 위한 자금이 이탈리아 전쟁 때 카푸아에서처럼 카툴루스 카이사르의 관리하에 잘 운영되었기 때문에, 감찰관들이 퇴출 의원들을 복귀시키는 데는 아무런 장애가 없을 것이었다. 원로원은 또한 지난 전쟁에서 너무 많은 의원들이 사망함에 따라 입은 타격으로부터도 드디어 벗어날 수 있었다. 감찰관들에게 압박을 가하는 임무를 비공식적으로 카툴루스 카이사르가 맡았으니, 원로원은 조만간 전과 같은 위세를 되찾을 것으로 술라는 확신했다. 카툴루스 카이사르는 만만치 않은 사내였으니까.

세번째 코르넬리우스 법안부터 술라의 살기등등한 주먹이 서서히 모습을 드러냈다. 이 법안으로 무려 200년 전부터 존립해온 호르텐시우스법이 폐기되었다. 술라의 새 법에 따라 트리부스회와 평민회에 제출되는 모든 문서는 사전에 반드시 원로원의 승인을 받아야 했다. 호민관뿐만 아니라 집정관이나 법무관에게도 재갈을 물리는 조처였다. 만일 원로원에서 원로원 결의를 내주지 않으면 평민회와 트리부스회 둘다 법 제정이 불가능했다. 트리부스회나 평민회가 원로원 결의의 문구를 수정하는 것 역시 불가능했다.

네번째 코르넬리우스 법안은 원로원 결의 형식으로 원로원에서 트리부스회에 내려왔다. 공화정 초기 백인조회에 가해진 변경 조치를 전부 폐지함으로써 최고 회의체로서 백인조회의 무게감을 더욱 강화하는 법안이었다. 이제 백인조회는 세르비우스 툴리우스 왕 집권기의 형태를 회복했다. 백인조회의 투표권 중 1계급에 할당된 비율이 전체 투표권의 절반에 이를 정도로 불공정하던 시절이었다. 술라의 새 법에 따라 원로원과 기사들은 과거 왕정 때만큼이나 강력한 권력을 거머쥐게 되었다.

다섯번째 코르넬리우스 법안에서 술라는 검을 꺼내고 임전 태세를 갖췄다. 트리부스회에서 발의·통과되는 마지막 법안이었다. 앞으로 트리부스회와 평민회에서는 법안 관련 토론이나 표결이 있을 수 없었다. 모든 법안은 술라의 새로운 최고 의결 기관인 백인조회에서 토론을 거쳐 통과될 것이었다. 원로원과 기사계급은 백인조회의 모든 것을 완벽하게 통제할 수 있었다. 특히 그들이 하나로 똘똘 뭉칠 때는 더더욱. 그들이 어떤 급진적 변화에 직면했을 때 또는 낮은 계급에의 특권 부여에 맞설 때 늘 그래온 것처럼. 이제 트리부스회에서건 평민회에서건 트리부스는 힘이 없었다. 트리부스회는 이것이 스스로에 대한 사형선고임을 알면서도 결국 다섯번째 코르넬리우스 법안을 통과시켰다. 이제 트리부스회는 일부 정무관을 선출하는 것 외에 아무것도 할 수 없었다. 트리부스회나 평민회에서 재판을 열기 위해서는 일단 법안이 통과되어야 했으니까.

술피키우스가 통과시킨 법들은 아직 모두 존재했고, 명목상으로는 유효했다. 하지만 무슨 소용인가? 이탈리아와 이탈리아 갈리아의 새 시민권자들과 두 수도 트리부스의 해방노예 시민권자들이 전체 서른다섯 개 트리부스에 나뉘어 소속된들 그게 무슨 의미인가? 트리부스회나 평민회는 법안을 통과시킬 수도 재판을 열 수도 없었다.

그러나 술라의 새 법에도 허점이 있었다. 술라도 이를 잘 알았다. 당장 동방으로 떠나고 싶어 안달하지만 않았다면 그 허점을 메울 방안을 찾아낼 수도 있겠지만, 어쨌든 그것은 남은 임기 동안 해낼 수 있는 일이 아니었다. 바로 호민관 문제였다. 술라는 어찌어찌해서 그들의 이빨을 제거했다. 덕분에 호민관들은 이제부터 법을 제정할 수도, 누군가를 재판에 세울 수도 없었다. 하나 술라는 그들의 발톱까지 뽑아내진 못했다. 그리고 그 발톱의 위력이란! 호민관은 이 관직이 처음 창설되었을 때 평민들이 그들에게 준 권한을 여전히 보유했다. 그중 하나가 거부권이었다. 술라는 법안을 제정할 때 정무관 직 그 자체를 겨냥하지 않기 위해 세심한 주의를 기울였다. 그는 대신 정무관이 활동하는 각 기관을 저격했다. 원론적으로 그는 공공연한 반역 행위를 하지 않은 것이다. 하지만 호민관으로부터 거부권을 박탈하는 것은 직접적인 반역 행위일 수 있다. 다시 말해 모스 마이오룸에 대놓고 역행하는 것으로 해석될 수 있었다. 호민관의 권한은 공화정의 역사만큼 오래된 것이다. 그것은 신성불가침 영역이었다.

이렇게 해서 법제 개혁이 완결되었다. 인민이 일이 돌아가는 모양새를 관망하는 데 익숙한 장소인 포룸 로마눔에서가 아니었다. 여섯번째와 일곱번째 코르넬리우스 법안은 마르스 평원에서, 이곳에 주둔한 술라의 군인들에게 둘러싸인 백인조회에 제출되었다.

여섯번째 법안은 술라가 포룸 로마눔에서는 내놓기 어려운 내용이었다. 법에 따라 종교적 휴일로 선포되었던 기간 동안 폭력을 동원해 통과된 술피키우스법을 전부 폐기한다는 내용이었던 것이다.

마지막 일곱번째 법안 통과는 사실상 재판 절차였다. 스무 명이 반역죄로 기소되었다. 사투르니누스 때처럼 새로운 반역죄를 적용한 것이 아니었다. 역사가 훨씬 길고 더욱 엄격한 백인조회 방식의 반역죄인 페르두엘리오 반역죄였다. 가이우스 마리우스, 젊은 마리우스, 푸블리우스 술피키우스 루푸스, 수도 담당 법무관 마르쿠스 유니우스 브루투스, 푸블리우스 코르넬리우스 케테구스, 그라니우스 형제, 푸블리우스 알비노바누스, 마르쿠스 라이토리우스, 그 외 열한 명이 죄인으로 거명되었다. 백인조회는 그들 모두에게 유죄판결을 내렸다. 페르두엘리오 반역죄가 확정되면 사형이었다. 백인조회에서 추방은 벌로서 충분치 않았다. 더욱이 페르두엘리오 죄인은 체포되면 형식적 절차 없이 곧바로 처형될 수 있었다.

동료들과 원로원의 지도급 인사들 모두 술라에게 반대하지 않았다. 단 한 명의 예외가 있었으니 바로 차석 집정관이었다. 폼페이우스 루푸스는 나날이 침울해졌고, 결국 어느 날 생기 없는 목소리로 자기는 마리우스나 술피키우스 같은 자들의 처형을 지지할 수 없다고 말하기에 이르렀다.

물론 술피키우스는 반드시 없애야 했지만, 마리우스만큼은 술라도 진짜로 처형할 생각이 없었다. 술라는 처음에 폼페이우스 루푸스를 기분좋게 해서 우울에서 빠져나오게 하려고 애썼다. 그것이 통하지 않자 술피키우스의 폭도들 손에 죽은 그의 아들을 자꾸 입에 올렸다. 하지만 술라가 열심히 얘기하면 할수록 폼페이우스 루푸스는 더욱더 완고해졌다. 트리부스회와 평민회를 무력화할 법을 만드느라 눈코 뜰 새 없는 권력층에 균열이 드러나선 절대로 안 되었다. 따라서 술라는 폼페이우스 루푸스를 로마로부터, 그리고 그자의 예민한 감수성을 그토록 손상시킨 저 군인들이 보이지 않는 곳으로 치워버리기로 결정했다.

술라의 내면에 일어나고 있던 가장 흥미진진한 변화는 그가 최초로 경험하게 된 절대 권력과 관계가 있었다. 술라는 이 변화를 있는 그대로 수긍하고 만끽했으며 소중히 여겼다. 말하자면 그는 전처럼 살인이라는 수단에 기대기보다 사람들을 파괴하는 법률을 제정함으로써 훨씬 더 큰 만족감을 느꼈고 내면의 고통으로부터도 더 쉽게 해방될 수 있었던 것이다. 국가를 조종해 마리우스를 파괴하는 것은 가장 느린 독약 한 봉을 그에게 투여하는 것보다, 그가 죽어갈 때 손을 붙들고 앉아 지켜보는 것보다 무한정 더 즐거운 일이었다. 국정 운영의 이러한 새로운 측면은 술라로 하여금 세상을 다른 차원에서 보게 했다. 이제 그는 저 고상하고 예외적인 높이까지 쏘아올려져, 거기서 저 아래 혼이 빠지도록 뱅글뱅글 도는 자신의 꼭두각시들을 내려다보고 있었다. 윤리적 제약이나 도덕으로부터 일체 자유로운 올림포스의 신.

그리하여 술라는 폼페이우스 루푸스를 아주 새롭고 교묘한 방법으로 처리할 계획을 세웠다. 지력만 동원하면 되며 걱정을 훨씬 덜 수 있는 방법이었다. 나 대신 남을 시켜 죽일 수 있는데 무엇하러 살인하다 들킬 위험을 감수하는가?

"이보게, 퀸투스 폼페이우스, 자네 전장에서 한동안 지내다 오게." 술라가 차석 집정관에게 진정 어린 따뜻한 목소리로 말했다. "아들을 떠나보낸 뒤로 늘 뿌루퉁해 있고 사소한 일에도 언짢아하지 않나. 자네는 우리가 국정 운영이라는 공동의 베틀로 함께 잣는 거대한 무늬를 한걸음 뒤로 물러서서 이성적으로 바라볼 능력을 잃어버린 것 같아. 요즘 아주 사소한 일에도 낙담하지 않나! 그렇다고 휴식이 답이 될 것 같진 않아. 한동안 일에 푹 빠져서 시간을 보내보게."

힘 빠진 두 눈이 술라를 바라보았다. 진심에서 우러나오는 크나큰 애정이 담겨 있었다. 집정관으로서의 임기를 역사에 남을 걸출한 인물과 함께했음을 어찌 감사히 여기지 않을 수 있을까? 두 사람이 처음 동지로서 연을 맺을 때 이 모든 것을 그 누가 짐작했을까? "자네 말이 옳다는 걸 아네, 루키우스 코르넬리우스." 폼페이우스 루푸스가 말했다. "자네 말이 다 맞을 거야. 하지만 나로서는 지금까지 벌어진 일을 받아들이기가 몹시 힘들어. 지금 벌어지고 있는 일들 역시. 자네가 보기에 내가 맡아서 도움이 될 만한 일이 있다면 기꺼이 맡겠네."

"자네가 할 굉장히 중요한 일이 있네. 집정관만 할 수 있는 일이지." 술라가 간절한 표정으로 말했다.

"무엇인가?"

"폼페이우스 스트라보의 군 지휘권을 넘겨받아주게."

불쾌한 전율이 차석 집정관을 휘감았다. 그는 몹시 불안한 표정으로 술라를 쳐다봤다. "폼페이우스 스트라보도 자네만큼 지휘권을 잃고 싶지 않아할 텐데!"

"이보게, 퀸투스 폼페이우스, 그 반대일세. 지난번에 폼페이우스 스트라보가 내게 서한을 보내왔어. 지휘권을 다른 사람한테 넘길 수 없느냐고 물으면서 자네 이름을 구체적으로 거론하더군. 같은 피케눔 출신이라는 둥, 갖가지 이유를 대면서 말일세. 폼페이우스 스트라보의 병사들은 피케눔 출신이 아닌 지휘관은 반기지 않을 테니까." 술라의 말을 듣고 차석 집정관의 얼굴에 화색이 돌았다. "막상 가보면 병사들 제대 처리가 제일 중요할 거야. 북쪽 서항군들은 이제 다 끝났으니 위쪽에 군대를 더 둘 필요가 없고, 로마는 지금 병사들에게 계속 급료를 지급할 형편이 절대 못 되니까." 술라가 자못 심각한 표정을 지었다. "그렇다고 자네를 한직으로 보내는 건 아닐세, 퀸투스 폼페이우스. 나는 폼페이우스 스트라보가 갑자기 지휘관 교체를 원하는 이유를 알아. 자기 병사들을 자기가 직접 제대시켰다는 오명을 피하고 싶은 걸세. 그러니다른 폼페이우스에게 그 일을 시키려는 것이지!"

"그런 건 개의치 않네, 루키우스 코르넬리우스." 폼페이우스 루푸스가 어깨를 폈다. "고맙게 그 일을 맡겠네."

다음날 원로원은 나이우스 폼페이우스 스트라보의 지휘권을 해제하고 그 지휘권을 퀸투스 폼페이우스 루푸스에게 부여하는 내용의 원로원 결의를 발표했다. 폼페이우스 루푸스는 곧장 로마를 떠났다. 그는 유죄판결을 받은 도피자들이 아직 체포되지 않았다는 사실에 안도했다. 자신은 어쨌거나 이 극악한 사태로 인한 오명을 피할 수 있다.

"직접 전령 역할까지 해주게나." 술라가 원로원의 명령 서한을 건네며 말했다. "그리고 간단한 부탁 하나만 하지. 폼페이우스 스트라보에게 원로원 문서를 건네기에 앞서 내 편지를 먼저 읽으라고 해주게."

당시 폼페이우스 스트라보는 움브리아에서 수하 군단들과 함께 머무르며 아리미눔 외곽에 진지를 치고 있었다. 차석 집정관은 플라미니우스 가도를 이용해 이동했다. 아펜니누스 산맥이 아시시움과 칼레스 양쪽으로 나뉘는 분기점을 가로질러 가는 거대한 북로였다. 아직은 겨울이 아니었지만 높은 고도에서의 날씨는 얼 듯이 추웠다. 폼페이우스 루푸스는 이륜 유개마차 안에 따뜻하게 앉아서 갔고 노새가 끄는 수레에 짐도 충분히 실었다. 군사 임무에 파견되어 가는 것을 알았기에 호위대로 데려가는 무리는 릭토르들과 개인 노예 몇이 다였다. 플라미니우스 가도는 고향집으로 가는 길이어서 가는 도중에 여관을 이용할 필요가 없었다. 도중에 나오는 대저택의 주인들이 다 아는 사람이었기 때문에 그들 저택에 머무르면 되었다.

아시시움에서 폼페이우스 루푸스를 재워주게 된 그의 오랜 지인은 방 상태가 좋지 않다며 송구스러워했다.

"시절이 전 같지 않아, 퀸투스 폼페이우스!" 지인이 한숨을 내쉬었다. "어쩔 수 없이 가재도구를 왕창 내다팔았어! 게다가 지금도 걱정거리가 끊이지 않는데 그것도 부족한지, 집에 쥐떼가 들이닥쳤네!"

그리하여 폼페이우스 루푸스가 자러 들어간 방은 예전 기억처럼 화려한 가구로 장식되어 있지 않았다. 지나가던 군인들이 땔감으로 쓰려고 창의 덧문을 떼어가버린 탓에 옛날보다 훨씬 더 추웠다. 그는 오랜 시간 잠들지 못하고 쥐들이 후다닥 달리는 소리, 찍찍 우는 소리를 들으며 로마에서 벌어지고 있는 일들을 생각했다. 루키우스 코르넬리우스가 선을 너무 많이 넘었다는 느낌을 피할 수 없어 문득 두려움이 차올랐다. 넘어도 너무 넘었다. 훗날 보복이 있을 것이다. 호민관들이 수세대에 걸쳐 포룸 로마눔을 들락거렸는데, 술라가 평민들에게 준 모욕을 그들이 그냥 참고 넘어갈 리가 없어. 수석 집정관이 무사히 바다를 건너가자마자 그가 만든 법은 죄다 흔들리겠지. 그리고 그 책임을 나, 퀸투스 폼페이우스 루푸스 같은 사람들이 온통 다 뒤집어쓰고 기소당할 거야.

새벽이 되자, 얼음처럼 차가운 공기 속으로 하얀 입김을 피워 올리며 폼페이우스 루푸스는 자리에서 일어나 옷가지를 찾았다. 추위에 몸이 떨리고 이가 딱딱 부딪혔다. 허리에서 무릎까지 닿는 반바지와 따뜻한 긴팔 셔츠를 입고 아랫단을 반바지 안으로 정리해 넣은 뒤 그 위로 따뜻한 튜닉 두 장을 겹쳐 입었다. 이제 때가 낀 기다란 양모 양말을 양발에 끼워 무릎까지 끌어올릴 차례였다.

하지만 침대 끄트머리에 걸터앉아 손에 든 양말을 신으려 했을 때 그는 냄새가 진동하는 양말 두 쪽의 끝을 쥐들이 밤새 갉아먹어 구멍을 내버린 사실을 발견했다. 순간 소름이 돋은 그는 덧문 없는 창으로 새어들어오는 뿌연 회색빛에 양말을 비추고 공포에 질려 멍하니 그것들을 쳐다보았다. 그는 미신을 믿는 피케눔 사람이었기에 이것이 의미하는 바를 잘 알았다. 쥐는 죽음의 전령이다. 그런 쥐가 그의 양말을 뜯어먹었다. 그는 쓰러질 것이다. 그는 죽을 것이다. 이것은 예시다.

몸종은 침대 맡에 조각상처럼 미동도 소리도 없이 앉아 있는 폼페이우스 루푸스를 보고 놀랐다. 그는 새 양말 한 켤레를 들고 와서 무릎을 꿇고 폼페이우스 루푸스의 다리에 부드럽게 신겨주었다. 몸종 또한 이 징조에 대해 잘 알았고 그것이 진실이 아니기를 기도했다.

"주인어른, 전혀 걱정하실 일이 아닙니다."

"난 죽을 거야." 폼페이우스 루푸스가 말했다.

"그럴 리가요!" 몸종은 주인이 일어서도록 도와주며 푸근한 목소리로 말했다. "저는 그리스인입니다! 지하세계의 신들에 대해 로마인들보다 더 잘 알지요! 아폴론 스민테우스는 생명과 빛과 치유의 신이고 쥐는 아폴론 스민테우스 신에게 신성한 존재입니다! 아니요, 이것은 주인님께서 북쪽 문제를 해결할 징조입니다."

"이건 내가 죽을 징조야." 폼페이우스 루푸스가 말했다. 그는 이 해석에서 한 걸음도 물러서지 않았다.

사흘 후, 자신의 운명을 어느 정도 받아들인 폼페이우스 루푸스는 폼페이우스 스트라보의 병영에 도착했다. 그의 먼 친척인 폼페이우스 스트라보는 어느 대규모 농장 땅에서 지내고 있었다.

"이것참, 깜짝 놀랐습니다!" 폼페이우스 스트라보가 친근하게 오른손을 내밀며 말했다. "들어와요, 들어와!"

"서한을 두 통 가져왔습니다." 폼페이우스 루푸스가 의자에 앉아 포도주를 받아들고 말했다. 로마를 떠나온 이래 처음 맛보는 최상급 포도주였다. 그는 작은 두루마리 두 개를 폼페이우스 스트라보 앞으로 내밀었다. "루키우스 코르넬리우스가 자기 편지를 먼저 읽어달라고 부탁하더군요. 다른 하나는 원로원 문서입니다."

차석 집정관이 원로원을 언급하자 순간 폼페이우스 스트라보의 안색이 살짝 바뀌었다. 하지만 그는 아무 말도 하지 않았고 속내가 드러날 표정도 짓지 않았다. 그는 술라의 인장을 뜯었다.

나이우스 폼페이우스, 원로원에서의 내 의무에 따라 이런 상황에서 부득이 당신 친척 루푸스를 당신에게 보내야 하는 것이 나로서는 무척 곤혹스럽군요. 당신이 로마를 위해 기울여온 많은 노고에 대해 그 누구보다 감사히 여기고 있습니다. 하지만 당신이 로마를 위해 한번 더 수고해주신다면, 나는 당신에 대한 감사를 그 누구보다 마음 깊이 아로새길 것입니다. 우리 두 사람의 정치적 미래를 위해서도 상당히 중요한 의미겠지요.

당신과 나, 우리 두 사람의 동료인 퀸투스 폼페이우스는 애처롭게도 완전히 지쳐 있습니다. 내게는 사위이자 두 손주의 아비인 그의 아들이 죽은 이래 이 불쌍한 친구는 하루가 다르게 쇠약해지고 있어요. 이제는 그의 존재가 심대한 불편을 끼치고 있으니 나로서는 이제 그를 제거할 수밖에 없게 되었습니다. 아시다시피 그는 내가 보스 마이오룸을 유지하기 위해 불가피하게, 다시 말하지만 불가피하게 취한 조치들에 수긍하는 것조차 힘겨워하고 있습니다.

나이우스 폼페이우스, 내가 취한 조치들에 당신은 전적으로 찬성한다는 것을 잘 알고 있습니다. 나는 당신에게 제대로 상황을 알려주었고, 당신 또한 정기적으로 내게 소식을 보내주고 있으니까요. 내가 고민 끝에 얻은 결론은, 착한 퀸투스 폼페이우스에게는 이제 아주 긴 휴식이 긴급하고 간절하게 필요하다는 것입니다. 희망컨대 그가 이 휴식을 그곳 움브리아에서 당신과 함께 찾았으면 합니다.

내가 퀸투스 폼페이우스에게 당신이 병사들을 제대시키기 전에 지휘권을 내려놓기를 몹시 바라고 있다고 말한 것을 너그러이 용서해주길 바랍니다. 당신이 자신을 반갑게 맞아주리라는 생각이 퀸투스 폼페이우스에게 있어 마음의 부담을 크게 덜어주었으니까요.

폼페이우스 스트라보는 술라가 보낸 두루마리를 내려놓고 원로원의 공식 인장을 뜯었다. 그가 서한을 읽으며 무슨 생각을 하는지는 얼굴에 전혀 드러나지 않았다. 그는 서한의 내용을 해독하기를 마치고—술라의 편지를 읽을 때처럼, 폼페이우스 루푸스가 듣지 못하도록 목소리를 낮추고 말끝을 흐리며 읽었다—서한을 책상에 내려놓으며 폼페이우스 루푸스를 향해 밝게 미소 지었다.

"퀸투스 폼페이우스, 이렇게 와주셔서 정말 반갑소이다! 이젠 짐을 벗을 수 있어 정말로 기쁘군요."

술라가 그를 안심시켰음에도 불구하고, 울화와 좌절과 분개를 예상했던 폼페이우스 루푸스는 놀라서 입을 다물지 못했다. "그러니까 루키우스 코르넬리우스의 말이 맞았던 겁니까? 괜찮습니까? 진심으로?"

"괜찮냐고요? 괜찮지 않을 게 뭐가 있습니까? 아주 기쁩니다." 폼페이우스 스트라보가 말했다. "주머니 사정이 갈수록 나빠지고 있거든요."

"주머니 사정이요?"

"전장에 나와 있는 군단 수가 열 개입니다, 퀸투스 폼페이우스. 그들

비용의 절반 이상을 내가 대고 있어요."

"직접 말입니까?"

"뭐, 나라가 형편이 안 되니까요." 폼페이우스 스트라보가 책상에서 일어났다. "내 소속이 아닌 병사들은 이제 제대시켜야 할 때이지만 내가 직접 그 일을 하고 싶지는 않아요. 내가 좋아하는 것은 전쟁이지 서류 놀음이 아닙니다. 일단 시력이 좋질 않아요. 전에는 수하에 글을 아주 잘 쓰는 수습군관이 있긴 했는데. 글 쓰는 걸 정말 좋아하더군요! 아마 무슨 종류의 글이든 그럴 겁니다." 폼페이우스 스트라보는 폼페이우스 루푸스의 어깨에 팔을 둘렀다. "이제 가서 내 보좌관들과 군관들을 만나보십시다. 모두 내 밑에서 오랜 기간 복무한 사람들이니만큼 혹여 당신에게 불편한 내색을 내비치더라도 개의치 마십시오. 아직 내 뜻을 밝히지 않았거든요."

폼페이우스 스트라보는 브루투스 다마시푸스와 겔리우스 포플리콜라에게 소식을 전했다. 그들의 얼굴에는 폼페이우스 스트라보가 드러내지 않았던 분노와 경악이 분명하게 나타나 있었다.

"아니야, 아니야, 아주 잘된 일이야!" 폼페이우스 스트라보가 큰 소리로 외쳤다. "아버지가 아니라 다른 상관을 모셔보는 건 내 아들에게도 좋은 경험이 될 거네. 누구나 바람의 방향이 바뀌지 않으면 현실에 지나치게 안주하게 되거든. 이번 일이 모두에게 신선한 계기가 될 거야."

그날 오후 폼페이우스 스트라보는 군대를 사열하고 새 지휘관이 군대를 시찰하는 것을 허락했다.

"여기에는 4개 군단만 있습니다. 내 수하의 병사들이지요." 폼페이우스 스트라보가 폼페이우스 루푸스와 병사들을 둘러보며 말했다. "다른 6개 군단은 여기저기 흩어져 있습니다. 대부분 마무리 작업을 하거나 그냥 빈둥대고 있지요. 카메리눔, 파눔 포르투나이, 앙코나, 이구비움, 아레티움, 그리고 킹굴룸에 하나씩 있습니다. 그 병사들을 다 제대시키려면 이동을 많이 하셔야 되겠습니다. 기껏 서류나 나눠주려고 병사들을 한데 집합시킬 필요는 없으니까요."

"그런 건 상관없습니다." 폼페이우스 루푸스가 말했다. 그는 기분이 점점 나아졌다. 어쩌면 몸종의 말이 옳았을 수도 있다. 어쩌면 그 징조는 죽음을 암시한 것이 아닐지도 모른다.

그날 밤 폼페이우스 스트라보는 자신의 따뜻하고 널찍한 농가에서 작은 연회를 열었다. 이 자리에는 그의 매력적인 젊은 아들이 동석했고 다른 수습군관들, 보좌관 브루투스 다마시푸스와 겔리우스 포플리콜라와 비선출직 군관 네 명도 함께했다.

"내가 이제는 집정관이 아니어서 얼마나 다행입니까. 안 그러면 그치들을 상대하고 있어야 할 테니까요." 폼페이우스 스트라보가 선출직 군무관들을 가리켜 말했다. "듣자하니 그자들은 루키우스 코르넬리우스와 로마로 진군하길 거부했다지요. 그자들답습니다. 빙충맞은 얼간이 새끼들! 지들이 뭐 대단한 줄 알고 뱃속에 헛바람이 가득찼단 말이지."

"로마 진군 조치를 진심으로 찬성하십니까?" 폼페이우스 루푸스가 다소 의심하듯 물었다.

"당연하지요. 루키우스 코르넬리우스에게 달리 방법이 있었습니까?"

"인민의 결정을 받아들일 수도 있었지요."

"집정관의 임페리움을 위헌적으로 내동댕이치는 그 결정 말입니까? 아, 이것 보세요, 퀸투스 폼페이우스! 불법을 저지른 건 루키우스 코르넬리우스가 아니라 평민회와 그 반역자 새끼 술피키우스였다 이겁니다. 그리고 가이우스 마리우스, 그 탐욕스럽고 불평 많은 영감탱이도 마찬가지지. 그 사람 시대는 끝났어요. 한데 그자한테는 그걸 깨달을 지각조차 남아 있지 않아요. 위헌적인 행동을 일삼는 그자를 어떻게 그냥 내버려둡니까? 아무도 그자에게 반대하는 말 한마디 않고, 루키우스 코르넬리우스만 불쌍하게 혼자 헌법을 옹호하며 사방에서 날아오는 똥을 맞고 서 있는데."

"루키우스 코르넬리우스는 원래도 인민들 사이에 인기 있었던 적이 없지만, 지금은 굉장히 미움을 받고 있어요."

"루키우스 코르넬리우스가 그런 걸 걱정합니까?" 폼페이우스 스트라보가 물었다.

"그런 것 같지 않습니다. 내 생각에는 그래야 맞는데요."

"쓸데없는 소리! 기운 내시오, 친척 양반! 당신은 이제 그 문제에서 빠져나왔지 않습니까. 마리우스와 술피키우스와 나머지 사람들을 모조리 찾아내서 처형한다 한들, 사람들은 그 일에 대한 책임을 당신에게 묻진 않을 겁니다." 폼페이우스 스트라보가 말했다. "포도주를 좀더 드시지요."

다음날 아침, 차석 집정관은 병영 배치에 익숙해질 겸 주변 산책에 나섰다. 산책을 권유한 이는 폼페이우스 스트라보였지만 정작 자신은 동행을 거절했다.

"혼자 병사들을 직접 만나보시는 것이 더 낫지요." 그가 말했다.

폼페이우스 스트라보의 따뜻한 환대에 여전히 놀라워하며, 폼페이우스 루푸스는 어디든 발길 닿는 대로 걸었다. 가는 곳 어디에서나 백인대장에서 일반 병사들까지 모두 그에게 아주 친근한 태도로 인사를 건넸다. 그들은 이런저런 의견을 청해오며 그를 추켜세우고 경의를 표했다. 하지만 그는 폼페이우스 스트라보가 떠나고 자신의 지휘권이 확실해지기 전까지 비판적인 의견들은 마음속에 담아두어야 함을 알았다. 이곳 병영에서 그가 받은 부정적인 느낌들 중 하나는, 병영 변소 시설에 대한 위생 관념이 턱없이 부족한 것을 보고 받은 충격이었다. 오물통과 변소 관리가 지나치게 소홀했고 병사들이 식수를 길어 쓰는 우물과도 너무 가까이 위치해 있었다. 진짜 뭍사람들의 전형적인 모습이로군, 폼페이우스 루푸스는 생각했다. 머물던 장소가 오염됐다 싶으면 그냥 짐 싸서 다른 데로 옮기면 그뿐인 것이다.

제법 큰 무리의 병사들이 자기 쪽으로 다가오는 것을 보았을 때에도 차석 집정관은 아무런 두려움도 예감도 느끼지 않았다. 그들 모두 미소를 띠고 있었고 무언가 상의를 하고 싶은 얼굴이었다. 그는 기분이 좋아졌다. 어쩌면 병영의 위생 상태에 대한 생각을 그들에게 말해도 될지 모른다. 그리하여 그들이 그의 주변을 몇 겹씩 에워쌌을 때 그는 그들을 향해 기분좋은 미소를 지어 보였다. 첫번째 칼날이 그의 가죽 내복을 뚫고 갈비뼈 두 대 사이로 미끄러져 들어와 깊숙이 꽂혀 들어갈 때에도 그는 거의 아무 느낌을 받지 못했다. 뒤이어 다른 칼들이 무수히, 신속히 따라 들어왔다. 그는 비명조차 지르지 않았고, 쥐와 양말을 떠올릴 틈도 없었다. 그는 땅바닥에 쓰러지기도 전에 죽었다. 병사들은 눈 녹듯 흩어졌다.

"이런 애통한 일이 있나!" 폼페이우스 스트라보가 무릎을 펴고 일어서며 아들에게 말했다. "이런 불쌍한 양반, 숨통이 완전히 끊겼군! 서른 군데는 찔린 것 같아. 게다가 모두 치명상인데. 칼질이 보통이 아니로군. 분명 솜씨가 좋은 놈들이야."

"하지만 누가 이런 짓을?" 한 수습군관이 물었지만 젊은 폼페이우스는 대답이 없었다.

"분명 군인들이야." 폼페이우스 스트라보가 말했다. "병사들이 지휘관 교체를 원치 않았던 것 같군. 다마시푸스한테서 그런 얘기를 전해 듣긴 했지만 심각하게 생각하진 않았지."

"어떻게 하시겠습니까, 아버지?" 젊은 폼페이우스가 물었다.

"이자를 로마로 돌려보내라."

"그건 법에 어긋나지 않습니까? 전시중 사망자는 현장에서 장례를 치러주게 되어 있습니다."

"전쟁은 이미 끝났고, 이 사람은 집정관이야." 폼페이우스 스트라보가 말했다. "원로원에서 직접 시신을 봐야 해. 폼페이우스, 내 아들아, 이 일은 모두 네가 처리하거라. 다마시푸스가 시신을 호송해주도록 해."

일은 최대한 능률적으로 처리되었다. 폼페이우스 스트라보는 전령을 보내 원로원 회의를 소집하고 폼페이우스 루푸스를 원로원 의사당 문 앞으로 보냈다. 다마시푸스가 직접 출석해서 전달해야 했던 말, 즉 폼페이우스 스트라보의 군대는 다른 지휘관을 모시기를 거부한다는 것 외에는 그 이상 아무런 설명도 없었다. 원로원은 말뜻을 이해했다. 폼페이우스 스트라보는, 앞서 파견된 후임자가 사망했음을 감안해 북부 지역 지휘권을 앞으로도 유지해주겠느냐는 정중한 요청을 받았다.

술라는 혼자 있는 자리에서 폼페이우스 스트라보가 개인적으로 보내온 편지를 읽었다.

루키우스 코르넬리우스, 이거 참 안타까운 일이 아닙니까? 유감스럽게도 내 병사들은 누가 범인인지 통 말을 않고, 나도 끽해야 서른이나 마흔 명쯤 되는 병사들이 나서서 저질렀을 일로 무려 4개 군단을 다 벌줄 생각은 없습니다. 백인대장들이 어리둥절해하고들 있어요. 내 아들도 마찬가지입니다. 아들 녀석은 병사들과 사이가 아주 좋고 병사들의 동정을 늘 잘 파악해왔거든요. 사실 이건 내 불찰입니다. 내 병사들이 나를 얼마나 사랑하는지 미처 깨닫지 못하고 있었던 탓이지요. 어쨌거나 퀸투스 폼페이우스는 피케눔 사람 아닙니까. 병사들이 그를 털끝만치라도 못마땅하게 여길 거라고는 생각지 못했습니다.

여하튼간에 원로원이 북부 지역 총사령관 직을 계속 내게 맡기는데 이제 별 이의가 없기를 바랍니다. 이쪽 병사들이 피케눔 사람도 마다했는데 생판 낯선 자가 오면 받아주겠습니까? 우리 북쪽 사람들이 좀 거칠지요.

이루고자 애쓰는 일들이 두루 잘되길 기원합니다, 루키우스 코르넬리우스. 당신은 옛날 방식을 신봉하면서도 또 흥미롭고 새로운 면이 있단 말이에요. 사람들이 보고 배울 점이 있는 분이십니다. 내가 전심을 다해 당신을 지지한다는 것 부디 알고 계시고, 내가 또 도울 일이 있으면 지체 없이 알려주시기 바랍니다.

술라는 웃음을 터트리고 편지를 불에 태웠다. 근래 받은 것들 중 드물게 기운 나는 소식이었다. 술라가 주도한 법제 개혁 조치가 로마에서 환영받지 않는다는 건 의심의 여지가 없었다. 평민회가 열리고 호민관 열 명이 전원 새 인물로 선출되었다. 당선자 모두 술라의 반대자이자 술피키우스의 지지자였다. 그들 중에는 가이우스 밀로니우스, 가이우스 파피리우스 카르보 아르비나, 푸블리우스 마기우스, 마르쿠스 베르길리우스, 마르쿠스 마리우스 그라티디아누스(가이우스 마리우스의 양조카), 그리고 다름아닌 퀸투스 세르토리우스가 있었다. 술라는 세르토리우스가 호민관 후보로 나선다는 소식을 들었을 때, 스스로에게 과연 뭐가 좋은지 안다면 선거에 나가지 말라고 세르토리우스에게 경고했다. 이에 세르토리우스는 흔들림 없는 태도로, 이제 누가 호민관이 되건 나라에 별반 차이가 있느냐고 반문하며 그의 경고를 무시했다.

이렇듯 명백한 패배를 겪고 나니, 술라는 고위 정무관 직만큼은 반드시 강경파 보수주의자들로 채워야겠다고 생각했다. 집정관 두 자리와 법무관 여섯 자리 모두 코르넬리우스법을 철저하게 옹호하는 자들이어야 했다. 재무관들은 쉬웠다. 그들은 모두 복귀한 원로원 의원이거나 명문가 출신 청년들로서 원로원의 권력을 수호할 것으로 믿을 수 있는 인물들이었다. 그중에는 술라의 보좌관을 지낸 루키우스 리키니우스 루쿨루스도 있었다.

집정관 후보들 중 하나는 당연히 술라의 외조카 루키우스 노니우스가 되어야 했다. 그는 2년 전에 법무관을 지냈고, 이번에 집정관으로 선출되어도 외삼촌의 심기를 거스르는 일은 없을 것이다. 한 가지 아쉬운 점은 이제까지 정치적으로 크게 두각을 드러내지 못한 그저 그런 인물을 유권자들이 썩 반기지 않을 것이라는 점이었다. 하지만 술라가 후보로 노니우스를 택하면 술라의 누이가 기뻐할 것이다. 사실 술라는 누이를 거의 잊고 지내왔기 때문에 누이에게 가족으로서의 감정이 거의 남아 있지 않았다. 누이는 로마에 정기적으로 여행을 오곤 했지만 술라는 누이를 굳이 만나보려 하지 않았다. 이제 달라져야 한다! 다행히 달마티카가 어떻게든 해보려 무진 애를 썼다. 사근사근하고 참을성 있는 아내 달마티카는, 곧 집정관으로 뽑히길 바라는 고루한 친척 노니우스와 시누이를 성심껏 대접했다.

다른 두 후보는 반길 만했다. 폼페이우스 스트라보의 보좌관을 지낸 나이우스 옥타비우스 루소는 확고하게 술라와 옛날 방식을 옹호했고, 짐작건대 폼페이우스 스트라보의 지시를 받는 자였다. 두번째 예비 후보는 푸블리우스 세르빌리우스 바티아였다. 그의 집안은 평민이었지만 유서 깊은 명문가로 1계급 사이에서 존경을 받았다. 게다가 전쟁 공적은 선거에서 늘 훌륭한 자산인데, 그는 전쟁에서 아주 혁혁한 공을 세운 바 있었다.

하지만 몹시 걱정스러운 후보가 하나 있었다. 걱정이 되는 가장 큰 이유는 바로 그가 표면적으로는 1계급의 눈에 딱 좋은 집정관감, 즉 원로원의 특권을 옹호하고 기사들이 누리는 명문화되지 않은 특혜를 굳게 수호할 후보로 비칠 것이라는 점이었다. 루키우스 코르넬리우스 킨나는 술라와 같은 씨족의 파트리키로서 안니우스 가문과 혼인을 맺었고, 눈부신 전쟁 공적을 쌓았으며, 잘 알려진 웅변가이자 변호인이었다. 그러나 술라는 킨나가 마리우스와 모종의 유대관계를 맺고 있음을 알고 있었다. 아마 마리우스가 그자를 매수했을 것이다. 몇 달 전만 해도 킨나는 다른 여러 원로원 의원들처럼 재정적으로 몹시 곤란한 상황이라고 알려져 있었다. 그런데 빚 문제로 의원들이 대거 퇴출되던 시기에 보니 킨나는 의외로 주머니가 두둑했다. 그래, 매수된 거야, 술라는 씁쓸히 생각했다. 마리우스는 참 똑똑하단 말이지! 분명 젊은 마리우스가 집정관 카토 살해 혐의를 받았던 일과 연관되었을 거야. 보통때 같으면 술라는 킨나를 돈으로 매수할 수 있는 인물로 보지 않았을 것이다. 킨나는 그런 부류로 보이지 않았다. 그가 1계급 유권자들로부터 후한 점수를 받으리라 예상되는 것도 그 때문이었다. 그러나 시대가 어렵고, 자기뿐만 아니라 자식의 미래까지 염려될 정도로 커다란 위기가 닥쳐올 것 같으면, 제아무리 고매한 원칙주의자라 해도 대다수는 돈에 자신을 내놓을 수밖에 없다. 특히나 그 고매한 원칙주의자가 자기 지위가 달라진다고 해서 자신의 원칙까지 달라질 거라고 생각하지 않는다면.

술라의 걱정은 고위 정무직 선거에 그치지 않았다. 그는 자신의 군대가 로마를 점거하고 있는 상황을 지겨워한다는 점 역시 알고 있었다. 술라의 군대는 미트리다테스와 싸우러 동방으로 가길 원했고, 자기네 장군이 왜 로마에서 뭉그적대는지 그 이유를 온전히 이해할 수 없었다. 또한 그들이 도시에 주둔해 있는 데 대한 주민들의 저항감이 점점 높아져가는 것 역시 느끼고 있었다. 군인들에게 공짜로 제공되는 식사나 잠자리나 여자들 수가 줄어든 것은 아니지만, 로마에 군대가 주둔해 있는 것 자체를 절대 용납할 수 없었던 자들이 이제 과감하게 분풀이를 하고 나섰던 것이다. 창문을 열고 그 아래에 서 있던 일진 나쁜 병사의 머리 위로 요강을 쏟아붓는 사람도 있었다.

술라가 기꺼이 뇌물을 쓰는 사람이기만 했다면 고위 정무직 선거에서의 성공은 따 놓은 당상이었을 것이다. 당시는 두둑한 뇌물이 제대로 먹힐 분위기였다. 하지만 술라는 대가로 그 무엇을, 그 누구를 얻는다 해도 그의 얼마 안 되는 재산과 결별하진 않을 생각이었다. 폼페이우스 스트라보가 사비로 군단의 급료를 지급하건 말건, 마리우스가 자기도 그러겠다고 하건 말건, 그건 그자들 마음이다. 술라는 비용을 대는 건 로마 소관이라 여겼다. 피케눔 갑부 폼페이우스 루푸스가 아직 살아 있었더라면 그자한테서 돈을 좀 챙겼을 터인데, 그를 죽으라고 북으로 보내기 전에는 미처 그 생각을 하지 못했다.

계획은 좋은데 실행이 불안해, 술라는 생각했다. 이 젠장맞을 도시는 제 의견만 내세우는 놈 천지인데다 다들 제가 원하는 건 악착같이 손에 넣으려 하지. 사람들은 내 계획이 얼마나 합리적이고 올바른지 왜 모르는 걸까? 어떻게 해야 권력을 충분히 끌어모아 내 계획의 방해요소를 완벽하게 차단할까? 이상과 원칙을 내세우는 인간들이야말로 세상을 파괴하는 주범이다!

그리하여 12월 말이 다가올 즈음 술라는 이제 자신의 공식 재무관이 된 충직한 루쿨루스의 지휘하에 군대를 카푸아로 돌려보냈다. 그러고 난 뒤, 운은 포르투나 여신의 소관으로 맡겨두고 과감히 선거를 열었다.

술라는 로마 전 계층에 내재된 분노를 과소평가하지 않았다고 확신했다. 하지만 그 적대감의 정도와 깊이를 미처 다 알지 못했다는 것이 진실이었다. 그에게 대놓고 뭐라는 사람도, 그를 곁눈으로 쏘아보는 사람도 없었다. 그러나 겉으로 보이는 태도와 달리 전 로마인은 마음속 깊은 곳에서 로마에 군대를 끌고 온 술라를, 로마에 대한 충성심보다 술라에 대한 충성심을 앞세운 그의 군대를 잊을 수도 용서할 수도 없었다.

이처럼 들끓는 분노는 최상위 계층에서 저 아래 밑바닥까지 예외가 없었다. 카이사르 형제와 스키피오 나시카 형제처럼 술라와 원로원의 패권에 충실할 수밖에 없는 자들조차, 술라가 궁지에 빠진 원로원을 구하기 위해 군대가 아닌 다른 수단을 찾아냈기를 간절히 바랐다. 또 1계급 아래 계층 사람들의 마음속에는 곪아서 곧 터질 지경에 이른 종기 두 개가 있었다. 현직 호민관이 사형선고를 받았다는 것, 그리고 불구의 노장 가이우스 마리우스가 집과 가족과 지위를 잃고 사냥개에 쫓기는 신세가 된데다 사형선고까지 받았다는 것.

이렇듯 사람들 마음에 사무쳐 오는 불만의 징후는, 새로 당선된 신임 고위 정무관들의 면면을 통해 더욱 명백해졌다. 수석 집정관 자리는 옥타비우스 루소가 차지했지만 차석 집정관은 킨나였다. 법무관들은 독자적 성향의 인물들로, 술라가 믿고 의지할 만한 자는 아무도 없었다.

그러나 술라를 가장 곤혹스럽게 한 것은 트리부스회에서의 군무관 선거였다. 빼다박은 듯이 죄다 험악한 자들로, 가이우스 플라비우스 핌브리아, 푸블리우스 안니우스, 가이우스 마르키우스 켄소리누스 같은 늑대들이 대거 선출되었다. 지휘관들을 아예 깔고 뭉개겠군, 술라는 생각했다. 어느 지휘관이든 휘하에 이치들을 데리고 로마에 진군하려고 해봐! 젊은 마리우스가 집정관 카토에게 한 것처럼 제 상관을 거리낌 없이 죽여버리겠지. 나는 집정관 임기가 다 찼으니 저치들을 내 휘하에 두지 않아 얼마나 다행인가. 하나하나가 전부 잠재적인 사투르니누스야.

실망스러운 선거 결과였지만, 묵은해가 끝을 향해 가는 이때 술라에게 잘 풀리는 일이 하나도 없는 것은 아니었다. 동방 출정 지연이 다른 건 몰라도 아시아 속주, 비티니아, 그리스에 파견해둔 술라의 정보원들이 현지 상황을 제대로 알려올 시간을 충분히 벌어주었다. 확실히, 가장 현명한 경로는 일단 그리스에 가고 그다음에 소아시아에 대해 걱정하는 것이었다. 술라는 군사들이 측면 전술을 시도하지 않도록 했다. 미트리다테스를 그대로 밀고 들어가 그리스와 마케도니아에서 몰아내는 정공법을 써야 했다. 폰토스의 마케도니아 침략이 그자들 뜻대로 되진 않았다. 가이우스 센티우스와 퀸투스 브루티우스 수라는 상대하는 적이 로마인일 때면 힘만으로는 안 된다는 것을 다시 한번 증명해주었다. 두 사람은 소수의 군사로 대단한 위업을 거두었다. 하지만 그들이 계속 그렇게 해줄 순 없는 노릇이었다.

그러니 술라가 제일 시급하게 고려할 사항은 어서 빨리 군대를 이끌고 이탈리아에서 나가는 것이었다. 미트리다테스 왕을 물리치고 동방에서 전리품을 거두어 오는 것 말고는 마리우스의 견줄 데 없는 명성을 물려받을 방법이 없었다. 미트리다테스의 황금을 가져오는 것 말고는 로마를 재정 위기에서 구해낼 방법이 없었다. 이 모든 일을 해내지 않으면 로마는 자기를 향해 진군해온 그를 용서해주지 않을 것이다. 이 모든 일을 해냈을 때에만 평민들은 비로소 그를 용서할 것이다. 그들의 소중한 민회장을 고작 주사위나 던지고 깍지 낀 손으로 지켜보는 곳으로 만들어버린 그를.

집정관으로서의 마지막날, 술라는 원로원을 소집해 특별 회의를 열고 진정 어린 연설을 했다. 그에게는 자기 자신과 자기가 추진한 새 조치들에 대한 절대적인 믿음이 있었다.

"원로원 의원 여러분, 제가 아니었더라면 지금의 여러분은 존재하지 않았습니다. 저는 진실로 그렇게 말할 수 있으며, 오늘 그 진실을 말하고자 합니다. 만일 푸블리우스 술피키우스 루푸스의 법이 아직도 남아 있었다면, 지금쯤 평민이—인민도 아니고 평민이!—견제와 균형 없이 로마를 지배하고 있을 겁니다. 원로원은 정족수를 채우기엔 그 수가 너무 적어 그냥 흔적만 남은 하나의 유물이 되고 말았겠지요. 평민이나 인민에게 아무런 권고도 내릴 수 없고, 순수한 원로원 관할 사안에서조차 아무 결정권이 없었을 겁니다. 그러니 여러분께서는 평민과 인민이

처한 운명에 울부짖고 통곡하기에 앞서, 평민과 인민이 받을 자격이 없는 동정에 젖어들기에 앞서, 제가 아니었더라면 우리의 이 존엄한 기구가 지금 이 순간 어떤 모습이었을지 기억하시기 바랍니다."

"옳소, 옳소!" 카틀루스 카이사르가 외쳤다. 그는 아들이 드디어 군복무를 마치고 돌아와—다소 지나치게 젊은—신임 원로원 의원으로서 함께 앉아 있는 것에 한껏 들떠 있었다. 그는 술라가 현역 집정관으로 활동하는 모습을 아들에게 꼭 보여주고 싶었다.

"또한 기억하십시오. 여러분은 로마 국정의 방향을 제시하고 규제할 여러분의 권리를 놓치지 않으려면 반드시 제 법을 수호해야 합니다. 제 법이 불러올 파급효과를 고민하기에 앞서, 로마를 생각하십시오! 지금 로마를 위해서는 이탈리아가 평화로워야 합니다. 지금 로마를 위해서는, 여러분이 혼신의 힘을 기울여 재정 위기를 타파하고 과거의 번영을 되찾아야 합니다. 지금은 호민관들이 날뛰게 내버려둘 때가 아닙니다. 제가 다시 일으켜세운 모스 마이오룸을 반드시 수호해야 합니다. 그래야만 로마가 다시 일어설 수 있습니다. 우리는 술피키우스가 저지른 과오가 또다시 벌어지도록 용납해선 안 됩니다!"

술라가 집정관 당선자들을 똑바로 쳐다보았다. "나이우스 옥타비우스, 루키우스 킨나, 두 분은 내일 저와, 이제는 고인이 된 제 동료 퀸투스 폼페이우스의 자리를 이어받으십니다. 저는 이제 전직 집정관이 됩니다. 나이우스 옥타비우스, 제 법을 수호하겠다고 이 자리에서 엄숙히 약속하시겠습니까?"

옥타비우스는 망설이지 않았다. "그렇습니다, 루키우스 술라. 엄숙히 약속합니다."

"킨나 분가의 루키우스 코르넬리우스, 제 법을 수호하겠다고 이 자리에서 엄숙히 약속하시겠습니까?"

킨나는 술라를 빤히 쳐다보았다. 얼굴에 두려워하는 기색이 전혀 없었다. "두고봐야 하겠습니다, 술라 분가의 루키우스 코르넬리우스. 집정관님 법이 국정 운영에 적합하다고 판명되면 그때 가서 집정관님의 법을 수호하겠습니다. 지금으로선, 저는 회의적입니다. 이 기구는 믿을 수 없을 만큼 구태를 답습하고 있으며 권력이 지나치게 비대한 반면, 우리 로마 공동체에서 가장 큰 비중을 차지하는 사람들의 권리는 '소멸'되었습니다. 이 외에 도저히 다른 표현을 찾을 수가 없군요. 집정관님께 불편을 초래해서 몹시 유감스럽습니다만, 현상태로서 저는 약속을 보류해야겠습니다."

술라의 얼굴에 심상치 않은 변화가 나타났다. 술라의 내부에 도사리고 있는 저 날카로운 발톱을 가진 벌거벗은 짐승을 직접 목격하는 특권을, 몇몇 소수만이 아닌 원로원의 전 의원이 누리게 된 것이다. 그리고 지금까지 그 경험을 한 모두가 그랬듯, 원로원 사람들은 이날의 광경을 그후로 결코 잊지 못했다. 그들은 앞으로도 심판의 날을 맞기까지 오랫동안 이 기억에 몸서리칠 터였다.

술라가 응수하려고 입을 여는데 최고신관 스카이볼라가 끼어들었다.

"루키우스 킨나, 괜한 긁어 부스럼 만들지 마시오!" 스카이볼라가 외쳤다. 그는 자신이 처음 저 짐승을 목격한 이후 술라가 로마에 진군했다는 사실을 기억해냈다. "간절히 청합니다. 집정관에게 약속하십시오!"

그때 안토니우스 오라토르의 목소리가 들렸다. "앞으로도 이런 입장을 고수할 생각이라면 이제부터 뒤를 잘 살피셔야 할 거요! 우리의 루키우스 카토 집정관께서도 뒤를 잘 보지 않다가 변을 당하셨지요."

장내가 웅성이기 시작했다. 기존 의원뿐 아니라 신임 의원도 동요했고, 대부분 킨나의 처신에 대한 짜증과 두려움에서 나온 말들을 뱉어냈다. 어째서 집정관이라는 사람들은 야심과 허위의식을 한편에 제쳐두지 못하는 걸까? 지금 로마에 간절하게 필요한 것은 평화이고 내부 안정임을 저들은 왜 모르나?

"정숙하십시오!" 술라가 단 한 차례, 그리 크지 않은 목소리로 말했다. 하지만 술라가 여전히 예의 그 표정을 띠고 있었기에 즉각 침묵이 내려앉았다.

"수석 집정관, 제가 발언해도 되겠습니까?" 카툴루스 카이사르가 말했다. 그는 자신이 술라의 저 표정을 처음 보았을 때 트리덴툼 퇴각 사태가 있었다는 사실을 떠올렸다.

"발언하십시오, 퀸투스 루타티우스."

"일단, 저는 루키우스 킨나에 대해 언급하고 싶습니다." 카툴루스 카이사르가 차갑게 말했다. "루키우스 킨나는 요주의 인물입니다. 저는 그가 제 역할을 훌륭히 수행해낼 수 없는 자리에 당선된 것을 개탄하는 바입니다. 그가 전쟁에서 혁혁한 공을 쌓았는지는 모르겠지만, 정치에 대한 이해도나 국정운영 방식에 대한 인식은 아주 미미합니다. 루키우스 킨나가 수도 담당 법무관으로 재직하던 당시에는 필요한 조치가 아무것도 취해지지 않았습니다. 양 집정관이 전장에 나가 있는 상황에서, 그는 사실상 국정을 책임지고 있으면서도 로마를 경제적 난관으로부터 구할 아무런 시도도 하지 않았습니다! 그 초기 단계에 루키우스 킨나가 잘 대처했더라면 로마는 지금 훨씬 더 나은 상황에 있었을 겁니다. 그런데 오늘 이 자리에서, 차기 집정관으로 선출된 루키우스 킨나는 자기보다 훨씬 더 머리 좋고 능력 있는 분이 원로원의 국정운영을 떠받드는 참된 뜻에서 청하는 약속을 거절하고 있습니다."

"의원님 말씀에도 제 마음은 전혀 바뀌지 않았습니다, 퀸투스 루타티우스 '세르빌리스'." 킨나가 카툴루스 카이사르를 '아첨하는 자'라고 깎아내리면서 거칠게 응수했다.

"네, 저도 잘 압니다." 카툴루스 카이사르가 한껏 오만한 표정으로 말했다. "사실 제가 고민 끝에 내린 결론은 우리들 중 아무도—혹은 우리 모두 나선다 해도!—말로써 당신 마음을 돌릴 수 없다는 겁니다. 당신 마음은 그만큼 꽉 닫혀 있소이다. 살인자 아들의 오명을 씻어내려고 가이우스 마리우스가 당신한테 내민 돈을 삼키고서 꽉 닫힌 당신 돈주머니처럼!"

순간 킨나의 얼굴이 확 달아올랐다. 킨나는 자신이 이처럼 즉각적인 반응을 드러낸다는 게 늘 싫었지만, 아무리 노력해도 고칠 수 없었고 항상 속마음을 겉으로 드러내고 말았다.

"하지만, 우리 수석 집정관께서 이렇게 공을 들여 마련하신 조치들을 루키우스 킨나가 확실히 수호하도록 할 방법이 한 가지 있습니다." 카툴루스 카이사르가 말했다. "저는 나이우스 옥타비우스와 루키우스 킨나로부터 가장 엄숙하고 구속력이 강한 서약을 받을 것을 제안합니다. 루키우스 술라가 제정한 법대로 우리의 현 국정 운영 방식을 수호하겠다는 취지로 말입니다."

"동의합니다." 최고신관 스카이볼라가 말했다.

"저도 동의합니다." 원로원 최고참 의원 플라쿠스가 말했다.

"저도 동의합니다." 안토니우스 오라토르가 말했다.

"저도 동의합니다." 감찰관 루키우스 카이사르가 말했다.

"저도 동의합니다." 감찰관 크라수스가 말했다.

"저도 동의합니다." 퀸투스 앙카리우스가 말했다.

"저도 동의합니다." 푸블리우스 세르빌리우스 바티아가 말했다.

"저도 동의합니다." 루키우스 코르넬리우스 술라가 말했다. 술라는 스카이볼라 쪽으로 몸을 돌렸다. "집정관 당선자들의 서약식을 최고신관께서 관장해주시겠습니까?"

"그러겠습니다."

"수락하겠습니다." 킨나가 큰 소리로 말했다. "그게 원로원의 명백한 다수 의견이라면 말입니다."

"원로원 의원들은 나뉘어 서십시오." 술라가 즉각 말했다. "서약에 찬성하는 분은 제 오른쪽에, 찬성하지 않는 분은 제 왼쪽에 서시기 바랍니다."

아주 적은 수만이 술라의 왼편에 섰다. 제일 먼저 와서 선 이는 퀸투스 세르토리우스였다. 단단한 체구에서 분노의 기운이 느껴졌다.

"원로원이 나누어 선 결과, 다수가 확실하게 갈리었습니다." 술라가 말했다. 예의 그 표정은 이제 얼굴에서 완전히 사라졌다. "퀸투스 무키우스, 당신은 최고신관이십니다. 서약식이 어떻게 거행돼야 한다고 보십니까?"

스카이볼라가 곧바로 대답했다. "법에 따라 첫 단계로서, 전 원로원 의원이 저와 함께 유피테르 옵티무스 막시무스 신전으로 갑니다. 그곳에서 유피테르 대제관과 제가 위대한 신께 희생제물을 바칠 겁니다. 제물은 두 돌 된 양을 쓸 것이고, 제물 담당 신관들이 의식을 참관할 겁니다."

"참 편리하군요!" 세르토리우스가 큰 소리로 말했다. "물론 우리가 카피톨리누스 언덕 꼭대기에 가면, 필요한 사람과 짐승이 죄다 우리를 기다리겠지요!"

스카이볼라는 못 들은 척 하던 말을 계속했다. "제물 봉헌식이 끝나면, 루키우스 도미티우스에게 희생제물의 간에서 전조를 읽어달라고 부탁하겠습니다. 그는 작고한 최고신관의 아들로서 이 일에 직접적인 관련이 없는 인물이지요. 온당히 길조가 나오면, 저는 신성한 신의(信義)를 관장하는 신 세모 상쿠스 디우스 피디우스의 신전으로 원로원 의원들을 안내할 것입니다. 서약을 할 때 으레 그렇듯 이 신전의 노천에서 집정관 당선자들의 코르넬리우스법 수호 서약을 받겠습니다."

술라가 고관 의자에서 일어섰다. "그렇다면 꼭 그렇게 합시다, 최고신관."

징조는 길했다. 더구나 원로원 의원 전원이 카피톨리누스 언덕에서 세모 상쿠스 디우스 피디우스 신전으로 행진해 가는 길에 독수리 한 마리가 왼쪽에서 오른쪽으로 그들 곁을 지나 산콸리스 성문을 통과해 날아감으로써 길조의 기운을 더했다.

그러나 킨나는 술라의 헌법 수호 서약에 구속받을 생각이 전혀 없었다. 그는 이날 서약을 무효화할 방법을 정확히 알았다. 의원들이 위대한 신의 신전을 향해 카피톨리누스 언덕을 느릿느릿 걸어오를 때 그는 일부러 세르토리우스 곁에 가서 섰다. 두 사람이 대화를 나누는 것을 아무에게도 들키지 않도록 조심하며, 킨나는 세르토리우스에게 특정한 형태의 돌멩이를 찾아달라고 부탁했다. 나중에 원로원 의원들이 다음 신전을 향해 또다시 느릿느릿 걸을 때 세르토리우스는 아무도 모르게 킨나의 토가 주름 안에 돌멩이를 떨어뜨려주었다. 킨나가 이 돌멩이를 왼손 손가락으로 꼭 감싸쥘 수 있는 위치로 옮기는 것은 어렵지 않았다. 그만큼 작고 매끈하며 둥근 돌멩이였다.

로마의 여느 소년들이 다 그렇듯 킨나 역시 어릴 적부터, 소년들이 사랑해마지않는 신나고 멋진 서약을 하려면 천장이 없는 야외로 나가야 한다는 것을 잘 알고 있었다. 우정의 서약, 증오의 서약, 공포의 서약, 분노의 서약, 용기의 서약, 기만의 서약 등 서약을 할 때에는 하늘의 신들이 증인이기 때문이었다. 하늘의 신들이 보지 않는 서약은 구속력이 없는 가짜 서약이었다. 어린 시절 다른 친구들처럼 킨나도 서약식을 매우 진지한 것으로 여겼다. 하지만 킨나가 어느 날 만난 친구(기사 섹스투스 페르퀴티에누스의 아들)는 끔찍한 집안에서 자란 탓에 그때껏 한 모든 서약을 다 무효화해왔다. 그 아이는 평소 원로원 의원 자제들과 잘 어울려 놀지 않았다. 둘의 나이는 비슷했다. 우연히 이루어진 두 소년의 첫 만남에서 서약에 대한 이야기가 나왔다.

"방법은," 섹스투스 페르퀴티에누스의 아들이 말했다. "서약할 때 어머니 대지의 뼈를 붙잡고 있는 거야. 서약을 할 때 손에 돌멩이를 쥐고 있으면 돼. 그러면 너를 지하세계 신들의 보호에 맡기게 되거든. 지하세계는 어머니 대지의 뼈로 이루어져 있으니까. 돌, 루키우스 코르넬리우스. 돌이 뼈야!"

따라서 킨나는 술라의 법을 수호하겠다고 서약할 때 왼손에 돌멩이를 세게 움켜쥐고 있었다. 서약을 끝낸 그는 신전 바닥으로 재빨리 몸을 구부려 돌을 새로 줍는 척했다. 지붕이 없는 탓에 바닥에는 낙엽, 돌멩이, 조약돌, 잔가지가 널려 있었다.

"만일 제가 이 서약을 어기면," 킨나가 또박또박한 목소리로 말했다. "제가 이 돌을 내던지듯, 저를 타르페이아 바위에서 내던지십시오!"

공중으로 날아오른 돌멩이는 칠이 벗겨져가는 지저분한 담장에 탁 부딪힌 뒤, 자신의 어머니인 대지의 가슴 위로 다시 떨어졌다. 킨나가 취한 행동의 의미를 아무도 알아채지 못한 것 같았다. 킨나는 그간 참았던 숨을 휴 하고 내쉬었다. 섹스투스 페르퀴티에누스의 아들이 알고 있는 비밀을 로마 원로원 의원들은 모르는 것이 분명하다. 이제 서약을 어긴다는 비난을 받았을 때 오늘 서약이 왜 구속력이 없는 것인지 설명할 수 있으리라. 그가 돌멩이를 던지는 것을 전 원로원 의원이 보았으니 그에게는 이제 흠잡을 데 없는 증인들이 백여 명 있는 셈이다. 두 번은 쓸 수 없는 수법이었다. 아, 만일 똥돼지 메텔루스가 이 수법을 알았더라면 분명 요긴하게 써먹었으리라!

술라는 신임 집정관 취임식은 참관했지만 연회에는 머무르지 않았다. 다음날 카푸아로 떠날 준비를 해야 한다는 이유에서였다. 그러나 유피테르 옵티무스 막시무스 신전에서 열린 첫 공식 신년회의에는 참석했기 때문에, 불길한 조짐을 풀풀 풍기는 킨나의 짧은 연설을 그 역시 들었다.

"저는 제 자리를 명예롭게 할 것입니다. 결코 불명예로 물들이지 않겠습니다." 킨나가 말했다. "제게 염려가 있다면 퇴임 집정관이 군대를 이끌고 동방으로 가는 것을 지켜봐야 한다는 것입니다. 가이우스 마리우스가 이끌어야 마땅한 군대입니다. 가이우스 마리우스를 불법적으로 기소하고 유죄판결한 일은 차치하더라도, 퇴임 집정관은 로마에 남아 자신에게 제기된 혐의를 해명해야 합니다."

무슨 혐의? 아무도 정확히는 몰랐다. 아마도 반역죄 혐의일 것이라고, 술라가 군대를 로마로 끌고 온 것이 혐의의 근거일 것이라고 대다수 의원들은 추측했다. 술라는 푹 한숨을 내쉬며 상황의 불가피성을 묵묵히 받아들였다. 자기는 애초 양심의 가책 따윈 없는 인간이니 서약을 해도 필요에 따라 언제라도 서약을 어길 수 있다. 하지만 킨나에게도 그런 강단이 있을 거라곤 미처 생각지 못했다. 그런데 그러고도 남는 자가 아닌가. 참으로 성가신 놈이로다!

카피톨리누스 언덕을 떠나 아우렐리아의 인술라가 있는 수부라 지구를 향해 걸으며, 술라는 킨나를 어떻게 하면 좋을지 궁리했다. 목적지에 도착할 즈음에는 답을 찾은 상태였으므로, 에우티코스가 열어준 문안으로 들어서면서 그는 만면에 환한 미소를 띠고 있었다.

하지만 아우렐리아의 얼굴을 보자 미소는 사라졌다. 아우렐리아의 표정은 암담했고 눈에는 어떠한 애정도 담겨 있지 않았다.

"당신도 못마땅한 거요?" 술라는 긴 의자 위로 몸을 던지며 물었다.

"네, 저 역시." 아우렐리아가 반대편 의자에 앉았다. "여기 계시면 안 돼요, 루키우스 코르넬리우스."

"아, 난 안전하오." 술라가 가벼운 투로 말했다. "내가 자리를 뜰 때 가이우스 율리우스는 연회장의 편안한 한쪽 구석에 이제 막 앉는 중이었으니까."

"가이우스 율리우스가 지금 당장 걸어들어온들 당신이 어디 걱정이나 하겠어요." 아우렐리아가 말했다. "하지만 저는 보호자가 있어야 할 것 같아요. 당신 말고 나를 위해서." 아우렐리아가 목소리를 높였다. "들어와서 합석해요, 루키우스 데쿠미우스!"

왜소한 사내가 아우렐리아의 작업실에서 나왔다. 바위처럼 무표정한 얼굴이었다.

"오, 하필 네놈이냐!" 술라가 혐오에 가득찬 얼굴로 말했다. "루키우스 데쿠미우스, 너 같은 인간들만 없었어도 내가 로마에 군대를 끌고 올 필요는 없었어! 어떻게 가이우스 마리우스가 건강하다는 그 개소리를 믿는 건가? 그 몸으로는 군대를 끌고 아시아 속주는 고사하고 베이까지도 못 가."

"가이우스 마리우스는 다 나으셨습니다." 데쿠미우스가 말했다. 도전적이면서도 방어적인 태도였다. 데쿠미우스에게 술라는 도저히 좋아할 수 없는 사람이었지만 어쨌건 아우렐리아의 친구였고, 겁 없이 세상을 사는 그에게 있어 유일하게 두려운 사람이었다. 아우렐리아와 달리 그는 술라에 대해 많은 것을 알고 있었다. 그러나 술라에 대해 많이 알면 알수록 그 이야기를 다른 사람들에게 하고 싶은 충동은 점점 더 줄어들었다. 어차피 나도 같은 놈이니까, 데쿠미우스는 수천 번도 더 넘게 생각했다. 맹세컨대 나 역시 루키우스 코르넬리우스 술라만큼 악한 인간이야. 단지 저자에게는 더 큰 죄악을 저지를 기회가 나보다 많을 뿐. 그리고 저자가 진짜로 죄악을 저지르고 다닌다는 사실을 나는 분명히 안다.

"이 난리가 난 탓을 루키우스 데쿠미우스에게 하지 말아요, 당신 탓이니까!" 아우렐리아가 딱딱하게 내뱉었다.

"말도 안 돼!" 술라가 거세게 받아쳤다. "이 분란을 시작한 건 내가 아니오! 나는 카푸아에서 열심히 내 일만 하면서 그리스로 떠날 계획을 세우고 있었소. 이건 다 저 루키우스 데쿠미우스 같은 머저리들 탓이오. 아는 건 개뿔도 없으면서 참견하고 나서고, 자기네 영웅이 나머지 우리들보다 훨씬 더 좋은 쇳덩이로 만들어진 줄로 착각하는 저들 탓이란 말이오! 여기 있는 당신 친구가 술피키우스의 깡패새끼들을 모집해 포룸 로마눔을 가득 채워서는 내 딸을 과부로 만들고, 내가 그 무엇도 아닌 오직 평화만을 갈구하며 포룸 에스퀼리누스에 들어섰을 때도 똑같은 깡패놈들을 잔뜩 모아왔단 말이오! 그 난리를 피운 건 내가 아니오! 나는 그 난리에 대한 대가를 치러야 했던 것뿐이지!"

데쿠미우스는 분노에 휩싸여 얼굴이 딱딱해졌다. 온몸에 털이 곤두섰다. "나는 인민을 믿습니다!" 남의 말에 순종하는 데 익숙지 않은 데쿠미우스가 기어이 참지 못하고 외쳤다.

"봤소? 그래, 이제 나오는군. 네놈이 속한 4계급의 머릿속처럼 텅텅 빈 그 백치 같은 소리를 네놈이 여기서 또 지껄여!" 술라가 으르댔다. "'인민을 믿는다'는 그 소리! 너는 너보다 잘난 사람들을 믿는 게 네 앞날에 좋을 게다!"

"루키우스 코르넬리우스, 제발!" 아우렐리아가 말했다. 심장이 쿵쾅대고 다리가 떨렸다. "루키우스 데쿠미우스보다 잘났으면 잘난 사람답게 행동하세요!"

"그래요!" 데쿠미우스가 소리쳤다. 사랑하는 아우렐리아가 그를 위해 싸우고 있기에, 또한 그녀가 보는 앞에서 용기 있는 자이고 싶었기에 그는 애써 정신을 가다듬었다. 그러나 술라는 마리우스와 전혀 달랐다. 술라와 맞서자니 데쿠미우스는 뭔가 매끄럽고 딱딱한 표면을 손톱 끝으로 긁는 기분이 들었다. 그래도 그는 노력했다. 아우렐리아를 위해. "대단히 잘나신 전직 집정관 술라 나리께선 본인 걱정은 통 않으시는군요. 그러다 등에 칼 맞으십니다!"

순간 술라의 그 옅은 색 눈동자가 풀리고, 입술이 말려올라가며 치아가 드러났다. 그는 손에 만져질 듯 생생한 위협의 기운을 뿜으며 긴 의자에서 일어나 데쿠미우스를 향해 돌진했다.

데쿠미우스는 옆으로 비켜섰다. 겁이 나서가 아니었다. 끔찍하고 불가사의한 뭔가와 접촉하는 것을 피하려는 미신적 본능 때문이었다.

"나는 너를 코끼리 발밑의 개처럼 밟아 뭉갤 수 있어." 술라가 즐거운 표정으로 말했다. "그렇게 하지 않는 이유는 단 하나, 여기 계신 숙녀분 때문이다. 이분이 널 소중하게 여기고 너도 이분을 잘 모시니까. 이제껏 너는 많은 놈들에게 칼을 댔겠지, 루키우스 데쿠미우스. 하지만 내게도 그럴 수 있다고는 절대 착각하지 마! 꿈도 꾸지 마라. 내 영역에 얼씬도 하지 말고, 네놈 구역을 호령하는 데 만족해. 이제 꺼져!"

"가요, 루키우스 데쿠미우스." 아우렐리아가 말했다. "제발요!"

"이 사람 상태가 이런데 그럴 수 없습니다!"

"나 혼자 있는 편이 나아요. 제발 가세요."

데쿠미우스가 나갔다.

"그렇게 심하게 할 필요는 없었어요." 아우렐리아가 코를 찡그리며 말했다. 그녀가 손가락으로 코를 틀어쥐었다. "저 사람은 당신을 어떻게 대해야 할지 그리고 자기 신분에도 불구하고 나름대로 충성심을 갖고 있으니까요. 저 사람이 가이우스 마리우스에게 헌신하는 것은 제 아들을 대신해서예요."

술라는 긴 의자 끝에 걸터앉았다. 가야 할지 머물러야 할지 판단이 서지 않았다. "나한테 화내지 말아요, 아우렐리아. 당신이 화를 내면 나도 당신에게 화를 내게 되니까. 그래요, 그자는 힘없는 화풀이 상대였소. 하지만 그자는 가이우스 마리우스를 도와 내가 원하지도 청하지도 않은, 처해 마땅하지도 않은 상황으로 날 내몰았소!"

아우렐리아는 숨을 크게 들이마신 뒤 천천히 내뱉었다. "네, 당신 기분을 이해할 수 있어요." 아우렐리아가 말했다. "어느 정도는 당신 말도 옳아요." 아우렐리아가 리듬을 타듯 고개를 위아래로 끄덕였다. "저도 알아요. 저도 안다고요. 당신이 모든 걸 합법적으로 해결하려고 가능한 모든 수단을 시도했단 걸 저도 알고 있어요. 하지만 가이우스 마리우스

탓은 말아요. 모든 건 푸블리우스 술피키우스의 짓이었잖아요."

"참 그럴듯한 말이군요." 술라가 말했다. 조금씩 긴장이 풀리기 시작했다. "당신은 아버지가 집정관이셨고 남편은 법무관이오, 아우렐리아. 그러니 다른 사람은 몰라도 당신은 알 거요. 생전에 술피키우스가 그 법안들을 내놓을 수 있었던 것은 그자보다 훨씬 더 영향력 있는 사람이 뒤를 봐주었기 때문이라는 것을요. 가이우스 마리우스 말이오."

"생전에?" 아우렐리아가 날카롭게 물었다. 그녀의 동공이 벌어졌다.

"술피키우스는 죽었소. 이틀 전에 붙잡혔어요."

아우렐리아가 양손으로 입을 가렸다. "가이우스 마리우스는요?"

"오, 가이우스 마리우스, 가이우스 마리우스, 늘 가이우스 마리우스 타령이지! 생각해봐요, 아우렐리아, 생각을 좀! 내가 왜 가이우스 마리우스가 죽기를 바라겠소? 인민의 영웅을 죽여? 나는 그렇게 바보가 아니오! 기껏해야 가이우스 마리우스에게 살짝 겁을 줘서 내가 이탈리아 밖으로 나갈 때까지 다시 못 들어오게 하는 정도나 바라는 거지. 그리고 그게 나만을 위해서겠소? 그건 로마를 위한 일이기도 해요. 미트리다테스를 상대하는 일을 그분이 맡게 내버려둘 수가 없으니까!" 술라는 긴 의자에서 몸을 옆으로 돌려, 자기에게 적대적인 배심원을 설득하려고 애쓰는 변호인처럼 두 손을 쳐들었다. "아우렐리아, 분명 당신도 눈치챘을 거요. 정확히 1년 전 그분이 공식 생활에 복귀한 이후, 그분은 옛날 같으면 인사조차 건네지 않았을 사람들과 관계를 맺고 있소. 그래요, 우리 모두 되도록 쓰지 않는 게 좋은 주먹들을 데려다 쓰고, 침을 뱉어줘야 마땅한 자들의 비위를 맞추기도 하지요. 하지만 두번째 뇌졸중 뒤로 그분이 의지해온 수단이나 계략은 옛날 같으면 죽어도 손대지 않았을 것들이란 말이오! 나는 내가 어떤 사람인지 압니다. 내가 어떤 짓까지 저지를 수 있는지도 알아요. 솔직히 나는 가이우스 마리우스보다 훨씬 더 거짓투성이고 비도덕적인 인간이오. 살아온 삶이 그래서기도 하지만, 나라는 인간이 본래 그런 탓이기도 하지요. 하지만 가이우스 마리우스는 본래 그런 사람이 아니었소! 귀한 자기 아들에게 살인 혐의를 제기한 수습군관을 없애려고 루키우스 데쿠미우스 같은 자를 써요? 가이우스 마리우스가? 깡패, 폭도 들을 모집하려고 루키우스 데쿠미우스 같은 자를 써요? 가이우스 마리우스가? 생각해봐요, 아우렐리아, 생각을 해보란 말이오! 두번째 뇌졸중이 그분 정신을 흐려놨소."

"당신은 절대 로마에 진군해서는 안 되었어요." 아우렐리아가 말했다.

"내게 달리 무슨 선택지가 있었지? 말해줄 수 있소? 다른 방법이 단 하나라도 있었다면 기필코 그렇게 했을 거요! 혹시 당신이 바라는 게, 내가 카푸아에서 죽치고 앉아 있다가 로마에서 두번째 내전이 발발하는 거였소? 술라 대 마리우스 전쟁?"

아우렐리아의 얼굴이 창백해졌다. "절대 그렇게까지 됐을 리는 없어요!"

"오, 제3의 대안도 있었지! 내가 미치광이 호민관과 노망 난 늙은이의 발밑에 양순하게 바짝 엎드리는 것! 가이우스 마리우스가 메텔루스 누미디쿠스에게 했던 짓을 나한테도 하게 내버려두라고? 평민들을 이용해 나의 합법적인 지휘권을 뺏어가도록? 가이우스 마리우스가 메텔루스 누미디쿠스에게 그랬을 때 누미디쿠스는 더이상 집정관이 아니었소! 하나 난 집정관이었소, 아우렐리아! 아무도 현직에 있는 집정관한테서 지휘권을 빼앗아 가지 않아요. 아무도!"

"네, 무슨 말인지 알겠어요." 아우렐리아가 말했다. 본래의 얼굴빛이 되돌아왔다. 아우렐리아의 눈에 눈물이 차올랐다. "사람들은 결코 당신을 용서하지 않을 거예요, 루키우스 코르넬리우스. 당신은 로마에 군대를 끌고 왔어요."

술라가 신음했다. "아, 제발, 아우렐리아, 울지 말아요! 한 번도 당신이 우는 걸 본 적이 없어! 심지어 내 아들 장례식에서도! 내 아들을 위해 흘리지 않은 눈물을, 로마를 위해 흘리지 마시오!"

아우렐리아는 고개를 숙이고 있었기에 눈물은 뺨으로 흐르지 않고 무릎에 떨어졌다. 아우렐리아의 검은 속눈썹이 젖어 반짝 빛났다. "저는 너무 슬프면 눈물이 안 나요." 아우렐리아가 손바닥을 옆으로 세워 코를 훔쳤다.

"그 말을 믿을 것 같소?" 술라가 말했다. 목구멍이 굳어지며 따끔거렸다.

아우렐리아가 고개를 들었다. 눈물이 뺨을 타고 흘러내렸다. "저는 지금 로마를 위해 우는 게 아니에요." 그녀는 쉰 목소리로 말하고 다시 코를 훔쳤다. "당신을 위해 우는 거예요."

술라는 의자에서 일어나 아우렐리아에게 손수건을 건네고, 그녀가 앉은 의자 뒤로 가서 한 손으로 그녀의 어깨를 짚었다. 자기 얼굴을 보이지 않는 편이 나았다.

"이 일로 당신을 영원히 사랑하겠소." 술라는 다른 한 손을 아우렐리아의 얼굴로 가져가 그녀의 속눈썹에서 눈물을 받고, 손바닥에 묻은 눈물을 혀로 핥았다. "이건 운명이오." 술라가 말했다. "나는 집정관으로서 누구보다도 힘든 임기를 치러야 했소. 누구보다도 힘든 삶이 내게 주어졌던 것과 마찬가지로. 나는 무엇에도 굴하는 사람이 아니고, 이길 수단을 상관하지도 않소. 이제 경주도 끝을 향해 가고 있어요. 그러나

이 경주는 내가 죽기 전에는 끝나지 않을 겁니다." 술라가 아우렐리아의 어깨를 움켜잡았다. "나는 당신 눈물을 내 안에 받아들였소. 전에는 에메랄드 외알 안경도 하수구에 던져버렸지. 내겐 아무런 가치가 없는 물건이었으니까. 하지만 당신 눈물은 꼭 간직할 거요."

술라의 손이 아우렐리아를 떠났고, 술라는 그 집을 떠났다. 걸음걸이에 자신감이 넘쳤고 기분은 한층 고양되어 있었다. 이제껏 다른 여자들이 술라 때문에 흘린 눈물은 상처받은 그들 자신을 위한 눈물이었다. 술라를 위한 게 아니었다. 하지만 절대 울지 않던 그녀가 오늘 그를 위해 운 것이다.

아마도 다른 남자라면 누그러든 마음으로 다시 생각해봤을 것이다. 그러나 술라는 아니었다. 한참을 걸어 이윽고 자기 집에 이르렀을 즈음, 술라는 가슴속에 혼자 품은 날아갈 듯한 행복을 저 아래 무의식의 영역에 쟁여두었다. 술라는 달마티카와 아주 기분좋게 만찬을 들고, 달마티카를 침대로 데려가 사랑을 나누고 난 다음, 항상 그랬듯 꿈조차 꾸지 않고 열 시간을 내리 잤다. 어쩌면 꿈을 꾸었는지 모르지만 기억나지 않았다. 동트기 한 시간 전 잠에서 깬 그는 잠든 아내에게 방해가 되지 않도록 혼자 일어나, 서재에서 갓 구운 바삭한 빵과 치즈를 먹으며 멍하니 상자 하나를 바라보았다. 집안의 가보인 신전 모양 장식장 하나만한 크기였다. 저멀리 책상 한귀퉁이에 놓인 상자에 든 것은 푸블리우스 술피키우스 루푸스의 머리통이었다.

나머지 죄인들은 도망쳤다. 술라와 몇몇 동료들만 아는 사실이지만, 그들을 체포하기 위한 시도는 그리 철저하게 이루어지지 않았다. 그렇지만 술피키우스는 제거되어야 했다. 따라서 술피키우스의 체포는 긴

박하게 처리되었다.

티베리스 강을 건너는 배는 속임수였다. 술피키우스는 하류로 좀더 내려가다가 배를 돌려 다시 강을 건너왔지만, 오스티아를 우회해 그곳 강변에서 몇 킬로미터 아래 위치한 작은 항구마을 라우렌툼을 향해 갔다. 거기서 다시 배를 타려던 도피자는 바로 거기서 그를 배신한 하인 때문에 궁지에 빠졌다. 술라의 하수인들은 현장에서 술피키우스를 죽였다. 술라에게 돈을 요구하려면 증거를 제시해야 한다는 걸 잘 알고 있던 그들은 술피키우스의 목을 베어 물이 새지 않는 상자에 담아 로마에 있는 술라의 집으로 가져왔다. 그들은 돈을 받았다. 아직 싱싱한 머리통은 그렇게 술라 것이 되었다. 원래의 주인 목에서 떨어져나간 지 겨우 이틀 만이었다.

1월 둘째날 로마를 떠나는 길에 술라는 킨나를 포룸 로마눔으로 불러냈다. 바로 그곳 로스트라 연단 벽에 꺾쇠로 고정된 기다란 창에 술피키우스의 머리통이 꽂혀 있었다.

"잘 봐두시오." 술라가 말했다. "이 광경을 잘 기억해두시오. 특히 저 표정을 머릿속에 잘 새겨두시오. 사람 머리가 잘려나갈 때도 시력은 그대로라고들 하지. 당신이 이전에 그 말을 믿지 않았다면, 나중엔 믿게 될 거요. 자기 머리통이 땅에 떨어지는 것을 본 인간이 저기 저자요. 잘 새겨두시오, 루키우스 킨나. 나는 동방에서 죽을 생각이 없어. 그러니까 나는 로마에 다시 온단 뜻이지. 병든 로마를 위해 내가 내린 처방에 장난질을 치면 당신도 당신 머리통이 땅에 떨어지는 꼴을 볼 것이오."

킨나는 대답 대신 경멸과 냉소에 찬 표정을 지어 보였지만, 괜한 짓이었다. 술라는 자기 말이 끝나자마자 곧장 고삐를 당겨 포룸 로마눔 쪽으로 뒤 한번 돌아보지 않고 달려가버렸다. 머리에는 챙 넓은 모자를 눌러쓴 채였다. 어느 누구라도 유능한 장군으로 그려봄직한 모습은 아니었다. 킨나에게 그것은 네메시스(그리스 신화 속 복수의 여신—옮긴이)의 모습이었다.

킨나는 몸을 돌려 머리통을 올려다보았다. 두 눈은 번쩍 뜨였고, 턱은 축 처져 있었다. 아직 동이 트기 전이었다. 지금 치우면 아무도 보지 못할 것이다.

"아니." 킨나가 소리내어 말했다. "저기 둬야 해. 로마에 쳐들어온 자가 어디까지 갈 작정인지 전 로마가 봐야지."

카푸아에 도착한 술라는 막사에 루쿨루스만 들이고, 병사들을 브룬디시움으로 이동시킬 병참 논의에 본격적으로 착수했다. 원래는 타렌툼에서 출항할 생각이었지만 그러기엔 수송선이 충분치 않았다. 출항지는 브룬디시움이어야 했다.

"총 5개 군단 중 2개 군단과 기병대 전체를 데리고 먼저 가게." 술라가 루쿨루스에게 말했다. "나는 나머지 3개 군단을 데리고 나중에 따라가지. 하지만 이오니아 해 반대편에 가서 나를 기다리고 있지 말게. 자네는 엘라트레이아나 부케타에 상륙하는 즉시 도도나로 진군해. 에페이로스와 아카르나니아에 위치한 신전을 전부 털게. 거금은 아니더라도 충분할 정도는 나올 거야. 스코르디스키족이 아주 최근에 도도나를 약탈한 것이 유감이군. 하지만 그리스와 에페이로스 신관들이 영악하다는 걸 잊지 말게, 루키우스 루쿨루스. 도도나는 야만족의 눈을 피해 상당히 많이 숨겨놓았을 거야."

"제 눈을 피해서는 아무것도 숨기지 못할 겁니다." 루쿨루스가 미소를 지었다.

"좋아! 병사들을 데리고 육로로 델포이까지 진군한 뒤에, 자네 할 일을 해. 나와 합류할 때까지 이 전쟁은 자네의 무대야."

"장군께선 어떻게 하실 겁니까?" 루쿨루스가 물었다.

"자네가 타고 간 수송선이 돌아올 때까지 브룬디시움에서 기다려야겠지. 하지만 그전에 로마가 잠잠하다는 확신이 들 때까지 카푸아에서 대기해야겠어. 나는 킨나를 신뢰하지 않아. 세르토리우스도 믿을 수 없고."

말 3천 마리와 노새 천 마리는 카푸아 주변 주민들에게 결코 달가운 존재가 아니었기 때문에 루쿨루스는 1월 중순 브룬디시움을 향해 행군을 시작했다. 겨울이 성큼 다가오고 있었고, 루쿨루스와 술라 두 사람 다 3월이나 4월 전까지 루쿨루스가 얼마나 멀리까지 항해해 갈 수 있을지 의심스러웠지만 별다른 수가 없었다. 하루속히 카푸아를 떠나야 하는 술라는 여전히 결단을 내리지 못했다. 로마에서 들어오는 보고가 심상치 않았던 것이다. 첫째로, 호민관 마르쿠스 베르길리우스가 포룸 로마눔의 로스트라 연단에서 군중을 상대로 굉장한 연설을 했고, 그 회합을 회의라고 부르길 거부함으로써 술라의 법을 위반했다는 혐의를 교묘하게 비켜갔다는 소식이었다. 베르길리우스는 (더이상 집정관이 아닌) 술라에게서 임페리움을 박탈하고 (필요하다면 무력으로라도) 술라를 로마로 데려와 술피키우스 살해 및 여전히 도피중인 가이우스 마리우스와 그 밖의 열여덟 명에 대한 불법적 추방 조치를 근거로 제기된 반역죄 혐의를 해명시켜야 한다고 주장했다.

그 연설로 인해 특별한 사건이 벌어지진 않았다. 그러나 뒤이어 베르길리우스와 또다른 호민관 푸블리우스 마기우스가 술라의 임페리움을 박탈하고 술라로 하여금 반역죄와 살인죄 혐의를 해명케 하도록 백인조회에 권고하라는 요지의 발의안을 원로원에 제출했고, 킨나가 다수의 평의원들을 대상으로 적극적인 지지 로비를 벌이고 있다는 소식이 들어왔다. 원로원은 이러한 계책 중 어느 것도 받아들일 수 없다고 단호히 거절했지만, 술라는 징조가 좋지 않음을 알았다. 그들 모두 술라가 3개 군단을 데리고 카푸아에 머물러 있다는 사실을 알고 있었다. 그들은 술라가 로마에 재차 진군할 용기는 없을 것으로 판단하는 게 분명했다. 그들은 술라를 거역해도 무사할 거라고 느끼고 있었다.

1월 말, 딸 코르넬리아 술라로부터 편지가 당도했다.

아버지, 요즘 제 입장이 곤란해요. 남편과 시아버지가 세상을 떠난 뒤 저의 새 가장이 된 시동생(이제 그가 퀸투스라는 이름을 쓰고 있어요)의 저에 대한 처사는 아주 끔찍해요. 동서는 전부터 저를 몹시 싫어했어요. 남편과 시아버지가 살아 계신 동안에는 그래도 문제가 없었지요. 하지만 이젠 새로운 퀸투스와 끔찍한 동서가 저와 시어머니와 한집에서 같이 산답니다. 법적으로 이 집은 제 아들 소유이지만, 그런 사실 따위는 잊힌 지 오래예요. 아마도 당연한 일이겠지만 시어머니는 살아 있는 당신 아들 편만 들어요. 그러고는 셋이서 로마가 어려운 것도, 자기들이 어려운 것도 다 아버지 탓이라고 불평해요. 심지어는 아버지가 제 시아버지를 움브리아에 보낸 탓에 시아버지가 돌아가셨다는 말까지 해요. 상황이 이렇다보니 제 아이들과 저는 이제 하인도 하나 없고, 하인들과 같은 것을 먹고, 자는 곳도 형편없어요. 제가 불평하면 저는 이제 아버지 소관이래요! 할아버지의 유산 대부분을 상속받을 제 아들을 마치 제가 낳지 않은 것처럼요! 그것도 정말 화가 나요. 달마티카는 자꾸 저더러 아버지 집에 와서 살라지만, 아버지께 허락을 구하기 전까진 그러면 안 될 것 같아서요.

아버지 집에서 지낼 수 있게 해달라는 부탁에 앞서, 아버지, (아버지도 어려움이 많으시겠지만 저를 위해 잠시만 시간을 내주실 수 있다면) 제게 남편감을 찾아주실 수 있을까요. 탈상하려면 아직 7개월 정도가 남았어요. 아버지께서 동의해주시면 저는 그 기간 동안 달마티카의 보호와 후견하에 아버지 집에서 지내고 싶어요. 하지만 달마티카에게 그 이상 짐을 지우고 싶지는 않아요. 제게는 제 집이 있어야 해요.

저는 아우렐리아처럼은 못해요. 저 혼자 생계를 꾸리고 싶지는 않아요. 마르키아가 폭언을 일삼아도 진심으로 즐겁게 지내는 아일리아처럼도 못하겠고요. 제발, 아버지, 제게 남편감을 찾아주세요! 최악의 남자와 결혼하더라도 다른 여자의 집에 쳐들어가는 것보다는 백배 나아요. 진심이에요.

방이 너무 추워서 기침을 심하게 하지만 건강은 그럭저럭 괜찮아요. 아이들도 그렇고요. 혹여 제 아들이 어떻게 되더라도 이 집안에서 슬퍼할 사람은 거의 없을 거라는 생각이 떠나지 않네요.

냉정하게 보자면, 코르넬리아 술라의 이 탄원서는 술라에게 분노를 일으키는 것들 중 가장 미세한 입자 같은 것이었다. 그러나 이 미세한 입자는 술라의 불안정한 심리 상태의 균형을 깨뜨렸다. 이 편지를 받기 전까지 술라는 무엇이 최선인지 판단하지 못하고 있었다. 이제 그는 알았다. 코르넬리아 술라와는 하등 상관없는 판단이었다. 하지만 술라는 딸애의 가련한 삶을 어떡하면 좋을지에 대한 생각도 있었다. 어디 감히 막돼먹은 피케눔 촌놈이 건방지게 내 딸의 건강과 행복을 위태롭게 한단 말이냐! 그리고 내 딸의 아들을!

술라는 편지 두 통을 써 보냈다. 한 통은 새끼 똥돼지 메텔루스 피우스에게 아이세르니아에서 마메르쿠스를 데리고 카푸아로 오라고 명령하는 편지였고, 다른 한 통은 폼페이우스 스트라보에게 보내는 편지였다. 새끼 똥돼지에게 보낸 편지는 직설적인 두 문장이 전부였다. 폼페이우스 스트라보에게 쓴 편지는 그보다 길었다.

근간의 로마 사정을 필시 잘 알고 계시겠지요. 루키우스 킨나의 경솔한 처사 말입니다. 그자 말에 양순하게 움직이는 호민관 무리들은 말할 것도 없고요. 북쪽에 계신 나의 벗이자 동료, 나이우스 폼페이우스. 당신과 나, 우리 두 사람은 비슷한 목적과 의도를 공유하고 있음을 적어도 평판을 통해서나마 피차 충분히 이해하고 있다고 생각합니다. 우리의 정치 이력이 다소 엇갈린 탓에 더 가까운 우정을 맺지 못했음이 참으로 안타깝지요. 나는 당신도 나처럼 보수주의를 견지하고 옛날 방식을 존중한다고 느꼈고, 당신이 가이우스 마리우스를 보는 시선이 곱지 않다는 것 또한 알고 있습니다. 킨나에 대해서도 분명 마찬가지일 것으로 짐작합니다.

만에 하나 당신이 미트리다테스 왕에 맞서 싸울 자로서 가이우스 마리우스와 그의 군단을 보내는 것이 로마에 더 이익이 된다고 본다면, 지금 즉시 이 편지를 찢어버리십시오. 반대로 미트리다테스 왕과 맞서 싸울 자로서 나와 내 군단을 더 선호한다면 계속 읽으십시오.

최근 로마 상황을 감안할 때, 나로서는 작년에 집정관 임기가 만료되기 한참 전에 시작했어야 할 모험을 이제 와서 시작할 형편이 도저히 못 됩니다. 지금 나는 동방으로 당장 출정하지 못하고 3개 군단과 함께 카푸아에 남아 있습니다. 안 그러면 임페리움이 박탈당한 채 체포되어 모스 마이오룸을 굳건히 했다는 죄목으로 심판대에 오를 형편이니까요. 킨나, 세르토리우스, 베르길리우스, 마기우스 같은 자들은 반역죄와 살인죄까지 들먹입니다.

이곳 카푸아에 주둔해 있는 내 휘하 3개 군단과 아이세르니아 앞의 2개 군단, 놀라 앞의 1개 군단을 차치하면, 지금으로서는 당신 휘하의 군단이 이탈리아에 남아 있는 유일한 군단입니다. 아이세르니아의 퀸투스 카이킬리우스, 놀라의 아피우스 클라우디우스는 나를 지지하고 내가 집정관으로서 취한 조치들을 수호해줄 것으로 믿을 수 있습니다. 이 편지로 여쭙고 싶은 것은 당신과 당신의 군단도 내가 의지할 수 있느냐는 것입니다. 내가 이탈리아를 떠나면 킨나와 그의 추종자들을 막을 것은 아무것도 없습니다. 만일의 사태로 인해 벌어질 결과들에 대해 나는 때가 되면 아주 기꺼이 맞설 겁니다. 분명히 말씀드리건대, 나는 동방에서 승리를 거두고 돌아오면 적들에게 응분의 대가를 돌려줄 겁니다.

내가 우려하는 것은 나의 지금 상황입니다. 나는 이탈리아를 떠나 있을 충분한 기간을 보장받을 필요가 있고, (잘 아시다시피) 그 기간은 4, 5개월을 넘길 수도 있습니다. 지금 같은 계절에 아드리아 해와 이오니아 해의 바람은 변덕스럽기로 악명이 높고 강풍도 잦습니다. 나는 로마에 절실히 필요해질 군대를 데리고 어떠한 위험도 고수할 형편이 못 됩니다.

나이우스 폼페이우스, 동방에 출정할 권한을 합법적으로 위임받은 자는 바로 나라는 것을 킨나와 그의 공모자들에게 확실하게 알려주는 일을 내 대신 맡아주시겠습니까? 나의 출발을 자꾸 방해해봐야 그들에게 이로울 게 없다는 사실을 내 대신 알려주시겠습니까? 적어도 지금 이 순간만큼은 성가신 해코지를 잠시 자제할 때임을 직접 알려주시겠습니까?

긍정적인 답변을 줄 수 있겠다 느끼신다면 나를 모든 면에서 당신의 벗이자 동료로 생각하셔도 좋습니다. 답장을 간절히 기다리겠습니다.

사실상 폼페이우스 스트라보의 답장은 술라의 보좌관들이 아이세르니아에서 도착하기도 전에 왔다. 엄청난 악필인 폼페이우스 스트라보가 친필로 쓴 편지는 단도직입적인 한 문장으로 이루어져 있었다. "안심하십시오, 내 다 해결할 테니."

그래서 마침내 새끼 똥돼지와 마메르쿠스가 술라가 카푸아에 임대한 주택에 모습을 드러냈을 때, 술라는 무척 상냥하고 느긋했다. 그들의 로마 정보원들이 전해준 내용으로 봐서는 도저히 믿기 힘든 모습이었다.

"안심하게, 다 해결되었으니." 술라가 활짝 웃으며 말했다.

메텔루스 피우스가 헉 소리를 냈다. "그리될 수가 있습니까? 듣기로는 혐의 얘기가 나온다던데요, 살인과 반역으로요!"

"나의 아주 좋은 벗 나이우스 폼페이우스 스트라보에게 편지를 써서 마음속 걱정거리를 다 쏟아냈네. 그랬더니 자기가 다 해결해준다는군."

"그분이라면 그럴 겁니다." 마메르쿠스의 얼굴에 천천히 미소가 떠올랐다.

"아, 루키우스 코르넬리우스, 정말 잘됐습니다!" 새끼 똥돼지가 외쳤다. "놈들이 장군님께 하는 짓이 정말 부당하지 않습니까! 사투르니누스한테보다도 못한 취급을 하고 있으니까요! 요즘 그자들 하는 짓을 보면 술피키우스가 데마고고스(선동 정치가)가 아닌 데미고드('반신[半神]'이라는 뜻의 말장난—옮긴이)였던 줄 알겠어요!" 새끼 똥돼지가 잠시 말을 멈췄다. 즉흥적으로 내뱉은 언어유희에 스스로 감탄한 듯했다. "말이 참 그럴싸하네요, 안 그렇습니까?"

"나중에 집정관 선거에 나가면 포룸 로마눔에서 써먹게나." 술라가 말했다. "나한텐 소용없어. 내가 받은 교육은 기초 단계를 넘은 적이 없으니까."

술라의 이런 말을 들을 때마다 마메르쿠스는 어리둥절했다. 그는 언제 새끼 똥돼지를 앉혀 놓고 루키우스 코르넬리우스 술라의 삶에 대해 알거나 짐작하는 것을 모두 말해달라고 해야겠다고 결심했다. 아, 물론 포룸 로마눔에서는 남들과 다르거나 재능이 특출하거나 어떤 식으로든 악명이 높은 사람들에 대한 입소문이 늘 돌고 있었다. 하지만 마메르쿠스는 포룸 로마눔의 소문에는 귀를 기울이지 않았다. 그런 것들은 심심한 인간들이 과장하거나 꾸며낸 이야기이니까.

"그자들은 장군께서 이탈리아를 떠나자마자 법안을 다 폐지시켜버릴 겁니다. 로마에 돌아오시면 그때는 어떻게 하실 생각이십니까?" 마메르쿠스가 물었다.

"벌어지면 그때 해결해야지. 조금도 앞질러 행동하면 안 돼."

"해결이 가능할까요, 루키우스 코르넬리우스? 아무래도 불가능한 상황일 것 같은데요."

"방법은 늘 있다네, 마메르쿠스. 하지만 내가 이번 작전기간 동안엔 포도주와 여자들로 여가를 보내지 않을 것이라고 하면 자네가 믿을지 모르겠군!" 술라가 웃었다. 그는 걱정하는 것처럼 보이지 않았다. "이봐, 나는 운명의 총아야. 운명의 여신은 늘 나를 보살펴주지."

이야기는 이탈리아 전쟁의 마무리와 끈질기게 버티는 삼니움족 문제로 넘어갔다. 삼니움족은 아직까지 아이세르니아와 놀라 외에도 아이세르니아와 코르피니움 사이의 영토까지 대부분 장악하고 있었다.

"삼니움족들은 수백 년째 로마를 증오해왔고, 증오에 관해서는 둘째라면 서러운 자들이지." 술라가 한숨을 쉬었다. "내가 그리스로 떠날 즈음엔 아이세르니아와 놀라가 항복했기를 바랐는데. 상황을 보아하니 내가 돌아올 때까지도 여전히 손봐주길 기다리고 있겠군."

"저희가 해낸다면 그렇지 않을 겁니다." 새끼 돼지가 말했다.

하인 하나가 나타나 머리를 긁적이더니, 루키우스 코르넬리우스만 준비되셨다면 상 차릴 준비가 다 되었다고 머뭇거리며 말했다.

물론 루키우스 코르넬리우스는 기꺼이 저녁상을 맞을 준비가 되어 있었다. 그는 자리에서 일어나 식당으로 앞장서 걸어갔다. 음식이 상에 차려지고 하인들이 분주하게 드나드는 동안 술라는 줄곧 가볍고 사소한 내용을 중심으로 대화를 이끌어갔다. 세 사람은 각자 긴 의자를 하나씩 차지하고 앉았다. 오랜 친구들 사이에만 누릴 수 있는 호사였다.

"여자들은 절대 들이지 않으십니까, 루키우스 코르넬리우스?" 하인들이 모두 물러가자 마메르쿠스가 물었다.

술라가 어깨를 으쓱하곤 얼굴을 찌푸렸다. "군사 작전에 나와서, 아내와 떨어져 있을 때, 뭐 그런 거 말인가?"

"네."

"여자들은 너무 피곤한 존재일세, 마메르쿠스. 그러니 내 대답은 안 들인다일세." 술라가 웃었다. "그 질문을 하는 이유가 달마티카의 보호자로서 자네의 의무 때문이라면, 자넨 정직한 답변을 얻은 것이네."

"사실, 그냥 노골적인 호기심 말고 다른 이유는 없었습니다." 마메르쿠스가 숫기 좋게 대꾸했다.

술라는 잔을 내려놓고 식탁 맞은편 긴 의자에 편안히 기대어 앉아 있는 마메르쿠스를 빤히 바라보았다. 전보다 더 찬찬히 뜯어보았다. 파리스 왕자, 아도니스, 혹은 멤미우스 류는 절대 아니야. 검은 머리칼을 저렇게 바싹 깎은 것을 보니 곱슬기가 전혀 없어서 이발사가 애를 먹었나보군. 얼굴은 우락부락하고, 콧등은 무너져서 설핏 납작코처럼 보여. 깊게 들어간 짙은 색 눈동자. 윤기 나는 갈색 피부. 흠, 저자의 외모에서 가장 눈에 띄는 부분이로군. 마메르쿠스 아이밀리우스 레피두스 리비아누스, 참 건장한 사내지. 일대일 결투에서 실로를 죽였을 정도로—이 공로로 시민관을 받았지—강인하고 용맹한 사내야. 어떤 식으로든 나라에 해를 끼칠 만큼 두뇌가 명석한 건 아니면서도 멍청하지도 않지. 새끼 똥돼지 말을 들어보면 위기 상황에서 꾸준하고 믿을 수 있는 자인데다 지휘를 해야 하는 상황에서 자신감이 있어. 스카우루스는 저자를 무척 아꼈고 나중엔 자기 유언장 집행자로 지목했지.

물론 마메르쿠스는 자신이 갑자기 세심하게 관찰당하고 있다는 사실을 아주 잘 알고 있었다. 어째서 애인감으로 괜찮은지 관찰당하는 기분이 드는 걸까?

"마메르쿠스, 자네 결혼은 했지, 안 그런가?" 술라가 물었다.

술라의 질문에 마메르쿠스가 깜짝 놀라 눈을 깜빡였다. "네, 루키우스 코르넬리우스."

"애는 있나?"

"딸이 하나 있습니다. 이제 네 살입니다."

"아내와 가깝게 지내나?"

"아니요, 아주 지독한 여자입니다."

"이혼을 고려해본 적은 없고?"

"로마에 있을 때는 이혼 생각뿐입니다. 로마를 벗어나면 아내 생각은 아예 하지 않으려 합니다."

"아내 이름이 뭔가? 어느 집안 여자지?"

"클라우디아입니다. 현재 놀라 포위공격을 맡고 있는 아피우스 클라우디우스 풀케르의 여자 형제들 중 하납니다."

"아, 현명치 못한 선택이었군, 마메르쿠스! 거긴 특이한 집안이야."

"특이하다고요? 제가 보기엔 아예 이상한 사람들입니다."

메텔루스 피우스는 이제 느긋하게 기대어 앉아 있지 못했다. 허리를 꼿꼿이 세우고는 크게 뜬 두 눈을 술라에게 고정했다.

"내 딸이 과부가 되었네. 아직 스무 살도 채 안 되었어. 자식은 둘이 있네. 딸 하나, 아들 하나. 자네 내 딸을 본 적이 있나?"

"아니요." 마메르쿠스가 차분하게 대답했다. "한 번도 못 본 것 같습니다."

"나는 그애 아버지니까 판단할 입장이 못 되지. 하지만 사람들은 날더러 딸애가 예쁘다고들 하더군." 술라가 포도주잔을 집어들었다.

"아, 예쁘고말고요, 루키우스 코르넬리우스! 눈이 부실 정도입니다!" 새끼 돼지가 환한 얼굴로 헤벌쭉 웃었다.

"그래, 저거야. 외부에서의 의견이 저렇다네." 술라는 자기 잔을 들여다보고는 포도주 찌끼를 빈 접시에 솜씨 좋게 털어냈다. "다섯 개!" 술라가 기뻐하며 외쳤다. "5는 내게 행운의 숫자지." 술라의 두 눈이 마메르쿠스를 정면으로 바라보았다. "난 지금 가여운 내 딸애한테 어울릴 좋은 남편감을 찾고 있네. 그애 시댁 식구들이 굉장히 힘들게 하고 있거든. 그애에게는 지참금 40탈렌툼이 있어. 보통 여자들에 비해 상당히 많은 액수지. 애도 잘 낳고, 아들도 하나 있고, 아직 젊고, 부모 양쪽 다 파트리키야. 그애 모친은 율리우스 가문 여자였지. 성품도 그만하면 훌륭해. 그렇다고 자네가 장홧발로 짓밟아도 가만 누워만 있을 여자란 뜻은 아니지만, 사람들과 대체로 잘 지내는 편이야. 죽은 그애 남편 퀸투스 폼페이우스 루푸스도 살아 있을 때 그애한테 푹 빠져 지냈다네. 어떤가? 관심이 가나?"

"두고봐야지요." 마메르쿠스가 조심스럽게 말했다. "눈 색깔은 어떻습니까?"

"모르겠네." 아버지가 말했다.

"아름답게 빛나는 푸른색." 새끼 똥돼지가 말했다.

"머리칼 색깔은요?"

"붉은색인가, 갈색인가, 적갈색인가? 잘 모르겠군." 아버지가 말했다.

"태양이 막 사라진 뒤의 하늘빛이지." 새끼 똥돼지가 말했다.

"키는 큽니까?"

"모르겠네." 아버지가 말했다.

"자네 코끝 정도까지 올 걸." 새끼 똥돼지가 말했다.

"피부색은요?"

"모르겠네." 아버지가 말했다.

"하얀 크림색 꽃잎 같아. 코 주변에 자그마한 황금빛 주근깨가 여섯 개 있지." 새끼 똥돼지가 말했다.

술라와 마메르쿠스는 동시에 가운데 긴 의자 쪽을 빤히 쳐다봤다. 가운데 의자의 주인은 갑자기 얼굴을 붉히며 움츠러들었다.

“듣자하니 자네가 내 딸과 결혼하고 싶은 것 같군, 퀸투스 카이킬리우스.” 아버지가 말했다.

“아뇨, 아닙니다!” 새끼 뚱돼지가 외쳤다. “다만 남자라면 눈이 있으니까요, 루키우스 코르넬리우스! 따님은 정말 아름다우시거든요.”

“그렇다면 제가 그녀를 차지하겠습니다.” 마메르쿠스는 자신의 좋은 벗 새끼 뚱돼지를 웃으며 바라보았다. “여자 보는 눈이 훌륭하십니다, 퀸투스 카이킬리우스. 감사합니다, 루키우스 코르넬리우스. 따님은 이제 저와 약혼한 사이인 겁니다.”

“탈상하려면 아직 7개월이 지나야 하니, 서두를 것 없네.” 술라가 말했다. “그때까지는 달마티카와 같이 지내고 있을 걸세. 직접 가서 그앨 만나보게, 마메르쿠스. 내가 딸애에게 편지를 써두지.”

나흘 후, 술라는 무척 기뻐하는 3개 군단과 함께 브룬디시움으로 떠났다. 가보니 루쿨루스는 아직 도시 외곽에 진을 치고 있었다. 영토 대부분이 이탈리아 땅인데다 아직 초겨울이어서, 기병대 말과 군용 노새가 풀 뜯을 곳을 찾기는 어렵지 않았다. 하지만 비가 잦고 바람이 거셌고 그후로도 날씨가 바뀌지 않아서, 길게 체류하기에 이상적인 조건은 아니었다. 병사들은 점차 지겨워하며 지나치게 많은 시간을 도박으로 보냈다. 그러나 술라가 도착하자 병사들은 안정을 찾았다. 병사들이 견디기 힘든 상관은 술라가 아닌 루쿨루스였다. 루쿨루스는 군단병들을 이해하지 못했고, 자기보다 낮은 사회계층 사람들을 이해하는 데 별 관심이 없었다.

달력상 3월이 되자 루쿨루스는 그 분주한 항구에서 배라는 배는 모두 쓸어모아 자신의 2개 군단과 2천 명의 기병을 태우고 케르키라를 향해 출항했다. 따라서 술라가 출항하려면 그 수송선들이 돌아오기를 기다릴 수밖에 별도리가 없었다. 하지만 5월 초, 그 역시 3개 군단과 군용 노새 천 마리를 데리고 아드리아 해를 건넜다. 이제 술라가 가지고 있던 황금 200탈렌툼은 거의 남지 않았다.

뱃멀미가 없는 술라는 선미 난간에 기대서서 배가 바다에 일으키는 희미한 물결 너머로 수평선에 보이는 얼룩 하나를 물끄러미 바라보았다. 이탈리아였다. 잠시 후 이탈리아는 사라졌다. 그는 자유였다. 쉰셋의 나이에 드디어 영예로운 승리를 거둘 전쟁에 나가고 있었다. 이번엔 진짜 다른 나라의 적이다. 영광, 전리품, 전투, 피.

당신 기회는 물건너갔어, 가이우스 마리우스! 술라는 행복감에 취해 생각했다. 이번 건 당신이 나한테서 훔쳐갈 수 없는 전쟁이야. 이 전쟁은 내 거야!

The Grass Crown

제10장

루키우스 코르넬리우스 킨나

가이우스 마리우스를 텔루스 신전에서 데리고 나와 벨리아 고지의 유피테르 스타토르 신전 실내에 피신시킨 것은 젊은 마리우스와 루키우스 데쿠미우스였다. 그런 다음 다시 푸블리우스 술피키우스, 마르쿠스 라이토리우스를 비롯하여 술라의 군대에 맞서 로마를 지키고자 검을 들었던 다른 귀족들을 찾아 밖으로 나선 것도 젊은 마리우스와 데쿠미우스였다. 그리고 잠시 후 술피키우스를 비롯한 귀족 아홉 명을 유피테르 스타토르 신전으로 데리고 들어온 것도 젊은 마리우스와 데쿠미우스였다.

"여기 이 사람들이 저희가 찾은 전부입니다, 아버지." 젊은 마리우스가 근처 바닥에 주저앉으며 말했다. "마르쿠스 라이토리우스, 푸블리우스 케테구스, 푸블리우스 알비노바누스는 조금 전에 카페나 성문을 빠져나가는 것을 사람들이 봤답니다. 그런데 그라니우스 형제는 봤단 사람이 아무도 없어요. 더 일찌감치 로마를 빠져나간 것이길 바랄 뿐이에요."

"참 아이러니하군." 마리우스가 누구에게랄 것 없이 씁쓸히 말했다. "숨은 데가 하필 후퇴하는 군인들을 멈춰 세우는 신을 모신 곳이라니.

내가 이끈 자들은 내가 무엇을 약속해도 멈춰 싸우려 하지 않았어."

"그들은 로마의 군인이 아니었습니다." 젊은 마리우스가 지적했다.

"나도 안다!"

"술라가 정말로 끝까지 밀고 들어올 줄은 전혀 예상치 못했습니다." 술피키우스가 말했다. 그는 몇 시간을 줄곧 뛰어다닌 양 숨을 헐떡였다.

"저는 예상했습니다. 투스쿨룸의 라티나 가도에서 그자를 만나본 후." 수도 담당 법무관 마르쿠스 유니우스 브루투스가 말했다.

"어쨌든 이제 로마는 술라 손에 있어요." 젊은 마리우스가 말했다. "아버지, 어떻게 할까요?"

술피키우스가 먼저 대답했다. 그는 사람들이 하나같이 마리우스에게 답을 구하는 이 분위기가 몹시 못마땅했다. 마리우스가 집정관을 여섯 차례나 지냈고 원로원을 무너뜨리려는 호민관에게 지대한 도움을 주긴 했지만, 지금 이 순간 그는 평범한 시민일 뿐이었다. "각자 집으로 가서 아무 일도 없었던 것처럼 행동합시다." 술피키우스가 단호히 말했다.

마리우스는 믿을 수 없다는 듯이 고개를 돌려 술피키우스를 쳐다보았다. 살면서 이만큼 피로했던 때가 없었다. 또한 그는 왼쪽 손, 팔, 턱에 감각이 없다는 끔찍한 사실을 인식하고 있었다. "그러고 싶으면 자네나 그렇게 하시게." 마리우스가 말했다. 혀에 이상한 느낌이 든 그는 입안에서 혀를 굴려보았다. "나는 술라를 잘 알아. 내가 뭘 해야 하는지도 잘 알지. 필사적으로 도망치는 거야."

"말씀에 동의합니다." 브루투스가 말했다. 입술의 푸른 기운이 평소보다 짙어 보였고, 가쁜 숨으로 가슴이 심하게 들썩였다. "로마에 남으면 술라가 우릴 죽일 겁니다. 전 투스쿨룸에서 그자의 얼굴을 봤어요."

"그자는 우리를 죽일 수 없습니다!" 술피키우스가 단정적으로 말했다. 훨씬 더 젊었던 그는 이제 호흡과 함께 판단력도 되찾고 있었다. "자기가 신성모독죄를 저질렀음을 누구보다도 술라 자신이 가장 잘 알 겁니다. 이제부터라도 모든 걸 합법적으로 처리하려고 안간힘을 쓸 겁니다."

"어림없는 소리!" 마리우스가 코웃음 쳤다. "그래서 자넨 그자가 이제 어떡할 것 같은가? 내일 자기 병사들을 도로 캄파니아로 물릴 것 같은가? 당연히 그럴 리 없지! 그잔 로마를 점령한 채 하고 싶은 대로 할 거야."

"그자가 감히 그럴 리 없습니다." 술피키우스가 말했다. 그러나 그 순간 그는 원로원의 다른 여러 사람들처럼 자기도 술라에 대해 잘 모른다는 사실을 깨달았다.

마리우스는 웃음을 터뜨렸다. "감히? 루키우스 코르넬리우스 술라에게 '감히'라고? 철 좀 들게, 푸블리우스 술피키우스! 술라가 감히 못할 일은 없어. 과거에도 그랬지. 더 끔찍한 건 그자는 사전에 충분히 계산을 한 뒤에 감행한다는 거야. 아, 술라는 급조한 재판정에 우리를 반역죄로 세우는 짓 따윈 하지 않아! 그냥 어디 몰래 데려가서 죽여버리고 사람들한텐 우리가 싸우다가 죽었다고 할 걸세."

"제 생각도 같습니다, 가이우스 마리우스." 데쿠미우스가 말했다. "필요하다면 자기 어머니도 서슴없이 죽일 겁니다. 그런 자예요." 그는 부르르 떨며 주먹 쥔 오른손을 들어올리더니, 마치 두 개의 뿔처럼 집게손가락과 새끼손가락을 빳빳하게 펴들었다. 악마의 눈을 쫓아내는 신호였다. "보통 사람과 달라요."

나머지 아홉 명의 사내들은 신전 바닥에 앉아 우두머리들의 논쟁을 지켜보았다. 모두 원로원이나 기사계급에 속하긴 했으나 중요한 인물은 아니었다. 처음 시작할 때만 해도 로마 안에 로마 군대를 두어서는 안 된다는 대의는 싸울 가치가 충분해 보였다. 그런데 다들 이토록 참담하게 당하고 나니 애초에 그런 시도를 한 스스로가 바보같이 느껴졌다. 그들 모두 로마를 위해서라면 목숨도 아깝지 않다고 생각하기에 내일이면 다시 등을 똑바로 펴고 일어나겠지만, 이전의 환상에서 깨어나 지칠 대로 지친 몸으로 유피테르 스타토르 신전에 모여 있는 지금으로서는 모두 마리우스의 의견이 술피키우스를 압도하기를 바랐다.

"만일 어르신이 가시면 저도 남을 수 없습니다." 술피키우스가 말했다.

"가는 게 좋아. 나를 믿게. 나는 분명히 몸을 피해야 해." 마리우스가 말했다.

"아저씨는요?" 젊은 마리우스가 데쿠미우스에게 물었다.

데쿠미우스가 고개를 저었다. "저는 떠날 수 없습니다. 뭐, 다행히 저는 중요한 사람이 아니니까요. 저는 아우렐리아와 어린 카이사르를 지켜야 합니다. 어린 카이사르의 아빠는 요즘 루키우스 킨나와 알바 푸켄티아에 가 있어서요. 율리아 부인도 제가 가까이서 지켜보겠습니다, 가이우스 마리우스."

"술라는 내 재산을 손닿는 대로 다 압수할 거야." 마리우스가 득의에 찬 얼굴로 히죽 웃었다. "내가 천지 사방에 돈을 묻어놨다는 게 참으로 다행이지?"

브루투스가 힘겹게 몸을 일으켜세웠다. "집에 가서 되는대로 다 들고 나와야겠습니다." 그는 술피키우스가 아닌 마리우스 쪽을 쳐다보았다. “어디로 갑니까? 각자 움직일까요, 아니면 다 같이 움직이는 게 좋을까요?”

“이탈리아를 벗어나야 할 거야.” 마리우스가 오른손은 아들을 향해, 왼손은 데쿠미우스를 향해 뻗으며 말했다. 그는 퍽 가뿐하게 몸을 일으켜세웠다. “각자 알아서 로마를 벗어나고, 로마에서 확실히 벗어나기 전까지는 서로 떨어져 있는 편이 좋을 거야. 그다음부턴 뭉쳐서 다니는 것이 낫겠지. 한 달 후, 12월의 이두스에 아이나리아 섬에서 재회하기로 하세. 나이우스 그라니우스와 퀸투스 그라니우스를 찾아 만날 장소를 일러주는 데는 문제가 없을 거야. 아마 케테구스, 알비노바누스, 라이토리우스가 어디 있는지는 그들이 알 것이고. 아이나리아에서 만난 뒤는 내게 맡기게. 내가 배를 구해두지. 지금으로 봐선 아이나리아에서 배를 타고 시칠리아로 떠나는 것이 좋겠어. 노르바누스가 내 피호민인데 거기서 총독을 하고 있거든.”

“그런데 왜 아이나리아입니까?” 술피키우스가 물었다. 그는 로마를 떠나기로 한 결정이 여전히 탐탁지 않았다.

“섬이고, 좀체 사람 발길이 닿지 않는 곳인데다, 푸테올리에서 그리 멀지 않으니까. 나는 푸테올리에 친척이 많고 돈도 많이 있네.” 신경이 쓰이는지 왼손을 팔랑이며 마리우스가 대답했다. “내 육촌 마르쿠스 그라니우스는 은행가야. 나이우스와 퀸투스 형제의 사촌이기도 하지. 그러니 나이우스와 퀸투스 형제는 마르쿠스 그라니우스에게 갈 걸세. 마르쿠스 그라니우스가 내 현금을 꽤 많이 보관하고 있어. 우리 모두 아이나리아로 가는 동안, 루키우스 데쿠미우스 자네는 내가 써주는 편지를 푸테올리의 마르쿠스 그라니우스에게 전해. 그가 우리 스무 명이 모두 부족하지 않게 지낼 자금을 아이나리아로 보내줄 것이네.” 마리우스는 불편한 왼손을 군복 띠에 끼웠다. "루키우스 데쿠미우스가 다른 사람도 찾아봐줄 거야. 우리 스무 명 다 만나게 될 거라고 내 장담하지. 망명 생활을 하려면 돈이 많이 들어. 하지만 걱정들 말게. 나한테 돈이 있으니까. 술라가 로마에 영원히 머물러 있지는 않아. 미트리다테스와 싸우러 갈 테니까. 빌어먹을 놈! 놈이 전쟁을 치르느라 이탈리아에 돌아오는 건 생각조차 할 수 없을 때 우리는 로마에 돌아오는 거지. 내 피호민인 루키우스 킨나가 새해에 집정관이 될 테니까, 우리가 돌아올 수 있게 그자가 도와줄 거야."

술피키우스는 깜짝 놀랐다. "킨나가 어르신의 피호민이라고요?"

"나는 사방에 피호민이 있다네, 푸블리우스 술피키우스. 심지어 대단한 파트리키 가문 출신 중에도 있지." 마리우스의 말씨가 느긋해졌다. 몸 상태가 점점 나아지고 있었다. 아니 그보다는 무감각한 마비증세가 가라앉았다는 편이 더 옳을 것이다. 마리우스는 신전 출구를 향해 움직이다가 다른 사람들을 돌아보며 말했다. "다들 기운 내게! 나는 로마의 집정관을 일곱 번 지낸다는 예언을 받은 사람이니 우리가 로마를 떠나 있는 것은 일시적인 일이네. 그리고 내가 일곱번째 집정관이 되면 자네들 모두에게 크게 포상하겠네."

"포상은 필요 없습니다, 가이우스 마리우스." 술피키우스가 뻣뻣하게 말했다. "제가 이러는 건 오직 로마를 위해섭니다."

"여기 있는 사람들 모두 마찬가질세, 푸블리우스 술피키우스. 어쨌거나 이제 움직이는 것이 좋겠네. 술라가 어두워지기 전까지 성문마다 병사들을 세울 테니까. 지금 제일 좋은 대안은 카페나 성문이네. 다들 부디 몸조심하게."

술피키우스와 다른 아홉은 팔라티누스 언덕길을 달려올라 사라졌지만, 마리우스는 벨리아 고지를 따라 포룸 로마눔을 향해 걸어가려 했다. 그때 데쿠미우스가 그를 덥석 붙들었다.

"어르신께선 저와 곧장 카페나 성문으로 가시지요." 수부라 출신의 왜소한 사내가 말했다. "당장 필요한 돈은 아드님이 집으로 잽싸게 달려가서 들고 오면 됩니다. 제일 젊고 건강하지 않습니까. 아드님이 카페나 성문에 왔을 때 군인들이 있더라도 어떻게든 빠져나올 거예요. 정 안 되면 담이라도 넘겠지요. 어르신 육촌 되는 분께 쓸 편지도 아드님이 쓰고, 육촌 어르신이 믿을 수 있게끔 나중에 부인께서 내용을 조금 덧붙이면 됩니다."

"율리아는!" 마리우스가 애통한 목소리로 외쳤다.

"부인은 다시 만나실 겁니다. 어르신께서도 아까 말씀하셨잖아요. 예언이요, 그죠? 집정관을 일곱 번 하신다면서요. 돌아오실 겁니다. 부인께서도 어르신이 이미 떠나셨다는 걸 아셔야 걱정을 덜 수 있습니다. 마리우스, 아버님과 나는 성문을 벗어나서 근처 무덤가에서 기다리고 있겠습니다. 우리가 성문 근처를 예의 주시하고 있을 테지만, 혹시 우리가 못 보더라도 무덤가로 와서 우리를 찾으세요."

젊은 마리우스는 집 쪽으로 갔고, 그의 아버지와 데쿠미우스는 팔라티누스 언덕길을 걸어올랐다. 무고니아 성문 바로 안쪽에서 두 사람은 트리움팔리스 가도 너머 오래된 회의소 쪽으로 이어지는 좁은 길로 들어섰다. 이곳의 계단을 내려가면 팔라티움 고지였다. 멀리서 들려오는 소리로 봐서는 술라와 병사들이 에스퀼리누스 언덕에서 케롤리아이 늪지 쪽으로 내려가는 것 같았는데, 막상 마리우스와 데쿠미우스가 웅장한 카페나 성문을 서둘러 통과해보니 군인처럼 입은 사람이 근처에 한 명도 눈에 띄지 않았다. 두 사람은 조금 더 걸어 내려가 무덤 뒤편에서 편한 자세로 성문을 지켜볼 수 있는 곳에 자리를 잡았다. 그뒤로 이어진 두 시간 동안 많은 사람들이 카페나 성문으로 나왔다. 모든 사람들이 로마 군대가 장악한 로마에 남고 싶어하는 것은 아니었다.

그때 젊은 마리우스의 모습이 나타났다. 옆에는 나귀를 끌고 있었다. 시장에서 큰 짐을 나르거나 야니쿨룸 언덕에서 땔감을 나를 때 쓰는 나귀였다. 옆에는 한 여인이 짙은 색 망토로 몸을 단단히 감싼 채 함께 걷고 있었다.

"율리아!" 마리우스가 누가 보든 상관없다는 듯 큰 소리로 외치며 숨어 있던 자리에서 나타났다.

여인은 재빨리 걸어가 마리우스의 품에 파고들었다. 마리우스의 양팔이 그녀를 감싸안자 그녀는 두 눈을 감았다. "아, 가이우스 마리우스, 못 보는 줄 알았어요!" 율리아는 고개를 들어 그의 키스를 받고 이어 또 한번, 그리고 또 한번 받았다.

그들이 결혼한 지 벌써 몇 년인가? 그러나 입맞춤은 여전히 그들에게 강렬한 기쁨이었고, 지금 이 순간 그들을 무겁게 짓누르는 슬픔과 불안 속에서도 그 기쁨은 여전했다.

"아, 당신이 보고 싶을 거예요!" 율리아가 울지 않으려 애쓰며 말했다.

"그렇게 오래 떠나 있지는 않을 거요, 율리아."

"루키우스 코르넬리우스가 이런 짓을 저지르다니 믿을 수가 없어요!"

"내가 그자 입장에 있었더라도 똑같이 했을 거요."

"당신은 절대 로마에 군대를 데려오진 않아요!"

"그건 나도 확신할 수 없소. 술라 편에서 공정하게 말하면, 그자에 대한 도발이 지나쳤소. 이렇게 하지 않았다면 그는 이제 끝장이었을 거요. 루키우스 코르넬리우스나 나 같은 사내들은 그런 운명은 받아들일 수 없어, 우린 그렇게 안 되지. 그자가 운이 좋았던 것은 지금 집정관이고 휘하에 군대가 있었다는 거요. 내겐 그게 없었지. 하지만 우리 위치가 뒤바뀌어 있었다면 그자가 한 짓을 나도 똑같이 했을 거요. 기발한 수였어. 로마 역사를 통틀어서 그런 행동을 할 용기를 가진 남자는 단 둘뿐이지. 루키우스 코르넬리우스, 그리고 나." 마리우스는 율리아에게 또 한번 키스한 뒤 그녀를 안고 있던 팔을 풀었다. "이제 집으로 가요, 율리아. 가서 기다리시오. 루키우스 코르넬리우스가 우리집을 압수하면 쿠마이의 장모님 댁으로 가시오. 마르쿠스 그라니우스한테 이번에 보내라고 한 돈보다 훨씬 더 많은 돈이 그 사람한테 맡겨져 있으니까, 필요할 땐 마르쿠스 그라니우스에게 연락하시오. 로마에서는 티투스 폼포니우스에게 달라고 하시오." 마리우스가 율리아를 밀쳐냈다. "가요, 율리아, 어서!"

율리아는 가다가 고개를 돌려 어깨 너머로 남편을 바라보았다. 그러나 마리우스는 이미 몸을 돌려 데쿠미우스와 이야기하고 있어 그녀 쪽을 보지 않았다. 율리아의 가슴이 자부심으로 부풀었다. 그래, 그래야 한다! 중요한 일들을 급히 처리해야 할 때 남자가 아내의 뒷모습을 그리워하듯 바라보느라 시간을 낭비해선 안 돼. 스트로판테스와 건장한 하인 여섯이 율리아를 집으로 모시려고 성문 근처를 서성이고 있었다. 율리아는 앞만 바라봤고 걸음걸이는 결의에 차 있었다.

"루키우스 데쿠미우스, 자네는 우리가 탈 말을 빌려와야겠네. 요즘 말 타는 게 편치는 않지만 마차는 너무 눈에 띄니까." 마리우스가 말했다. 그는 아들을 바라보았다. "내가 위급한 때 쓰려고 쟁여두었던 금화 주머니를 들고 왔느냐?"

"네. 데나리우스 은화주머니도 하나 가져왔어요, 아버지. 이건 마르쿠스 그라니우스에게 보낼 편지예요, 루키우스 데쿠미우스."

"잘했다. 루키우스 데쿠미우스에게도 은화를 좀 주거라."

마리우스는 그렇게 로마를 빠져나갔다. 아들과 함께 빌린 말을 타고서, 나귀를 뒤에 단 채.

"왜 배로 강을 건너서 에트루리아 항구로 가지 않으십니까?" 젊은 마리우스가 물었다.

"아니, 그건 푸블리우스 술피키우스가 선택할 방법이다. 나는 오스티아로 간다. 거기가 제일 가깝지." 마리우스가 말했다. 이제 그 끔찍한 마비증상이 그다지 의식되지 않아 조금은 편안해졌다. 아니면 그 증상에 차츰 익숙해져가는 걸까?

두 사람을 태운 말들이 오스티아 외곽에 이르러 시의 방벽이 보이기 시작했다. 아직 완전히 깜깜해지지 않은 시간이었다.

"성문 수비병은 없어요, 아버지." 젊은 마리우스가 말했다. 요즈음은 마리우스의 시력이 아들만 못했다.

"그러면 수비병을 세우란 명령이 내려지기 전에 어서 들어가자, 아들아. 부둣가로 내려가서 상황을 보자꾸나."

마리우스는 장사가 잘되는 것 같은 부둣가 선술집을 하나 골랐다. 젊은 마리우스에게 어두운 그늘로 가서 말과 당나귀를 보고 있으라고 한 뒤 직접 배를 빌리러 갔다.

로마가 점령되었다는 소식은 오스티아에 아직 닿지 않은 것이 분명했지만, 술라의 역사적인 진군에 대해서는 모두가 이야기하고 있었다. 마리우스가 들어서자마자 여관에 있는 모든 사람들이 그를 알아보았지만, 그를 망명중인 유명인처럼 대하는 사람은 아무도 없었다.

"시칠리아로 급히 빠져나가야 하오." 마리우스가 그 자리의 모든 사람들에게 포도주를 사며 말했다. "혹시 바로 띄울 수 있는 좋은 배가 있소?"

"값만 제대로 쳐주시면 제 배를 쓰실 수 있습니다." 산전수전 다 겪은 듯 보이는 사내가 허리를 숙이며 말했다. "저 푸블리우스 무르키우스가 모시겠습니다, 가이우스 마리우스."

"오늘밤에 당장 출항할 수 있다면 그 배로 하겠네, 푸블리우스 무르키우스."

"자정 직전에 닻을 올릴 수 있습니다."

"훌륭하군!"

"대금은 선불로 치러주십시오."

젊은 마리우스가 안으로 들어왔을 때 그의 아버지는 협상을 막 마무리지은 터였다. 마리우스가 일어나 환한 표정으로 방안을 둘러보며 "얘가 내 아들이오!"라고 말하고는 젊은 마리우스를 부둣가로 데리고 나왔다.

"너는 따로 가거라." 둘만 있게 되자 마리우스가 말했다. "아이나리아까지 알아서 오너라. 나와 같이 가면 네가 훨씬 더 위험해져. 말을 타고 타라키나로 가거라. 당나귀와 말 두 필을 다 가져가."

"왜 아버지께선 같이 안 가십니까? 타라키나 쪽이 더 안전합니다."

"그렇게 멀리까지 말을 탈 정도로 몸이 좋지 않아. 나는 여기서 배를 타고 풍랑 운이 좋기를 바라야지." 마리우스는 아들에게 가볍게 스치듯이 입맞춤했다. "금화를 가져가거라. 내게는 은화를 다오."

"절반씩 나눠요, 아버지. 안 그러면 저는 아무것도 가져가지 않겠습니다."

마리우스가 한숨을 쉬었다. "가이우스 마리우스 2세, 왜 너는 내게 집정관 카토를 죽였다고 말할 수 없었느냐? 왜 그 사실을 부인한 것이냐?"

아들이 소스라치게 놀라 아버지를 빤히 바라보았다. "그걸 물으시는 겁니까? 지금 같은 때에? 지금 그게 그리 중요합니까?"

"내게는 그렇다. 운명의 여신이 나를 버린 거라면, 우리는 이제 다시 만날 수 없어. 왜 너는 그때 내게 거짓말을 했느냐?"

젊은 마리우스가 구슬픈 미소를 지었다. 아들의 얼굴에 율리아의 모습이 비쳤다. "아, 아버지! 아버지가 듣고 싶은 말이 무엇인지는 그 누구도 절대로 알 수 없어요! 그런 단순한 이유예요. 저희는 모두 늘 아버지께서 듣고 싶어할 대답을 드리려고 노력해요. 그건 아버지께서 위대한 인물이 됨과 동시에 치르게 된 대가 같은 거예요! 아버지께서 올바르고 윤리적인 행동을 고집하시는 것 같을 땐, 잘못을 부인하는 편이 현명하다고 느꼈어요. 그럴 때 아버지는 제가 잘못을 인정하길 바라지 않으실 테니까요. 제가 잘못을 인정해버리면 아버지께선 저를 기소할 수밖에 없으셨을 거예요. 제가 잘못 추측한 것이라면 죄송해요. 어차피 아버진 제게 아무런 도움도 주지 않으셨잖아요. 아버지께선 가문 날의 달팽이보다도 더 단단하게 마음을 닫고 계셨어요."

"나는 네가 응석받이처럼 군다고 생각했지!"

"아, 아버지!" 젊은 마리우스가 고개를 저었다. 눈가에 고인 눈물이 빛났다. "위대한 인물의 아들은 응석받이가 될 수 없어요. 제가 어떤 기대를 받고 자랐을지 생각해보세요. 아버지가 거인처럼 성큼성큼 세상을 활보하시면 아버지 발아래 서 있는 저희는 아버지가 무얼 원하실지,

어떻게 해야 아버지를 가장 기쁘게 해드릴 수 있을지 궁리하며 종종걸음으로 따라다닐 뿐이에요. 아버지 주위의 어느 누구도 아버지와 동등한 사람이 될 수 없어요. 머리로든, 능력으로든. 그건 아버지 아들인 저도 마찬가지예요."

"그럼 얘야, 내게 한번 더 입맞춰주고 떠나거라." 이번에는 마음으로부터 우러나는 포옹이었다. 마리우스는 자신이 아들을 이토록 좋아하는지 미처 깨닫지 못했다. "한데, 넌 절대적으로 옳았다."

"뭐가 옳았다는 말씀이세요?"

"집정관 카토를 죽인 것 말이다."

젊은 마리우스가 듣고 싶지 않다는 듯 한 손을 내저었다. "그건 저도 알아요! 12월의 이두스에 아이나리아에서 뵐게요."

"가이우스 마리우스! 가이우스 마리우스!" 뒤에서 누군가가 보채듯 마리우스를 불렀다.

마리우스는 선술집을 향해 몸을 돌렸다.

"준비되셨으면 지금 제 배로 가시지요." 무르키우스가 여전히 성마른 목소리로 말했다.

마리우스가 한숨을 내쉬었다. 이 바다여행이 어떤 식으로든 순탄치 않을 것이라던 그의 직감이 옳았다. 산전수전 다 겪은 듯 보이더니, 짱짱한 해적이 아닌 그냥 어리숙한 물고기였어.

하지만 막상 바다로 나가보니 배는 상당히 괜찮았다. 튼튼하고 항해하기 좋은 배였다. 단, 최악에 최악의 상황이 겹쳐서 시칠리아보다 더 멀리까지 가야 할 경우 시칠리아에서 아프리카까지 이어질 너른 바다에서도 이 배가 잘 움직여줄지는 알 수 없었다. 이 배의 최대 약점은 분명, 불평하는 것 말고 아무 일도 하지 않는 선장 무르키우스였다. 그래도 그들은 자정 직전에는 이 불편한 항구의 갯벌과 모래톱을 빠져나왔고, 때마침 해안선을 따라 출항하기 좋게끔 강한 북동풍이 불어주었다. 무르키우스가 화물을 대신할 바닥짐을 충분히 싣지 않은 탓에 심하게 삐걱대고 휘청대는 배는 3킬로미터 남짓한 거리를 기듯이 겨우겨우 나아갔다. 적어도 선원들이 명랑하긴 했다. 몇 개 있지도 않은 노를 굳이 젓는 이는 아무도 없었고, 거추장스러울 정도로 커다란 방향키 두 개 역시 줄곧 방치되어 있었다.

그러다 새벽녘에 바람이 홱 방향을 틀어 배를 반 바퀴 돌려놓았고, 남서쪽으로부터 강풍에 가까운 바람이 불어왔다.

"하, 이거." 무르키우스가 승객에게 짜증스러운 목소리로 말했다. "이러다 바람에 밀려 오스티아까지 곧장 도로 가겠는데요."

"자네가 그렇지 않다고 말하면 황금을 주겠네, 푸블리우스 무르키우스. 아이나리아에 반드시 도착할 거라고 말하면 더 많은 황금을 주지."

무르키우스의 대답이라곤 의심에 찬 눈초리가 전부였지만, 그도 황금의 유혹에는 버틸 재간이 없었다. 선원들 역시 갑자기 대장처럼 걱정스러운 표정이 되었고, 커다란 가로돛이 말려 올라가자마자 양손에 노를 집어들었다.

섹스투스 루킬리우스는 바로 다음해에 호민관으로 선출되리라 기대하고 있었다. 그는 폼페이우스 스트라보의 사촌이었다. 가문의 전통대로 보수주의자였던 그는, 역시나 당선이 확실시되는 급진적인 동료들에게 마구잡이로 거부권을 날릴 생각에 한껏 들떠 있었다. 그러나 술라가 로마에 진군해 들어오고 케롤리아이 늪지 부근에 자리를 잡자, 그 역시 다른 여러 사람들처럼 이 일로 인해 자신의 미래가 어떻게 바뀔지 알 수 없게 되었다. 그가 술라의 조치에 반대했던 것은 아니다. 그의 의견을 묻는다면 마리우스와 술피키우스는 툴리아눔 감옥의 지하실에서 교살해야 마땅했다. 아니, 더 좋은 방법은 타르페이아 바위에서 내던져버리는 것이다. 가이우스 마리우스의 육중한 몸뚱어리가 허우적대며 저 아래 뾰족한 바위들 위로 떨어지는 꼴은 얼마나 장관일까! 사람들은 그 늙은 머저리를 사랑하거나 혐오하거나 둘 중 하나였고, 루킬리우스는 그를 혐오하는 쪽이었다. 왜 그를 혐오하느냐고 누군가가 집요하게 묻는다면 루킬리우스는 이렇게 대답했을 것이다. 가이우스 마리우스가 없었으면 사투르니누스도 없었을 것이고, 훨씬 최근에 벌어진 패악인 술피키우스도 없었을 것이기 때문이라고.

당연한 사실이지만, 루킬리우스는 바쁜 집정관 술라를 어렵사리 찾아가서 호민관으로 봉직할 이듬해를 비롯해 줄곧 술라에게 열렬한 지지를 바치겠다고 맹세했다. 하지만 술라는 그뒤 평민회를 빈껍데기로 만들어버렸다. 루킬리우스의 희망은 산산이 부서졌다. 도피자들이 유죄판결을 받았을 때는 기분이 좀 나아지기는 했지만, 나중에 알고 보니 술피키우스 딱 한 명을 제외한 나머지 사람들에 대해서는 사실상 체포가 이루어지지 않고 있었다. 술피키우스보다 훨씬 더 중죄인인 가이우스 마리우스 역시! 루킬리우스가 최고신관 스카이볼라를 찾아가 이 문제를 불평하자 스카이볼라는 그에게 싸늘한 시선을 보냈다.

"어리석게 굴지 마시오, 섹스투스 루킬리우스!" 스카이볼라가 말했다. "가이우스 마리우스를 로마에서 쫓아낼 필요가 있었다뿐이지, 어떻게 루키우스 코르넬리우스가 자기 선에서 감히 그를 죽이려 할 거라고 상상하는 거요? 로마에 군대를 끌고 온 것만도 다들 이렇게 개탄하는데, 사형선고가 내려졌건 어쨌건 루키우스 코르넬리우스가 가이우스 마리우스를 죽이면 대다수 로마인들이 어떤 반응을 보이겠소? 사형선고가 내려진 것은, 루키우스 코르넬리우스가 도피자들을 백인조회의 페르두엘리오 재판에 세울 수밖에 없었던데다 페르두엘리오 재판에서 유죄판결을 받으면 자동으로 사형선고가 내려지니 그리된 것 아니오. 루키우스 코르넬리우스가 원하는 건 단지 로마에 가이우스 마리우스가 존재하지 않는 것뿐이오! 가이우스 마리우스는 너무 대단한 유명인사이고, 정신이 올바로 박힌 자라면 아무도 그런 사람을 죽이지 않소. 이제 물러가시오, 섹스투스 루킬리우스. 그런 말도 안 되는 헛소리를 하려거든 집정관을 만나볼 생각도 하지 마시오!"

루킬리우스는 자리에서 물러났다. 그는 굳이 술라를 만나보려고 하지 않았다. 게다가 스카이볼라가 한 말의 뜻도 잘 이해했다. 그러니까 술라의 지위에 있는 사람이라면 아무도 마리우스의 처형을 맡고 싶어하지 않으리라는 것. 하지만 마리우스가 백인조회에서 페르두엘리오 유죄판결을 받은 것은 엄연한 사실이었고, 끝까지 추격하여 처형해야 할 그는 아직 잡히지 않았다. 유유히 빠져나간 것이다! 필시 아무 죗값도 치르지 않고! 로마 또는 로마의 속주인 큰 도시로 들어가지만 않는다면 그는 원하는 걸 다 할 수 있다. 자기 같은 유명인은 아무도 처형하려 들지 않는다는 사실에 안심하고서.

흠, 당신은 나에 대해선 미처 생각지 못했겠지, 가이우스 마리우스! 나는 신성모독으로 점철된 당신의 정치인생을 종결시킨 자로 기꺼이 역사책에 기록되리라.

이런 생각으로, 루킬리우스는 돈이 급한 전직 기마병 쉰 명을 고용했다. 여기저기 돈 없는 사람 천지여서 사람을 모으기는 어렵지 않았다. 루킬리우스는 그들에게 마리우스를 찾아내는 임무를 맡겼다. 마리우스를 찾아내면 그들은 현장에서 그를 죽일 것이었다. 그는 페르두엘리오, 대반역죄를 지은 자였으므로.

그러는 한편 평민회가 열리고 호민관들이 선출되었다. 루킬리우스는 후보자로 나가 당선되었다. 평민들은 극단적으로 보수적인 호민관을 늘 한둘은 두고 싶어했다. 그래야 불꽃이 튀기 마련이니까.

이제 직권이 무력해져버린 자리였지만, 선거에서의 승리에 한껏 고무된 루킬리우스는 고용한 병사들의 대장을 불러 간단히 말했다.

"나는 이 도시에서 돈 문제로 쪼들리지 않는 몇 안 되는 사람들 중 하나야. 가이우스 마리우스의 머리통을 갖고 오면 천 데나리우스를 더 얹어주겠어. 머리통만 가져와!"

기마병 대장이 시원시원하게 거수경례를 해 보였다. 천 데나리우스라면 신이 나서 자기 가족도 몽땅 참수할 자였다. "반드시 최선을 다하겠습니다, 섹스투스 루킬리우스." 대장이 말했다. "그 노인이 티베리스강 북쪽엔 없는 것으로 압니다. 남쪽으로 찾아보겠습니다."

오스티아를 떠난 지 열엿새째 되던 날, 무르키우스가 이끄는 배는 폭풍우에 맞선 불공평한 대결에서 항복을 선언하고 키르케이 항구에 정박했다. 오스티아 해안에서 겨우 80킬로미터 아래였다. 선원들은 지쳤고 마침 간물때였다.

"죄송합니다, 가이우스 마리우스, 하지만 어쩔 수 없어요." 무르키우스가 말했다. "이렇게 계속 남서풍과 싸울 수는 없습니다."

반대해봐야 의미가 없을 것 같았다. 마리우스는 고개를 끄덕였다. "자네가 어쩔 수 없다면 어쩔 수 없는 것이지. 나는 배에 있겠네."

이 대답이 몹시 이상하게 들렸던 무르키우스는 손가락으로 머리를 긁적였다. 하지만 일단 뭍에 내려서자 그는 그 말뜻을 이해했다. 키르케이의 모든 사람들이 로마에서의 사건과 마리우스에게 내려진 페르두엘리오 유죄판결에 대해 이야기하고 있었다. 로마 바깥에서 술피키우스 같은 이름은 잘 알려져 있지 않았지만, 마리우스는 어디에서나 유명했다. 선장은 황급히 자기 배로 돌아갔다.

무르키우스는 난감하지만 단호한 표정으로 승객의 얼굴을 마주보았다. "죄송합니다, 가이우스 마리우스. 저로 말하면 여태껏 남부끄럽지 않게 살아왔습니다. 직접 모는 배도 있고 운영하는 가게도 있지요. 살면서 밀수나 밀항을 해본 적이 없고 지금도 할 생각은 없습니다. 항구세도 냈고 물품세도 냈으니 오스티아에서도 푸테올리에서도 제게 별달리 시비 걸 사람은 없습니다. 그러니 저로선 때아니게 사납게 부는 이 바람이 신들께서 제게 보내는 암시라고밖엔 달리 생각할 도리가 없어요. 어르신이 짐을 다 챙기시면 나룻배로 옮겨드리겠습니다. 어르신은 단지 다른 배를 알아보시면 됩니다. 어르신이 이 배에 있다는 사실을 저는 아무에게도 말하지 않았지만, 조만간 제 선원들이 말을 할 겁니다. 지금 바로 가시더라도 여기서 다른 배를 구하지는 마세요. 그러면 별일 없으실 겁니다. 타라키나나 카이에타로 가서 알아보십시오."

"나를 배신하지 않은 자네의 배려에 감사하네, 푸블리우스 무르키우스." 마리우스가 품위를 잃지 않고 말했다. "여기까지 온 뱃삯은 얼마나 되는가?"

무르키우스는 추가 운임 받기를 거절했다. "오스티아에서 주신 걸로 충분합니다." 그가 말했다. "이제 어서 가십시오!"

배에 남아 있던 노예 두 명과 무르키우스 사이에서 부축을 받으며 배의 옆면으로 간 마리우스는 나룻배에 힘겹게 옮겨 탔다. 나룻배에 앉은 그는 매우 늙어 보였고 패배자 같았다. 마리우스는 노예나 수행원을 전혀 데려오지 않은 터였다. 마리우스가 자기 배의 승객으로 있던 지난 열엿새 동안 절뚝거림이 더 심해진 것 같다고 무르키우스는 생각했다. 평소 심드렁한 표정으로 불평만 해대던 그였지만, 차마 쉽게 붙잡힐 장소에 마리우스를 그냥 놓아두고 갈 수는 없었다. 그들은 나룻배를 키르케이 남쪽 해안 가까이로 저어 갔고, 두 노예들 중 하나가 빌린 말과 음식 꾸러미를 갖고 돌아오기까지 몇 시간 동안 기다렸다.

"정말 죄송합니다." 노예들과 함께 있는 힘을 다해서 마리우스를 안장에 앉혀준 후 무르키우스는 처량한 목소리로 말했다. "더 도와드리고 싶지만 간이 작아 그렇게 못합니다." 그는 망설이다가 불쑥 내뱉었다. "저기, 어르신은 대반역죄에 유죄판결을 받으셨습니다. 잡히면 바로 사형입니다."

마리우스는 한순간 숨을 멈추었다. "대반역죄? 페르두엘리오 말인가?"

"어르신과 친구분들 모두 백인조회에서 재판을 받았고, 백인조회에서는 어르신께 유죄판결을 내렸습니다."

"백인조회라고!" 마리우스가 어안이 벙벙하여 고개를 가로저었다.

"어서 가십시오." 무르키우스가 말했다. "행운을 빕니다."

"자네도 불행의 원인을 떼어냈으니 이제 운이 트일 것이네." 마리우스가 말했다. 그는 말의 갈빗대를 발로 차서 숲속으로 빠르게 달려갔다.

로마를 떠나야 한다는 내 판단이 옳았어, 마리우스는 생각했다. 백인조회라니! 내가 죽는 꼴을 보려고 작심을 했군, 술라. 지난 열이틀간 나는 로마를 떠난 게 어리석은 선택이었다고 생각하고 있었어. 술피키우스가 옳았다고 생각을 굳혀가고 있었지. 그래도 돌아가기엔 너무 늦었다고 혼자 계속 되뇌었어. 그런데 이제 보니 실은 내 말이 맞았던 게 아닌가! 백인조회 재판은 꿈에도 생각지 못했어! 그저 나는 술라라는 인간을 잘 아니까, 그자가 우리를 은밀히 죽여버릴 거라 생각했지. 나를 재판에 부칠 만큼 어리석은 자였나! 아니면 내가 모르는 뭔가를 놈은 알고 있는 걸까?

마을을 벗어나자마자 마리우스는 말에서 내려 걷기 시작했다. 몸이 불편해서 말을 타는 것은 고역이었지만, 황금과 돈주머니를 실을 수 있으니 말이 있는 쪽이 유용했다. 민투르나이까지 얼마나 더 가야 하나? 아피우스 가도를 피해서 가면 50여 킬로미터 정도 될 것이다. 모기가 극성을 피우는 늪지대 마을이지만 인적이 드문 곳이었다. 아들이 타라키나로 갈 것이니 그곳은 피해야지. 민투르나이가 좋겠다. 크고 조용하고 부유하며 이탈리아 전쟁의 영향을 거의 받지 않은 곳이니까.

민투르나이까지 나흘이 걸렸다. 그 나흘 동안, 미리 싸온 음식을 다 먹고 난 뒤에는 음식을 거의 먹지 못했다. 혼자 사는 노파가 준 콩죽 한 사발과, 돈을 주면 장을 봐다주겠다고 나선 어느 삼니움족 방랑자와 나누어 먹은 빵조각과 굳은 치즈가 전부였다. 노파와 삼니움족 모두 그들의 자선행위를 후회할 이유는 없었다. 마리우스는 두 사람에게 황금을 조금씩 나누어주었다.

몸 왼쪽에 어디에나 끌고 다녀야 하는 납덩이가 달린 듯한 기분을 느끼며 마리우스는 터덜터덜 걸었다. 마침내 저멀리 민투르나이의 성벽이 나타났다. 하지만 숲이 우거진 시골길을 벗어나 점차 성벽 쪽으로 가까이 걷는데 문득 무장 군인 쉰여 명이 아피우스 가도를 빠르게 걷는 것이 보였다. 마리우스는 소나무 사이에 숨어서 군인들이 성문을 통과해 도시로 들어서는 것을 지켜보았다. 다행히 민투르나이는 항구가 요새 밖에 있어, 성벽을 우회하면 사람들에게 들키지 않고 부둣가에 닿을 수 있었다.

이제 말은 떼어내야 했다. 마리우스는 안장에서 돈주머니를 떼어내고 말을 찰싹 때린 후 놈이 저멀리 뛰어가는 것을 지켜보았다. 그러고는 작지만 장사가 잘돼 보이는 가까운 선술집에 들어섰다.

"나는 가이우스 마리우스요. 대반역죄로 사형선고를 받았소. 난 지금 태어난 이후로 그 어느 때보다 피곤하오. 포도주를 주시오." 마리우스가 말했다. 목소리가 선술집안에 우렁우렁 울렸다.

안에는 사람이 예닐곱 명밖에 없었다. 모두가 그를 향해 고개를 돌렸고, 모두가 입을 딱 벌렸다. 너도나도 의자를 뒤로 무르고 일어서더니 마리우스에게 손을 대려고 주변에 빙 둘러섰다. 그에게 화가 나서가 아니라 행운을 얻고 싶은 마음에서였다.

선술집 주인이 활짝 웃으며 말했다. "앉으세요, 앉으십시오! 진짜로 가이우스 마리우스십니까?"

"사람들이 흔히 말하는 모습과 같지 않소? 지금은 얼굴이 반쪽이고 크로노스보다도 늙었다는 건 나도 알지만, 가이우스 마리우스를 보고서도 가이우스 마리우스를 모른다고는 하지 마시오!"

"가이우스 마리우스를 보면 가이우스 마리우스인 것을 알지요." 한 손님이 말했다. "가이우스 마리우스가 맞으십니다. 포룸 로마눔에서 티투스 티티니우스 옹호 연설을 하실 때 제가 그 자리에 있었습니다."

"포도주. 포도주가 필요하오." 마리우스가 말했다.

마리우스에게 포도주가 나왔다. 그가 단숨에 잔을 비우자 잔은 곧장 다시 채워졌다. 그다음에는 음식이 나왔다. 마리우스는 음식을 들면서 술라가 로마를 침략한 이야기나 자기가 도주한 이야기를 풀어놓아 사람들을 즐겁게 했다. 페르두엘리오 유죄판결이 무엇을 의미하는지는 굳이 말할 필요가 없었다. 이탈리아 반도의 로마인, 라티움인, 이탈리아인이라면 누구나 대반역죄에 대해 알고 있었다. 지금 이야기를 들으며 앉아 있는 이 사람들은 원칙대로라면 그를 거칠게 밖으로 끌어내서 사형 집행을 위해 도시 정무관들에게 데려다주거나, 아니면 자기들이 직접 형을 집행해야 마땅했다. 하지만 그러는 대신 이 사람들은 지친 마리우스의 이야기를 끝까지 들어주고는 곧 부서질 것 같은 사다리 위로 그를 부축해 침대로 안내했다. 도피자는 침대에 쓰러져 열 시간을 내리 잤다.

마리우스가 깨어나보니 튜닉과 망토가 세탁되어 있고 장화도 안쪽과 바깥쪽 모두 깨끗하게 씻겨 있었다. 무르키우스의 배를 떠날 때보다 한결 나아진 기분이었다. 조심스레 사다리를 타고 밑으로 내려가니 선술집안이 사람들로 꽉 차 있었다.

"모두들 어르신을 뵈러 왔습니다, 가이우스 마리우스." 선술집 주인이 말했다. 그가 앞으로 나와 마리우스의 손을 잡았다. "저희 도시에 와주셔서 정말 영광입니다!"

"주인장, 나는 유죄판결을 받은 죄인이오. 게다가 지금 군인들이 쉰 명은 몰려다니며 나를 찾고 있을 거요. 어제 그런 무리가 당신네 성문을 지나는 것을 보았소."

"네, 그 군인들은 바로 지금 두움비리와 같이 광장에 있습니다, 가이우스 마리우스. 어르신처럼 그자들도 간밤에는 잠을 잤고, 이젠 바쁘게 활개치며 돌아다니고 있지요. 어르신이 여기 계신 것을 민투르나이의 절반이 알지만, 걱정하실 필요 없습니다. 저희는 어르신을 내주지 않을 겁니다. 아울러 두움비리에게도 말하지 않을 겁니다. 그들은 둘 다 법에 관한 한 원칙주의자들이니 아예 모르는 편이 낫습니다. 만일 그들이 알게 되면 어르신을 처형하는 쪽으로 마음먹을 가능성이 높습니다. 물론 그들에게도 전혀 달갑지 않은 일이겠지만요."

"고맙소." 마리우스가 따뜻하게 말했다.

열한 시간 전에는 이 술집에 없었던 똥똥하고 왜소한 사내 하나가 마리우스에게 와서 손을 내밀었다. "저는 아울루스 벨라이우스, 민투르나이의 상인입니다. 제게 배가 몇 척 있습니다. 필요한 것을 말씀하십시오, 가이우스 마리우스. 제가 드리겠습니다."

"나를 이탈리아 밖으로 데려가서 이 세상에서 내가 망명할 수 있는 곳 어디로든 데려다줄 수 있도록 준비된 배 한 척이 필요하오." 마리우스가 말했다.

"어렵지 않습니다." 벨라이우스가 곧바로 답했다. "어르신께 꼭 맞는 배가 만에 정박되어 있습니다. 식사를 마치시면 바로 그 배로 데려다드리겠습니다."

"정말 그렇게 하시겠소, 아울루스 벨라이우스? 저들이 노리는 것은 내 목숨이오. 당신이 나를 돕는다면 저들은 당신의 목숨도 앗아갈 수 있소."

"그 정도 위험은 감수할 각오가 되어 있습니다." 벨라이우스가 평온한 목소리로 답했다.

한 시간 후 마리우스를 태운 나룻배는 튼튼한 곡식 운반선 앞에 도착했다. 무르키우스의 작은 연안 상선에 비해서 불리한 바람과 거센 파도에 훨씬 더 익숙한 배였다.

"아프리카 곡식 화물을 푸테올리까지 실어오고 나서 싹 수리한 지 얼마 안 됩니다. 바람이 맞게 불면 다시 아프리카로 보내려던 차였지요." 벨라이우스는 손님이 배에 오르도록 도와주며 말했다. 배에 오르는 튼실한 목재 사다리는 계단에 더 가까운 형태였다. "배 안에 아프리카의 부유층에게 팔려고 실은 팔레르눔 포도주가 가득 들어 있습니다. 바닥짐도 충분히 실었고 비품도 넉넉하게 준비했습니다. 저는 늘 제 배들을 바로 출항할 수 있게 준비해둡니다. 바람과 날씨를 미리 알 수 없으니까요." 벨라이우스는 이 말을 하는 내내 마리우스를 향해 호의 넘치는 미소를 짓고 있었다.

"감사한 마음을 어떻게 표현해야 할지 모르겠소. 값을 충분히 치르는 것 말곤 말이오."

"이렇게 할 수 있는 것이 제게 큰 영광입니다, 가이우스 마리우스. 제게 돈을 주시면 그 영광을 앗아가는 것이 됩니다. 그러니 제발 그러지 마십시오. 저는 여생 동안 오늘의 이야기를 기억하며 저녁을 들 것입니다. 민투르나이의 상인인 제가, 위대한 가이우스 마리우스가 추적자들을 따돌리는 것을 어떻게 도왔는지."

"그리고 나는 이 고마운 마음을 언제까지나 간직하겠소, 아울루스 벨라이우스."

벨라이우스는 나룻배로 돌아가 마리우스에게 잘 가라며 손을 흔들고, 해안까지 멀지 않은 거리를 직접 노 저어 갔다.

그러나 벨라이우스가 부두에 발을 내딛으려는 순간, 마리우스에 대해 수소문하며 돌아다니던 군인들 쉰 명이 말을 타고 부둣가에 왔다. 지금 바다에서 닻을 올리고 있는 배와 벨라이우스를 한데 연관 지어 생각지 못한 루킬리우스의 하수인들은 벨라이우스를 무시한 채, 바다에 떠 있는 배 위에서 바깥쪽을 향해 서 있는 사내들을 쳐다보다 그중 절대 잘못 볼 수가 없는 마리우스의 얼굴을 발견했다.

그들 중 우두머리가 말에 박차를 가해 앞으로 나왔다. 그는 두 손을 입가에 모으고 크게 외쳤다. "가이우스 마리우스, 당신을 체포하겠다! 선장, 당신은 지금 로마의 정의를 어기고 달아나는 도주자를 은닉하고 있소! 로마 원로원과 인민의 이름으로 뱃머리를 돌리고 가이우스 마리우스를 내게 넘길 것을 명령하오!"

배에 탄 사람들은 해안가에서 고래고래 악을 써대는 소리에 코웃음을 쳤다. 선장은 유유자적하게 출항 준비를 했다. 하지만 마리우스는 군인들에게 잡혀가는 선한 벨라이우스를 돌아보며 고통스럽게 침을 삼켰다.

"선장, 정지!" 마리우스가 소리쳤다. "당신 고용주가 군인들에게 붙잡혔소. 저들이 진짜로 원하는 건 나요. 내가 돌아가야겠소!"

"그럴 필요 없습니다, 가이우스 마리우스." 선장이 말했다. "아울루스 벨라이우스가 알아서 할 겁니다. 그분은 어르신을 제게 맡기면서 멀리 모셔다드리라고 했습니다. 저는 그분 말씀을 따라야 합니다."

"내 말대로 하시오, 선장. 배를 돌려!"

"제가 그렇게 하면, 가이우스 마리우스, 저는 앞으로 절대 다른 배를 못 몹니다. 아울루스 벨라이우스가 제 내장을 꺼내서 밧줄로 쓸 걸요."

"배를 돌려서 나를 나룻배에 내려주시오, 선장. 꼭 그렇게 해야겠소! 부둣가에 데려다주지 못하겠거든 내가 도망칠 수 있는 다른 해안에라도 내려주시오." 마리우스가 무섭게 눈을 뜨고 노려보았다. "어서, 선장! 나는 꼭 그렇게 해야겠소!"

선장은 자기 판단이 더 낫다는 것을 알면서도 어쩔 수 없이 마리우스가 시키는 대로 했다. 마리우스가 자기는 꼭 그렇게 해야겠다고 말할 때면, 왠지 모르지만 상대방은 그가 남들이 자기 말에 복종하는 데 익숙한 장군이라는 사실을 떠올리게 되었다.

"정 그러시다면 깊은 습지 부근 해안가에 내려드리겠습니다." 선장이 불편한 마음으로 말했다. "그쪽 지대를 잘 압니다. 민투르나이로 돌아갈 수 있는 안전한 길이 하나 있지요. 군인들이 지나갈 때까지 거기 숨어계십시오. 제가 다시 배에 태워드리겠습니다."

다시 한번 배에서 내려, 또다른 나룻배로. 하지만 이번에 그는 군인들이 자신의 움직임을 볼 수 없도록 뭍에서 먼 쪽을 택해 내려갔다. 그들은 아직도 마리우스를 자기들에게 넘기라며 바다를 향해 고래고래 소리를 질러대고 있었다.

마리우스에겐 안타까운 일이지만 군인들의 우두머리는 시력이 매우 뛰어났다. 저멀리 남쪽을 향해 가는 나룻배가 시야에 들어오자마자 그는 열심히 노를 젓는 뱃사람들 여섯 명 사이로 마리우스의 머리통을 찾아냈다.

"빨리!" 그가 외쳤다. "모두 말에 올라타! 그 멍청한 놈은 내버려둬, 중요한 자가 아니야. 우리는 육지에서 저 배를 쫓아간다."

아주 쉬웠다. 만의 윤곽을 따라 잘 다져진 길을 따라 달리다보니 리리스 강 하구 주변에 잔뜩 부패한 염습지가 나왔다. 사실상 육로로 온 군인들이 나룻배보다 더 빨랐지만, 나룻배가 리리스 강 갯벌에 자라난 골풀과 갈대 사이로 사라지자 배를 시야에서 놓치고 말았다.

"계속 가, 늙은 악당을 꼭 찾아낸다!"

루킬리우스의 하수인들은 두 시간 후, 딱 때맞춰 그를 찾아냈다. 마리우스는 옷을 다 벗어던진 채 검고 끈끈한 진흙 늪에 허리께까지 빠져 허우적대고 있었다. 진이 다 빠져 점점 밑으로 잠기는 중이었다. 그를 잡아당겨 꺼내기란 쉽지 않은 일이었으나 도와줄 손이 많았기에, 먹잇감을 빨아당기던 진흙탕은 마지못해 마침내 그를 놓아주었다. 군인들 중 하나가 마리우스의 망토를 들고 와서 그를 감싸주려 했으나 우두머리가 제지했다.

"벌거벗고 있게 놔둬. 민투르나이는 저 위대한 가이우스 마리우스가 얼마나 잘났는지 자기들 눈으로 직접 봐야 해. 저 늙은 절름발이가 여기 있는 걸 민투르나이 전체가 알고 있었어. 그들은 저자를 숨겨준 대가를 톡톡히 치를 거야."

그리하여 그 늙은 절름발이는 벌거벗은 채 군인들 사이에서 비틀거리고 절뚝대고 넘어지며 민투르나이로 되돌아갔다. 군인들은 그 길이 얼마나 멀건 상관하지 않았다. 도시가 가까워오고 길을 따라 모여 있는 가옥들이 나타나자, 우두머리는 모두 와서 붙잡힌 도피자 가이우스 마리우스를, 민투르나이 광장에서 목이 잘려나갈 그를 보라고 큰 소리로 외쳤다. "어서, 어서 모두 와서 보시오!"

오후 중반, 군인들은 말을 타고 광장으로 들어왔다. 주민들이 거의 다 나와 그들을 에워쌌다. 군인들이 위대한 가이우스 마리우스를 다루는 불손한 태도에 사람들은 너무 놀라고 당황했지만, 그가 대반역죄로 유죄판결을 받았음을 알기에 아무도 뭐라 항의하지 못했다. 그러나 사람들의 마음 뒤편에서는 무딘 분노가 서서히 끓어오르고 있었다. 절대 가이우스 마리우스가 대반역죄를 저질렀을 리 없어!

도시의 두 최고 정무관이 회의장 계단 아래에서 그들을 기다리고 있었다. 관원들로 이루어진 경호대가 정무관들을 둘러싸고 있었다. 이 오만한 로마 관리들에게 민투르나이는 그들이 제멋대로 굴어도 되는 곳이 아님을, 필요하다면 민투르나이는 그들에 맞서 싸울 것임을 보여주기 위해 급하게 호출해 모은 관원들이었다.

"민투르나이 배를 타고 막 출항하려던 가이우스 마리우스를 붙잡아 왔소." 우두머리의 목소리가 불길했다. "민투르나이는 가이우스 마리우스가 여기 있는 것을 알고 있었소. 민투르나이는 그를 도왔소."

"일부 민투르나이 주민의 행동을 민투르나이 전체가 책임질 수는 없소." 이 지역의 수석 두움비르가 딱딱하게 말했다. "어쨌든 당신은 이제 죄인을 손에 넣었소. 그를 데리고 가시오."

"아, 나는 저자의 몸뚱어리는 필요 없소!" 우두머리가 싱긋 웃으며 말했다. "저자의 머리통만 있으면 되니까. 나머지는 그쪽이 가지시오. 일을 치르기 딱 좋은 석조 벤치가 저쪽에 하나 있더군요. 거기 이자를 기대어 눕히기만 하면 머리통이 순식간에 나가떨어질 거요."

군중이 헉하고 숨을 멈추더니 그르렁댔다. 두 정무관의 표정이 험악했고 옆의 관원들 역시 들썩거렸다.

"당신은 대체 어떤 권한을 위임받았기에 로마의 집정관을 여섯 번이나 지낸 영웅을 이곳 민투르나이의 광장에서 직접 처형한다는 것이오?" 수석 두움비르가 물었다. 그는 우두머리를 위아래로 훑어보고, 이어 옆의 군인들도 위아래로 훑어보았다. 수석 두움비르는 이날 새벽 그들이 오만하기 그지없는 말투로 말을 걸어왔을 때 그가 느낀 기분을 그들에게도 느끼게 해주리라 결심했다. "당신은 로마 기병처럼 보이지 않소. 당신이 밝힌 신원이 과연 사실인지 내가 어찌 안단 말이오?"

"우리는 이 임무를 위해 특별히 고용되었소." 우두머리가 말했다. 그는 사람들의 얼굴과, 검집에서 검을 꺼내들 태세를 갖추는 관원들을 보고 차츰 불안해졌다.

"누가 당신들을 고용했다는 것인가? 로마 원로원과 인민이 말인가?"

변호인이 피의자를 추궁하는 말투로 수석 두움비르가 물었다.

"그렇소."

"믿을 수 없소. 증거를 대시오."

"이자는 페르두엘리오 유죄판결을 받았소! 그게 어떤 의미인지는 두움비르 당신도 잘 알지 않소. 저자는 로마나 라티움 동맹 지역 어디에서든 목숨을 부지할 권리를 박탈당했소. 내가 위임받은 권한은 저자를 산 채로 로마에 데려가는 것이 아니오. 저자의 머리통을 갖고 가는 것이오."

"그렇다면," 수석 두움비르가 차분하게 말했다. "저 머리통을 얻기 위해 당신은 민투르나이 전체와 싸워야 할 거요. 이곳 주민들은 천한 야만인들이 아니오. 가이우스 마리우스 정도 지위의 로마 시민을 한낱 노예나 외국인처럼 참수할 수 없소."

"엄격히 말해 저자는 로마 시민이 아니오!" 우두머리가 포악하게 말했다. "하지만, 이 일이 품위 있게 처리되길 원한다면 내 제안하건대 당신이 직접 하시오! 나는 로마에 가서 당신이 요구하는 모든 증거를 가지고 돌아오겠소, 두움비르! 사흘 안에 돌아오지. 가이우스 마리우스를 처형하는 편이 좋을 거요. 그렇지 않으면 이 도시 전체가 로마 원로원과 인민에게 해명해야 할 테니까. 그리고 사흘 후 나는 내가 받은 명령에 따라 가이우스 마리우스의 시신에서 목을 떼어가겠소."

이 모든 대화가 오가는 동안 마리우스는 군인들 사이에서 천천히 몸을 흔들며 서 있었다. 그 모습이 흡사 끔찍한 유령 같아서, 그가 처한 이 고난을 마주한 사람들은 마음이 아파 눈물을 흘렸다. 군인들 중 하나가 속았다는 생각에 분을 못 이기고 마리우스를 베려 검을 뽑아들었지만, 군중은 돌연 그의 말 주변을 에워싸고 도피자를 칼이 닿지 않는 곳으로 끌어당기더니 당장에라도 싸울 태세를 취했다. 관원들도 마찬가지였다.

"민투르나이는 대가를 치를 것이오!" 우두머리가 으르렁댔다.

"민투르나이는 죄인의 존엄과 권위에 상응하는 처형을 거행할 것이오." 수석 두움비르가 말했다. "이제 떠나시오!"

"잠깐!" 누군가가 쉰 목소리로 우렁차게 외쳤다. 마리우스가 민투르나이 사람들 틈에서 걸어나왔다. "너희가 이 선량한 시골 사람들을 속일 수 있을지는 몰라도 나를 속일 수는 없어! 로마는 죄인을 잡아오라는 명령을 기병에게 내리지 않아. 원로원도 인민도 기병을 고용하지 않는다. 기병을 고용하는 건 개인이야. 너희를 고용한 자가 누구냐?"

마리우스의 힘있는 목소리가 군 깃발 아래에서의 옛 시절을 생각나게 하는 바람에, 우두머리의 혀는 그의 조심성이 미처 막아내기 전에 대답을 뱉어버렸다. "섹스투스 루킬리우스."

"고맙다!" 마리우스가 말했다. "내 기억하겠다."

"내 오줌이나 먹어, 영감탱이!" 우두머리가 경멸하듯 내뱉은 뒤 포악한 손길로 말 머리를 홱 잡아당겼다. "당신은 분명히 내게 약속했소, 정무관! 내가 돌아오면 가이우스 마리우스는 이미 죽어서 머리만 쳐내면 되도록 준비됐을 것으로 기대하겠소."

군인들이 말을 타고 사라지자 수석 두움비르가 관원들을 향해 고개를 끄덕였다. "가이우스 마리우스를 감옥에 가둬라." 그가 말했다.

관원들은 군중 사이에서 마리우스를 데려가 유피테르 옵티무스 막시무스 신전 기단 아래 독방에 조심스레 모셨다. 평소 이곳 독방은 폭력을 휘두르는 취객을 하룻밤 가둬두거나 미친 사람을 영구히 조치하기 전에 임시 수감하는 용도로만 쓰였다.

마리우스를 데려가자마자 군중은 갑자기 하나둘 무리지어 다급하게 대화를 나누었다. 아무도 광장 주변 선술집들보다 멀리 벗어나는 사람이 없었다. 그리고 거기에 아울루스 벨라이우스가 있었다. 그는 이 사건을 처음부터 끝까지 목격했고, 이제 그 자신도 다급한 목소리로 대화하며 사람들 사이를 움직여 다니고 있었다.

민투르나이 시에는 공공노예가 몇 명 있었다. 그중 하나는 굉장히 쓸모가 많은 자였다. 민투르나이 시가 2년 전 떠돌이 노예상에게서 무려 5천 데나리우스나 되는 비싼 값을 주고 샀지만 단 한 번도 본전 생각을 하지 않은 자였다. 팔려올 당시 열여덟이었고 이젠 스무 살이 된 이 킴브리아 출신 게르만족 거인의 이름은 부르군두스였다. 민투르나이에 몇 안 되는 180센티미터 장신의 사내들보다도 머리 하나를 더 얹어놓은 듯한 키에 근육도 엄청났으며 탄성이 절로 나올 정도의 괴력을 지닌 한편, 영리한 머리와 예민한 영혼의 소유자이기도 했다. 베르켈라이 전투 후 부모의 품을 떠났을 때 여섯 살이었고 이후로 평생 남에게 매인 야만인 노예의 삶을 살았으니, 그의 영혼이 그토록 예민해진 것도 어찌 보면 놀랄 일이 아니었다. 좀더 풍족한 삶을 찾아 스스로 노예가 된 세련된 그리스인들이 누리는 특권과 높은 보수는 그에게 있을 수 없었다. 부르군두스는 보잘것없는 푼돈을 급료로 받았고, 도시 어귀에 쓰러져가는 오두막을 거처로 삼았으며, 야만인 거인족과의 잠자리는 어떨지 궁금해하는 호기심 많은 여인들이 그를 찾을 때면 네르투스 여신의 요술 수레가 자기를 방문했다고 생각했다. 부르군두스는 도망쳐야겠다는 생각을 해보지 않았고, 자신의 삶을 불행한 것으로 여기지도 않았다. 오히려 그는 민투르나이에서 보낸 2년이 즐거웠다. 이곳에서 그는 스스로 꽤 중요한 사람이라고 느꼈으며 사람들이 자신을 소중하게 여긴다는 것도 알았다. 시간이 지나면 급료도 오르고 결혼도 하고 자식도 생길 거라고 그는 점차 믿게 되었다. 또 그가 계속 일을 잘하면 자식들은 노예로 살지 않을 것이었다.

다른 공공노예들은 제초, 비질이나 페인트칠, 건물 물청소나 여타 보수 관리 작업을 맡았지만, 부르군두스는 주로 중노동을 요하거나 보통 인간의 힘으로는 도저히 해낼 수 없는 일들을 혼자 해냈다. 홍수가 졌을 때 민투르나이의 상하수도를 청소하는 것은 부르군두스였다. 파리가 쉬를 슨 말이나 당나귀나 여타 덩치 큰 짐승의 사체를 행인들이 불편하지 않게 다른 데로 옮기는 것도, 위험해 보이는 나무를 치우는 것도, 사나운 개를 잡아오는 것도, 혼자서 도랑을 파내는 것도 부르군두스였다. 몸집 거대한 생명체들이 무릇 그렇듯 이 게르만족 사내 역시 부드럽고 양순했으며, 자신의 힘을 스스로 잘 알고 있어서 굳이 남에게 증명해 보일 필요를 느끼지 않았다. 자기가 장난으로 누군가를 한 방 때리기라도 하면 상대가 죽을 수도 있음을 그는 아주 잘 알고 있었다. 따라서 그는 술 취한 선원이나, 그를 한번 이겨보려고 지나치게 덤벼오는 조그만 사내들을 다루는 방법을 스스로 터득했고, 이렇듯 너그러운 마음 씀씀이로 인해 생긴 흉터 몇 개를 늘 자랑스럽게 여겼다. 또한 이렇게 해서 얻은 이 도시에서의 좋은 평판 역시 늘 자랑스럽게 여겼다.

어찌하다보니 가이우스 마리우스의 처형이라는 결코 달갑지 않은 과제를 맡게 된 정무관들은 이 임무를 가능한 한 로마식으로 처리해야겠다고 결심했다. 이 도시 주민들도 이 일을 반기지 않을 것임을 잘 알았던 그들은 즉각 재주꾼 부르군두스를 불렀다.

부르군두스는 민투르나이 시 옆으로 난 아피우스 가도의 보수 공사 준비 작업차 바윗돌을 도로 주변 담장 아래에 쌓는 중이었다. 그는 그날 민투르나이에서 벌어진 사건들을 전혀 몰랐다. 동료 공공노예가 그를 데리러 갔고, 그는 얼핏 보기엔 느린 듯한 기다란 보폭으로 성큼성큼 광장 쪽으로 걸어왔다. 동료 노예는 그와 보조를 맞추느라 뛰다시피 쫓아왔다.

광장 바깥에 난 길에서 수석 두움비르가 그를 기다리고 있었다. 회의장과 유피테르 옵티무스 막시무스 신전이 있는 길 바로 뒤편이었다. 폭동 없이 일을 처리하려면 광장에 모여 있는 군중이 모르게 즉시 처리해야 했다.

"아, 부르군두스, 지금 내게 꼭 필요한 자!" 수석 두움비르가 말했다. 그만큼 단호하지 못했던 동료 두움비르는 그새 어디론가 사라지고 없었다. "우리 마을 신전 지하 감방에 죄수가 있다." 그는 돌아서더니 별것 아니라는 듯 무심하게 어깨 너머로 나머지 말을 내뱉었다. "그를 교살하거라. 반역죄를 저지른 사형수다."

게르만족 사내는 그 자리에 우뚝 선 채 움직이지 않았다. 그는 양손을 들어 자신의 어마어마하게 넓은 두 손을 경악하며 바라보았다. 그는 지금껏 사람을 죽이라는 명령을 받아본 적이 없었다. 이 손으로 사람을 죽인다. 그에겐 다른 사람들이 닭 모가지를 비트는 것만큼 간단한 일일 것이다. 당연히 시키는 대로 해야 한다. 두말할 필요가 없다. 그러나 그가 민투르나이에서 이제껏 느껴왔던 편안한 삶의 감각은 갑자기 쓸쓸한 바람을 타고 어디론가 날아가버렸다. 사람들이 꺼리는 일들을 이제껏 도맡아온 것처럼, 그는 또한 이 도시의 사형 집행자가 되어야 하는 것이다. 그의 온몸에 공포가 스몄다. 늘 평온하던 그의 푸른 두 눈에 중앙청 뒤편, 유피테르 옵티무스 막시무스 신전이 들어왔다. 교살 명령을 받은 죄수가 있는 곳이었다. 무척 중요한 죄수인 것 같았다. 이번 전쟁의 이탈리아인 지도자일까?

부르군두스는 숨을 깊이 들이쉬고, 신전 기단 저쪽 끝을 향해 터덜터덜 걸었다. 작은 지하 미로로 통하는 문이 거기 있었다. 문을 통과해 들어가려니 고개를 숙이는 것만으로는 부족해 몸을 거의 절반으로 접어야 했다. 들어가자 안은 좁은 석조 복도였고 양옆의 방들로 열리는 문들이 나 있었다. 복도 끝에 채광을 위해 내놓은 틈새 위로 쇠창살 하나가 쳐져 있었다. 이 음울한 장소가 이 도시의 기록물과 문서, 지방 법규정집과 법령서, 돈궤가 보관되는 곳이었다. 그리고 왼쪽으로 첫번째 문 뒤에, 아주 드문 일이지만 말썽을 일으킨 사내나 아녀자를 문제가 해결되어 풀려날 때까지 두움비리의 명령하에 가두어두는 방이 있었다.

손가락 세 개를 겹친 것만한 두께의 떡갈나무 문은 아까의 출입문보다 더 작았다. 부르군두스는 빗장을 뒤로 잡아당겨 문을 열고 허리를 구부린 뒤 몸뚱어리를 겨우겨우 안으로 욱여넣었다. 복도처럼 이 방도 창살 쳐진 구멍으로 새어들어오는 빛이 조명의 전부였다. 이 방은 신전 지하 뒷벽의 위쪽에 자리해 있어서, 방안에서 나는 소음을 광장 쪽에서 듣기란 거의 불가능했다. 형체나 겨우 구분할 정도의 빛이었다. 부르군두스의 눈이 아직 어둠에 적응하지 않은 터라 더욱 그랬다.

게르만족 거인은 몸을 최대한 반듯하게 펴며 어렴풋이 남자의 형상인 듯한 회검정색 덩어리를 분간해냈다. 누군지 알 수 없는 그 남자가 자리에서 일어서서 자신의 사형집행인을 마주보았다.

"원하는 게 뭐냐?" 죄수가 큰 소리로 물었다. 목소리에 위엄이 가득했다.

“당신을 교살하라는 명령을 받았습니다.” 부르군두스가 간단히 답했다.

“너는 게르만족이 아니냐!” 죄수가 날카롭게 외쳤다. “어느 종족 출신이냐? 이 얼빠진 놈, 어서 답해!”

마지막 말은 앞서 한 말들보다 더 날카로웠다. 부르군두스는 아까보다 앞이 더 잘 보였다. 그가 대답을 못하고 머뭇거린 이유는 사나운 한 쌍의 불꽃같은 눈빛 때문이었다.

“킴브리족 출신입니다, 나리.”

소름끼치는 눈빛을 가진 벌거벗은 장신의 사내는 이제 의기양양하기 그지없어 보였다. “뭐라고? 노예? 더군다나 내가 정복해서 노예로 만든 네놈이 주제넘게 이 가이우스 마리우스를 죽이겠다고?”

부르군두스는 움찔하여 눈물을 줄줄 흘리더니, 두 팔로 머리를 감싸고 웅크리며 뒷걸음질쳤다.

“나가!” 마리우스가 우레와 같은 소리로 말했다. “나는 더러운 지하 감옥에서 게르만족의 손에 죽음을 맞이하지 않아!”

부르군두스는 울며 도망쳤다. 그는 감방 문과 바깥쪽 문을 다 열어둔 채 광장의 열린 공간으로 뛰어들었다.

“안 돼, 안 돼!” 그가 광장에 있는 사람들을 향해 소리쳤다. 눈물이 강물처럼 쏟아졌다. “나는 가이우스 마리우스를 죽일 수 없어요! 나는 가이우스 마리우스를 죽일 수 없어요! 나는 가이우스 마리우스를 죽일 수 없어요!”

광장의 맞은편 끝에서 벨라이우스가 성큼성큼 달려와 괴로움에 몸부림치는 거인의 두 손을 부드럽게 맞잡았다. “괜찮다, 부르군두스. 그런 부탁은 하지 않을 거야. 울지 마라, 착하지! 이제 뚝!"

"나는 가이우스 마리우스를 죽일 수 없어요!" 부르군두스가 다시 말했다. 벨라이우스가 여전히 그의 손을 잡고 있어서 그는 흘러나온 콧물을 자기 팔에 닦았다. "다른 사람이 가이우스 마리우스를 죽여서도 안 돼요!"

"아무도 가이우스 마리우스를 죽이지 않을 거야." 벨라이우스가 단호히 말했다. "다 오해가 있어서 그런 거야. 그러니 이제 진정해라. 네가 할 일이 있어. 저 건너 마르쿠스 푸리우스한테 가서 그가 들고 있는 포도주와 로브를 가져오너라. 둘 다 가이우스 마리우스에게 갖다드려. 그리고 가이우스 마리우스를 내 집에 모시고 간 다음 내가 도착할 때까지 그분과 함께 기다려라."

거인이 어린아이처럼 잠잠해지더니 벨라이우스를 향해 밝게 웃고는, 그가 시킨 대로 하려고 천천히 걸어갔다.

벨라이우스는 다시 모여들기 시작하는 군중 쪽으로 몸을 돌렸다. 그의 두 눈은 회의장에서 달려나오는 두 두움비리에게 고정되어 있었다. 그의 태도는 공격적이었다.

"자, 민투르나이 시민 여러분, 여러분께서는 우리가 사랑하는 이 도시가 가이우스 마리우스를 죽이는 혐오스러운 임무를 맡도록 허락하시겠습니까?"

"아울루스 벨라이우스, 우리로서는 어쩔 수 없는 일이오!" 수석 두움비르가 숨가쁘게 달려와 말했다. "그는 대반역자요!"

"법령서의 죄목을 모두 들먹인대도 저는 개의치 않습니다!" 벨라이우스가 말했다. "민투르나이는 가이우스 마리우스를 처형할 수 없습니다!"

군중이 벨라이우스를 향해 진심 어린 성원을 보내며 한껏 소리를 질렀기 때문에, 정무관들은 그 자리에서 즉시 회의를 열고 이 문제를 의논했다. 결론은 이미 정해진 것이나 다름없었다. 가이우스 마리우스는 풀려나야 했다. 로마의 집정관을 여섯 번이나 지내고 게르만족으로부터 이탈리아를 구해낸 인물을 죽이는 데 그들이 앞장설 수는 없었다.

잠시 후 벨라이우스는 마리우스에게 만족스럽게 말했다. "이렇게 해서, 우리 마을의 융통성 없고 어리석은 정무관들을 포함해 민투르나이 시민 전체의 소망과 염원 속에 어르신을 다시 제 배에 태워드리겠다고 말씀드리게 되어 무척 기쁩니다. 약속드리건대 이번엔 어르신 배가 도로 끌려들어오는 일은 없을 겁니다."

목욕을 마치고 배를 채운 터라 마리우스는 기분이 훨씬 나아졌다. "아울루스 벨라이우스, 로마를 떠나온 이래 많은 이들이 내게 친절을 베풀어주었지만, 이렇게 큰 친절은 이곳 민투르나이에서가 처음이오. 이곳을 절대 잊지 못할 거요." 마리우스는 아까부터 주변을 맴도는 부르군두스를 향해, 형편없이 마비된 얼굴로 지을 수 있는 최대한 밝은 미소를 지어 보였다. "그리고 게르만족 사람 덕분에 죽음을 모면했다는 사실도 잊지 않을 것이다. 고맙다."

벨라이우스가 자리에서 일어섰다. "가이우스 마리우스, 어르신께서 제집에서 하룻밤을 보내시면 더없는 영광이겠지만, 어르신이 타신 배가 만을 빠져나가는 것을 보기 전까지는 도저히 마음이 편치 않을 것 같습니다. 지금 즉시 부둣가로 모셔다드렸으면 합니다. 잠은 배에서 주무실 수 있습니다."

벨라이우스의 집 길갓문으로 나와보니 민투르나이 주민 대부분이 그들과 함께 항구까지 걸어가려고 기다리고 있었다. 마리우스를 향한 환호성이 터져나오자 그는 제왕 같은 위엄으로 그 환호를 맞았다. 모두들 한결 가벼워진 마음으로, 그리고 근 몇 해 동안 제일 중요한 일을 하는 기분으로 해안으로 나아갔다. 둑에서 마리우스는 벨라이우스를 공개적으로 포옹했다.

"어르신 돈은 배에 아직 있습니다." 눈물을 글썽이며 벨라이우스가 말했다. "어르신이 입으실 옷가지도 몇 벌 더 넣어두었습니다. 포도주도 제 선장이 평소 마시는 것보다 훨씬 좋은 상품으로 준비해두었습니다! 수행원이 없으시니 부르군두스를 같이 보내겠습니다. 그 군인들이 돌아왔을 때 어리석은 몇몇 주민들이 어제 일을 발설할까봐, 시에서 부르군두스를 계속 데리고 있기를 곤란해합니다. 부르군두스는 죽을 짓을 하지 않았어요. 그래서 제가 어르신에게 보탬이 되라고 부르군두스를 샀습니다."

"부르군두스를 기쁜 마음으로 받아들이겠소, 아울루스 벨라이우스, 하지만 그놈들에 대해서는 절대 걱정하지 마시오. 놈들을 고용한 자가 누군지 압니다. 권한도 없고 영향력도 없는, 그저 일신의 명성만 추구하는 자요. 처음에는 루키우스 술라를 의심했는데, 만일 그랬다면 훨씬 더 심각한 상황이었을 거요. 집정관이 정말로 나를 찾아 군인들을 풀었다면 아직 민투르나이까지는 당도하지 못했을 거요. 그놈들은 그저 일신의 명성을 좇는 평범한 시민이 내린 임무를 수행하는 것뿐이오." 마리우스가 이를 앙다물고 숨을 내쉬었다. "나중에 반드시 손봐주마, 섹스투스 루킬리우스!"

"집으로 돌아가실 때까지 제 배는 어르신 것입니다." 벨라이우스가 미소를 머금고 말했다. "선장이 알고 있습니다. 다행히도 선장의 화물은 팔레르눔 포도주니까 배에서 다시 부릴 때까지 더 맛좋게 숙성될 것입니다. 건승을 빕니다."

"나도 건승을 비오, 아울루스 벨라이우스. 당신을 절대 잊지 않겠소." 마리우스가 말했다.

마침내 흥분되는 하루가 끝났다. 민투르나이 사람들은 배가 수평선 너머로 사라질 때까지 부둣가에서 손을 흔들었다. 마침내 무리지어 집으로 돌아가며 그들은 마치 대단한 전쟁에서 승리를 거둔 듯한 기분을 느꼈다. 그중에서도 제일 늦게 집을 향해 걸어가던 벨라이우스는 사그라지는 햇빛 속에서 혼자 빙긋이 미소를 지었다. 머릿속에 기막힌 생각이 떠올랐던 것이다. 이탈리아 반도에서 가장 위대한 벽화가를 데려다가 가이우스 마리우스의 민투르나이 이야기를 감동적인 연속화로 그리게 하자. 아름다운 숲속에 자리한 마리카 여신의 새 신전을 그 그림들로 장식하리라. 마리카는 라티누스를 세상에 태어나게 해준 바다 여신이었고, 라티누스의 딸 라비니아는 아이네아스와 결혼해 율루스를 낳았다. 그러니 마리카 여신은 율리우스 가문의 여자와 결혼한 마리우스에게 특별한 신이었다. 마리카는 또 이 도시의 수호 여신이기도 했다. 지금까지 민투르나이가 남긴 가장 위대한 업적은 가이우스 마리우스의 처형을 거부한 것이다. 마리카 신전을 장식할 프레스코 벽화들로 인해 앞으로 수년간 이탈리아 전체가 민투르나이의 위대한 업적에 대해 알게 되리라.

길고 지치는 여행길이긴 했지만, 이후로 마리우스는 결코 위험에 처하지 않았다. 열아홉 명의 도피자들은 아이나리아에서 재회하고 술피키우스가 오기를 기다렸지만 허사였다. 여드레가 지나자 그들은 슬픔 속에 그가 오지 않을 것이라 결론짓고 술피키우스 없이 항해를 시작했다. 그들은 아이나리아를 떠나서 하늘처럼 끝없이 펼쳐지는 티레니아해를 씩씩하게 가로질렀다. 통 뭍을 보지 못하던 그들은 마침내 시칠리아 북서부의 만에 도착했다. 그들은 그곳 에리키나의 어항(漁港)에 배를 댔다.

마리우스는 시칠리아에 계속 머무르고 싶었다. 이탈리아에서 조금이라도 더 멀리 나가는 모험은 되도록 피하고 싶었다. 지금까지 겪은 온갖 고생을 생각하면 신체 상태는 상당히 좋은 편이었지만, 머릿속 상태는 그리 좋지 않음을 스스로도 잘 알고 있었다. 자꾸 이것저것을 잊어버렸고, 이따금씩 다른 사람들 말이 스키타이인이나 사르마티아인 같은 이방인의 웅얼거림처럼 들렸다. 정체를 알 수 없는 역겨운 냄새를 맡기도 하고, 눈앞에 그물이 쳐진 듯 앞이 잘 보이지 않는가 하면, 견디기 힘들 정도로 불쑥 열이 솟기도 하고, 자신이 지금 어디에 있는지 문득 잊기도 했다. 신경이 날카로웠고, 경멸조의 말이나 욕설이 머릿속에 불쑥불쑥 떠올랐다.

"우리 몸속의 장기 중에 생각하는 것을 가능하게 하는 게 무엇인지 모르지만, 어떤 사람들은 그게 가슴속에 있다고 하고, 또 히포크라테스 같은 사람들은 머릿속에 있다고 하지. 나는 그게 우리 머릿속에 있는 것 같아. 왜냐면 나는 내 눈과 귀와 코를 가지고 생각을 하는데, 그게 만일 심장이나 간에 있다고 하면 생각의 원천이 되는 것들로부터 너무 멀리 떨어져 있지 않느냐?" 마리우스는 어느 날 아들에게 두서없이 장황한 말을 늘어놓았다. 에리키나에 머무르며 시칠리아 총독의 전갈을 기다리던 때였다. 그의 목소리가 낮게 잦아들었다. 그는 거대한 양쪽 눈썹을 일그러뜨리며 사나운 표정을 짓더니, 줄곧 눈썹에 잔뜩 힘을 주고 있었다. "다시 얘기해볼까……. 마리우스, 무언가가 내 정신을 조금씩 갉아먹고 있어. 읽은 책 내용도 다 기억하고, 억지로나마 집중을 하면 똑바로 생각할 수 있다. 회의도 주재할 수 있고, 과거에 할 수 있었던 것들은 뭐든 다 할 수 있어. 그런데 항상 그렇지는 않구나. 지금 나는 내가 이해하지 못하는 방식으로 변해가고 있어. 때로는 그러한 변화들을 스스로 알아채지 못하기도 해……. 내가 이렇게 정신이 흐려지고 좀 별나게 변해가는 것을 이해해주어야 한다. 나는 언젠가는 일곱번째로 집정관이 될 테니 정신력을 보존해야 해. 마르타가 그렇게 예언했고 그 여자는 한 번도 틀린 적이 없었어. 단 한 번도 틀리지 않았지……. 내가 그 이야기를 너한테도 했지, 아니냐?"

젊은 마리우스는 자꾸만 메어오는 목을 어쩌지 못해 침을 꿀꺽 삼켰다. "네, 아버지, 하셨어요. 여러 차례요."

"그 여자가 또다른 것을 예언했다는 얘기도 해줬던가?"

아들의 잿빛 눈동자가 얻어맞은 듯 일그러진 아버지의 얼굴을 지그시 바라보았다. 요즈음 아버지는 늘 안색이 상기되어 있었다. 젊은 마리우스는 가만히 한숨을 내쉬었다. 아버지의 정신이 다시 오락가락하는 것인지, 아니면 여전히 맑은 것인지 도무지 종잡을 수 없었다. "아니요, 아버지."

"음, 다른 예언도 했다. 그 여자는 로마가 낳은 가장 위대한 인물은 내가 아니라고 하더구나. 누가 제일 위대한 로마인이 될 거라고 했는지 넌 알겠니?"

"아니요, 아버지. 하지만 누군지 궁금한데요." 젊은 마리우스의 가슴에는 단 한 가닥의 희망도 새어들어오지 않았다. 자기가 아니란 것은 알았다. 위대한 인물의 아들은 자기의 결함을 너무나 잘 아는 법이다.

"그 여자는 그게 어린 카이사르라고 했다."

"세상에!"

마리우스가 몸을 꿈틀대며 낄낄거리더니 돌연 소름 끼치게 섬뜩한 표정을 지었다. "아, 걱정 마라, 내 아들아! 그렇게 되지 않을 테니까! 나는 누가 나보다 위대한 자가 되게 내버려둘 수 없어! 그래서 나는 어린 카이사르의 별을 깊은 바다 저 밑바닥에 못박아둘 셈이다."

아들이 자리에서 일어섰다. "아버지, 지금 피곤하세요. 제가 보니까 아버진 피곤하실 때 기분이 훨씬 나빠지고 힘들어하시는 것 같아요. 모셔다드릴 테니 주무세요."

시칠리아 총독은 마리우스의 피호민인 가이우스 노르바누스였다. 그는 시칠리아에 침략을 시도한 루카니아와 브루티움의 반란군과 마르쿠스 람포니우스를 처리하기 위해 메사나에 가 있었다. 발레리우스 가도를 타고 메사나까지 최대한 신속히 내려간 마리우스의 전령은 열사흘 만에 총독의 답장을 갖고 돌아왔다.

어르신의 피호민으로서 제 의무를 통감합니다만, 가이우스 마리우스, 저는 동시에 로마 속주의 총독이기도 합니다. 따라서 제 명예를 위해, 보호자에 대한 의무에 앞서 로마에 대한 의무를 지킬 수밖에 없습니다. 저는 어르신의 서한을 받아보기 앞서 원로원으로부터 어르신과 다른 도피자들에게 어떠한 원조도 제공해서는 안 된다는 공식 명령장을 받았습니다. 저는 사실 가능하다면 어르신을 추격하여 처형하라는 지시를 받은 상태입니다. 물론 제가 그렇게 할 수는 없습니다만, 그래도 어르신 배에 시칠리아 영해를 떠나라는 명령을 내려야 합니다.

개인적으로는 어르신의 건승을 빌며 다른 곳에서라도 안전한 은신처를 찾으실 수 있기를 바랍니다. 그러나 지금 로마 영토 내에서는 불가능할 것 같습니다. 푸블리우스 술피키우스가 라우렌툼에서 검거되었음을 알려드려야 하겠습니다. 지금 그의 머리통은 로마에서 로스트라 연단을 장식하고 있습니다. 실로 비열한 처사입니다. 하지만 술피키우스의 머리통을 다른 누구도 아닌 루키우스 코르넬리우스 술라가 직접 로스트라 연단에 세웠다는 사실을 말씀드려야 어르신께서 제 입장을 더 잘 이해하실 것 같습니다. 아니요, 명령을 내린 것이 아닙니다. 자기 손으로 직접 거기에 세웠습니다.

"가엾은 술피키우스!" 마리우스는 어느새 고인 눈물을 깜빡여 없앴다. 그는 어깨를 활짝 펴며 말했다. "좋아, 가보자! 아프리카 속주에서는 우리한테 어떻게 하나 보자."

그러나 그들은 아프리카 속주에서도 입장을 거부당했다. 푸블리우스 섹스틸리우스 총독에게도 이미 명령장이 내려진 터였고, 그는 로마 총독으로서의 의무에 따라 그들을 검거하여 처형하기 전에 어서 다른 곳으로 떠나라는 충고 외에는 해줄 수 있는 게 없었다.

그들은 이어 누미디아의 수도 키르타의 루시카데 항으로 갔다. 지금은 히엠프살 왕이 누미디아를 통치하고 있었다. 가우다의 아들인 그는 아버지보다 훨씬 나은 인물이었다. 그는 루시카데 항에서 멀지 않은 곳에 자리한 키르타 궁정에서 마리우스의 서신을 받았다. 왕위에 오른 이래 최대의 진퇴양난에 처한 왕은 한동안 갈팡질팡 고민했다. 마리우스는 그의 아버지를 왕위에 앉혀준 사람이었지만, 이번에는 마리우스가 그의 아들을 왕위에서 쫓겨나게 하는 장본인이 될 수도 있었다. 누미디아에서는 술라 역시 높은 위상을 누리고 있던 터였다.

며칠간의 숙고 끝에 왕은 자신과 일부 중신들의 거처를 로마에서 서쪽으로 한참 떨어진 이코시움으로 옮긴 뒤, 마리우스 일행에게 배로 이코시움까지 와서 자기와 합류하라 제의했다. 왕은 그들이 뭍에 오르는 것을 허락하고, 편하게 지내라며 빌라도 몇 채 내주었다. 왕은 또한 자신의 저택에 마리우스 일행을 자주 불러 대접했다. 작은 궁전으로 불러도 손색이 없을 만큼 거대한 저택이었지만 키르타의 거처만큼 넓진 않았다. 이렇듯 공간이 좁아진 탓에 왕은 후궁 전체와 왕비 몇은 키르타에 남겨두고, 이코시움에는 소포니스바 왕비와 첩 두 명, 살람보와 안노만 데리고 갔다. 그는 헬레니즘 군주정의 가장 훌륭한 전통을 배우고 익힌 왕이었기 때문에 동방의 왕들과 달리 궁을 찾아온 손님들이 아들, 딸, 왕비 등 왕가의 모든 사람들과 자유롭게 어울리게 했다. 그리고 불행하게도 바로 이 점이 일을 복잡하게 만드는 불씨가 되었다.

젊은 마리우스는 어느덧 스물한 살로 점차 남자가 되어가고 있었다. 짙은 금발에 수려한 용모를 갖춘 그는 몸맵시도 좋았다. 활동적이어서 머리를 쓰는 일에는 도통 흥미가 없었던 그는 사냥으로 긴장을 풀곤 했는데, 히엠프살은 그다지 즐기지 않는 취미였다. 반면 히엠프살의 첩 살람보는 사냥을 좋아했다. 아프리카의 평원에는 코끼리와 사자, 타조와 가젤, 영양과 곰, 흑표범과 누 등 야생동물이 우글거렸고 젊은 마리우스는 매일 밖에서 지내며 난생처음 보는 짐승들을 사냥하는 법을 배웠다. 안내자 겸 개인 교사인 살람보와 함께.

아마도 히엠프살 왕은 사냥이 공개적인 활동이라는 점, 두 사람을 수행하는 사람들이 많다는 점, 이 두 가지가 첩의 바른 행실을 보장하는 충분한 보호 장치가 되어줄 것으로 보고 살람보를 젊은 마리우스와 함께 내보내도 해가 되진 않으리라 생각했을 것이다. 어쩌면 이 지나치게 활달한 여자를 며칠씩 자기 손에서 떠나보낼 수 있어서 오히려 고마웠을지도 모른다. 왕 자신은 마리우스와 방에 틀어박혀(마리우스는 이코시움에 온 이래 사고기능이 눈에 띄게 좋아진 터였다) 옛 시절을 얘기하고, 유구르타 전쟁 때 누미디아와 아프리카에서의 작전 이야기를 들으면서, 왕실의 문서보관소에 남겨둘 만한 방대한 양의 기록을 작성했다. 그는 훗날 자신의 후손이 진정 훌륭한 인물로 자라나 로마 귀족 가문의 여식과 혼인을 맺는 시절이 올 수도 있지 않을까 하는 꿈도 감히 가슴에 품어보았다. 히엠프살 왕은 착각에 빠지는 성격이 아니었다. 그는 스스로를 왕족이라 칭할 수 있고 그가 다스리는 이 나라를 부유한 대국이라 부를 수도 있겠지만, 그와 그의 나라는 로마 귀족층의 눈에 티끌만도 못한 존재였다.

물론 비밀은 지켜지지 않았다. 신하들 중 하나가, 살람보가 젊은 마리우스와 보내는 낮시간은 꽤 순수하다 할 수 있겠지만 밤시간은 완전히 다른 문제라고 고해바친 것이다. 이 폭로로 왕은 어찌할 바를 몰랐다. 일단 왕은 첩의 부정을 무시할 수 없었다. 그렇다고 보통때처럼 첩과 간통한 자를 처형해버릴 수도 없었다. 왕은 결국 이 사태로 인해 손상된 자신의 위엄을 최대한 지켜내기 위해, 마리우스에게 상황이 너무 미묘하여 도피자들을 이곳에 계속 둘 수가 없게 되었으니 배가 출항할 준비가 되는 즉시 떠나달라고 청했다.

"철부지 녀석!" 항구로 걸어 내려가며 마리우스가 말했다. "평범한 여인네들도 많지 않았느냐? 꼭 그렇게 히엠프살의 마누라를 훔쳤어야 해?"

젊은 마리우스가 빙그레 웃었다. 잘못을 뉘우치는 표정을 지어보려고 했지만 잘되지 않았다. "죄송해요, 아버지. 하지만 정말이지 색기가 넘치는 여자였어요. 그리고 제가 그 여자를 꾄 게 아니에요. 그 여자가 저를 꾀었다고요."

"네 쪽에서 물리칠 수도 있었잖느냐."

"그렇기야 하죠." 젊은 마리우스는 여전히 뉘우치는 기색이 없었다. "하지만 안 그랬어요. 그 여잔 정말 색기가 넘쳤거든요."

"아들아, 너는 지금 시제를 아주 정확하게 구사하고 있구나. 과거 시제가 맞아. 그 멍청한 계집년은 너 때문에 목이 날아갔으니까."

아버지가 화가 난 것은 단순히 또다시 거처를 옮겨야 하는 것 때문이지, 그렇지 않았더라면 지금쯤 외국 왕비가 사리 분별을 못하고 자기 아들에게 푹 빠졌었다는 사실에 기분좋아할 것임을 누구보다도 잘 알기에 젊은 마리우스는 활짝 웃기만 했다. 두 사람 다 살람보의 운명 따위는 걱정하지 않았다. 살람보는 죄가 발각되면 그 벌로 자기 목이 날아간다는 것을 잘 알고 있었다.

"정말 안됐네요." 젊은 마리우스가 말했다. "그 여자 정말 색……."

"그만하지 못해!" 아버지가 날카롭게 말을 잘랐다. "네가 좀더 작았거나 내가 한 발로 설 수만 있었어도, 네놈 엉덩이를 장홧발로 차고 이빨을 몽땅 부러뜨려놓았을 거다! 그동안 우리가 거기서 얼마나 편하게 지냈느냔 말이다!"

"차고 싶으면 차세요." 젊은 마리우스는 몸을 앞으로 숙이고 아버지 앞에 장난스럽게 엉덩이를 내밀었다. 두 다리는 벌리고 머리는 양 무릎 사이에 끼웠다. 무서울 게 뭐가 있겠는가? 그가 저지른 잘못은 아버지들이 기분좋게 용서해주는 종류의 잘못이었다. 게다가, 젊은 마리우스는 살면서 지금까지 발은커녕 손으로도 아버지에게 맞아본 적이 없

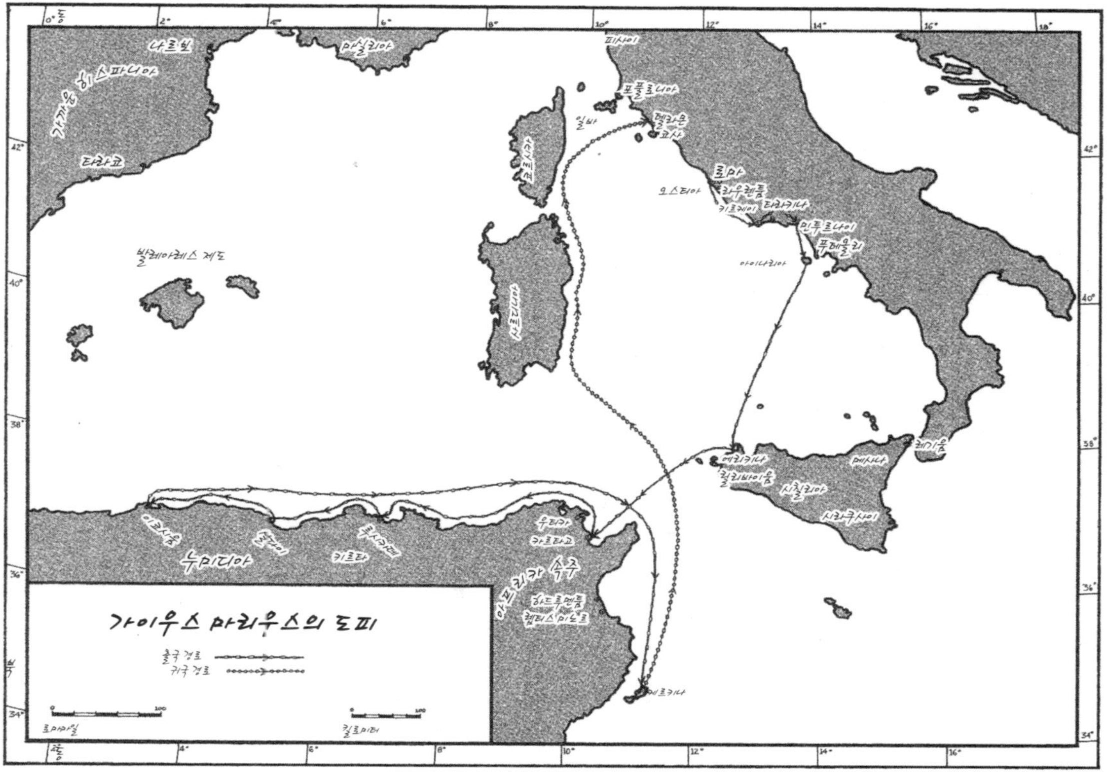
가이우스 마리우스의 도피
출구경로
귀국경로
로마마일
킬로미터
나르보
가까운 히스파니아
타라코
마실리아
발레아레스 제도
코르시카
사르디니아
피사이
포플로니아
일바
텔라몬
코사
로마
오스티아
라우렌툼
키르케이
타라키나
민투르나이
푸테올리
아이나리아
레기움
에리키나
릴리바이움
시칠리아
메사나
시라쿠사이
우티카
카르타고
아프리카 속주
하드루메툼
렙티스 미노르
메르키나
누미디아
이코시움
키르타

었다.

마리우스가 충직한 부르군두스에게 손짓하자, 거인은 즉시 팔로 마리우스의 허리춤을 감싸고 그를 살짝 위로 들어올렸다. 마리우스는 오른쪽 다리를 위로 번쩍 쳐들더니, 자신의 무거운 장화를 아들의 엉덩이 사이 예민한 틈새로 정확히 꽂아넣었다. 젊은 마리우스가 기절하지 않은 것은 순전히 자존심 때문이었다. 무시무시한 통증이었다. 그날 이후 고통 속에 지낸 며칠간 그는 아버지의 행동에 악의는 없었다고, 그저 살람보 일로 아버지가 얼마나 화가 났는지 자신이 충분히 인식하지 못했던 것이라고 스스로를 열심히 설득했다.

그들은 이코시움을 떠나 아프리카 북쪽 해안선을 따라 동쪽으로 배를 몰았다. 이코시움에서 새로운 목적지까지 가는 동안 무인도 말고는 육지를 전혀 만나지 못했다. 이윽고 도착한 마리우스의 새 목적지는 아프리카 소(小)시르티스의 케르키나 섬이었다. 마리우스 일행은 이곳에서 마침내 안전한 은신처를 구했으니, 이곳에서는 과거에 마리우스 밑에서 싸우던 퇴역 군단병 수천 명이 이제 전쟁과는 동떨어진 생활에 안착해 살고 있었다. 100유게룸씩 할당받은 농토에서 밀을 경작하며 보내는 일상에 약간 따분해진 반백 머리의 퇴역군인들은 옛 사령관을 두 팔 벌려 환영했다. 그들은 마리우스와 그의 아들을 무척 떠받들며, 자기네 손아귀로부터 가이우스 마리우스와 그의 자유를 앗아가려면 술라는 로마에서 끌어모을 수 있는 군대를 전부 동원해야 할 거라고 호언장담했다.

엉덩이를 걷어차인 일이 있었던 후 아버지를 전보다 더 걱정하게 된 젊은 마리우스는 아버지를 좀더 자세히 관찰했다. 그는 아버지의 정신력이 무너져가고 있음을 보여주는 소소한 징후들을 발견하고 슬퍼하면서도, 한편으로는 아버지가 단지 가이우스 마리우스라는 이유만으로 많은 일들을 용인받는 것에, 또 아버지가 종종 순간적으로 엄청난 의지력을 발휘하여 흠잡을 데 없이 정상인 것처럼 보이도록 하는 것에 놀랐다. 그를 멀리서 가끔 보는 사람들에게 아버지는 그저 지난 일을 가끔 잊어버리거나, 어리둥절한 표정을 짓거나, 흥미가 가는 주제가 아니면 자꾸 다른 이야기를 꺼낼 뿐 아무 문제가 없어 보였다. 그렇다고 아버지께서 정말 일곱번째로 집정관 직을 맡을 수 있을까? 젊은 마리우스는 회의적이었다.

두 신임 집정관 나이우스 옥타비우스 루소와 루키우스 코르넬리우스 킨나의 관계는 그나마 나을 때에도 불편했고, 최악일 때는 원로원에서나 포룸 로마눔에서나 만나기만 하면 대놓고 말싸움을 벌이는 사이가 되어서, 이제는 과연 둘 중 누가 이길지 온 로마가 궁금해할 정도였다. 처음에 킨나는 서둘러 술라를 탄핵하려 들었다. 하지만 폼페이우스 스트라보가 킨나에게 은밀히 짧은 편지를 보내어 킨나가 앞으로도 계속 집정관으로 남으려면, 또 킨나에게 굽실대는 호민관들이 계속 목숨을 부지하려면 술라가 동방으로 떠나게 가만히 놔두라고 통보하면서 그의 시도는 돌연 중단되었다. 옥타비우스는 폼페이우스 스트라보의 사람이며, 현재 이탈리아에 주둔한 군단은 술라의 확고한 지지자 두 명의 휘하에 있다는 것을 잘 아는 킨나는 언성을 높이며 호민관 베르길리우스, 마기우스와 다퉜다. 하지만 호민관들은 한번 문 먹잇감을 순순히 단념하지 않았다. 결국 킨나는 그들이 계속 고집을 피우면 편을 바꿔 옥타비우스와 연합해서 그들을 포룸 로마눔과 로마에서 쫓아버리겠다고 으름장을 놓아야 했다.

옥타비우스와 킨나가 취임하고 첫 8개월 동안, 로마와 이탈리아에는 그들이 다 감당할 수 없을 만큼 문제가 차고 넘쳤다. 국고는 여전히 텅텅 비었는데 돈은 수줍은 듯 좀체 모습을 드러내지 않았고, 시칠리아 속주와 아프리카 속주에서는 2년째 가뭄이 계속되었다. 두 속주의 총독 노르바누스와 섹스틸리우스는 본래 법무관 신분으로, 군인들을 이용해 밀 재배꾼들에게 어음 수취를 강제해서라도 수도 로마에 곡물 공급을 늘릴 임무를 띠고 파견된 터였다. 집정관들과 원로원은 무슨 일이 있어도, 밀 재배업자들이 아무리 로비를 해온다 해도, 단지 로마의 최하층민이 배를 곯았던 탓으로 사투르니누스가 누릴 수 있었던 그 짧은 영광의 시간이 재현되게 할 수는 없었다. 절대 최하층민이 배를 곯아서는 안 된다. 술라가 집정관을 지내며 파악하고 있었던 골치 아픈 문제들을 그 역시 발견하면서, 킨나는 수입원이 될 만한 것은 무엇이든 붙잡으려 애썼다. 그는 히스파니아의 두 총독에게 속주에서 짜낼 수 있는 것은 마른 수건까지 다시 짜내라는 요지의 서한을 보냈다. 갈리아 속주의 총독 푸블리우스 세르빌리우스 바티아에게도 서한을 보냈다. 코끝에 이탈리아 갈리아의 채권자들을 올려둔 채 알프스 너머 갈리아의 야만족이라는 외줄을 타서 얻을 수 있는 것은 다 얻어내라는 내용이었다. 분노에 찬 답장들이 날아들었지만, 킨나는 앞부분만 읽고 곧바로 불에 던져버렸다. 그는 사실상 불가능한 두 가지 대안이 실현되길 빌었다. 하나는 옥타비우스가 국정 운영에서 힘든 부분에 좀더 관여하는 것이었고, 다른 하나는 아시아 속주에서 수입이 들어오는 것이었다.

새로 시민권을 부여받은 이탈리아인들도 로마에 압박을 가했다. 코르넬리우스법으로 인해 트리부스별 투표권 자체가 사실상 없어졌는데도, 그들은 자기들의 트리부스 지위에 대해 몹시 분개했다. 그들의 욕망을 한껏 자극했던 술피키우스법이 무효화된 것도 굉장한 불만이었다. 또한 이탈리아 전쟁이 끝나고 2년도 더 지난 지금까지 이탈리아 동맹에는 주요 인물들이 남아 있었다. 그들은 자기들을 비롯하여 특혜에서 소외된 이탈리아 형제들의 불평을 담은 항의 서한을 줄기차게 원로원에 써 보냈다. 킨나는 새 시민권자 전원을 서른다섯 개 트리부스에 균등하게 배분하는 법안을 기꺼이 추진하고 싶었지만, 수석 집정관 옥타비우스가 이끄는 당파와 원로원 의원들이 킨나에게 협조하지 않을 것이 분명했다. 게다가 술라의 법률로 인해 킨나는 굉장히 불리한 입장이었다.

그러다가 8월에 킨나에게 처음으로 희망의 빛이 비쳐왔다. 술라가 그리스 일에 완전히 매여 있어서 더이상 자신의 헌법을 지키거나 지지자들을 부추기려고 갑자기 로마에 돌아올 수 없는 상황이라는 소식이 전해진 것이다. 킨나는 여전히 움브리아와 피케눔에서 4개 군단을 데리고 잠행중인 폼페이우스 스트라보와 이견을 조율할 때라고 판단했다. 그는 아내에게조차 목적지를 알리지 않고, 술라가 미트리다테스와의 전쟁에 완전히 발이 묶인 이때 폼페이우스 스트라보가 뭐라고 말할지 들어보러 길을 떠났다.

"다른 루키우스 코르넬리우스와 맺은 거래를 당신하고도 맺을 용의가 있소." 피케눔의 사팔뜨기 지주가 말했다. 그는 킨나를 그리 따뜻한 태도로 맞진 않았지만 킨나의 말을 아예 안 듣겠다는 기색을 보이지도 않았다. "나와 내 군단을 우리 위대한 로마의 세상 한구석에 가만 내버려만 두시면, 나는 당신이 그 강대한 도시에서 무얼 하든 상관하지 않겠소."

"당신이 맺은 거래란 게 그런 거였습니까!" 킨나가 반갑게 소리쳤다.

"그렇소."

"술라가 우리 로마의 국정제도에 가한 변경 조치들을 바로잡으려 합니다." 킨나는 감정을 최대한 자제했다. "덧붙여 새로운 시민권자들을 서른다섯 개 트리부스 전체에 고르게 배분할 생각이고, 로마의 해방노예 출신 시민권자들을 모든 트리부스에 고루 배분하는 안도 긍정적으로 검토하고 있습니다." 꼭 필요한 일을 하는데 이 피케눔의 백정놈에게 허락을 구해야 하는 현실에 분노가 불끈 치밀어올랐지만, 킨나는 꾹 참고 부드럽게 말을 이었다. "이 모든 조치들에 대한 당신의 생각은 어떻습니까, 나이우스 폼페이우스?"

"하고 싶은 대로 하시지요." 폼페이우스 스트라보가 무심하게 대꾸했다. "나한테 간섭만 하지 마시오."

"간섭하지 않겠다고 약속드리겠습니다."

"그 약속은 당신이 과거에 했던 서약보다는 믿을 만한 것이오, 루키우스 킨나?"

킨나의 얼굴이 붉게 달아올랐다. "나는 그 서약에 맹세하지 않았습니다." 킨나가 위엄 있게 말했다. "손에 돌멩이를 쥐고 있었으니, 그 서약은 무효입니다."

폼페이우스 스트라보가 고개를 뒤로 젖히고 한껏 웃었다. 이제 보니 이 사내는 웃을 때 말 울음소리를 냈다. "오, 포룸 로마눔의 진정한 변호인이 납셨군, 안 그렇소?" 폼페이우스 스트라보가 간신히 웃음을 멈추고 말했다.

"그 서약은 효력이 없습니다!" 킨나가 여전히 홍조 띤 얼굴로 고집했다.

"그렇다면 당신은 다른 루키우스 코르넬리우스보다 훨씬 더 어리석은 사람이구려. 술라가 돌아오면 당신은 화염 속의 눈송이처럼 눈 깜짝

할 새 사라질 거요."

"그렇게 생각한다면 당신은 왜 나를 내버려두겠다는 겁니까?"

"술라와 나는 서로를 잘 알지요, 그게 이유요." 폼페이우스 스트라보가 말했다. "무슨 일이 벌어지든 그자는 나를 탓하지 않을 거요. 당신을 탓하지."

"다른 루키우스 코르넬리우스는 어쩌면 로마에 돌아오지 않을 겁니다."

이 말에 말 울음소리가 다시 한번 방안에 퍼졌다. "너무 기대 마시오, 루키우스 킨나! 술라는 분명 포르투나 여신의 총아요. 그 사람 목숨은 운이 지켜준다오."

짧은 면담이 끝나자 킨나는 곧바로 폼페이우스 스트라보의 영지를 벗어나 로마로 향했다. 그렇게 불쾌한 주인이 내주는 방에서는 하룻밤도 머무르고 싶지 않았다. 그 덕분에, 킨나는 아시시움에서 자기를 재워준 주인장으로부터 쥐가 폼페이우스 루푸스의 양말 끝을 갉아먹어 그의 죽음을 예언했다는 이야기를 들어야만 했다. 마침내 로마에 돌아온 킨나는 생각했다. 북쪽 사람들은 당최 마음에 들지 않아! 지나치게 단순한데다, 오래된 신들에게 지나치게 가깝단 말이야.

해마다 9월 초에는 연중 최대 규모의 행사인 로마 경기대회가 열렸다. 지난 3년간은 대회가 최대한 간소하게 치러졌다. 이탈리아 전쟁도 있었고, 그전 같으면 고등 조영관들이 다 돈값을 한다고 생각하며 자기 주머니에서 한 움큼씩 내놓던 거금이 없었기 때문이다. 사실 작년에 사람들은 조영관 메텔루스 켈레르가 행사를 성대하게 치러줄 것으로 기대했지만 그에게선 아무것도 나오지 않았다. 그러나 올해 선출된 두 조영관은 어마어마한 부자였고, 8월 즈음하여 그 두 사람이 명예를 걸고 반드시 훌륭한 대회를 열어줄 것이라는 구체적인 증거가 속속 등장했다. 소문은 이탈리아 반도 전역으로 퍼졌다. 이번 대회는 볼거리가 굉장할 거라는데! 따라서 로마 여행 경비를 감당할 재력이 있는 사람들은, 지난 전쟁 기간 동안 쌓인 걱정과 불안을 날릴 제일 좋은 방법은 로마에 가서 로마 경기대회를 관람하며 휴가를 보내는 것이라고 생각하게 되었다. 그리하여 8월 말, 시민권을 받은 뒤에도 자신들을 형편없이 취급하는 로마 때문에 분개해 있던 이탈리아인 수천 명이 로마에 속속 모여들었다. 연극 애호가, 전차경주 애호가, 야생동물 사냥 애호가, 대형 공연 애호가 등 올 수 있는 사람은 전부 로마에 왔다. 연극 애호가들에게는 특히 더 좋은 기회였다. 노령의 극작가 아키우스가 주변의 설득 끝에 움브리아의 집에서 나와 새 연극을 제작하고 나섰기 때문이다.

그리고 킨나는 마침내 행동을 개시하기로 결심했다. 킨나의 협력자인 호민관 베르길리우스는 평민회에서 '비공식' 회의를 소집하고, 군중(다수가 이탈리아인 관광객들이었다) 앞에서 새 시민권자들을 제대로 배분하라며 원로원을 압박하겠다고 선언했다. 사실 평민회에는 이제 법 제정권이 없었으므로, 이 회의의 목적은 이 사안에 관심 있는 이들의 주의를 끄는 것뿐이었다.

그런 다음 베르길리우스는 이 안건을 원로원으로 들고 갔지만, 원로원 의원들은 이 문제는 지난 1월에 이미 다루었으므로 더이상 논의할 필요가 없다고 잘라 말했다. 베르길리우스는 어깨를 으쓱하고 세르토리우스를 비롯한 다른 호민관들이 앉아 있는 호민관석으로 돌아갔다. 사실 베르길리우스는 킨나가 그에게 하달한 임무, 즉 원로원의 반응을 파악하는 일을 완수한 셈이었다. 나머지는 킨나에게 달려 있었다.

"좋소." 킨나가 협력자들을 모아놓고 말했다. "이제 일에 착수합시다. 헌법을 원래대로 되돌리고 신규 시민권자 문제를 해결하려는 우리의 법이 백인조회에서 통과되면, 모든 채무를 변제하는 법안을 제정하겠다고 세상에 약속합시다. 술피키우스가 원로원 문제에서 채권자에 유리한 법안을 제정해버린 탓에 사람들은 그에게 의구심을 품었습니다. 하지만 우리에겐 그런 약점이 없습니다. 사람들은 우리 말을 믿을 겁니다."

이후의 활동은 비밀리에 이루어지지 않았지만, 전면적 채무 변제 조치에 당연히 반대하고 나설 사람들의 귀까지는 미치지 않았다. 그리고 대다수 사람들은—심지어 제1계급에서조차도—채무 상태가 너무도 절박한 상황이었다. 그 결과 사람들의 전반적인 태도와 지지가 킨나 쪽으로 급격히 기울기 시작했다. 현재 채무가 전혀 없거나 앞으로도 빚을 질 의향이 전혀 없는 기사나 원로원 의원이 한 명이라면 채무가 있는 기사나 원로원 의원의 수는 예닐곱 명에 달했고, 그들 중 상당수는 큰 빚을 지고 있었다.

"큰일입니다." 수석 집정관 옥타비우스가 동료 의원 안토니우스 오라토르와 카이사르 형제에게 말했다. "돈이라면 사족을 못 쓰거나 돈이 없어서 쪼들리는 사람들 코앞에 대고 '전면적 채무 변제'라는 미끼를 흔들어대니, 이제 뭐든 다 킨나 마음대로 되겠습니다. 1계급 사람들이나 백인조회에서도 말입니다."

"솔직히 말해서, 굳이 평민회나 트리부스회 소집을 거치지 않고 그런 식으로 자기네 조치를 강행한 건 참 영리한 판단입니다." 루키우스 카이사르가 신경질적으로 말했다. "이제 킨나가 백인조회에서 법안을 통과시키면 그 법안들은 루키우스 코르넬리우스의 현행법하에 합법적인 것이 되겠지요. 게다가 최악의 경우 현 국고 상태와 시중의 현금 부족이 앞으로도 계속되면, 백인조회 사람들은 저 위부터 저 아래까지 모두 루키우스 킨나가 하자는 대로 표를 주겠지요."

"최하층민들은 난동을 일으킬 테고요." 안토니우스 오라토르가 말했다.

옥타비우스가 고개를 가로저었다. 그는 모인 사람들 중 사업 감각이 단연 뛰어난 자였다. "아니, 최하층민은 아닙니다, 마르쿠스 안토니우스!" 옥타비우스가 참을성 없이 말했다. 그는 원래 성질이 조급했다. "최하층민은 빚을 내지 않아요. 그 사람들은 그냥 돈이 없습니다. 돈을 빌리는 자들은 중간 또는 상류 계급이에요. 윗계급으로 올라가려고, 또는 현상 유지를 위해 돈을 빌리는 거지요. 그리고 담보물도 없는 사람한테 돈을 빌려주는 대금업자가 있겠습니까. 그러니 위로 올라갈수록 빚진 사람이 많아지는 겁니다."

"그렇다면 이 쓰레기 같은 법안이 백인조회 투표에서 통과될 거란 말이오?" 카툴루스 카이사르가 물었다.

"당신 생각에는 아닙니까, 퀸투스 루타티우스?"

"그래요, 심히 염려되는 일이지만, 통과되겠지요."

"그렇다면 우리가 어떻게 해야 합니까?" 루키우스 카이사르가 물었다.

"아, 제게 방법이 있습니다." 옥타비우스가 그를 쏘아보며 말했다. "하지만 무엇인지는 아무에게도 미리 말하지 않겠습니다. 여러분에게도 마찬가집니다."

"대체 어쩌려는 걸까요?" 옥타비우스가 아르길레툼 구역을 향해 가버리자 안토니우스 오라토르가 물었다.

카툴루스 카이사르가 고개를 저었다. "짐작조차 안 가는군요." 그는 얼굴을 찌푸렸다. "아, 저자가 루키우스 술라의 두뇌와 능력의 1할이라도 가졌으면 오죽 좋겠소! 하지만 그렇지가 않지요. 저자는 폼페이우스 스트라보의 사람입니다."

아우인 루키우스 카이사르가 갑자기 몸을 떨었다. "기분이 꺼림칙합니다. 저자가 뭘 꾸미는지 모르겠지만 하여간 해선 안 될 일 같습니다. 이런!"

안토니우스 오라토르는 딱딱한 표정이었다. "나는 열흘 정도 로마를 떠나 있어야겠습니다." 그가 말했다.

그들은 그렇게 하는 게 현명하겠다고 결정을 보았다.

자신만만해진 킨나는 열심히 백인조회 집회 날짜를 정했다. 9월의 이두스 엿새 전, 그러니까 로마 경기대회 개회식이 열리기 이틀 전이었다. 빚진 사람들이 얼마나 많은지, 또 채무자들이 얼마나 열렬히 부채 탕감을 원하는지는 그날 새벽 분명하게 드러났다. 이날 킨나가 여는 집회에 참석하기 위해 마르스 평원에 모습을 나타낸 사내들이 2만여 명에 달했던 것이다. 그들 모두 당일 곧바로 투표하기를 바랐다. 그러나 그것은 불가능하다고 킨나가 사전에 단호하게 설명한 터였다. 당일 투표를 실시한다면 이는 킨나의 첫번째 법안이 (앞서 술라가 그랬던 것처럼) 법안 처리를 속행하려고 카이킬리우스 · 디디우스 프리마법을 무효화하는 꼴이 되기 때문이었다. 아니, 안 됩니다, 킨나는 확고하게 거부했다. 장날이 세 번 지나야 한다는 관행적인 대기 기간을 반드시 준수하겠다는 것이었다. 하지만 킨나는 첫번째 법안 투표일 전에 집회를 여러 차례 열어서 더 많은 법안을 소개하겠다고 약속했다. 사람들은 이 말에 모두 잠잠해졌다. 킨나의 집정관 임기가 끝나기 훨씬 전에 채무 전면 변제 조치가 실현되리라고 느낀 것이다.

킨나가 첫날 토의에 부치려고 한 법안은 사실 두 가지였다. 첫번째는 새 시민권자들을 트리부스별로 다시 배분하는 것이었고, 두번째는 도피자 열아홉 명의 사면과 귀환이었다. 위로는 가이우스 마리우스부터 아래로는 평범한 기사에 이르기까지 도피자 열아홉 명 전원의 재산은 아직 압수되지 않았다. 술라는 집정관 임기가 끝날 때까지 재산 압수 조치를 취하지 않았고, 여전히 원로원에 거부권이 있는 신임 호민관들 역시 재산 압수를 시도하면 거부권을 행사하겠다고 선언한 터였다.

그리하여 다양한 계급의 사람들 2만여 명이 마르스 평원의 너른 잔디밭에 모였을 때, 그들은 자기네가 찬성표를 줄 수 있는 유일한 법안인 도피자 귀환 법안에 대한 예비 토론에만 관심이 있었다. 새 시민권자를 트리부스 전체에 배분하는 법안은 찬성할 마음이 없었다. 이 법은 트리부스회와 평민회에서 그들이 지닌 권력을 희석시킬 게 뻔했고, 차후 트리부스회와 평민회에 입법권을 되돌려주려는 움직임의 전주곡이 될 것임을 모두가 알고 있었다. 킨나와 그의 호민관들은 군중이 모이기 전부터 그 자리에 와서, 점점 늘어가는 군중 사이를 돌아다니며 그들의 질문에 답하고 이탈리아인들에 대한 여전히 회의적인 시각을 누그러뜨리려고 애썼다.

평원에 모인 군중의 일부는 열심히 자기 의견을 피력하고, 일부는 하품을 하고, 일부는 연단에 오르는 킨나와 호민관들의 말을 들으려 몸을 돌리는 등 분위기가 전반적으로 분주했다. 따라서 갑자기 많은 사람들이 한꺼번에 그곳으로 들이닥쳤을 때 이상하게 여기는 사람은 아무도 없었다. 토가 복장으로 조용히 등장한 그들은 3계급이나 4계급 사람들로 보였다.

나이우스 옥타비우스 루소는 괜히 폼페이우스 스트라보의 선임 보좌관이 아니었다. 국가를 음해하는 암세포들을 물리치기 위한 해결안을 그는 뛰어난 솜씨로 조직하여 제대로 지시했다. 옥타비우스가 고용한 퇴역병사 천 명(비용은 폼페이우스 스트라보와 안토니우스 오라토르가 댔다)은 군중을 에워싸더니 토가를 벗어던지고 완전 무장 상태로 섰다. 그 자리에 모인 군중의 수가 그토록 엄청났지만, 그때까지도 무언가 잘못되었음을 알아차린 이는 단 한 명도 없었다. 날카로운 휘파람 소리와 함께 옥타비우스의 하수인들이 안쪽의 군중을 향해 사방에서 돌진했다. 수백 명, 수천 명이 칼에 쓰러졌고, 그보다 더 많은 사람들이 겁에 질린 다른 유권자들의 발아래 짓밟혔다. 겹겹으로 둥글게 벽을 세워 밀고 들어오는 무장 군인들에게 이리저리 휘몰리던 사람들은, 시간이 지나자 정신을 차리고 칼을 피해 한두 명씩 평원에서 달아났다.

킨나와 호민관 여섯은 군중과 달리 포위망 밖에 있었다. 그들은 연단에서 내려와 필사적으로 도망쳤다. 연단 아래에 있던 사람들 중 3분의 2 정도만이 운좋게 살아남았다. 지시한 일이 잘되었는지 옥타비우스가 확인하러 왔을 때는 백인조회의 상류 계급 사람들 수천 명이 마르스 평원에 시체로 누워 있었다. 옥타비우스는 분개했다. 킨나와 호민관들을 제일 먼저 처치하라고 명령했던 것이다. 그러나 비무장 민간인들을 살해하는 일에 고용되는 사내들에게도 일정한 규칙이 있었다. 임기중의 정무관을 암살하는 것은 그들 사이에서도 지나치게 위험한 일이었다.

카툴루스 카이사르와 아우 루키우스 카이사르는 라누비움에서 함께 지내고 있었다. 그들은 학살 사건을 단 몇 시간 만에 전해 듣고 옥타비우스를 만나러 서둘러 로마로 돌아왔다. 전 로마가 이 학살 사건을 '옥타비우스의 날'로 불렀다.

"어떻게 그런 짓을!" 루키우스 카이사르가 눈물을 떨어뜨렸다.

"소름 끼쳐! 역겹소!" 카툴루스 카이사르가 말했다.

"고상한 척 지껄이지 마시오! 내가 뭘 하려는지 당신들은 다 알고 있었어." 옥타비우스가 경멸조로 대꾸했다. "심지어 필요성에 대해서도 동의했잖소. 실질적인 개입만은 하지 않겠다는 것을 전제로, 당신들은 이 일에 암묵적으로 동의했소! 이제 와서 나한테 우는소리 마시오! 나는 당신들이 원한 대로 고분고분 말 잘 듣는 백인조회를 확보한 것이니까. 그날 살아남은 자들은 킨나가 어떤 미끼를 내세우더라도 그자의 법안에 표를 주지 않을 것이오."

카툴루스 카이사르는 뼛속 깊이 분노를 느끼며 옥타비우스를 노려보았다. "나이우스 옥타비우스, 나는 살면서 폭력을 정치 수단으로 사용하는 것을 단 한 번도 용납하지 않았소! 마찬가지로, 암묵적이었건 아니건, 내가 이 일에 어떤 식으로든 동의했다는 것을 나는 인정하지 않소! 만일 당신이 아우나 내가 한 말 중 어떤 것을 당신에게 동의한단 뜻으로 받아들였다면 당신이 곡해한 것이오. 폭력만으로도 나쁜데, 이건! 학살이라니, 최악이오!"

"형님이 옳소." 루키우스 카이사르가 눈물을 닦으며 말했다. "우리는 이제 낙인이 찍혔소, 나이우스 옥타비우스. 이젠 가장 보수적인 사람들도 사투르니누스나 술피키우스보다 하등 나을 게 없어."

자신이 무슨 말을 한들, 폼페이우스 스트라보의 사람인 저자는 자기 행동이 잘못되었음을 깨닫지 못할 것임을 카툴루스 카이사르는 깨달았다. 그는 가슴을 펴고 최대한 위엄을 갖추어 말했다. "수석 집정관, 지난 이틀간 마르스 평원은 공포의 광장이었다고 들었소. 친지들의 장례식을 치르기 위해 시신을 수습하는 사람들 앞에서, 당신의 하수인들은 시신을 렉타 가도의 파밭과 상추밭 사이 석회 구덩이 안에 마구잡이로 던졌다지. 허! 당신은 우리를 무지한 야만인보다도 못한 존재로 만들었어. 살아갈 의지를 찾기가 갈수록 힘들어지는군."

옥타비우스가 실소했다. "그러면 가서 손목을 그으시오, 퀸투스 루타티우스! 지금의 로마는 당신의 존귀한 조상들이 만든 로마가 아니오. 지금의 로마는 그라쿠스 형제와 가이우스 마리우스와 사투르니누스와 술피키우스와 루키우스 술라와 루키우스 킨나의 로마요! 지금 우리가 서 있는 이 혼란스러운 난장판에서 제대로 돌아가는 것은 하나도 없소. 만일 로마가 제대로 돌아가고 있다면 '옥타비우스의 날' 같은 학살 사태도 필요치 않았겠지."

카이사르 형제는 경악하며, 옥타비우스가 그 이름을 사실상 자랑스러워하고 있음을 깨달았다.

"나이우스 옥타비우스, 암살자들을 고용할 돈을 누가 댔소? 마르쿠스 안토니우스였소?" 루키우스 카이사르가 물었다.

"그렇소, 그자가 큰돈을 댔지. 마르쿠스 안토니우스는 후회하지 않소."

"당연히 그렇겠지! 뭐니뭐니해도 그자는 안토니우스 집안사람이니까!" 카툴루스 카이사르가 날카롭게 외쳤다. 그는 양손으로 허벅지를 내리치고 자리에서 일어섰다. "그래, 끝났어. 우린 절대 이 죄과를 씻을 수 없소. 하지만 나는 이 일에 개입하고 싶지 않소, 나이우스 옥타비우스. 상자를 열어버린 판도라가 된 기분이군."

루키우스 카이사르가 질문했다. "루키우스 킨나와 호민관들은 어떻게 되었소?"

"사라졌소." 옥타비우스는 짤막하게 답했다. "물론, 추방될 거요. 되도록 빨리."

카툴루스 카이사르가 문 앞에 멈춰 서서 준엄한 표정으로 뒤돌아보았다. "나이우스 옥타비우스, 현직 집정관의 임페리움을 박탈할 수는 없소. 애초에 이 모든 것은, 루키우스 술라의 군 지휘권이 현직 집정관의 마땅한 권리임에도 반대파가 그 권리를 박탈하려다가 시작된 거요. 그건 있을 수 없는 일이니까! 그러나 아무도 루키우스 술라에게서 집정관 직위까지 박탈하려고는 하지 않았소. 그럴 수는 없소. 로마의 그 어떠한 법, 헌법, 전례도 임기가 끝나지 않은 고등 정무관을 기소하거나 해임할 권한을 주지 않소. 그 어떤 정무관도, 국정 주체도, 민회도 그럴 권한이 없소. 방법을 잘 찾으면 호민관이나 의무에 태만한 재무관을 해임하거나 원로원에서 방출시키거나 심사 자격을 박탈할 수도 있지. 하지만 집정관이나 다른 고등 정무관은 절대 임기중에 해임할 수 없소, 나이우스 옥타비우스."

옥타비우스는 득의만만했다. "나는 성공의 비밀을 찾았소, 퀸투스 루타티우스. 내가 원하는 건 뭐든지 할 수 있소." 루키우스 카이사르가 형을 따라 문밖으로 나설 때, 옥타비우스는 그들을 향해 외쳤다. "내일 원로원 회의가 있소. 거기서 봅시다."

이곳 로마는 예루살렘도 안티오케이아도 아니었기에 사람들은 점쟁이나 예언자를 상대하지 않았다. 스스로 미래에 대한 통찰력이 없음을 잘 알았던 로마의 조점관들은 복점식을 거행할 때도 로마인의 이상에 따라 오직 책과 도표에만 의거해 점괘를 관찰했다.

그러나 그러한 로마에도 진정 예언자라 칭할 만한 인물이 있었으니, 바로 코르넬리우스 가문의 파트리키 귀족 푸블리우스 코르넬리우스 쿨레올루스였다. 태어날 때부터 노인이었던 것처럼 보이는 쿨레올루스가 어떻게 해서 그런 딱하디딱한 코그노멘을 얻었는지는 아무도 기억하지 못했다. 그는 코르넬리우스 가문의 스키피오 분가로부터 받는 돈에 기대어 늘 근근이 살았고, 사람들은 그가 포룸 로마눔의 작고 둥근 베누스 클로아키나 신전으로 이어지는 두 계단 중 위쪽에 앉아 있는 모습을 자주 보았다. 베누스 클로아키나 신전은 아이밀리우스 회당보다 오래된 건물로, 아이밀리우스 회당이 지어질 때 회당의 부속 건물로 통합되었다. 카산드라 같은 열성 종교인들과 달리 쿨레올루스는 국가에 중요한 정치적 사건만을 예언했다. 세상의 종말이나 강력한 새로운 신의 도래 따위는 쿨레올루스의 관심사가 아니었다. 그는 유구르타 전쟁, 게르만족의 침입, 사투르니누스, 이탈리아 전쟁, 미트리다테스와의 동방 전쟁(그는 이 전쟁이 꼬박 한 세대 동안 지속될 것이라고 했다)을 예언했다. 그가 지금껏 한 예언이 착착 들어맞자, 그는 이제 그 우습기 짝이 없는 코그노멘을 상쇄하고도 남을 만큼 위대한 인물로 추앙받고 있었다. 그의 코그노멘 '쿨레올루스'의 뜻은 작은 불알주머니였다.

카이사르 형제가 로마로 돌아온 다음날 새벽, 원로원은 옥타비우스의 날 이후 처음으로 회의를 열었다. 원로원 의원들이 기억하기로 이렇게 참석이 꺼려지는 회의는 없었다. 지금까지 로마의 이름으로 자행된 최악의 잔학행위들은 모두 개인이나 포룸 로마눔의 군중이 벌인 짓이었지만, 옥타비우스의 날 학살은 거의 원로원의 작품이라는 사실이 그들의 심기를 굉장히 불편하게 했다.

베누스 클로아키나 신전 위쪽 계단에 앉은 쿨레올루스의 모습은 평소 모습 그대로였기에 그곳을 다급히 지나가는 의원들은 그가 거기 있는 것을 의식조차 못했다. 의원들을 발견한 쿨레올루스는 몹시 기분이 좋은 듯 양손을 맞비볐다. 나이우스 옥타비우스 루소가 돈을 두둑이 쥐여주며 시킨 일을 잘해내기만 하면 앞으로는 이런 딱딱한 계단에 앉지 않아도 되고, 점쟁이 짓으로 돈벌이를 하지 않아도 될 것이었다.

원로원 의원들은 의사당 주랑현관에 잠시 모여 섰다. 작게 무리지어 선 그들은 하나같이 옥타비우스의 날에 대해 이야기했고, 이 문제를 토론을 통해 다루는 것 자체가 가능하겠느냐며 큰 소리로 떠들었다. 그때, 날카로운 꽥 소리에 사람들의 고개가 일제히 한곳을 향했다. 모두의 눈이 쿨레올루스에게 고정되었다. 까치발로 선 그의 등이 활처럼 구부러져 있었다. 쭉 뻗은 양손은 깍지를 끼고 있었고, 비틀어진 양 입술 사이로 거품이 흘러내렸다. 쿨레올루스는 평소 광란 상태로 예언하지 않았기 때문에, 사람들은 그가 발작을 일으킨 거라고 생각했다. 의원들과 포룸 로마눔의 행인 거의 대부분이 그 모습에 정신이 팔려 눈을 떼지 못하고 있을 때 몇몇 사람이 다가가 그를 바닥에 눕혔다. 그는 도와주러 온 사람들을 이빨과 손톱으로 거칠게 물리치더니 입을 한껏 벌려 두번째 소리를 냈다. 이번엔 괴성이 아닌 말소리였다.

"킨나! 킨나! 킨나! 킨나! 킨나!" 그가 소리쳤다.

사람들이 모두 쿨레올루스에게 집중했다.

"킨나와 여섯 호민관을 추방하지 않으면 로마는 멸망한다!" 쿨레올루스가 악을 썼다. 그는 몸을 꼬고 비틀며 같은 말을 하고 하고 또 하더니 바닥에 쓰러졌고, 시체처럼 축 늘어진 채 어디론가 실려 갔다.

깜짝 놀란 의원들은, 그제야 집정관 옥타비우스가 아까부터 회의장에서 기다렸음을 상기하고 서둘러 의사당으로 들어갔다.

마르스 평원에서 벌어진 해괴한 사건들을 수석 집정관은 과연 어떻게 해명하려 했는지 이제 아무도 알 수 없게 되었다. 나이우스 옥타비우스 루소는 방금 있었던 쿨레올루스의 신기 어린 발작과 그가 큰 소리로 외친 내용에만 관심을 집중시켰다.

"차석 집정관과 여섯 호민관을 추방하지 않으면 로마는 멸망한다." 옥타비우스가 되씹었다. "최고신관, 유피테르 대제관, 여러분은 쿨레올루스의 이 놀라운 예언에 대해 어떻게 말씀하시겠습니까?"

최고신관 스카이볼라가 고개를 저었다. "저는 논평하지 않겠습니다, 나이우스 옥타비우스."

재차 의견을 촉구하려고 입을 뗀 순간, 옥타비우스는 스카이볼라의 눈에서 무언가를 감지하고 마음을 접었다. 스카이볼라는 뼛속 깊이 보수주의자였기에 이제껏 많은 것을 묵인해왔다. 하지만 그는 쉽게 겁을 먹거나 간단한 눈속임에 넘어가는 사람이 아니었다. 그는 원로원 회의에서 두세 차례 마리우스, 술피키우스와 그 외 도피자들에 대한 유죄판결을 대대적으로 규탄하며 그들에 대한 사면과 귀환조치를 주장하기도 했다. 아니, 최고신관을 적으로 만들어선 안 돼. 하지만 유피테르 대제관은 최고신관보다 훨씬 만만한 사람이었다. 더군다나 저 순진해빠진 유피테르 대제관께는 무서운 전조를 미리 보여주었던 터였다.

"그러면 유피테르 대제관께선 어찌 생각하시는지요?" 옥타비우스가 엄숙하게 물었다.

유피테르 대제관 메룰라가 근심에 찬 표정으로 자리에서 일어섰다. "원로원 최고참 의원 루키우스 발레리우스 플라쿠스, 나이우스 옥타비우스, 고등 정무관 여러분, 전직 집정관 여러분, 원로원 의원 여러분. 저는 예언자 쿨레올루스가 한 말을 논평하기에 앞서 어제 위대한 신의 신전에서 있었던 일을 먼저 이야기해야겠습니다. 어제 제가 정해진 의식에 따라 신상 안치실을 정화하는데 위대한 신의 조각상 초석 뒤쪽 바닥에 작게 핏물이 고여 있었습니다. 옆엔 새의 머리통이 있었습니다. 검은 새! 제 이름 메룰라의 뜻이 검은 새 아닙니까! 유피테르 대제관인 저는, 우리가 아주 오래전부터 숭배해온 법에 따라 죽음을 직접 접해서는 안 됩니다. 제가 바라보고 있었던 것은 제 자신의 죽음이었을까요? 아니면 위대한 신의 죽음이었을까요? 모르겠습니다! 그 전조를 어떻게 해석해야 할지 도저히 알 수 없어서 저는 최고신관과 상의를 했습니다. 최고신관도 알지 못했습니다. 그래서 우리 두 사람은 10인 특별 신관단을 불러 시빌라의 예언서를 확인해달라고 부탁했지만 예언서에도 이에 관한 내용이 없었습니다."

두 겹으로 된 원형의 신관복 망토를 두른 그가 다른 사람들보다 유난히 땀을 많이 흘린다고 딱히 이상할 것은 없었다. 그러나 그는 원래 땀을 잘 흘리지 않는 사람이었다. 뾰족한 못이 박힌 상아 모자 아래 그의 둥글고 매끄러운 얼굴이 땀으로 번들거렸다. 메룰라가 침을 꿀꺽 삼키고 말을 이었다. "앞서 제가 설명을 빠뜨린 것이 있습니다. 처음에 검은 새의 머리통을 봤을 때 몸통이 어디 있는지 주변을 살폈는데, 위대한 신 조각상의 황금 로브 자락 아래 틈새에 검은 새가 만들어놓은 듯한 둥지가 있더군요. 그 안에는 검은 새의 새끼 여섯 마리가 모두 죽은 채로 있었습니다. 제 생각에는 고양이가 안으로 들어와 어미 새를 잡아서 몸통만 먹은 게 아닌가 싶습니다. 둥지가 높아서 새끼들한테는 손을 못 댔지만, 결국 새끼들도 굶어죽었고 말입니다."

유피테르 대제관이 전율했다. "저는 부정을 탔습니다. 이번 원로원

회의를 마치면 저는 저 자신과 유피테르 옵티무스 막시무스 신전을 재축성하는 의식을 치러야 합니다. 제가 이 자리에 와 있는 것은 오랜 고민 끝에 이 전조에 대해 결론을 내렸기 때문입니다. 제가 지금 말하는 전조란 단지 검은 새의 죽음만이 아니라 이 사건 전체입니다. 하지만 저는 여기 오기 전까지 전조가 뜻하는 바를 제대로 이해하지 못했던 것 같습니다. 오늘, 푸블리우스 코르넬리우스 쿨레올루스가 실로 괴이한 예언자의 광기 속에 뱉어낸 말들을 들은 순간에야 저는 확실히 깨달았습니다."

모두가 숨죽인 채 경청했다. 의원들의 얼굴은 모두 유피테르 신관에게 향해 있었다. 지나치게 순진하다 싶을 정도로 정직한 사람이라고 평판이 나 있었던 그의 말을 사람들은 항상 진지하게 들었다.

"'킨나'라는 이름이 검은 새를 뜻하지는 않지요." 유피테르 대제관이 말을 이었다. "하지만 '킨나'는 재를 뜻합니다. 저는 죽은 새의 머리통과 새끼 여섯 마리의 사체를 재로 볼 수 있다고 생각합니다. 정화의식에 따라 제가 그것들을 전부 불에 태웠으니까요. 제가 아마추어 해석가이긴 하지만, 지금 생각해보면 그 전조는 소름이 돋을 정도로 정확히 루키우스 킨나와 그의 여섯 호민관을 상징하고 있습니다. 그들은 로마의 위대한 신을 더럽혔고 위대한 신은 그들로 인해 위험에 처해 있습니다. 바닥에 고여 있던 피는 루키우스 킨나와 여섯 호민관들로 인해 로마에 더 많은 불화와 혼란이 계속될 것임을 의미합니다. 저는 이 해석에 추호의 의심도 없습니다."

메룰라의 말이 끝난 듯하자 회의장 안이 웅성거렸다. 그가 다시 입을 열자 사람들이 다시 조용해졌다.

"한 가지 덧붙이겠습니다, 원로원 의원 여러분. 신전에서 최고신관을 기다리는 동안 저는 마음의 위로를 얻고자 위대한 신의 미소 띤 얼굴을 올려다보았습니다. 그러나 조각상은 얼굴을 찌푸리고 있었습니다!" 그는 얼굴이 하얘져서 몸을 떨었다. "전 밖으로 도망쳤습니다. 도저히 안에서 계속 기다릴 수 없었어요."

모두가 몸을 떨었다. 사람들이 다시 웅성대기 시작했다.

나이우스 옥타비우스 루소가 카이사르 형제와 최고신관 스카이볼라 쪽을 쳐다보며 자리에서 일어섰다. 마치 문제의 고양이가 신전에서 검은 새를 먹어치운 후 지었을 표정이었다. "의원 여러분, 포룸 로마눔으로 나가 로스트라 연단에서 모든 사람들에게 이 일을 알려야 합니다. 의견을 들읍시다. 그리고 회의장으로 돌아와 다시 얘기합시다."

그리하여 메룰라가 신전에서 겪은 사건과 쿨레올루스의 예언은 로스트라 연단 위에서 다시 한번 이야기되었다. 그 자리에 모여든 청중의 얼굴에 경외감과 두려움이 어렸다. 메룰라가 이 사건에 대한 해석을 제시하고 옥타비우스가 킨나와 여섯 호민관의 해임을 추진하겠다고 선언한 뒤에는 더더욱 그랬다. 한 사람도 이의를 제기하지 않았다.

바로 회의장으로 자리를 옮긴 뒤 옥타비우스는, 킨나와 여섯 호민관은 물러나야 한다고 재차 주장했다.

그때 최고신관 스카이볼라가 일어나 발언했다. "원로원 최고참 의원님, 나이우스 옥타비우스, 원로원 의원 여러분. 여러분 모두 알다시피 저는 로마의 헌법과, 그 헌법을 구성하는 법들을 열심히 옹호해온 사람입니다. 제 소견으로 임기가 끝나지 않은 집정관을 해임할 수 있는 합법적인 방법은 없습니다. 하지만 '종교적' 차원에서 동일한 결과를 얻을 수는 있습니다. 유피테르 옵티무스 막시무스가 두 가지 방법으로 우려를 드러냈다는 것은 의심할 수 없는 사실입니다. 첫번째는 자신의 사제를 통해, 두번째는 우리 모두 귀기울일 만하다고 판단하는 늙은 예언자를 통해서였습니다. 저는 집정관 루키우스 킨나가 신성을 모독했다고 선언할 것을 제안합니다. 그렇게 되면 그는 집정관 직을 박탈당하지는 않지만 종교적으로 부정한 자가 되어 사실상 집정관으로서 공무를 수행할 수 없습니다. 이는 호민관들도 마찬가지입니다."

옥타비우스는 스카이볼라를 무섭게 노려보면서도 그의 말을 함부로 가로막을 수 없었다. 스카이볼라는 지금 뭔가 꿍꿍이속이 있었다. 어떤 꿍꿍이속인지는 모르겠지만, 이젠 그것으로 인해 킨나에게 사형선고를 내리기란 불가능한 일이 되었다. 그것이 옥타비우스의 목적이었는데 말이다. 어떻게든 킨나의 손발을 묶어놔야 한다!

"유피테르 옵티무스 막시무스 신전에서 사건을 목격한 사람은 유피테르 대제관입니다. 위대한 신의 특별 신관인 유피테르 대제관의 직책은 왕정시대보다도 오래되었지요. 유피테르 대제관은 전쟁을 지휘할 수 없고, 죽음을 가까이 접해서도 안 되며, 전쟁 무기의 재료인 쇠를 만져서도 안 됩니다. 그러므로 저는, 유피테르 대제관 루키우스 메룰라를 보결 집정관에 임명할 것을 제안합니다. 루키우스 킨나의 자리를 차지하는 것이 아니라 그 자리를 관리하는 것입니다. 그렇게 되면 수석 집정관 나이우스 옥타비우스가 동료 없이 홀로 통치하는 상황도 피할 수 있습니다. 이탈리아 전쟁 때 불가피하게 예외가 발생하긴 했으나, 원칙적으로는 집정관 한 명이 나라를 단독 통치할 수 없습니다."

옥타비우스는 좋은 표정으로 화답하기로 결심하고 고개를 끄덕였다. "동의합니다, 퀸투스 무키우스. 유피테르 대제관을 집정관 직 관리인 자격으로 고관 의자에 앉힙시다! 이제 저는 첨예하게 연결된 이 두 가지 사안에 대해 원로원의 의견을 묻겠습니다. 첫번째 사안은 집정관 루키우스 킨나와 여섯 호민관을 신성모독으로 선언하고 로마 및 로마 영토에서 추방하는 것이고, 두번째 사안은 유피테르 대제관을 보결 집정관으로 임명하는 것입니다. 이 두 가지 사안을 백인조회에 권고하는 것에 동의하는 의원께서는 제 오른쪽에 서시고, 반대하는 의원께서는 제 왼편에 섭니다. 자, 이제 나뉘어 서십시오."

원로원은 단 하나의 반대표도 없이 두 권고안을 통과시켰다. 거의 원로원 의원들로만 구성된 백인조회가 아벤티누스 언덕에서 열렸다. 신성경계선 바깥이지만 성벽의 안쪽이었다. 모두들 피에 젖은 가설투표소 땅을 밟을 엄두를 내지 않았다. 투표 결과, 권고안은 법으로 받아들여졌다.

수석 집정관 옥타비우스는 이 정도면 만족스럽다고 자평했다. 이제부터 로마의 국정은 킨나 없이 운영될 것이다. 그러나 옥타비우스는 본인의 지위를 강화할 조치를 전혀 취하지 않았고, 신성을 모독했다고 선언된 도피자들로부터 로마를 지키기 위한 조치 역시 취하지 않았다. 그는 군단을 동원하지도 않았고 그의 보호자 폼페이우스 스트라보에게 편지를 쓰지도 않았다. 그는 킨나와 여섯 호민관이 아프리카의 케르키나 섬에 머무르는 마리우스와 다른 도피자 열여덟 명에게 서둘러 도망갔을 거라고 짐작하고 다른 가능성은 무시해버렸다.

하지만 킨나는 이탈리아를 떠날 마음이 없었다. 여섯 호민관도 그랬다. 마르스 평원의 살육 현장으로부터 도망친 그들은 돈과 소지품을 챙겨 보빌라이 바로 외곽 아피우스 가도에 세워진 이정표 앞에서 만났다. 여기서 그들은 향후 계획을 세웠다.

"나는 퀸투스 세르토리우스, 마르쿠스 그라티디아누스와 같이 놀라로 가겠소." 킨나가 바쁘게 말했다. "놀라에 무장된 1개 군단이 있소. 아피우스 클라우디우스 풀케르를 사령관으로 두고 아주 괴로워하고 있지. 내가 아피우스 클라우디우스로부터 지휘권을 빼앗아서 루키우스 코르넬리우스 술라의 전례를 따라 그 군단을 로마로 끌고 오겠소. 하지만 그전에 추종자들을 더 모아야 하오. 베르길리우스, 밀로니우스, 아르비나, 마기우스, 당신들 네 사람은 이탈리아인들을 찾아가 가능한 모든 지역에서 지지 세력을 모으시오. 어디서나 똑같이 말하시오. 로마 원로원이 합법적으로 선출된 집정관을 추방했고, 그 이유는 그가 새 시민권자들을 전체 트리부스에 고르게 배분하려 했기 때문이다. 게다가 합법적으로 열린 민회에 참석한 로마의 훌륭한 준법 시민 수천 명을 나이우스 옥타비우스가 학살했다." 킨나가 입가에 조소를 머금었다.

"이탈리아 반도에서 최근까지 치열한 전쟁이 있었던 것이 다행이군! 코르누투스와 내가 마르시족을 비롯한 다른 부족들에게서 빼앗은 무기와 갑옷 수천 벌이 있소. 지금 알바 푸켄티아에 보관되어 있으니 밀로니우스 당신이 그것들을 가져와서 나누어주시오. 나는 아피우스 클라우디우스의 군단을 차지한 뒤에 카푸아의 창고를 털겠소."

그리하여 네 호민관은 프라이네스테, 티부르, 레아테, 코르피니움, 베나프룸, 인테람나, 소라 등지에 불쑥 나타나 집회를 열어달라 탄원했고, 주민들은 이 요청을 흔쾌히 받아들였다. 심지어 이젠 전쟁이라면 진력이 났을 이탈리아인들이 새 군사 작전에 쓰라고 성금을 모아주기까지 했다. 병력이 서서히 늘어갔고, 로마를 에워싼 포위망도 서서히 좁혀져갔다.

킨나는 놀라 바깥에 주둔한 아피우스 클라우디우스 풀케르 휘하 군단의 변절을 어렵지 않게 이끌어냈다. 아내와 사별한 슬픔과 어미 없이 자라게 될 여섯 아이의 미래에 대한 근심으로 병사들에게 줄곧 뚱하고 냉담하게 굴던 풀케르는, 굳이 병사들의 마음을 되돌리려는 시도 없이 지휘권을 포기했다. 그는 메텔루스 피우스와 합류하러 말을 타고 아이세르니아로 갔다.

퀸투스 세르토리우스를 데리고 간 것은 실로 대단한 행운이었음을 킨나는 놀라에 도착해서 깨달았다. 타고난 무관이었던 세르토리우스는 20여 년 전부터 사병들 사이에 명성이 높았다. 그는 히스파니아에서 풀잎관을 받았고, 누미디아인과 게르만족을 상대로 한 전투에서 그보다는 낮지만 역시 영예로운 관을 열두 개나 받았다. 또 그는 마리우스의 사촌조카였고, 놀라의 군단은 세르토리우스가 3년 전에 이탈리아 갈리아에서 직접 모병한 군단이었다. 이 군단의 병사들은 세르토리우스를 잘 알았고 깊이 사랑했다. 그들이 좋아하는 장군은 아피우스 클라우디우스가 아니었다.

킨나, 세르토리우스, 그라티디아누스는 놀라의 군단을 이끌고 로마를 향한 진군을 시작했다. 그 순간 놀라의 성문이 활짝 열리더니 중무장을 한 삼니움족들이 포필리우스 가도를 따라 로마 군단을 쫓아왔다. 로마 군단을 공격하려는 것이 아니라, 그들에 합류하려는 것이었다. 그런 다음 카푸아에서 포필리우스 가도가 아피우스 가도와 교차하는 지점에 다다랐을 때 신병들, 검투사들, 백인대 훈련대장들이 또 한번 로마의 은 독수리 군단기에 몰려들었다. 킨나의 군대는 이제 2만 명에 이르렀다. 카푸아를 떠나 라티나 가도의 작은 마을 라비쿰으로 가는 도중에 그동안 떨어져 있던 호민관 네 명이 킨나와 다시 합류했다. 그들은 긴요한 병사 만여 명을 킨나에게 보탰다.

때는 이제 10월이었고, 그들은 로마를 겨우 몇 킬로미터 앞두고 있었다. 킨나의 정보원들은 로마가 충격에 빠졌으며, 옥타비우스가 폼페이우스 스트라보에게 나라를 도우러 와달라고 애원하는 편지를 써 보냈다고 보고했다. 가장 놀라운 소식은, 다른 누구도 아닌 가이우스 마리우스가 자신의 광대한 영지에 인접한 소읍 텔라몬의 에트루리아 해안에 상륙했다는 것이었다. 마지막 소식을 들은 킨나는 기쁨으로 들떴다. 에트루리아와 움브리아 사람들이 마리우스에게 힘을 보태겠다고 몰려들었으며 마리우스가 지금 로마를 향해 구(舊) 아우렐리우스 가도를 진군해 오고 있다는 소식을 추가로 접했을 때는 더욱 그랬다.

"더없이 반가운 소식이오!" 킨나가 세르토리우스에게 말했다. "가이우스 마리우스가 이탈리아에 돌아왔으니 이제 단 며칠이면 해결되겠소. 당신이 우리보다 가이우스 마리우스를 더 잘 아니까 직접 그분을 찾아가서 우리 병력에 대해 전해주시오. 가이우스 마리우스는 계획을 어떻게 세웠는지도 알아보시오. 일단 오스티아를 점령하실지, 아니면 오스티아를 지나쳐 로마로 바로 가실지 말이오. 그리고 나는 군사들의 위치를, 또한 아예 교전 자체를, 바티카누스 언덕으로 제한하고 티베리스 강을 넘지 않을 생각이라고 그분께 확실하게 전달해주시오. 군사를 어디든 신성경계선 가까이 데려가는 건 생각도 하기 싫고, 루키우스 술라를 흉내내고 싶은 마음은 전혀 없으니까. 그분을 찾으시오, 퀸투스 세르토리우스. 그분이 이탈리아에 돌아오셔서 내가 얼마나 기쁜지 그분께 꼭 알려주시오." 킨나는 또다른 것도 떠올렸다. "또 오스티아에 닿기 전에 내가 보유한 갑옷 여분을 그분께 모두 보내드리겠다는 말도 전해주시오."

세르토리우스는 마리우스를 오스티아에서 몇 킬로미터 떨어진 소읍 프레게나이 부근에서 찾아냈다. 프레게나이로 갈 때도 빨랐지만, 라비쿰에 있는 킨나에게 돌아올 때 그가 말을 달린 속도는 가히 기록적이라 할 만했다. 킨나가 임시 본부를 차린 자그마한 집의 문이 벌컥 열리며 세르토리우스가 들어왔다. 깜짝 놀란 킨나가 입을 열기도 전에 세르토리우스가 먼저 말을 쏟아냈다.

"루키우스 킨나, 제발 부탁이니 가이우스 마리우스에게 편지를 써서 그쪽 군대를 해산시키거나, 아니면 그쪽 군대를 전부 당신 밑으로 보내라고 명령하십시오!" 세르토리우스가 잔뜩 긴장한 굳은 얼굴로 말했다. "가이우스 마리우스에게 일개 평범한 시민답게 처신하라고 명령하십시오. 군대를 해산시키라고 명령하세요. 본인의 영지로 돌아가 평범한 시민 신분의 다른 도피자들처럼 이 사안에 대해 최종 결정이 날 때까지 기다리라고 명령하십시오."

"대체 지금 무슨 말을 하는 게요?" 자신의 귀를 믿을 수 없어 하며 킨나가 물었다. "다른 사람도 아니고 세르토리우스 당신이 어떻게 그런 말을 하는 거요? 가이우스 마리우스는 우리의 대의를 위해 없어선 안 될 분이오! 그분이 선봉에 서주시기만 하면 우리는 절대 지지 않소."

"루키우스 킨나, 절대 지지 않는 것은 마리우스입니다!" 세르토리우스가 외쳤다. "돌려서 말하지 않겠습니다. 가이우스 마리우스가 이 싸움에 참여하는 것을 허락하면 당신은 이날을 분명 후회하게 될 겁니다. 승리를 거두고 로마의 수장 자리에 앉을 사람은 루키우스 킨나가 아닌 가이우스 마리우스니까요! 방금 그분을 뵙고 이야기를 나눠봤습니다. 그분은 늙었고 원한이 단단히 맺혔고 정신력이 무너졌어요. 그분께 평범한 시민으로서 자기 영지로 돌아가라고 명령하세요, 제발!"

"정신력이 무너지다니, 무슨 뜻이오?"

"말 그대롭니다. 그분은 미쳤어요."

"그분과 함께 있는 내 정보원들의 말은 다르오, 퀸투스 세르토리우스. 가이우스 마리우스는 어느 때보다도 체계적이고, 상당히 좋은 계획을 구상해서 오스티아로 진군하고 있다고 합니다. 대체 뭘 보고 그분 정신력이 무너졌다는 거요? 그분이 횡설수설 헛소리를 지껄입니까? 난데없이 소리를 지르기라도 해요? 내 정보원들이 당신만큼 그분을 잘 알진 못하지만, 만일 당신 말대로라면 정보원들도 어떤 징후를 봤지 않겠소." 킨나가 명백히 회의적인 태도로 말했다.

"그분이 횡설수설하지는 않습니다. 난데없이 소리를 지르지도 않아요. 군대를 통제하고 통솔하는 요령도 잊지 않았어요. 하지만 저는 가이우스 마리우스를 열일곱 살 때부터 봐왔습니다. 진심으로 드리는 말씀입니다. 지금 그분은 제가 알던 가이우스 마리우스가 아닙니다! 지금 그분은 늙었고 원한이 단단히 맺혔어요. 복수에 목말라 있단 말입니다. 자기 자신과 자기에 대한 예언에 지나치게 집착하고 있어요. 이제 그분은 신뢰할 수 없어요, 루키우스 킨나! 그분은 결국 당신에게서 로마를 빼앗아 그 지위를 오직 자기 목적을 위해서만 이용할 겁니다." 세르토리우스는 숨을 들이쉬고 한번 더 설득해보았다. "루키우스 킨나, 마리우스의 아들도 당신에게 같은 뜻을 전했습니다. 자기 부친에게 종류를 불문하고 일체 권한을 주지 말라고요! 그분은 미쳤어요."

"내가 보기엔 두 분 다 과잉반응인 것 같소." 킨나가 말했다.

"전 아닙니다. 젊은 마리우스도 아닙니다."

킨나가 고개를 가로저으며 종이 한 장을 자기 쪽으로 끌어당겼다. "이봐요, 퀸투스 세르토리우스. 나는 가이우스 마리우스가 꼭 필요하오! 당신 말대로 그분이 늙고 정신력이 무너졌다고 해도, 그분이 나나 로마에 위협이 될 리가 있겠소? 원로원 비준은 나중에 받으면 되니까 우선 그분께 집정관급 임페리움을 부여해드리고 나를 대신해 로마 서쪽을 맡게 하겠소."

"이날을 분명 후회할 겁니다!"

"말도 안 돼." 킨나는 이렇게 말하고 글을 써나갔다.

세르토리우스는 고개 숙인 킨나를 바라보며 잠시 서 있었다. 그는 양손으로 허공을 움켜쥐더니, 그 집을 떠났다.

오스티아를 장악한 다음 바티카누스 평원 쪽 강둑을 타고 티베리스 강 상류로 가겠다는 확답을 마리우스로부터 받고, 킨나는 자신의 병력을 만 명씩 3개 분대로 나눠서 라비쿰을 떠나 진군을 시작했다.

제1분대는 바티카누스 평원을 장악하라는 지시를 받았다. 지휘는 나이우스 파피리우스 카르보가 맡았다. 호민관 카르보 아르비나의 사촌으로, 루카니아를 상대로 승리를 거둔 바 있었다. 마르스 평원을 맡은 제2분대의 지휘는 세르토리우스가 맡았다. 킨나의 군대 중 유일하게 티베리스 강 안쪽에 주둔하는 군대였다. 킨나가 직접 지휘하는 제3분대는 야니쿨룸 언덕의 북쪽 경사면에 자리를 잡았다. 마리우스는 야니쿨룸 언덕 남쪽에서 올라올 예정이었다.

그런데 한 가지 장애물이 있었다. 야니쿨룸 언덕의 중간 및 고지대는 항상 로마의 요새로 쓰였고, 옥타비우스도 로마에서 지원병을 있는 대로 긁어모아 주둔시킴으로써 야니쿨룸 요새 수비를 강화할 정도의 기지는 있었던 것이다. 그리하여 킨나의 제3분대(물비우스 교로 강을 건넌 터였다)와 마리우스가 오스티아 쪽에서 데려올 병력 사이에는 야니쿨룸 요새가 강고하게 버티고 있었다. 야니쿨룸 요새는 수비병 수가 수천에 달했고, 게르만족이 이탈리아에 쳐들어올까봐 염려하던 시기에 재건된 덕분에 굉장히 견고하게 구축되어 있었다.

도시 바깥쪽 강변에 난공불락의 요새가 존재한다는 사실만으로도 모자라서, 뜻밖에도 폼페이우스 스트라보가 피케눔 군인들로 구성된 4개 군단을 끌고 와서 콜리나 성문 바깥에 자리를 잡았다. 폼페이우스 스트라보의 군대는 세르토리우스가 맡은 놀라 군단을 제외하면 실전 훈련을 거친 유일한 군대였기 때문에, 이들이 로마 수비 병력의 핵심이 되었다. 폼페이우스 스트라보와 세르토리우스 사이에는 핑키우스 언덕의 농원과 과수원이 전부였다.

그후 열엿새 동안 킨나는 가파른 경사면 아래 파놓은 참호 세 곳 뒤에서 폼페이우스 스트라보가 공격해오기만을 기다렸다. 당연히 마리우스가 도착하기 전에 공격을 개시할 것으로 추측했던 것이다. 가장 먼

로마 포위 대치전

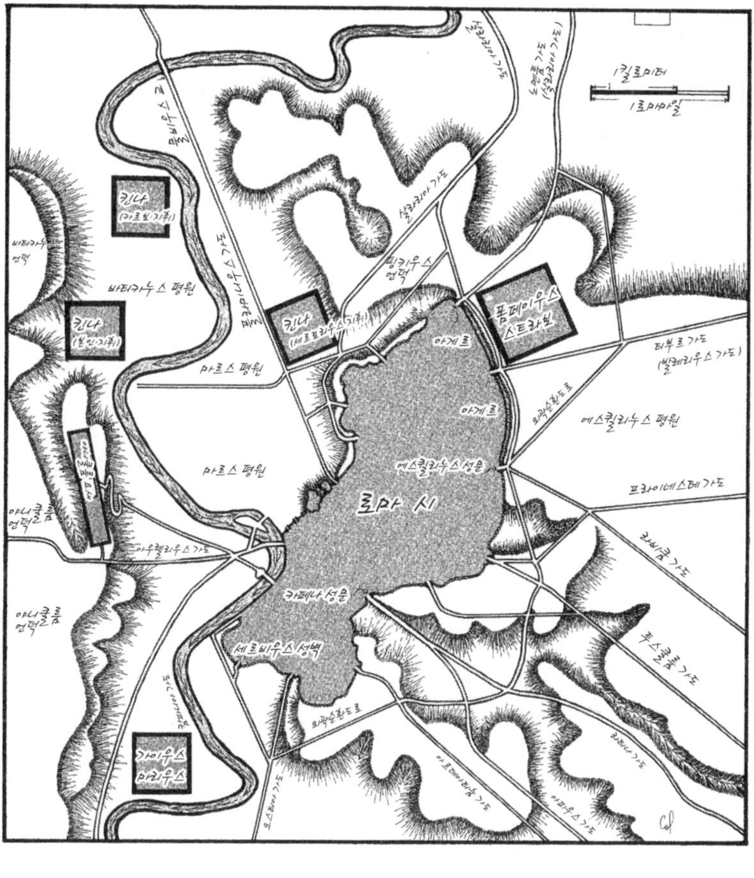

북
1킬로미터
1로마마일
노멘툼 가도
(살라리아 가도)
살라리아 가도
플라미니우스 가도
킨나
(카르보 지휘)
바티카누스 언덕
바티카누스 평원
킨나
(세르토리우스 지휘)
핑키우스 언덕
폼페이우스 스트라보
킨나
(킬란 지휘)
아게르
티부르 가도
(발레리우스 가도)
마르스 평원
아게르
외곽순환도로
에스퀼리누스 평원
에스퀼리누스 성문
프라이네스테 가도
마르스 평원
로마 시
야니쿨룸 언덕
아우렐리우스 가도
라비쿰 가도
카페나 성문
야니쿨룸 언덕
투스쿨룸 가도
세르비우스 성벽
외곽순환도로
가이우스 마리우스
라티나 가도
아르데아티나 가도
오스티아 가도
아피우스 가도

저 적의 예봉을 맞을 세르토리우스는 마르스 평원에 참호를 깊숙이 파고 숨어 있었다. 하지만 아무도 움직이지 않았다. 어떤 일도 전혀 일어나지 않았다.

한편, 마리우스는 아무 저항도 만나지 않았다. 오스티아 시는 도시 재무관이 선동한 대로 마리우스와 그의 군대가 시야에 들어오자마자 기쁨에 들떠 성문을 활짝 열어젖히고 양팔 벌려 영웅을 맞이했다. 하지만 영웅은 그들에게 잔혹하리만치 차갑게 행동했고 자신의 군대가 도시를 약탈하는 것을 허락했다. 그의 군대는 대부분 노예와 해방노예로 구성되어 있었다. 이는 세르토리우스가 옛 상관을 방문했을 때 가장 우려스럽게 생각한 부분 중 하나였다. 오스티아의 피해는 컸다. 마리우스는 눈멀고 귀먹기라도 한 것처럼 자신의 오합지졸 군대가 저지르는 광기 어린 잔학행위를 전혀 말리지 않았다. 그는 모든 신경과 에너지를 티베리스 강 하구 너머로 포화를 쏟아부어 로마행 곡물 바지선을 차단하는 데에만 집중했다. 캄파니아 가도로 로마에 진군할 준비를 할 때에도, 마리우스는 고통에 신음하는 오스티아를 전혀 도와주려 하지 않았다.

그해 이탈리아 중부는 강수량이 적었고 지난겨울 아펜니누스 산맥 꼭대기에 쌓인 눈도 그해에는 유난히 적게 남았다. 따라서 티베리스 강은 물이 점점 줄었고, 티베리스 강 지류에 물을 공급해줄 작은 시내들도 여름이 끝나기 훨씬 전에 모두 말라버린 터였다. 그해 10월 말은 사실상 여름과 가을의 경계였기 때문에, 킨나의 3개 분대가 로마 시 주변 4분의 3가량을 빙 둘러 주둔하기 시작하던 때에도 아직 날씨가 뜨거웠다. 아프리카와 시칠리아의 햇곡식이 들어오긴 했지만, 밀 선박은 이제 겨우 오스티아에 들어오는 중이었다. 따라서 로마의 곡물 저장소 재고량은 사상 최저치를 기록했다.

폼페이우스 스트라보가 콜리나 성문에 도착하고 얼마 지나지 않아 전염병이 돌기 시작하더니 그의 병사들 사이에서뿐만 아니라 도시 안까지 빠르게 퍼졌다. 폼페이우스 루푸스가 아리미눔 주둔지에서 눈여겨본 부주의하고 비위생적인 습관이 여기서도 계속된 탓에, 군인들의 식수가 오염되고 온갖 형태의 끔찍한 장티푸스가 발생한 것이었다. 비미날리스 언덕과 퀴리날리스 언덕의 샘물이 모두 오염되자 그쪽 주민들은 폼페이우스 스트라보를 찾아가 제발 오물 관리를 제대로 해달라고 간절히 부탁했다. 폼페이우스 스트라보는 폼페이우스 스트라보답게, 당신네 배설물이나 알아서 잘 처리하라는 요지의 거친 말로 그들을 돌려보냈다. 급기야는 트리가리움 훨씬 위에 자리한 물비우스 교부터 바다와 합류하는 저 아래까지 온통 인분 냄새가 진동을 하여, 티베리스 강은 전염병을 퍼뜨리는 것 말고는 아무 짝에도 쓸모없는 강이 되어버리고 말았다. 로마 시와 킨나 군대의 세 주둔지는 이제 티베리스 강을 하수구로 사용했다.

옥타비우스와 유피테르 대제관 겸 보결 집정관 메룰라는 군사 대치에서 어떠한 변화도 보지 못한 채 10월 한 달이 그냥 흘러가자 몹시 낙담했다. 폼페이우스 스트라보를 어렵사리 만나 면담해도 그는 당장 싸울 수 없는 이유만 내세웠다. 결국 옥타비우스와 메룰라는, 폼페이우스 스트라보가 공격을 개시하지 않는 진짜 이유는 아군이 적군보다 많기를 바라기 때문이라고밖에 생각할 수 없었다. 지금은 킨나가 수적으로 우세했다.

마리우스가 오스티아를 장악했고 올해 햇곡식을 싣고 오는 곡물 바지선이 없을 거라는 소식에, 사람들은 또 한번 놀라기보단 침체와 우울에 빠졌다. 두 집정관은 앞으로 펼쳐질 끔찍한 미래를 떠올렸다. 폼페이우스 스트라보가 계속 교전을 거부한다면 과연 얼마나 오래 버틸 수 있을지 알 수 없었다.

결국 옥타비우스와 메룰라는 이탈리아인들 중에서 병사를 모집해야겠다고 결심했다. 그들은 원로원을 시켜 로마의 '진정한' 정부를 지지하는 이탈리아인들에게는 전체 트리부스에 골고루 배분되는 완전한 시민권을 부여하겠다는 내용의 권고안을 백인조회에 제출토록 했다. 법안이 통과되자 곧장 이탈리아 전역에 포고관들을 보내 이 법에 대해 알리고 지원병을 모집했다.

지원하는 자는 거의 없었다. 로마의 '진정한' 정부에 앞서 킨나의 호민관들이 이미 두 달 전에 쓸 만한 사람들을 모두 데려간 것이 주된 이유였다.

그때 폼페이우스 스트라보가, 만일 메텔루스 피우스가 아이세르니아에서 2개 군단을 데려오면 둘이 함께 킨나와 마리우스를 치겠다는 암시를 보였다. 옥타비우스와 메룰라는 아이세르니아 앞으로 대표단을 보내 삼니움 잔당과 평화협정을 맺고 최대한 빨리 로마에 와달라고 새끼 돼지에게 간곡히 요청했다.

아이세르니아를 진압해야 하는 자신의 임무와 로마에서의 심각한 상황 사이에서 고민하던 새끼 돼지는 결국 말을 타고 마비 상태의 가이우스 파피우스 무틸루스와 협정을 맺으러 갔다. 무틸루스는 당연히 로마의 상황을 완벽하게 파악하고 있었다.

"기꺼이 평화협정을 맺겠소, 퀸투스 카이킬리우스." 가마를 타고 온 무틸루스가 말했다. "단, 몇 가지 조건이 있소. 첫째, 삼니움족들에게서 빼앗은 것들을 모두 돌려주시오. 둘째, 당신이 데리고 있는 삼니움 탈영병과 전쟁포로를 모두 무사히 돌려보내시오. 셋째, 삼니움 병사들이 당신네에게서 가져온 전리품 일체에 대한 소유권을 포기하시오. 마지막으로, 삼니움의 모든 자유인들에게 완전한 로마 시민권을 부여하시오."

화가 난 메텔루스 피우스가 상체를 뒤로 젖혔다. "네, 물론이지요!" 그는 비아냥거렸다. "왜, 우리더러 아예 멍에 밑을 지나가라고 하시지? 그대들 삼니움족이 200년 전에 카우디움 전투에서 그랬던 것처럼 말이야, 가이우스 파피우스. 당신이 내세우는 조건은 절대 수용 불가능하오! 잘 가시오."

턱을 높이 쳐들고 허리를 빳빳이 세운 채 그는 주둔지로 말을 달렸다. 그리고 옥타비우스와 메룰라가 보낸 대표단에게, 평화협정은 없을 것이므로 자신은 로마에 도우러 갈 수 없다고 차갑게 통보했다.

가마를 타고 아이세르니아로 돌아가는 삼니움족 무틸루스의 기분은 새끼 똥돼지와 달리 더없이 행복했다. 그에게 기막힌 생각이 떠오른 것이다. 그의 전령은 무틸루스가 마리우스에게 쓴 서신을 품에 지닌 채 그날 해가 지기 전에 로마의 전선으로 잠입했다. 삼니움과 평화협정을 맺을 용의가 있는지 묻는 서신이었다. 반란군의 집정관은 킨나이며 마리우스는 기껏해야 평범한 일개 시민임을 무틸루스도 모르는바 아니었지만 그래도 킨나 앞으로 서신을 쓸 생각은 전혀 들지 않았다. 가이우스 마리우스가 개입된 일이면 당연히 입김이 센 그가 대장이니까.

로마에 점점 가까이 다가오는 마리우스와 동행하는 이가 있었으니, 바로 군무관 가이우스 플라비우스 핌브리아였다. 놀라에서 로마 군단과 주둔하던 그는 동료 푸블리우스 안니우스와 가이우스 마르키우스 켄소리누스와 같이 킨나를 따르기로 했다. 그러나 마리우스가 에트루리아에 나타났다는 소식을 들은 순간 그는 곧장 마리우스에게로 갔고, 마리우스는 그를 반갑게 맞아주었다.

"자네를 여기서 군무관으로 삼는 것은 아무 의미가 없네." 마리우스가 말했다. "내 군대에는 로마 군단병이 거의 없어. 대부분 노예 출신이지. 대신 아프리카에서 데려온 누미디아 기병대 지휘를 자네에게 맡기겠네."

마리우스는 무틸루스의 편지를 받고 퓜브리아를 불렀다. "멜파 협곡에 가서 무틸루스를 만나보게. 거기서 기다리겠다는군." 마리우스가 경멸조로 냉소했다. "우리가 거기서 자기들한테 수차례 패배했던 것을 상기시키려는 속셈이지. 하지만 당분간은 그자의 뻔뻔한 행동거지를 눈감아주도록 하지. 가이우스 플라비우스, 그자를 만나게. 그리고 그자가 요청하는 건 일단 다 받아주게. 전 이탈리아를 지들이 통치하겠다고 하건 히페르보레오이의 땅에 다녀오라고 하건 뭐든 다. 무틸루스와 삼니움 놈들 주제 파악은 나중에 시켜줄 테니."

일이 이렇게 진행되어가는 동안 로마에서는 2차 대표단이 메텔루스 피우스를 만나러 아이세르니아 앞으로 왔다. 이번 대표단은 훨씬 더 센 인물들, 카툴루스 카이사르와 그의 아들 카툴루스, 감찰관 푸블리우스 크라수스와 그의 아들 루키우스로 구성되어 있었다.

"제발 부탁이네, 퀸투스 카이킬리우스." 카툴루스 카이사르가 새끼 똥돼지와 그의 보좌관 마메르쿠스에게 말했다. "아이세르니아를 진압할 정도의 병력만 남기고 자네가 직접 로마로 오게! 그렇지 않으면 아이세르니아 포위 자체가 무의미한 일이 될 거야. 로마와 로마가 상징하는 모든 것이 끝날 테니까."

그래서 메텔루스 피우스도 동의했다. 삼니움족을 막기 위해 그는 마르쿠스 플라우티우스 실바누스에게 갑자기 잔뜩 겁에 질린 5개 보병대대 병사만을 남기고 떠났다. 다른 15개 보병대대가 로마 쪽으로 사라지기 바쁘게 삼니움족이 아이세르니아에서 쏟아져나왔다. 그들은 앙상하게 뼈만 남은 실바누스의 군대를 완파한 뒤 로마가 장악한 삼니움 전 지역으로 흩어졌다. 킨나를 따라가지 않은 삼니움족 병사들은 캄파니아 서남부 지역 전체에서 멀게는 거의 카푸아까지 장악해나갔다. 소읍 아벨라가 약탈당한 뒤 불탔고, 두번째 삼니움군이 반란군과 합세하기 위해 출발했다. 이들 이탈리아인에게 킨나는 안중에도 없었다. 그들은 곧장 마리우스에게 가서 그의 밑에서 싸우겠다고 자청했다.

메텔루스 피우스와 함께 간 이들은 마메르쿠스와 아피우스 클라우디우스 풀케르였다. 아이세르니아에서 데려온 15개 대대는 야니쿨룸 요새에 배치되었다. 요새의 사령관으로는 풀케르가 지명되었다. 그런데 불행히도 옥타비우스는 최고 요새 사령관 직함을 꼭 자기가 가져야 한다고 주장했고, 풀케르는 이를 얼토당토않은 모욕으로 받아들였다. 궂은일은 나한테 다 시키고 영광은 자기가 누리겠다는 심보 아닌가? 부글거리는 속을 눌러 참으며 풀케르는 확 편을 옮겨버릴까 심각하게 고민했다.

원로원은 이탈리아 갈리아의 푸블리우스 세르빌리우스 바티아에게도 전갈을 보냈다. 이탈리아 갈리아에는 무장한 수습군인들로 구성된 2개 군단이 있었다. 하나는 보좌관 가이우스 코일리우스 휘하의 군단으로 플라켄티아에 주둔해 있었고, 다른 하나는 총독 바티아 휘하의 군단으로 플라켄티아에서 동쪽으로 한참 떨어진 아퀼레이아에 주둔해 있었다. 이들 두 병력이 이탈리아 갈리아에 주둔한 이유는 오직 이곳 지역민들을 견제하기 위해서였다. 로마가 전쟁으로 인한 빚을 갚지 않은 데 대해 이탈리아 갈리아 주민들의 분노가 높아져가는 것을 바티아가 우려했던 것이다. 이러한 반로마 감정은 아퀼레이아 부근 철강촌 지역에서 특히 더 심했다. 원로원으로부터 서한을 받은 바티아는 코일리우스에게, 안전하게 이동할 수 있다고 판단되는 즉시 휘하 군단을 이끌고 플라켄티아를 떠나 동쪽으로 진군하라고 알렸다.

로마의 '진정한' 정부에게는 안된 일이지만, 아리미눔에 도착한 바티아는 추방된 호민관 마르쿠스 마리우스 그라티디아누스와 맞닥뜨렸다. 그라티디아누스는 이탈리아 갈리아의 총독이 증강 병력을 보낼 것에 대비해 킨나가 내줄 수 있는 보병대대를 있는 대로 긁어모아서 플라미니우스 가도를 타고 북으로 이동하던 중이었던 것이다. 휘하 병사들이 속수무책으로 당하자, 바티아는 자신의 속주로 되돌아가 로마를 구하겠다는 생각 따위는 깡그리 포기했다. 우울한 성격의 코일리우스는 아리미눔에서 벌어진 일에 대해 퍽 왜곡된 이야기를 전해 듣고, 로마의 '진정한' 정부는 이제 모든 것을 잃었다고 판단하여 스스로 목숨을 끊었다.

옥타비우스, 메룰라, 그리고 로마의 '진정한' 정부의 나머지 인사들은 입지가 시시각각 불리해졌다. 마리우스가 캄파니아 가도를 분주히 달려와 야니쿨룸 요새 바로 남쪽에 진을 치자, 옥타비우스에게 그간 앙심을 품고 있던 풀케르는 비밀리에 마리우스와 공모하고 야니쿨룸 성채와 방어시설 안으로 그의 군대를 들였다. 그런데도 성채가 장악되지 않은 것은 폼페이우스 스트라보 덕분이었다. 그가 때맞춰 핑키우스 언덕 너머로 진군해 세르토리우스와 교전을 개시함으로써 킨나의 관심을 마리우스로부터 빼앗은 것이다. 그와 동시에 옥타비우스와 감찰관 크라수스가 새로 모은 지원병들을 이끌고 수블리키우스 목교를 건너가 완전히 장악될 뻔했던 성채를 위기에서 구했다. 군 기강이 부족한 노예 병사들을 이끌고 싸우던 마리우스는 결국 한계에 부딪혀 성채에서 철수했다. 호민관 가이우스 밀로니우스는 그를 돕다 전사했다. 감찰관 크라수스와 그의 아들 루키우스가 풀케르를 감시하는 임무를 맡고 이곳에 배치되었다. 그사이 풀케르는 생각이 다시 바뀌어 이제는 '진정한' 정부가 최종 승리할 것으로 느끼고 있었다. 폼페이우스 스트라보는 요새가 안전하다는 보고를 받은 뒤 세르토리우스 군단과의 교전을 중단하고 핑키우스 언덕의 콜리나 성문 앞 진지로 돌아갔다.

폼페이우스 스트라보의 편에서 말하자면, 그는 사실 상태가 굉장히 좋지 않았다. 언제나 곁을 지키는 아들은 아버지가 진지에 도착하자마자 즉시 침상에 들게 했다. 전투가 진행되는 중에 열병과 이질에 감염되었던 것이다. 그래도 폼페이우스 스트라보는 지휘권을 놓지 않으려 했지만, 아들과 보좌관들의 눈에 그는 마르스 평원에서의 부분적인 승리를 앞으로도 이어가지는 못할 상태임이 명백했다. 젊은 폼페이우스는 사기가 충천한 피케눔 군사들을 제대로 다루기에는 아직 나이가 어렸기에 지휘권을 잡지 않기로 정했다. 더구나 지금은 치열한 전투가 벌어지는 때였다.

이탈리아 북부 피케눔 및 인근 움브리아의 영수는 심각한 고열과 장티푸스에 시달리며 꼼짝없이 집안에만 누워 있었다. 젊은 폼페이우스와 그의 친구 키케로는 폼페이우스 스트라보를 정성껏 간호했고, 병사들은 앞으로 일이 어떻게 될 것인지 조심스레 지켜보았다. 나흘째 되는 날 새벽, 그토록 정력가였던 폼페이우스 스트라보는 탈수와 탈진으로 사망했다.

그의 아들은 친구 키케로의 부축을 받으면서, 이중 성벽 아게르 아래 숩 아게레 구를 울며 걸어 내려갔다. 장례식을 준비하기 위해 베누스 리비티나 신전으로 가는 길이었다. 장례식이 피케눔에 있는 폼페이우스 스트라보의 거대한 영지에서 치러졌다면 개선행진만큼 거창한 행렬이 되었겠지만, 아들은 능력이 출중한 만큼 상황파악도 빨랐기에 지금은 최대한 간소하게 장례식을 치를 때임을 잘 알았다. 병사들은 혼란에 빠져 있었고, 퀴리날리스 언덕과 비미날리스 언덕과 에스퀼리누스 언덕 고지대의 주민들은 지금 로마에서 떼죽음을 일으키는 전염병이 애초에 폼페이우스 스트라보의 진지에서 비롯된 것이라며 죽은 장군을 격렬하게 증오하고 있었다.

"이제 어떻게 할 거야?" 키케로가 물었다. 저 앞으로, 장의사 조합 사무소들을 품고 있는 사이프러스 숲이 시야에 들어왔다.

"피케눔의 집으로 돌아가야지." 폼페이우스가 눈물과 콧물이 범벅된 얼굴로 가슴과 어깨를 심하게 들썩이며 말했다. "아버지는 여기 오시는 게 아니었어. 내가 아버지께 가지 말자고 분명히 그랬어! 로마는 망하라고 해요, 내가 그랬단 말이야! 하지만 아버진 내 말을 듣지 않으셨어. 아들인 나의 생득권을 지켜야 하신댔지. 내가 집정관이 될 차례가 올 그날까지 로마를 로마답게 지켜야 한다고 말이야."

"같이 로마에 들어가서 한동안 우리집에서 지내." 키케로가 함께 울며 말했다. 폼페이우스 스트라보를 그동안 경멸하고 두려워했던 것은 사실이지만, 그 아들의 황폐해진 마음을 보고 키케로도 흔들릴 수밖에 없었다. "나이우스 폼페이우스, 나 아키우스를 만났어! 아키우스는 로마 경기대회에 올릴 새 연극을 제작하러 로마에 왔는데, 루키우스 킨나와 나이우스 옥타비우스 사이에 문제가 생기니까, 이렇게 사회가 불안할 때 자기같이 늙은 사람이 움브리아의 집으로 돌아가는 건 무리라고 말했어. 솔직히 나는 아키우스가 지금의 극적인 분위기를 즐기고 있는 거라고 생각하지만 말이야! 그러니 부디 우리집에 가서 한동안 나와 같이 지내자. 넌 위대한 루킬리우스와 가까운 친척 사이니까 너도 아키우스가 무척 마음에 들 거야. 이 공포스러운 혼란 상태에서 벗어나 숨을 좀 돌릴 기회도 될 거고."

"아니, 나는 집으로 갈 거야." 폼페이우스가 여전히 울며 말했다.

"네 군대도 같이 말이야?"

"아버지의 군대였어. 로마가 가져도 돼."

두 청년은 몇 시간이 넘도록 이처럼 서글픈 바깥일을 처리하느라, 정오가 한참 지나도록 폼페이우스 스트라보가 있는 콜리나 성문 밖 빌라로 돌아오지 못했다. 아무도, 슬픔에서 헤어나지 못하는 폼페이우스는 더더욱, 빌라 안의 넓은 공간에 보초를 세울 생각은 하지 못했다. 장군은 죽었고 빌라 안에 값나가는 물건은 아무것도 없었다. 전염병을 의식해 빌라에는 하인들조차 거의 두지 않았다. 하지만 아들과 그의 친구는 외출 전 폼페이우스 스트라보를 침대에 눕힌 뒤 하녀 둘더러 곁에서 불침번을 서게 했다.

폼페이우스와 키케로가 느지막이 돌아와보니 빌라에 사람이 하나도 없었다. 조용하고 고요해서 마치 사람이 살지 않는 집 같았다. 폼페이우스 스트라보를 눕힌 방에 들어가보니, 침대에 그가 없었다.

폼페이우스가 의기양양하게 소리쳤다. "일어나신 거야!" 그의 얼굴이 믿을 수 없다는 듯 기쁨으로 환하게 빛났다.

"나이우스 폼페이우스, 네 아버지께선 돌아가셨어." 키케로가 말했다. 그는 친구 아버지의 죽음에 아무런 감정도 느끼지 않았기에 분별력을 온전히 유지하고 있었다. "진정해! 우리가 집에서 나갈 때 이미 돌아가신 상태였다는 걸 너도 알잖아. 우리가 그분을 씻기고 옷까지 입혀드렸어. 아버지께선 돌아가셨어!"

기쁨은 사라졌다. 그러나 다시 눈물을 쏟아내진 않았다. 그 대신 청년의 얼굴은 돌처럼 딱딱하게 굳었다. "그럼 어떻게 된 일이지? 아버지는 어디 계신 거야?"

"하인들도 없어졌어. 아픈 하인들까지 없어." 키케로가 말했다. "일단 집안을 좀 찾아보자."

빌라를 뒤져보아도 아무것도 알 수 없었다. 두 사람은 폼페이우스 스트라보의 시신이 어디로 갔는지 아무런 단서도 찾아내지 못했다. 한 명의 얼굴은 갈수록 더 굳어갔고 다른 한 명은 갈수록 더 혼란에 빠졌다. 폼페이우스와 키케로는 점점 더 고요해져만 가는 빌라에서 나와 길이 둘로 갈라지는 노멘툼 가도에 다다랐다.

"진지로 갈까, 성문으로 갈까?" 키케로가 말했다.

두 군데 다 몇 걸음 되지 않는 거리였다. 폼페이우스가 미간을 찌푸리며 잠시 생각하더니 결정을 내렸다.

"장군 막사로 가자. 병사들이 아버지를 거기에 안치했을 수도 있으니까."

두 사람이 몸을 돌려 진지 쪽으로 걸어가는데 누군가가 큰 소리로 외쳤다.

"나이우스 폼페이우스! 나이우스 폼페이우스!"

두 사람이 성문 쪽으로 몸을 돌렸다. 머리가 엉망으로 헝클어진 브루투스 다마시푸스가 그들을 향해 양팔을 흔들며 달려왔다.

"부친께서!" 다마시푸스가 숨을 헐떡이며 폼페이우스에게 다가왔다.

“아버지께서 왜요?” 폼페이우스가 침착하고 차분한 목소리로 물었다.

“로마 사람들이 부친의 시신을 훔쳐갔네. 나귀 뒤에 매달아 거리마다 끌고 다니겠다면서!” 다마시푸스가 말했다. “불침번 서던 여자들 중 하나가 나한테 와서 말하길래, 나는 바보같이 일단 막 뛰어나왔네! 가서 그 사람들을 붙잡겠다고 말이야. 다행히 이렇게 두 사람을 봤기에 망정이지, 안 그랬으면 지금쯤 나도 같이 끌려다녔겠지.” 그는 폼페이우스 스트라보를 바라볼 때와 똑같이 존경심 어린 눈빛으로 젊은 폼페이우스를 바라보았다. “이제 나는 뭘 하면 되겠나?” 그가 물었다.

“2개 보병대대를 데리고 당장 이리로 오세요.” 폼페이우스가 단호히 말했다. “아버지를 찾으러 로마 시내로 들어갑시다.”

키케로는 이유를 묻지 않았다. 폼페이우스도 기다리는 동안 말이 없었다. 지상 최대의 치욕이 폼페이우스 스트라보에게 가해졌고, 그 이유에는 의심의 여지가 없었다. 로마 북동부 지역 사람들이 화를 초래한 장본인에게 경멸과 혐오를 표현할 최후의 수단이었던 것이다. 인구가 밀집한 지역에서는 상수를 수로에서 공급받지만 에스퀼리누스 언덕 고지대, 비미날리스 언덕, 퀴리날리스 언덕처럼 인구가 많지 않은 지역에서는 주로 주변의 샘물을 상수로 썼다.

폼페이우스는 보병대대를 이끌고 콜리나 성문을 통과해 큰 시장으로 갔지만 시장에는 사람이 하나도 없었다. 바깥쪽 거리에도 사람이 전혀 보이지 않았고 에스퀼리누스 언덕 저지대로 이어지는 더러운 골목길도 비어 있었다. 좁은 간선도로들이 합쳐지는 지점에서 다마시푸스는 1개 보병대대를 데리고 아게르 쪽으로 갔고 두 청년은 반대 방향으로 향했다. 세 시간 후 폼페이우스의 병사들이 살루스 신전 밖 알타 세미타 도로 아래쪽에 널브러져 있는 죽은 장군을 발견했다.

흠, 키케로는 마음속으로 생각했다. 사람들이 시신을 남겨둔 이 장소가 모든 것을 설명해주는군. 건강의 신 신전 바깥이라.

"잊지 않을 거야." 옷이 다 벗겨지고 난도질 된 아버지의 시신을 내려다보며 폼페이우스가 말했다. "집정관이 되어 도시 계획을 추진할 때 퀴리날리스 언덕에는 아무것도 주지 않겠어!"

폼페이우스 스트라보가 죽었다는 소식에 킨나는 안도의 한숨을 내쉬었다. 폼페이우스 스트라보의 시신이 거리 곳곳마다 끌려다닌 이야기를 들었을 때는 부드럽게 휘파람마저 불었다. 그러니까 로마 안에 있는 사람들이 모두 행복한 것은 아니로군! 로마 수비대는 일반 시민들 사이에서 인기가 없는 것이 분명했다. 이제 몇 시간 내에 항복해 오리라 예상하며, 킨나는 즐거이 그때를 기다리기로 했다.

그러나 영 기미가 보이지 않았다. 옥타비우스는 사람들이 참다못해 폭동을 일으킬 시점에나 항복하기로 결정한 모양이었다.

그날 밤 늦게 세르토리우스가 킨나에게 보고를 하러 왔다. 그는 왼쪽 눈에 피로 젖은 붕대를 감고 있었다.

"어떻게 된 거요?" 킨나가 깜짝 놀라 말했다.

"눈을 잃었습니다." 세르토리우스가 짧게 답했다.

"저런!"

"그래도 다행히 왼쪽입니다." 세르토리우스가 태연하게 말했다. "내가 검을 든 쪽을 볼 수 있으니 전투 때 많이 불편하진 않을 겁니다."

"앉으시오." 킨나가 포도주를 따르며 말했다. 킨나는 자신의 보좌관을 쳐다보며, 세상에 그의 평상심을 흐트러뜨릴 수 있는 일은 좀처럼 없을 것이라고 생각했다. 세르토리우스가 자리에 앉자 킨나도 앉으며 한숨을 푹 내쉬었다. "그래요, 퀸투스 세르토리우스, 당신 말이 옳았소." 킨나가 느릿한 말투로 말했다.

"가이우스 마리우스 말씀인가요?"

"그렇소." 킨나가 손에 든 술잔을 빙빙 돌렸다. "내겐 이제 지휘권이 없소. 아, 윗계급 병사들은 내게 존경심을 갖고 있어요! 내가 말하는 건 아랫사람들이오. 일반 사병들. 삼니움족들을 비롯한 이탈리아인 지원병들. 그들이 따르는 건 가이우스 마리우스지 내가 아니오."

"이렇게 될 수밖에 없었습니다. 옛날 같으면 그래도 전혀 문제가 안 되었을 겁니다. 가이우스 마리우스는 그 누구보다 공정하고 통찰력이 뛰어난 사람이었으니까요. 하지만 지금 그분은 과거의 가이우스 마리우스가 아닙니다." 세르토리우스가 말했다. 붕대 밑으로 핏빛 눈물이 흘러내리자 그는 옆으로 슥 닦아냈다. "그렇게 고령에 노쇠하신 분이 추방이라는 최악의 사건을 겪으셨어요. 저는 그분을 충분히 오랫동안 봐왔습니다. 그분은 자신이 군 지휘에 집중하는 것처럼 마음에도 없는 연기를 하고 있어요. 그분의 진짜 관심은 자기를 추방한 자들에 대한 복수입니다. 그분은 주변을 제가 수년간 보아온 중 최악의 인간들로 채웠어요. 핌브리아라니요! 늑대 같은 놈. 그분 개인의 군단도, 시칠리아 노예 반란군 대장에게나 어울릴 흉폭하고 우악스러운 노예와 해방노예들의 집합입니다. 그분은 그들을 자신의 호위대라고 하면서 공식적인 자기 군대의 일부로 인정하지 않습니다. 그런데 루키우스 킨나, 그분은 한때 날카롭던 도덕적인 판단능력은 잃어버렸으면서도 현실적인 판단능력은 잃지 않으셨어요. 그분은 자신이 집정관님의 군대를 소유하고 있다는 사실을 분명하게 알고 있습니다! 제가 몹시 우려하는 것은 그분이 이 군대를 로마의 안녕이 아닌 자기 자신의 목적 달성을 위해 사용하려고 한다는 점입니다. 제가 여기 집정관님과 집정관님의 군대와 함께한 것은 단 한 가지 중요한 이유 때문이었습니다, 루키우스 킨나. 저는 임기가 끝나지 않은 집정관을 불법적으로 해임하는 사태를 절대 용인할 수 없었습니다. 그렇지만 저는 가이우스 마리우스가 계획하는 일 역시 절대 용인할 수 없습니다. 그러니 집정관님과 저는 이제 결별하는 수밖에 없습니다."

킨나는 온몸의 털이 쭈뼛 섰다. 그는 엄습하는 공포를 느끼며 세르토리우스를 빤히 쳐다보았다. "그분이 유혈 숙청을 계획한다는 거요?"

"저는 그렇게 생각합니다. 아무도 그분을 막을 수 없을 겁니다."

"하지만 그분이 그럴 순 없소! 지금 절대적으로 중요한 것은 내가 정통성 있는 집정관으로서 로마에 입성하여 평화를 되찾고, 더이상 피 흘리지 않고 우리의 가련한 로마를 다시 제대로 세우는 것 아니오."

"행운을 빕니다." 세르토리우스가 무미건조하게 대꾸하며 자리에서 일어섰다. "저는 마르스 평원에 있겠습니다, 루키우스 킨나. 그곳에 계속 머무를 생각입니다. 제 병사들은 저를 따를 테니, 필요할 땐 저희에게 의지할 수 있을 겁니다. 그리고 저는 법에 따라 선출된 집정관을 제자리에 되돌려놓는 것에 찬성합니다! 가이우스 마리우스가 이끄는 당파는 그 어떤 형태로도 지지하지 않습니다."

"무슨 일이 있어도 마르스 평원에 계시오. 하지만 제발 부탁이니, 앞으로 있을 협상 자리에 꼭 나와주시오!"

"걱정하지 마십시오. 그런 구경거릴 놓치진 않을 테니까." 세르토리우스가 말했다. 그는 여전히 왼쪽 뺨을 손으로 훔치며 자리를 떠났다.

그러나 다음날 마리우스는 진지의 짐을 싸서 군단을 이끌고 로마를 떠나 라티움 평원지대로 향했다. 폼페이우스 스트라보의 죽음은 한 가지 교훈을 안겨주었다. 대도시에 너무 많은 사람들이 한꺼번에 모여들면 끔찍한 질병이 발생한다는 것. 자기 병사들을 물 맑고 공기 좋은 시골로 데려가는 것이 낫겠다고 마리우스는 판단했다. 그리고 라티움 평원지대 전역에 걸쳐 산재한 곡물 저장소와 곳간에서 필요한 곡식과 식량을 약탈해 병사들을 먹일 생각이었다. 아리키아, 보빌라이, 라누비움, 안티움, 피카나, 라우렌툼 어디나 저항 없이 함락되었다.

마리우스가 떠났다는 말을 들은 세르토리우스는, 마리우스가 철수한 것은 아마도 자기 자신과 병사들을 킨나로부터 안전하게 지키기 위한 반사적인 움직임이 아닐까 하고 짐작했다. 마리우스는 미쳤을 뿐 바보가 된 것은 아니니까.

이제 11월 말이었다. 두 편 모두(또는 세 편 모두라고 하는 것이 더 정확한 표현일 것이다) 나이우스 옥타비우스 루소가 말한 로마의 '진정한' 정부는 운명이 다했음을 알고 있었다. 죽은 폼페이우스 스트라보의 군대는 메텔루스 피우스를 새 사령관으로 받아들일 것을 일언지하에 거절했고, 그길로 물비우스 교를 건너와 루키우스 킨나가 아닌 가이우스 마리우스 밑에서 싸우겠다고 청했다.

전염병으로 인한 사망자 수는 이제 만 8천여 명에 이르렀다. 대부분이 폼페이우스 스트라보 군단의 사병들이었다. 로마의 곡물 저장소는 텅텅 비었다. 점점 끝이 다가오는 것을 느낀 마리우스는 5천여 명의 건장한 노예와 해방노예로 구성된 호위대를 야니쿨룸 언덕 남쪽 경사면에 다시 데려왔다. 삼니움족이나 이탈리아인 또는 폼페이우스 스트라보 군단 출신의 병사들은 데려오지 않았다는 것은 퍽 의미심장했다. 자기 자신의 안전을 확보하기 위해서일까? 세르토리우스는 생각했다. 그랬다, 마리우스는 분명 의도적으로 자기 사람만 곁에 데리고 있으려는 것 같았다.

12월의 셋째 날, 협상 대표단이 티베리스 강을 건너왔다. 강 가운데 티베리스 섬을 두고 연결된 두 개의 다리를 건너서였다. 협상단은 공식 단장을 맡은 새끼 똥돼지 메텔루스 피우스, 감찰관 크라수스, 카이사르 형제로 구성되어 있었다. 두번째 다리 끝에서 그들을 기다리고 있는 이는 킨나였다. 마리우스도 그곳에 있었다.

"안녕하십니까, 루키우스 킨나." 메텔루스 피우스가 말했다. 그는 이 자리에 마리우스가 참석해 있는 것에 분노가 치밀었다. 특히 그 옆에 서 있는 비열한 악당 핌브리아와 노골적으로 과시적인 황금 갑옷을 입은 게르만족 거인을 보고는 더더욱 그랬다.

"퀸투스 카이킬리우스, 당신은 지금 나를 집정관으로서 대하는 겁니까, 일개 민간인으로서 대하는 겁니까?" 킨나가 차갑게 물었다.

그러자 마리우스가 벌컥 화를 내며 킨나에게 으르댔다. "약골! 이 줏대 없는 등신 같으니!"

메텔루스 피우스가 꿀꺽 침을 삼켰다. "집정관으로서입니다, 루키우스 킨나." 그가 답했다.

곧바로 카툴루스 카이사르가 벌컥 화를 내며 새끼 똥돼지에게 으르댔다. "배신자!"

"저자는 집정관이 아니야! 신성모독을 범했어!" 감찰관 크라수스가 소리쳤다.

"집정관일 필요도 없다, 킨나는 승자야!" 마리우스가 소리쳤다.

메텔루스 피우스는 양손으로 귀를 막아 자기와 킨나를 뺀 전원이 나서서 펼치는 이 열띤 말싸움을 차단하고, 분노 속에 발길을 되돌렸다.

그는 뚜벅뚜벅 다리 두 개를 건너 로마로 가버렸다.

메텔루스 피우스가 협상장에서 벌어진 일을 옥타비우스에게 보고하니, 옥타비우스 역시 불운한 새끼 똥돼지에게 화살을 돌렸다. "어찌해서 그자를 집정관으로 인정했단 말이오? 그자는 집정관이 아니오! 신성을 모독한 자요!" 옥타비우스가 딱딱댔다.

"그자는 집정관입니다, 나이우스 옥타비우스. 이달이 다 지날 때까지는 집정관입니다." 메텔루스 피우스가 차갑게 대꾸했다.

"참으로 유능한 협상가가 아니신가! 지금의 상황에서 킨나를 진정한 집정관으로 인정하는 것은 최악의 실수란 걸 당신은 도무지 모르겠소?" 마치 선생이 학생을 꾸짖듯 옥타비우스가 새끼 똥돼지에게 대고 삿대질했다.

새끼 똥돼지가 발끈했다. "그러면 당신이 가서 잘해보시오!" 그가 잘라 말했다. "그리고 내게 삿대질하지 마시오! 쥐뿔도 없는 인간이 우쭐해 가지고! 나는 카이퀼리우스 메텔루스 가문 사람이야! 로물루스도 나한테 삿대질하지 않아! 당신 생각이 어떻건 간에 킨나는 집정관이오. 내가 그 자리에 돌아가서 같은 질문을 받는다고 해도 내 대답은 똑같소!"

집정관 자리에 처음 앉을 때부터 항상 불편하고 거북했던 기분은 이제 도저히 참을 수 없는 지경에 이르렀다. 유피테르 대제관 겸 보결 집정관 메룰라는 몸을 일으켜 동료 집정관 옥타비우스와 잔뜩 성난 메텔루스 피우스를 마주보았다. 그가 최대한 위엄을 갖춰 말했다. "나이우스 옥타비우스, 나는 보결 집정관 자리에서 물러나야겠습니다." 메룰라가 조용히 말했다. "유피테르의 신관에게 고위 정무관 직은 어울리지 않습니다. 원로원은 괜찮습니다. 하지만 임페리움은 맞지 않습니다."

나머지 사람들은 할말을 잃고, 메룰라가 그 자리—포룸 로마눔의 낮은 구역—를 떠나 관저를 향해 사크라 가도를 걸어오르는 것을 바라보았다.

카툴루스 카이사르가 메텔루스 피우스를 쳐다보았다. "퀸투스 카이킬리우스, 군사령관 자리를 맡아주겠나? 사령관 임명을 공식화하면 어쩌면 그것이 우리 병사들과 도시에 새 출발의 기회를 줄지도 모르지 않나."

하지만 메텔루스 피우스는 단호히 고개를 저었다. "아니요, 퀸투스 루타티우스, 수락하지 않겠습니다. 지금 기아와 질병으로 고통받는 우리의 시민과 도시는 이 대의에 전혀 동조하지 않습니다. 그리고 저 역시 이 말을 하며 마음이 편치는 않지만, 이제 그들에겐 누가 옳은지조차 중요하지 않습니다. 저는 로마의 시가지에서 전투를 벌이고 싶어하는 사람이 더이상 나타나지 않길 바랍니다. 루키우스 술라 한 명만으로 충분했습니다. 이제는 반드시 협상을 타결해야 합니다! 단, 협상 상대는 가이우스 마리우스가 아닌 루키우스 킨나여야 합니다."

옥타비우스는 협상 대표단의 표정들을 둘러보았다. 그는 어깨를 한번 으쓱하더니 자기가 졌다는 듯 한숨을 내쉬었다. "그래, 알겠소, 퀸투스 카이킬리우스. 알겠으니 다시 가서 루키우스 킨나를 만나보시오."

새끼 돼지는 협상 장소로 돌아갔다. 이번에는 카툴루스 카이사르와 그의 아들 카툴루스만이 그를 동행했다. 12월의 다섯째 날이었다.

그들을 맞이하는 상대편의 태도는 지난번보다 훨씬 더 위풍당당했다. 이번에는 킨나가 높은 단상 위에 놓인 고관 의자에 앉아 있어서 단상 아래에 서 있는 협상 대표단은 킨나를 올려다봐야 했다. 역시 단상 위에 마리우스가 있었다. 단 그는 의자 없이 킨나 뒤에 서 있었다.

킨나가 큰 소리로 말했다. "일단, 퀸투스 카이킬리우스, 환영의 인사를 전합니다. 둘째, 미리 말씀드리지만 가이우스 마리우스는 단순히 참관인 자격으로 오셨습니다. 가이우스 마리우스도 자신은 공직이 없는 시민 신분이므로 공식 협상 자리에서 발언권이 없음을 잘 알고 있습니다."

"감사합니다, 루키우스 킨나." 새끼 똥돼지가 그에 상응하는 격식을 갖춘 딱딱한 태도로 대답했다. "저는 가이우스 마리우스가 아닌 루키우스 킨나 당신과 협상할 권한을 부여받았음을 알립니다. 원하는 조건이 무엇입니까?"

"제가 로마의 집정관 자격으로 로마에 입성하는 것입니다."

"수락합니다. 이미 유피테르 대제관도 보결 집정관 자리에서 물러났습니다."

"보복 행위는 용인하지 않겠습니다."

"보복 행위는 없을 겁니다." 메텔루스 피우스가 말했다.

"이탈리아와 이탈리아 갈리아 출신의 새 시민권자들을 서른다섯 개 트리부스에 고르게 배분할 것입니다."

"두말없이 수락하겠습니다."

"로마인 주인을 버리고 제 휘하 군대에 입대한 노예에게 해방과 완전한 시민권을 보장할 것입니다." 킨나가 말했다.

새끼 똥돼지가 돌처럼 굳었다. "불가합니다!" 그의 말씨가 딱딱해졌다. "절대 불가합니다!"

"이것도 조건입니다, 퀸투스 카이킬리우스. 나머지 조건과 함께 수락하셔야 합니다." 킨나가 고집했다.

"법적인 주인을 저버린 노예들을 해방시키고 시민권까지 주다니, 절대 동의할 수 없습니다!"

카툴루스 카이사르가 한발 앞으로 나왔다. "잠깐 얘기 좀 하실까요, 퀸투스 카이킬리우스?" 카툴루스 카이사르가 부드럽게 물었다.

카툴루스 카이사르와 그의 아들이 이 조건을 받아들여야 한다고 새끼 똥돼지를 설득하기까지는 오랜 시간이 걸렸다. 메텔루스 피우스가 결국 양보한 이유는 단 하나, 킨나 역시 요지부동일 것이 그의 눈에도 빤히 보였기 때문이었다. 그렇지만 이게 과연 킨나 자신을 위해서인지, 아니면 마리우스를 위해서인지? 메텔루스 피우스는 의구심이 들었다. 보고에 따르면 킨나의 병력은 노예가 거의 없는 반면 마리우스의 병력은 순 노예 천지였다.

"알겠습니다, 노예들에 대한 어리석은 조처를 수락하지요." 새끼 똥돼지가 불손한 태도로 말했다. "하지만 제 쪽에서도 조건이 하나 있습니다."

"뭡니까?" 킨나였다.

"유혈 숙청이 있어선 안 됩니다." 새끼 똥돼지가 강한 어조로 말했다. "시민권 박탈, 활동 금지령, 추방, 반역죄 심판, 처형이 있어선 안 됩니다. 이번 일에서 모든 사람들은 각자 자신의 원칙과 신념에 따라 행동했습니다. 어느 누구도 자신의 원칙과 신념을 지킨 것에 대해 벌을 받아서는 안 됩니다. 그 원칙과 신념이 다른 사람들의 눈에 아무리 불쾌하게 보였다고 해도 말입니다. 이는 나이우스 옥타비우스를 따른 자들은 물론 루키우스 킨나 당신을 따른 자들에게도 똑같이 해당됩니다."

킨나는 고개를 끄덕였다. "당신 의견에 전적으로 동의합니다, 퀸투스 카이킬리우스. 보복이 있어서는 안 됩니다."

"맹세하시겠습니까?" 새끼 똥돼지가 교활한 눈빛으로 말했다.

킨나가 얼굴을 붉히며 고개를 저었다. "그럴 수 없습니다, 퀸투스 카이킬리우스. 나는 반역죄 심판, 유혈 숙청, 재산 압수가 없도록 최대한 노력을 기울이겠다는 약속만 드릴 수 있습니다."

메텔루스 피우스가 고개를 살짝 돌려 옆에 말없이 서 있는 마리우스를 정면으로 쳐다보았다. "루키우스 킨나, 지금 그 말씀은 집정관이신 당신이 자신의 당파를 충분히 장악하지 못했다, 그 뜻입니까?"

순간 움찔했지만 킨나는 차분하게 답했다. "충분히 장악하고 있습니다."

"그러면 맹세를 하시겠습니까?"

"아니요, 맹세는 하지 않겠습니다." 위엄 있는 말투였지만, 여전히 붉게 상기된 얼굴에서 불편한 기색을 느낄 수 있었다. 킨나는 협상이 끝났다는 표시로 의자에서 일어나 티베리스 섬 다리까지 메텔루스 피우스와 같이 걸었다. 아주 귀한 잠깐의 시간 동안 킨나와 새끼 돼지는 둘만의 대화를 나누었다. "퀸투스 카이킬리우스," 킨나의 목소리가 다급했다. "물론 나는 우리 당파를 장악하고 있습니다! 그렇지만 나는 나이우스 옥타비우스가 포룸 로마눔에 보이지 않아야 안심이 될 것 같습니다. 만일에 대비해서 사람들 눈에 아예 띄지 않았으면 합니다! 아주 희박한 가능성이지만, 그래도 모를 일이니까요. 당연히 나는 우리 당파를 장악하고 있습니다! 그래도 나는 나이우스 옥타비우스가 눈에 띄지 않길 바랍니다. 그에게 꼭 전하십시오!"

"그러겠습니다." 메텔루스 피우스가 말했다.

자기가 끼기 전에 대화가 끝날까봐 안달이 난 마리우스가 불편한 다리를 절뚝거리며 뛰다시피 그들에게 다가왔다. 그런 마리우스의 모습이 퍽 기괴스럽다고 새끼 돼지는 생각했다. 마리우스에게서 이제까지 보지 못한 모습이었다. 그는 기분 나쁜 원숭이 같았다. 마리우스에게서 항상 뿜어나오던 경이로운 힘이 이제 줄어들고 있었다. 심지어 새끼 똥돼지의 아버지가 누미디아에서 마리우스의 상관이었고 새끼 똥돼지 자신은 겨우 수습군관일 때에도 마리우스는 그처럼 힘있는 분위기를 뿜어냈었는데.

"두 분께선 언제 로마에 들어오실 계획입니까?" 양측이 각자의 길을 가려고 섰을 때 카툴루스 카이사르가 킨나에게 물었다.

킨나가 대답하려는데 마리우스가 침묵을 깨며 경멸하듯 코웃음 쳤다. "루키우스 킨나야 합법적인 집정관이니까 자기가 들어가고 싶을 때 언제라도 들어갈 수 있지." 마리우스가 말했다. "하지만 나는, 나와 내 친구들에게 내려진 유죄판결이 정식으로 파기될 때까지 군대를 데리고 여기서 기다려야지."

메텔루스 피우스와 그의 호송대가 티베리스 섬 다리를 걸어 내려가기 바쁘게 킨나는 마리우스에게 날카롭게 쏘아붙였다. "그게 무슨 뜻입니까? 어르신의 유죄판결이 파기될 때까지 군대를 데리고 여기 머무르신다니요?"

거기 서 있는 늙은이는 마치 사람이라기보다 초인적인 무시무시한 어떤 것으로 보였다. 모르몰리케나 라미아 같은, 지하세계에서 온 사악하고 영특한 괴물. 미소 짓는 마리우스의 눈빛이 그 얽히고설킨 눈썹 덤불 뒤에서 번득였다. 평소 눈썹털을 잡아당기는 버릇 때문에 두 눈썹이 옛날보다 더 무성해 보였다.

"나의 친애하는 루키우스 킨나, 군대가 따르는 것은 가이우스 마리우스지 자네가 아니야! 내가 아니었다면 탈영병들이 몽땅 반대편으로 가서 옥타비우스가 이겼을걸? 생각해봐! 내가 아직 사형선고를 받은 범법자 신분으로 로마에 들어갔는데 자네와 옥타비우스가 대충 입장을 조율하고 합심해서 나를 처형하려고 들면 내가 무슨 수로 그걸 막겠나? 나로선 참으로 난처한 상황이잖아! 나는 나에게 자유를 줄 나름의 수단을 손에 쥔 채 거기 있겠네. 집정관들과 원로원이 사실상 있지도 않은 죄를 사해주기를 기다리는 일개 시민으로서 말이야. 심지어 난 지금 원로원에도 속하지 않아! 자네에게 물어보세. 자네는 그게 가이우스 마리우스에게 합당한 자리라고 보는가?" 마리우스가 마치 피호민을 대하듯 킨나의 어깨를 다독였다. "아닐세, 루키우스 킨나. 자네는 얼마 되지 않는 자네 영광의 순간을 온전히 혼자서 누리도록 해! 로마에는 혼자 들어가게. 나는 지금 이 자리에 남겠네. 바로 내가 소유한 군대를 데리고 말이야. 자네에겐 군대가 없으니까."

킨나가 괴로워하며 온몸을 비틀었다. "지금 저를 상대로 군대를—제 군대를!—쓰겠다 이 말씀입니까? 합법적인 집정관인 제게?"

"기운 차리게. 그렇게까지는 안 될 걸세." 마리우스가 껄껄 웃었다. "그러니까 말하자면, 이 군대는 무엇보다 가이우스 마리우스가 제대로 된 취급을 받기를 바란단 거지."

"가이우스 마리우스가 받아야 할 제대로 된 취급이란 게 정확히 무엇입니까?"

"1월의 칼렌다이에 나는 신임 수석 집정관이 될 것이네. 물론 자네는 나의 차석 동료가 될 것이고."

"그렇지만 저는 집정관을 또 지낼 수 없습니다!" 킨나는 섬뜩함에 숨이 가빠왔다.

"헛소리! 안 될 게 뭐 있어! 이제 물러가, 어서!" 마리우스가 성가시게 구는 아이를 내쫓듯 말했다.

킨나는 협상 장소에 함께 있던 세르토리우스와 카르보에게 가서 마리우스가 방금 한 말을 알렸다.

"제가 분명히 경고했습니다." 세르토리우스가 단호하게 잘라 말했다.

"어쩌면 좋겠소?" 킨나가 절망스럽게 부르짖었다. "그분의 말이 맞아요. 그 군대는 그분 것이오!"

"저의 2개 군단은 그렇지 않습니다." 세르토리우스가 말했다.

"그와 맞붙기에는 부족하지요." 카르보가 말했다.

"어찌하면 좋겠소?" 킨나가 다시 부르짖었다.

"당장은 할 수 있는 일이 없습니다. 노친네가 자기 시대를 누리게 둬야지요. 그리고 그 귀하신 일곱번째 집정관 직도." 카르보가 이를 앙다물고 말했다. "일단은 로마를 우리 손에 넣는 것이 우선입니다. 마리우스 걱정은 나중에 합시다."

세르토리우스는 더이상 아무 언급도 하지 않았다. 그는 자신의 인생 행로가 이제 어디로 뻗어나가게 될지 헤아려보느라 바빴다. 왜 그런 것인지 사람들이 하는 말은 하나같이 저열하고 추잡스럽고 하찮고 이기적이고 탐욕스러웠다. 마치 마리우스의 병이 다른 사람들에게도 옮겨 다니는 듯했다. 나는 어떤가, 하고 세르토리우스는 생각했다. 권력을 향한 이루 말할 수 없이 추악한 이 음모에 나도 가담하길 원하는가. 로마의 주인은 로마다. 하지만 루키우스 코르넬리우스 술라 탓에 이제 사람들은 자기가 로마의 주인이 될 수 있다고 믿게 되었다.

옥타비우스가 눈에 띄지 않는 것이 좋으리라는 킨나의 충고를 메텔루스 피우스가 전하자, 옥타비우스를 비롯한 전원이 심상치 않은 분위기를 감지했다. 오늘 자리에는 최고신관 스카이볼라도 참석해 있었다.

그는 요즘 회의에 좀처럼 모습을 보이지 않던 터였다. 눈에 안 띄게 최대한 주변에 빠져 있으려는 느낌을 피할 수 없었다. 마리우스의 승리가 점점 눈앞으로 다가오고 있는데다 딸이 아직도 젊은 마리우스와 약혼한 사이임을 의식한 것이겠지, 하고 메텔루스 피우스는 생각했다.

카툴루스 카이사르가 한숨을 쉬었다. "후, 루키우스 킨나가 들어오기 전에 젊은 사람들은 모두 로마를 떠나 있는 것이 좋겠소. 앞으로 우리의 젊은 보니들이 필요한 때가 올 터이니. 킨나나 마리우스 같은 이 끔찍한 인간들이 영원할 수야 없지 않겠소. 또 언제든 루키우스 술라가 돌아올 테고요." 그는 말을 잠시 끊었다가 이렇게 덧붙였다. "우리 나이 든 사람들은 로마에 남아서 기회를 계속 엿보는 것이 낫겠소. 나로 말하면, 가이우스 마리우스의 오디세이아를 흉내내고 싶은 마음은 없습니다. 설사 리리스 늪에 빠지는 장면만큼은 빼주겠다고 해도 말이에요."

새끼 돼지가 마메르쿠스를 쳐다보았다. "자네 생각은 어떤가?"

마메르쿠스가 잠시 생각에 잠겼다. "당신은 꼭 나가 있어야 합니다, 퀸투스 카이킬리우스. 반드시. 하지만 저는 일단 남아 있을 생각입니다. 이곳 로마라는 연못에서 내가 그렇게 큰 물고기는 아니니까요."

"그래, 잘 알겠네. 저는 나가 있겠습니다." 메텔루스 피우스가 결심을 굳히며 말했다.

"저도 나가 있겠습니다." 수석 집정관 옥타비우스가 목소리를 높였다.

모두가 어리둥절한 표정으로 그를 쳐다보았다.

"나는 야니쿨룸 요새의 재판정에 가 있겠습니다. 그리고 거기서, 내게 올 것을 기다리겠습니다. 그렇게 함으로써 내 피를 보려고 작정한 그자들이 내 피로 로마의 공기와 돌멩이를 더럽히는 것을 막겠습니다."

아무도 그에게 굳이 대꾸하지 않았다. '옥타비우스의 날' 학살을 일으킨 그로서는 피할 수 없는 일이었다.

다음날 새벽, 킨나는 토가 프라이텍스타를 걸친 채 릭토르 열두 명을 앞세우고 티베리스 섬과 티베리스 강의 양안을 잇는 다리 두 개를 건너 로마 시에 입성했다.

그러나 켄소리누스는 누미디아 기병대를 이끌고 야니쿨룸 요새를 향해 달렸다. 로마 내부 소식에 정통한 한 친구가 나이우스 옥타비우스 루소의 행방을 알려준 것이다. 이 출격 작전을 따로 승인한 사람은 없었다. 아무도 몰랐다. 심지어 킨나조차 몰랐다. 켄소리누스가 이 일을 혼자 처리하려고 결심한 것은 킨나 탓이었다. 킨나 수하의 군관들 중에 늑대같이 거친 자들은, 킨나가 로마에 입성하는 즉시 카툴루스 카이사르나 최고신관 스카이볼라 같은 자들에게 허리를 굽힐 것이라고 판단했던 것이다. 킨나를 다시 권력에 올려놓기 위해 벌인 이 모든 작전이 피 한 방울 보지 않고 연습 경기로 끝나버릴 판이었다. 하지만 옥타비우스만큼은 그냥 둘 수 없어, 하고 켄소리누스는 다짐했다.

켄소리누스의 입장을 저지하는 사람은 없었다. 앞서 옥타비우스가 요새 수비를 해제해두었던 것이다. 그는 건장한 군인들 500여 명을 이끌고 요새의 외곽 방책을 통과해 들어갔다.

성채 광장 재판정에 나이우스 옥타비우스 루소가 앉아 있었다. 그는 제발 그곳을 떠나라고 청원하는 수석 릭토르를 향해 단호히 고개를 젓고 있었다. 옆에서 들려오는 말 울음소리에 옥타비우스가 몸을 돌려 고관 의자에 단정하게 자리를 잡고 앉았다. 릭토르들의 얼굴이 공포로 사색이 되었다.

켄소리누스는 릭토르들은 무시했다. 그는 검을 뽑아들고 말에서 내려 재판정 계단을 뛰어올랐다. 그리고 옥타비우스가 차분하게 앉아 있는 곳으로 걸어가, 왼손으로 옥타비우스의 머리채를 감아쥐었다. 머리채를 확 잡아당기자 수석 집정관은 아무 저항 없이 바닥에 무릎을 꿇었다. 릭토르들이 아무것도 못하고 겁에 질려 바라만 보는 사이, 켄소리누스는 양손으로 쳐든 검을 옥타비우스의 맨목에 온 힘을 다해 내리쳤다.

병사 둘이 앞으로 나와 피가 뚝뚝 떨어지는 머리통을 집어들었다. 이상하리만치 평화로운 표정이었다. 병사들은 머리통을 창끝에 고정했다. 켄소리누스는 직접 그 창을 건네받은 뒤 기병대대를 바티카누스 평원 진지로 돌려보냈다. 사실 명령을 대놓고 거역할 준비까지는 되어 있지 않았기 때문에, 군인들은 신성경계선을 넘지 말라고 한 킨나의 지시가 못내 마음에 걸렸던 것이다. 그는 검과 투구와 흉갑을 하인에게 건네고, 속에 입고 있던 가죽옷만 걸친 채 포룸 로마눔으로 곧장 말을 타고 달려갔다. 손에는 창을 든 채였다. 켄소리누스는 아무 말 없이 창을 들어 아무것도 모르는 킨나 앞으로 옥타비우스의 머리통을 들이댔다.

집정관의 첫 반응은 경악 그 자체였다. 흠칫 놀란 그는 끔찍한 선물은 사양이라는 듯 양 손바닥을 쫙 세워 앞으로 내밀었다. 그러나 그때 그의 머릿속에 강 저편에서 대기중인 마리우스와, 자신과 자신의 수하로 잘 알려진 켄소리누스를 주시하는 주변의 모든 시선이 떠올랐다. 킨나는 오열을 삼키고 고통 속에 두 눈을 질끈 감으며, 자신이 로마에 진군함으로써 초래한 이 끔찍한 결과를 정면으로 마주했다.

"로스트라 연단에 세워두게." 킨나가 켄소리누스에게 말했다. 이어 그는 침묵을 지키는 군중 쪽으로 돌아서서 큰 소리로 외쳤다. "이것만

이 제가 유일하게 용인하는 폭력 행위입니다! 저는 제가 집정관 자리를 되찾는 것을 나이우스 옥타비우스 루소가 살아서 보지는 못하리라고 맹세한 바 있습니다. 루키우스 코르넬리우스 술라와 더불어, 바로 나이우스 옥타비우스 그가 이러한 관례를 연 장본인입니다! 지금 이 머리통이 자리한 이곳에, 바로 그 두 사람이 나의 벗 푸블리우스 술피키우스의 머리통을 세워두었습니다. 옥타비우스는 자기가 시작한 이 관례를 스스로 이어가야 맞습니다! 그리고 이는 루키우스 술라가 돌아왔을 때도 마찬가지일 것입니다! 로마 인민 여러분, 나이우스 옥타비우스를 똑똑히 보십시오! 합법적으로 소집된 민회에 참석한 시민들을 6천 명 넘게 학살함으로써 이 모든 고통과 기아와 질병을 초래한 자의 얼굴을 똑똑히 잘 보십시오. 로마는 복수를 마쳤습니다! 이제 더이상 유혈 숙청은 없습니다! 나이우스 옥타비우스의 피 역시 신성경계선 안에서는 흐르지 않았습니다."

그다지 진실은 아니었다. 그러나 효과는 있을 것이다.

단 이레 만에 루키우스 코르넬리우스 술라의 모든 법령이 내동댕이쳐졌다. 잠시나마 영광을 누렸던 백인조회는 짧았던 과거의 흐릿한 그림자가 되었고, 이제는 술라가 남긴 선례에 따라 카이킬리우스 · 디디우스 프리마법이 허락하는 것보다 훨씬 더 빨리 법안을 통과시켰다. 반면에 과거의 권력을 수복한 평민회는 회의를 열어 뒤늦게나마 새 호민관들을 선출했다. 신규 법안이 홍수처럼 밀려들었다. 이탈리아와 이탈리아 갈리아 시민권자들(저항이 너무 셀 것을 고려해 로마의 해방노예들은 제외했다)은 어떠한 단서나 특별 조항도 없이 서른다섯 개 트리부스에 고르게 배분되었고, 마리우스를 비롯한 도피자 일행은 모두 원래의 정당한 지위와 계급을 되찾았으며, 마리우스에게 전직 집정관급 임페리움이 공식적으로 부여되었다. 피소 프루기가 신설한 트리부스 두 개가 폐지되었고, 바리우스 특별위원회에서 추방된 자들은 모두 귀환했으며, 무엇보다도 폰토스의 미트리다테스 왕과 그의 동맹국들에 맞서는 동방 전쟁의 지휘권이 공식적으로 마리우스에게 돌아갔다.

평민 조영관 선거가 평민회에서 열리고, 트리부스회에서 고등 조영관, 재무관, 군무관이 선출되었다. 가이우스 플라비우스 핌브리아, 푸블리우스 안니우스, 가이우스 마르키우스 켄소리누스 모두 서른번째 생일을 맞으려면 서너 해 더 있어야 했지만 재무관으로 선출되어 곧바로 원로원 의원에 임명되었다. 두 감찰관 모두 이에 토를 달지 않았다.

지극히 경건한 분위기 속에서 킨나는 백인조회에 고등 정무관 선출을 주문했다. 마르스 평원에는 세르토리우스의 2개 군단이 아직 주둔하고 있어서, 그는 백인조회 선거를 아벤티누스 언덕의 신성경계선 바깥 구역에서 거행했다. 5계급 구성원들 중 겨우 600여 명(대부분 원로원 의원이거나 고위급 기사들)이 모인 이 보잘것없는 민회에 합법적인 집정관 후보로 이름을 올린 이는 단 두 명, 루키우스 코르넬리우스 킨나와 부재중 후보 가이우스 마리우스였다. 형식과 절차를 준수한 합법적인 선거였다. 마리우스는 일곱번째로 로마의 집정관이 되었다. 부재중 후보 당선으로는 네번째였다. 예언은 실현되었다.

킨나는 나름대로 복수의 순간을 누렸다. 집정관 선거 결과 수석 집정관 자리는 킨나에게 돌아갔다. 마리우스는 차석 집정관이었다. 뒤이어 법무관 선거가 이어졌다. 여섯 자리에 여섯 후보가 출마했지만, 이번에도 역시 형식과 절차를 준수한 합법적인 선거라 할 수 있었다. 후보자 기근이 특징인 선거이긴 했어도, 어쨌거나 로마는 이제 제대로 선출된 정무관을 모두 갖추었다. 드디어 킨나는 지난 몇 달간의 폐단을 바로잡는 데 모든 노력을 쏟을 수 있었다. 이탈리아와의 기나긴 전쟁을 마친데다 동방에서도 손실을 입은 지금, 로마는 더이상 악폐를 방치해 둘 여유가 없었다.

12월의 남은 기간 동안 로마 시는 구석에 몰린 짐승처럼 바짝 경계를 세우고 조용히 지냈다. 그동안, 로마 주변을 빽빽이 둘러싼 군대들은 배치와 구성을 달리했다. 삼니움족 파견대는 아이세르니아와 놀라로 돌아갔고, 놀라의 저항군은 다시 성문을 꽉꽉 잠갔다. 마리우스가 아피우스 클라우디우스 풀케르에게 옛 군단을 이끌고 놀라 포위전을 재개할 것을 기꺼이 허락해준 것이다. 놀라 군단은 세르토리우스의 수하에 있었지만 그는 그들이 혐오해마지않는 사령관을 따라가라고 직접 나서서 설득하고는, 캄파니아를 향해 진군하는 병사들의 뒷모습을 미련 없이 지켜보았다. 킨나가 움직이고 있다는 소식에 마리우스가 케르키나를 떠나왔을 때 따라온 2개 보병대대를 비롯하여, 옛 상관을 돕겠다고 다시 입대한 퇴역병사들도 이제 거의 다 집으로 돌아갔다.

수하에 거느리는 군단이 1개로 줄어든 세르토리우스는, 깊게 잠든 척 가장하는 고양이처럼 조용히 마르스 평원을 지켰다. 5천 명의 노예와 해방노예로 구성된 경호대를 여전히 곁에 두고 있는 마리우스로부터 줄곧 거리를 둔 채였다. 이봐요, 무서운 노인 양반, 대체 무슨 일을 꾸미고 있는 겁니까? 세르토리우스는 혼자 물었다. 당신은 지금 정신이 똑바른 자들은 의도적으로 다 내보내고, 당신이 계획하는 잔학한 일이 무엇이건 거기에 동참할 자들만 주변에 남겨놨군요.

가이우스 마리우스는 마침내 로마에 입성했다. 새해 첫날, 합법적으로 선출된 집정관 자격으로서였다. 새하얀 말을 탄 그는 자주색 단을 댄 토가를 입고 머리에 떡갈잎관을 쓰고 있었다. 옆에는 거구의 킴브리족 노예 부르군두스가 아름다운 황금 갑옷을 입고 검을 찬 채, 덩치가 하도 커서 말굽이 양동이만한 바스타르나이의 말을 타고 행진했다. 그 뒤를 노예와 해방노예 5천여 명이 모두 강화 가죽으로 지은 옷을 입고 검을 찬 채 걸었다. 딱히 군인들이랄 순 없지만 그렇다고 민간인들이랄 수도 없었다.

7선 집정관! 예언이 실현되었어. 자신이 탄 말을 겹겹이 에워싸고 환호하며 눈물 흘리는 사람들 사이를 지나가는 마리우스의 머릿속에는 오직 이 생각밖에 떠오르지 않았다. 사람들이 자기들의 영웅을 이토록 열렬히 맹목적으로 환영하는데, 수석인지 차석인지가 뭐 중요하겠는가? 이 사람들이 내가 직접 걷지 않고 말을 탄다고 상관이나 하는가? 집에서 나오지 않고 티베리스 강을 건너온다고 상관이나 하는가? 지난 밤 유피테르 옵티무스 막시무스 신전에서 밤새 징조를 지켜보지 않았다고 상관이나 하느냔 말이다. 천만에! 나는 가이우스 마리우스야. 그런 일은 다른 소인배들에게나 요구하는 것이지, 가이우스 마리우스에게는 그런 일이 요구되지 않아.

마리우스는 자신의 운명을 향해 거침없이 행진했다. 드디어 포룸 로마눔 낮은 구역에 다다랐다. 그곳에는 루키우스 코르넬리우스 킨나가, 원로원 의원들과 극소수의 고위급 기사들로 구성된 행렬 선두에 서서 그를 기다리고 있었다. 부르군두스는 마리우스가 새하얀 말에서 내려서도록 야단스럽지 않게 도운 뒤 주인의 토가 자락 주름을 세심하게 폈고, 마리우스가 킨나 앞에 자리를 잡고 서자 그 옆으로 가서 섰다.

"자, 루키우스 킨나, 어서 해치우세!" 마리우스가 우렁차게 외치며 행진을 시작했다. "나는 이걸 여섯 번이나 해봤고 자네도 한 번은 해봤으니, 뭐 대단한 개선행진이라도 되는 양 굴지 말자고!"

"잠깐!" 뒤에서 전 법무관 퀸투스 앙카리우스가 큰 소리로 외쳤다. 그는 킨나 뒤를 따르던 자주색 단을 댄 토가 차림의 사내들 사이를 신속한 걸음으로 빠져나와 마리우스 앞에 당당히 섰다. "집정관 두 분의 순서가 잘못되었습니다. 가이우스 마리우스 당신은 차석 집정관입니다. 루키우스 킨나 앞이 아니라 뒤에 서십시오. 또 이 야만족 거인은 행진에서 뺄 것을 요구합니다. 지금 우리는 위대한 신 앞에 신성한 대표 자격으로 행진하는 것이 아닙니까. 그리고 이 경호원들은 도시 밖으로 내보내시든지 아니면 검을 내려놓도록 명하십시오."

순간 마리우스는 앙카리우스를 마치 한 대 치기라도 할 것처럼 쳐다보았다. 아니면 옆의 게르만족 거인에게 저 전직 법무관을 치워버리라고 명령할 듯한 기세였다. 하지만 노인은 곧 어깨를 으쓱해 보이고 킨나 뒤로 가서 섰다. 그러나 부르군두스는 여전히 그의 곁에 서 있었고, 경호원들에게도 물러나라고 하지 않았다.

"퀸투스 앙카리우스, 첫번째 문제는 법적인 관점에서 당신 말에 일리가 있소." 마리우스가 매섭게 말했다. "그러나 두번째와 세번째 문제에 관해서는 양보할 수 없소. 최근 몇 해 동안 내 목숨은 자주 위험에 처했소. 그리고 내 몸은 약해졌지. 그러니 나는 내 노예를 옆에 둘 것이오. 또한 내 바르디아이 경호부대는 포룸 로마눔에 남아서 취임식이 끝날 때까지 나를 호위하며 기다릴 것이오."

앙카리우스는 반항적인 기색을 띠었지만 마침내 고개를 끄덕이고 자기 자리로 돌아갔다. 술라가 집정관이던 해에 법무관을 지낸 앙카리우스는 골수 마리우스 혐오자였고 그 사실에 늘 자부심을 드러냈다. 자기 몸이 밧줄에 꽁꽁 묶여 꼼짝도 못하면 모를까, 마리우스가 킨나 앞에 서서 행진하는 꼴은 도저히 볼 수 없었던 것이다. 특히나 킨나가 그 무지막지한 치욕을 그냥 감수하려 한다는 생각이 들자 더욱 참을 수가 없었다. 앙카리우스가 제자리로 돌아간 것은 킨나가 그에게 보낸 처량한 눈빛 때문이었다. 내가 저 약골을 데리고 굳이 싸워서 뭐하겠는가? 앙카리우스는 속으로 빌었다. 오, 루키우스 술라, 속히 전쟁을 끝내고 로마에 돌아오시오!

마리우스가 킨나에게 걸으라고 명령하는 것을 듣고 행렬 선두에 선 기사들 백여 명은 곧장 걷기 시작했지만, 사투르누스 신전에 도착해 뒤를 돌아보니 두 집정관과 원로원 의원들은 여전히 저 뒤에 멈춰서 있었다. 분명 말싸움하는 중이었다. 이렇듯 카피톨리누스 언덕 위 위대한 신의 집으로 향해 가는 이 순례길의 시작은 전날 밤의 불길한 전조만큼이나 부조화를 보였다. 킨나를 포함해 어느 누구도 감히, 간밤에 복점을 지켜봐야 하는 신임 집정관의 의무를 지키지 않았다고 마리우스에게 지적할 용기를 내지 못했다. 또한 킨나는 그가 밤새 복점을 지켜보는 동안 긴 발톱에 물갈퀴가 있는 짐승의 짙고 검은 형체가 어두침침한 하늘을 가로질러 날아가는 걸 보았다고 그 누구에게도 말하지 않았다.

새해 첫날 집정관 취임식이 이렇게 빨리 끝난 적은 없었다. 마리우스가 개선장군 복장으로 집정관 취임식을 시작하려 했던 그 유명한 해에도 식이 이렇게 빨리 끝나진 않았다. 그 짧은 낮의 네 시간도 채 지나지 않아 제물 봉헌, 유피테르 신전에서의 원로원 회의, 연회가 다 끝났다. 또 식이 끝나자마자 이렇게 의원들이 서둘러 자리를 뜨려고 안달한 적도 없었다. 취임 행렬이 카피톨리누스 언덕을 내려왔을 때, 그들의 시선을 사로잡은 것은 로스트라 연단 가장자리에 세운 창 끄트머리에 매달린 나이우스 옥타비우스 루소의 머리통이었다. 유피테르 옵티무스 막시무스 신전을 정면으로 바라보는, 새들이 쪼아대서 너덜너덜해진 얼굴에는 눈알이 없었다. 끔찍한 전조야. 끔찍해!

사투르누스 신전과 카피톨리누스 언덕 경사면 사이 골목길을 막 벗어난 마리우스는 앞서 걸어가는 앙카리우스를 발견하고 그를 뒤따라 걸음을 재촉했다. 그가 앙카리우스의 팔에 손을 대자 전 법무관이 뒤돌아보았다. 자신의 팔을 붙든 자가 누구인지 알아본 순간 그는 화들짝 놀랐지만 이내 격한 혐오를 드러냈다.

"부르군두스, 네 검." 마리우스가 차분히 말했다.

마리우스의 말이 끝나기도 전에 검이 그의 오른손에 들어왔다. 그의 오른손이 번쩍 들리더니, 내리쳐졌다. 앙카리우스는 이마부터 턱까지 얼굴이 갈라진 채 죽어서 쓰러졌다.

아무도 항의하지 않았다. 당장의 충격이 가시자 의원들과 기사들은 사방으로 흩어져 뛰었다. 마리우스가 손가락으로 딱 소리를 내자, 포룸 로마눔 낮은 구역에 주둔해 있던 마리우스의 노예와 해방노예 군단이 그들 뒤를 바짝 쫓았다.

"얘들아, 저 머저리 새끼들을 마음껏 손봐줘라!" 마리우스가 활짝 웃으며 우렁차게 외쳤다. "단 내 편과 적은 되도록 구분을 해야 해!"

킨나는 경악 속에 자신의 세계가 산산이 부서지는 것을 지켜보며 서 있었다. 그는 개입할 힘이 전혀 없었다. 킨나 수하의 군인들은 집으로 돌아가는 중이거나 바티카누스 평원의 진지에 머물러 있었다. 지금 로마 시는 마리우스의 바르디아이(마리우스가 자신의 노예 부대원들을 이렇게 부르는 것은 그들 다수가 일리리아인들이 사는 달마티아 지역의 바르디아이족 출신이기 때문이었다) 부대의 손에 있었다. 그들은 미친 술주정뱅이가 못마땅한 마누라 대하듯 로마를 함부로 취급했다. 아무 까닭 없이 사내들의 목을 벴고, 이집 저집 닥치는 대로 쳐들어가 강도짓을 했으며, 여자들을 욕보이고 아이들을 살육했다. 대부분 별다른 의미도 이유도 없었다. 물론 이유가 있는 경우도 있었다. 개중에는 마리우스가 반드시 죽이려고 작정했거나 그저 죽는 꼴을 한번 보고 싶다고 스치듯 생각해본 자들도 있었지만, 그다지 영리하지 못했던 바르디아이 부대원들이 마리우스의 다양한 기분을 구분할 리 없었다.

해가 지고 밤이 깊도록 로마는 악을 쓰고 울부짖었다. 많은 사람들이 죽었고, 산 사람은 차라리 죽기를 바랐다. 여기저기에서 거대한 화염이 하늘로 치솟았고, 비명은 점점 높아져 광기에 찬 괴성이 되었다.

안니우스는 전부터 누구보다도 안토니우스 오라토르를 몹시 미워했다. 그는 기병대 하나를 이끌고 안토니우스 가문 영지가 있는 투스쿨룸으로 가 안토니우스 오라토르를 사냥하는 즐거움을 누렸다. 안토니우스 오라토르의 머리통은 한껏 고취되고 흥분된 승리감 속에 로마로 옮겨져 로스트라 연단에 꽂혔다.

핌브리아는 팔라티누스 언덕을 택했다. 기병대 하나를 이끌고, 제일 먼저 감찰관 크라수스와 그의 아들 루키우스를 찾았다. 아들이 먼저 눈에 띄었다. 집으로 피신하려고 좁은 거리를 부지런히 오르는 중이었다. 핌브리아는 말에 박차를 가해 루키우스에게로 달리다가 안장 위에서 허리를 굽혀 그의 등뒤로 검을 내리쳤다. 그 장면을 본 아버지는 자신도 동일한 운명을 피할 수 없음을 알고 토가 주름 안쪽에서 단도를 꺼내 자살했다. 창문 없는 담장들로 이루어진 이 골목길에서 어느 문이 크라수스의 집 대문인지 핌브리아가 알 수 없었던 까닭에, 셋째 아들 마르쿠스(원로원 의원이 되기에는 아직 나이가 차지 않은 터였다)는 다행히 목숨을 건졌다.

핌브리아는 부하들을 시켜 크라수스 부자의 목을 딴 뒤, 다시 병사 몇을 데리고 카이사르 삼형제를 찾으러 갔다. 맏형을 제외한 루키우스 율리우스와 카이사르 스트라보가 한집에 있었다. 당연히 로스트라 연단에 걸리게 될 머리통들은 일단 떼어낸 뒤, 핌브리아는 카이사르 스트라보의 사지 달린 몸통을 퀸투스 바리우스의 묘까지 끌고 가서 처음부터 정식으로 다시 죽였다. 바리우스가 그토록 천천히, 고통스럽게 자살하도록 만든 카이사르 스트라보를 그에게 제물로 바친 것이다. 다음으로 그는 삼형제 중 맏형 카툴루스 카이사르를 찾으러 갔지만, 다음 사냥감을 찾아내기 전에 마리우스가 보낸 전령과 마주치고 말았다. 카툴루스 카이사르는 재판에 세울 터이니 살려두라는 전갈이었다.

다음날 아침 밝은 빛이 쏟아질 때 로스트라 연단은 창에 꽂힌 머리통들로 빼곡히 채워져 있었다. 앙카리우스, 안토니우스 오라토르, 크라수스 부자, 루키우스 카이사르, 카이사르 스트라보, 늙은 조점관 스카이볼라, 가이우스 아틸리우스 세라누스, 푸블리우스 코르넬리우스 렌툴루스, 가이우스 네메토리우스, 가이우스 바이비우스, 그리고 옥타비우스. 시신들이 거리에 나뒹굴었고, 그리 중요하지 않은 사람들의 머리통은 베누스 클로아키나를 모시는 자그마한 신전 건물이 아이밀리우스 회당 앞에 살짝 끼인 구석에 무더기로 쌓였으며, 로마는 점점 엉겨가는 피냄새로 가득했다.

복수 외엔 아무것도 머릿속에 들어 있지 않은 채, 마리우스는 민회장으로 갔다. 수하에 있는 신임 호민관 푸블리우스 포필리우스 라이나스가 평민회를 소집하는 것을 참관하기 위해서였다. 물론 참석자는 아무도 없었지만 그와 상관없이 회의가 진행되었고, 새로 시민권자가 된 바르디아이 부대원들은 지방 트리부스 중에서 자기들이 소속될 트리부스를 골랐다. 카툴루스 카이사르와 유피테르 대제관 메룰라는 반역죄로 유죄판결을 받았다.

"하지만 배심원단 평결까지 기다리고 있진 않겠네." 카툴루스 카이사르가 자신의 두 아우와 수많은 친구들이 처한 운명에 서럽게 울어 빨갛게 충혈된 눈으로 말했다.

그가 이 말을 한 사람은 마메르쿠스였다. 그는 마메르쿠스를 황급히 자기 집으로 부른 터였다. "제발 부탁이니, 루키우스 코르넬리우스 술라의 부인과 딸을 데리고 속시 피신하게, 마메르쿠스! 다음으로는 루키우스 코르넬리우스가 유죄판결을 받을 테고, 그러고 나면 그와 조금이라도 연관된 사람들은 모두 죽어. 달마티카의 경우에는 그보다 더한 일을 당할 수도 있어. 자네 아내인 코르넬리아 술라 역시 마찬가지일세."

"저는 로마에 남으려고 생각했습니다." 마메르쿠스가 몹시 지친 표정으로 말했다. "로마에는 이 끔찍한 현실에 동요하지 않는 사내들이 필요할 겁니다, 퀸투스 루타티우스."

"그래, 로마에는 그런 사내들이 필요하지. 하지만 여기 계속 머무른다면 로마는 자네를 계속 보지 못할 것이네, 마메르쿠스. 나는 내가 살아야 하는 시간보다 한순간도 더 살고 싶은 마음이 없어. 그러니 부디 달마티카와 코르넬리아 술라와 아이들을 모두 데리고 그리스로 피신하겠다고 약속해주게. 그들을 자네가 직접 지켜주게. 그래야 내가 해야만 하는 일을 할 수 있네."

그리하여 마메르쿠스는 무거운 마음으로 약속을 했고, 바로 그날 술라, 스카우루스, 드루수스, 세르빌리우스 카이피오 집안, 달마티카, 코르넬리아 술라, 그리고 자기 소유의 자산 중 당장 챙길 수 있는 것들과 현금을 안전하게 지킬 조처를 모두 취했다. 해질녘에 마메르쿠스와 여자들과 아이들은 로마의 성문 중 가장 인적이 드문 산콸리스 성문을 통과해 살라리아 가도를 향해 갔다. 브룬디시움이 있는 남쪽보다 그 편이 더 안전할 것 같았다.

한편, 카툴루스 카이사르는 유피테르 대제관 메룰라와 최고신관 스카이볼라에게 쪽지를 써 보냈다. 그리고 노예들을 시켜 집안의 모든 화로에 불을 피워 집에서 제일 큰 응접실에 모아놓았다. 벽에 회칠을 새로 한 지 얼마 되지 않아 덜 마른 석고반죽 냄새가 코를 쏘았다. 헝겊으로 구멍이나 빈틈을 빠짐없이 봉하게 한 뒤, 카툴루스 카이사르는 편안한 의자에 앉아 그가 가장 좋아하는 문학작품 『일리아스』의 후반부가 담긴 두루마리를 펼쳤다. 마리우스의 부하들이 문을 부수고 들어왔을 때 카툴루스 카이사르는 의자에 등을 펴고 자연스럽게 앉아 있었고, 두루마리 서책은 무릎 위에 가지런히 놓여 있었다. 방안은 독한 연기로 가득했고 카툴루스 카이사르의 시신은 차갑게 식어 있었다.

메룰라는 카툴루스 카이사르가 보낸 쪽지를 읽지 못했다. 쪽지가 도착했을 때 그는 이미 죽어 있었다. 망토와 모자를 단정하게 개어서 신전의 위대한 신상 아래 경건하게 놓아두고 집으로 돌아간 그는 뜨거운 물이 담긴 욕조에 누워 뼈칼로 손목을 그었다.

최고신관 스카이볼라는 카툴루스 카이사르의 쪽지를 읽었다.

퀸투스 무키우스, 나는 당신이 루키우스 킨나, 가이우스 마리우스와 운명을 함께하기로 결심했음을 알고 있소. 그리고 당신이 왜 그런 선택을 했는지도 이제는 알 것 같소. 당신 딸은 청년 마리우스와 혼약을 맺었소. 쉽게 내칠 수 없는 큰 행운이지요. 그러나 당신은 틀렸소. 가이우스 마리우스의 정신은 병들었고 그를 따르는 자들은 야만인보다도 못한 족속이오. 노예 병사들 얘기가 아니오. 펌브리아, 안니우스, 켄소리누스 같은 자들 얘기지요. 킨나는 여러 측면에서 그만하면 훌륭한 인물이지만 아마 그도 가이우스 마리우스를 제어할 수는 없을 거요. 그리고 그 점은 당신도 마찬가지지요.

당신이 이 글을 읽을 때쯤이면 나는 죽었을 거요. 여생을 추방자로 사느니, 또는 생을 짧게나마 연장하여 가이우스 마리우스의 수많은 희생자 중 하나가 되느니 지금 죽는 편이 훨씬 낫소. 불쌍하고 가련한 내 아우들! 죽을 시간과 장소와 방법을 스스로 선택할 수 있다는 것이 기쁘오. 내일까지 기다린다면 나는 그 무엇도 직접 택할 수 없을 테지요.

회고록을 완성했소. 회고록이 출판되었을 때 사람들의 반응을 직접 들어볼 수 없다는 생각에 솔직히 가슴이 아프군요. 하지만 나는 살아남지 못해도 내가 쓴 회고록은 반드시 살아남을 거요. 회고록을 안전하게 지키기 위해(가이우스 마리우스에게 듣기 좋은 소리는 단 한 마디도 담지 않았소!) 마메르쿠스를 시켜 그리스에 있는 루키우스 코르넬리우스 술라에게 전달하게 했으니까요. 후일 지금보다 더 좋은 시절이 왔을 때 마메르쿠스가 로마에 돌아오면 회고록을 출판해주기로 했소. 그리고 스미르나에 있는 푸블리우스 루틸리우스 루푸스에게도 한 권 보내주기로 약속했다오. 자기 글로 늘 내게 독기를 뿜어내는 그자에게 일종의 복수가 되겠지요.

몸조심하시오, 퀸투스 무키우스. 원칙과 현실적 필요 사이의 간극을 당신이 어떻게 메워나갈지 지켜보는 것은 참으로 흥미롭겠지요. 그러나 나는 그 모습을 지켜볼 수 없겠군요. 하긴 그래도 내 아이들은 안전하게 결혼을 했으니까요.

눈에 눈물이 맺힌 채 스카이볼라는 손에 든 작은 종잇조각을 둥글게 구겨서 화로 한가운데 던져넣었다. 날이 추웠고 그는 이제 추위를 탈 정도로 늙은 사람이었다. 조점관을 지내신 늙으신 당숙님을 죽이다니! 아무 해도 못 끼칠 사람을. 모든 건 끔찍한 실수였다고, 그들은 얼굴이 새파랗게 질리도록 지껄이겠지. 그러나 새해 첫날 이래 로마에서 벌어진 모든 일은 결코 실수가 아니었다. 코를 훌쩍여 눈물을 참은 스카이볼라는 손을 덥히며 삼발이 화로에서 숯이 붉게 달아오르는 것을 쳐다보았다. 카툴루스 카이사르가 생의 마지막 순간에 본 것도 같은 풍경이었음을 그는 알지 못했다.

가이우스 마리우스 집정 7기의 셋째 날이 밝기 전, 로스트라 연단의 끝없이 늘어가는 수집품 대열에 카툴루스 카이사르와 유피테르 대제관 메룰라의 머리통이 추가되었다. 마리우스는 특히 카툴루스 카이사르의 머리통을 오랫동안 응시했다. 여전히 고고하고 잘생긴 얼굴이었다. 그리고 그는 포필리우스 라이나스가 평민회를 소집하는 것을 허락했다.

이번 회의의 표적은 술라였다. 그는 유죄판결을 받았고 공공의 적이 되었다. 전 재산이 압수되었지만, 그 돈은 로마의 공익을 위해 쓰이지 않았다. 마리우스는 대경기장이 바라다보이는 술라의 화려한 새 저택을 바르디아이 부대원들이 약탈하고 불을 지르도록 방치했다. 안토니우스 오라토르의 재산 역시 비슷한 운명을 맞았다. 그러나 술라와 안토니우스 오라토르 두 사람은 비밀 자금을 어디에 두었는지 아무런 단서도 남겨두지 않았다. 로마의 은행을 모두 뒤져도 전혀 찾을 수 없었다. 따라서 노예 군단은 술라와 안토니우스 오라토르로부터 상당히 많은 재물을 가로챘지만, 정작 로마 시는 아무 소득도 거두지 못했다. 이 사실에 잔뜩 분개한 포필리우스 라이나스는 까맣게 탄 술라의 집에 공공노예를 한 무리 보내어 혹시 은닉한 보물은 없는지 식은 재를 체로 치며 찾아보게 했지만 모두 허사였다. 특히 술라와 술라 선조들의 이마고가 담긴 장식장은 바르디아이 부대가 집을 약탈하러 갔을 때 이미 없었다. 값비싼 산다락나무 탁자도 마찬가지였다. 마메르쿠스는 무척 수완이 좋은 사내였다. 술라의 새 집사 크리소고노스도 그랬다. 그들 두 사람은 뭔가 잘못한 기색이나 수상한 기색을 보이지 말라는 엄중한 지시를 받은 노예 몇 명을 데리고, 만 하루도 안 되는 시간에 로마에서 가장 아름다운 저택 여섯 채의 가장 좋은 물건들을 꺼내다가 사람들이 찾아보려고 꿈에도 생각지 못할 장소에 숨겨두었다.

집정 7기가 시작되고 며칠이 지났지만, 마리우스는 결코 집에 가지 않았고 율리아와 눈 한번 맞추지 않았다. 심지어 젊은 마리우스도 새해 첫날 전에 로마 시 밖으로 파견되어 마리우스에게 더이상 필요하지 않은 병사들을 해산시키는 업무에 배치되었다. 처음에 마리우스는 율리아가 자기를 찾을까봐 두려워하는 것 같았고, 혹시라도 율리아가 포룸 로마눔에 나타나면 그녀를 호위해 귀가시키라고 엄명을 내린 채 바르디아이 부대 뒤에 숨어 지냈다. 하지만 율리아가 나타날 기색 없이 사흘이 흘러가자 마리우스는 안심한 듯했다. 로마에 오지 말고 지금 있는 곳에 계속 머무르라고 명령하는 편지를 아들에게 끝없이 써 보내는 것만이 그의 심리 상태를 드러내는 유일한 증거였다.

"미쳤으면서도 다른 한편으로는 멀쩡한 거지. 유혈 사태 이후 절대 율리아의 얼굴을 볼 수 없음을 아는 것 아니겠나." 킨나가 친구 가이우스 카이사르에게 말했다. 가이우스 카이사르는 아리미눔에서 마리우스 그라티디아누스를 도와 세르빌리우스 바티아가 이탈리아 갈리아를 떠나지 못하게 감시하는 일을 하다가 막 로마에 돌아온 터였다.

"그러면 그분은 요즘 어디서 지내시나?" 마리우스의 처남은 잿빛이 된 얼굴로 말했다. 그는 극한의 의지력을 발휘해 목소리를 최대한 차분히 유지하고 있었다.

"장군 막사에서. 이게 말이 되는가? 저기 보이지? 쿠르티우스 연못을 따라 세워져 있지. 바로 저 연못에서 몸을 씻는다네. 하지만 어차피 잠을 아예 자지 않는 것 같아. 저 괴물 핌브리아와, 노예들 중에서도 제일 상스러운 자들과 어울려서 술판을 벌이는 날이 아니면 계속 걷고, 걷고, 또 걸으면서 이것저것 세상 모든 일에 간섭을 하지. 눈에 띄는 건 뭐든지 지팡이를 들고 쑤셔대는 것이 꼭 늙어빠진 할망구 같다네. 그분은 신들을 완전히 잊었어!" 킨나가 몸을 떨었다. "내 힘으로 제어가 안 돼. 머릿속에 뭐가 들었는지, 다음엔 무슨 짓을 벌일지, 나는 도무지 모르겠어. 아마 자기 스스로도 모를 거야."

로마가 미쳐 돌아가고 있다는 소문은 베이에 도착했을 무렵 카이사르의 귀에도 들려왔다. 그러나 사람들이 하는 이야기가 하도 이상하고 뒤죽박죽이어서 그는 그 이야기들을 그다지 신뢰하지 않았다. 단지 그는 귀가 경로를 살짝 바꾸었다. 마르스 평원을 가로질러 가서 매부의 사촌조카 세르토리우스에게 잠깐 안부 인사를 하려던 원래 생각과 달리, 그는 물비우스 교를 건너자마자 외곽 순환도로를 타고 콜리나 성문으로 향했다. 최근 소식을 통해 폼페이우스 스트라보가 더이상 콜리나 성문에 진을 치고 있지 않다는 것 정도는 알고 있었다. 폼페이우스 스트라보가 죽었다는 사실도 이미 알고 있었다. 베이에 도착해서는 마리우스와 킨나가 집정관이 되었다는 이야기도 이미 들었기 때문에, 로마 시내에서 벌어지고 있다는 믿을 수 없는 폭력사태에 대한 이야기들은 더더욱 헛소문으로 치부해버린 터였다. 그러나 카이사르가 콜리나 성문에 당도하니 백인대가 성문을 점령하고 있었다.

"가이우스 율리우스 카이사르시지요?" 백인대장이 물었다. 이 백인대장은 마리우스의 보좌관들을 아주 잘 알았다.

"그렇소." 카이사르가 대답했다. 그는 마음이 점점 더 불안해졌다.

"집정관 루키우스 킨나께서 카스토르 신전에 있는 그분 집무실에 먼저 들러달라는 전갈을 보내셨습니다."

카이사르가 얼굴을 찡그렸다. "곧 그렇게 할 것이지만, 백인대장, 나는 먼저 집에 들르고 싶소."

"집정관께서는 '즉시'라고 하셨습니다, 가이우스 율리우스." 말투는 정중하지만 이건 사실상 명령임을 그는 태도로써 분명히 했다.

불안한 마음을 애써 누르며, 카이사르는 포룸 로마눔을 향해 말을 몰아 롱구스 구를 내려갔다.

저멀리 물비우스 교에서 바라보았을 때 구름 한 점 없이 완벽하게 파란 하늘에 조용히 피어오르던 한줄기 검은 연기는 이제 크고 짙은 먹구름을 이루고 있었고, 공중에는 잿가루가 떠다녔다. 점차 공포감에 사로잡혀가는 카이사르의 두 눈에 넓은 롱구스 구 양쪽으로 함부로 널브러진 남녀노소의 시체가 눈에 들어왔다. 수부라 입구에 다다랐을 즈음 카이사르는 심장이 마구 뛰었고 그의 몸은 당장 이 언덕길을 오르기를, 당장 말을 집으로 몰아 식구들이 무사한지 확인하기를 원했다. 그러나 지금 가라고 명령받은 곳으로 가는 것이 가족을 위한 일이라고 그의 직감은 말하고 있었다. 로마 시가지에서 전쟁이 벌어진 것이 분명했다. 그리고 저멀리 에스퀼리누스 언덕 위, 인술라가 밀집한 쪽에서 사람들의 고함, 비명, 통성이 들려왔다. 아르길레툼 구역을 내려다보는 사람은 단 한 명도 없었다. 카이사르는 아르길레툼 구역이 아닌 산달라리우스 구 쪽으로 말을 돌려 포룸 로마눔 한가운데로 들어섰다. 그곳에서 포룸 로마눔의 낮은 구역을 거치지 않고 건물들을 빙 둘러가서 카스토르 · 폴룩스 신전에 도착했다.

신전 계단 아래에서 킨나를 발견한 카이사르는 그에게서 그간의 상황을 들었다.

"내게 원하는 것이 무엇인가, 루키우스 킨나?" 쿠르티우스 연못 옆으로 펼쳐진 대형 막사를 본 카이사르가 물었다.

"나는 자네에게 원하는 것이 없네, 가이우스 율리우스." 킨나가 말했다.

"그렇다면 집으로 가게 해주게! 시내 도처에 불이 났는데 가족들이 괜찮은지 봐야지!"

"자네를 부른 건 내가 아닐세, 가이우스 율리우스. 가이우스 마리우스가 부른 거야. 나는 그저 자네가 꼭 나를 먼저 만나게 하라고 성문 수비병들에게 일러둔 것이네. 자네는 지금 상황을 모르고 있을 것 같았으니까."

"가이우스 마리우스가 내게 원하는 것이 무엇인가?" 카이사르가 떨리는 목소리로 물었다.

"가서 물어보세." 킨나는 이렇게 대답하고 걷기 시작했다.

목이 잘린 시신들이 나타났다. 졸도 직전의 상태로, 카이사르는 로스트라 연단을 장식하고 있는 머리통들을 바라보았다.

"아, 저들은 우리의 벗이지 않나!" 카이사르가 오열했다. 카이사르의 눈에서 눈물이 샘솟았다. "나의 사촌들! 나의 동료들!"

"마음을 진정하게, 가이우스 율리우스." 킨나가 정색했다. "목숨을 소중히 여긴다면 울어서도 안 되고, 실신해서도 안 돼. 자네가 마리우스의 처남이긴 하지만, 새해 첫날 이래로 그분은 자기 아내나 아들도 능히 처형할 사람이 됐어."

그리고 거기, 로스트라 연단에서 막사로 이어지는 길 가운데에 그가 서 있었다. 그는 게르만족 거인 부르군두스와 말을 나누고 있었다. 그리고 카이사르의 열세 살 난 아들과도.

"가이우스 율리우스, 이거 정말 반갑구만!" 마리우스가 늘 그렇듯 우렁차게 말했다. 마리우스는 모두에게 보란듯이 카이사르의 양팔을 다정하게 움켜쥐며 볼에 입맞춰 인사했다. 순간 소년이 움찔하는 것을 킨나는 놓치지 않았다.

“가이우스 마리우스.” 카이사르가 쉰 목소리로 대답했다.

“자네는 늘 수완이 좋아, 가이우스 율리우스. 편지로 오늘 여기 오겠다고 하더니 정말 오늘 왔지 않나. 자네의 고향 로마로. 로마로, 로마로!” 마리우스가 말했다. 그가 부르군두스를 향해 고개를 끄덕이자 부르군두스는 재빨리 자리에서 물러났다.

그러나 카이사르의 두 눈은 아들을 향해 있었다. 소년은 피투성이 아수라장의 한복판에 마치 아무것도 보이지 않는다는 듯 그렇게 서 있었다. 안색 하나 변하지 않았고 얼굴은 평온했으며 눈꺼풀은 내리깔고 있었다.

“네가 여기 있는 걸 어머니도 아시느냐?” 카이사르가 불쑥 물으며, 루키우스 데쿠미우스가 어디 있는지 주변을 둘러보았다. 그는 이내 막사 그늘 쪽에 숨어 있는 데쿠미우스를 발견했다.

“네, 아버지. 어머니도 아세요.” 어린 카이사르가 굵직한 목소리로 대답했다.

“아들 녀석이 정말 잘 자라고 있어, 그렇지 않나?” 마리우스가 물었다.

“네.” 카이사르가 침착하게 보이려 애쓰며 대답했다. “네, 정말 그렇습니다.”

“불알이 실해서 밑으로 처지는 것 좀 봐, 안 그런가?”

카이사르의 얼굴이 붉어졌다. 하지만 정작 그의 아들은 당황한 기색 없이, 단지 표현이 경박함을 책망하는 눈빛으로 마리우스를 쳐다보았다. 아들은 마리우스에게서 티끌만큼의 두려움도 느끼지 않고 있었다. 그 자신은 비록 두려움에 차 있었지만 아버지는 그 사실이 자랑스러웠다.

“자, 그러면, 자네 둘과 몇 가지 상의할 게 있네.” 마리우스가 킨나까지 포함해 말했다. 말씨가 사근사근했다. “어린 카이사르, 네 아빠와 얘기하는 동안 부르군두스와 루키우스 데쿠미우스한테 가서 기다리거라." 마리우스는 자기 말이 들리지 않을 정도로 소년이 충분히 떨어진 것을 확인한 후에야 희색이 가득한 표정으로 킨나와 카이사르를 돌아보았다. "둘 다 내가 대관절 무슨 일로 자네들을 같이 불렀는지 몹시 궁금하지?"

"굉장히 궁금합니다." 카이사르가 말했다.

"자, 그러면," 마리우스는 요즘 이 말을 아주 즐겨 썼다. "모르긴 몰라도 어린 카이사르에 대해서라면 내가 자네보다 더 잘 알 걸세, 가이우스 율리우스. 지난 몇 해 동안 자네보다 내가 그 아이를 더 많이 봤으니까. 참 대단한 아이야." 마리우스의 목소리가 점차 사색적인 어조를 띠더니, 그의 눈빛에서 뭔가 은밀한 악의가 느껴졌다. "그래, 참 정말이지 특별한 아이야! 대단하지. 내가 지금까지 만난 어느 누구보다 똑똑해. 시와 희곡도 쓰지. 수학에도 뛰어나지. 대단해. 대단해. 의지력도 굳세고, 성질나면 성깔도 제법이고 말이야. 또 문제에 부딪히는 것을 겁내지 않아. 아니, 애초에 문제를 일으키는 것 자체를 겁내지 않지."

마리우스의 눈빛이 더욱더 악의로 번득이며 오른쪽 입꼬리가 살짝 올라갔다. "자, 그래, 내가 일곱번째로 집정관이 되면서 그 노파가 한 예언이 현실로 이루어진 뒤에 나는 마음속으로 생각해봤네. 나는 이 아이가 참 좋나! 내가 이 아이를 이렇게 좋아하는데, 이 아이만큼은 내가 지금껏 살아온 인생보다 더 잔잔하고 따뜻한 삶을 살았으면 좋겠다, 이런 생각이 들었단 말이지. 저 아이는 훌륭한 학자 감이지 않은가. 그래서 나는 자문해봤지. 이 아이가 공부를 계속할 수 있도록 꼭 필요한 자리를 내가 주면 어떨까? 이 사랑스러운 꼬마 친구를 반드시 전쟁이며 포룸 로마눔이며 정치 따위의 시련에 내던져야 할까?"

킨나와 카이사르는 화산 분화구의 가장자리를 조심스레 밟아가는 기분으로 마리우스의 말을 들었다. 마리우스가 이야기를 어디로 몰고 가려는 것인지 도무지 짐작이 가지 않았다.

"자, 그러면," 마리우스가 말을 계속했다. "지금 우리의 유피테르 대제관은 죽고 없네. 하지만 로마는 위대한 신을 모시는 특별한 신관 없이 지낼 수 없어, 그럴 수 있나, 응? 그리고 여기 우리에게는 이 완벽한 아이, 가이우스 율리우스 카이사르 2세가 있네. 파트리키에 양친 모두 살아 있지. 유피테르 대제관이 되기에 이상적인 후보야. 물론 아직 혼인을 하지 않았지. 하지만 루키우스 킨나, 자네에게는 아직 정혼하지 않은 딸애가 있지 않나. 역시 파트리키이고 양친 모두 살아 있지. 자네가 딸애를 어린 카이사르와 결혼시키면 모든 조건이 충족되는 거야. 그야말로 훌륭하고 이상적인 유피테르 대제관 부부가 되는 것이지! 카이사르 자네는 관직의 사다리를 오르려는 아들을 위해 돈 걱정을 할 필요가 없고, 루키우스 킨나 자네는 딸애 혼인 지참금 걱정을 할 필요가 없어지네. 국가에서 두 사람에게 수입을 대주고, 살 집도 주고, 영광된 미래까지 보장해주니까 말이야." 마리우스가 말을 잠시 끊고 돌처럼 굳어 서 있는 두 아버지를 향해 환하게 웃으며 오른손을 내밀었다. "어떤가?"

"하지만 제 딸은 겨우 일곱 살입니다!" 킨나가 아연실색하여 말했다.

"그건 문제가 아니야." 마리우스가 말했다. "앞으로 자랄 거니까. 아이들 둘 다 국영 관저에서 같이 지낼 수 있을 정도로 충분히 나이가 들 때까지 각자 집에서 생활하면 돼. 어린 코르넬리아 킨나가 더 클 때까지 두 사람의 혼인을 완성할 수 없는 건 당연하지. 하지만 자네들도 알듯이 두 아이의 결혼 자체를 막는 법은 없어." 마리우스가 춤추듯 몸을 경쾌하게 흔들었다. "그래, 어떤가?"

"네, 제 쪽에서는 상관없을 듯합니다." 킨나가 말했다. 그는 마리우스가 자기를 보자고 한 용건이 이게 전부라는 사실에 큰 안도감을 느꼈다. "솔직히 큰딸을 결혼시킬 때 돈이 많이 들어서, 앞으로 작은딸 결혼시킬 지참금 구하기가 무척 힘들 겁니다."

"가이우스 율리우스, 자네는?"

카이사르가 옆에 선 킨나를 쳐다보았다. 킨나는 분명한 무언의 메시지를 보내오고 있었다. 수락하게, 안 그러면 자네나 자네 가족에게 좋지 않아.

"저 역시 괜찮습니다, 가이우스 마리우스."

"좋았어!" 마리우스는 이렇게 외치고 살짝 기쁨의 춤을 춰 보였다. 그는 어린 카이사르 쪽으로 몸을 돌리고 손가락으로 딱 소리를 냈다. 이것 역시 최근에 생긴 버릇이었다. "꼬마, 이리로!"

참으로 출중한 아이야! 킨나는 생각했다. 킨나는 젊은 마리우스가 집정관 카토를 살해한 혐의를 받을 때 보았던 어린 카이사르의 첫인상을 생생하게 기억했다. 외모도 수려해! 하지만 나는 왜 저 아이의 눈빛이 마음에 들지 않는 걸까? 저 아이의 눈은 사람을 불안하게 하는 구석이 있어. 저 눈을 보면 생각나는 게……. 킨나는 그것이 무엇인지 떠올릴 수 없었다.

"네, 가이우스 마리우스?" 어린 카이사르가 물었다. 아이의 시선에 약간의 경계심이 묻어났다. 아이는 자신이 듣지 못하는 데서 이루어진 대화의 주제가 바로 자기 자신이었음을 당연히 알고 있었다.

"우리가 너를 위해 미래 계획을 모두 세웠다." 마리우스가 느긋하게 말했다. "넌 곧장 루키우스 킨나의 작은딸과 결혼하고, 로마의 신임 유피테르 대제관이 될 거다."

어린 카이사르는 아무 말도 하지 않았다. 얼굴의 근육 하나 움직이지 않았다. 그러나 마리우스의 말을 들은 순간 소년에게는 심대한 변화가 생겼다. 소년을 바라보고 있는 어느 누구도 그것이 어떤 변화인지 짐작할 수 없었지만.

"자, 그래, 어린 카이사르, 어떠냐?" 마리우스가 물었다.

질문은 침묵에 부딪혔다. 마리우스의 선언이 끝남과 동시에 소년의 두 눈은 마리우스를 떠나 자기 발끝만 바라보았다.

"어떠냐?" 재차 묻는 마리우스의 얼굴이 화난 듯 보였다. 표정 없는 두 개의 창백한 눈동자가 들어올려지더니 아버지의 얼굴에 가닿았다. "아버지, 저는 제가 부유한 가이우스 코수티우스의 딸과 혼인할 줄로 알았는데요?"

카이사르가 상기된 얼굴로 입술을 꾹 다물었다. "그래, 코수티아와 혼인 이야기가 오갔던 것은 맞다. 하지만 정혼을 한 것도 아니고, 나는 코르넬리아 킨나와의 혼인이 네게 훨씬 더 좋을 것 같구나. 또 유피테르 대제관으로서의 미래도."

"어디 볼까요." 어린 카이사르가 사색하듯 말했다. "유피테르 대제관이 되면 저는 시체를 봐선 안 돼요. 쇠나 강철로 만든 것, 그러니까 가위나 면도날, 칼, 창은 만질 수 없어요. 제 몸에 매듭을 묶어선 안 돼요. 염소, 말, 개, 담쟁이덩굴을 만지면 안 돼요. 날고기나 밀, 발효시킨 빵, 콩을 먹을 수 없어요. 가죽을 얻으려고 일부러 죽인 짐승에게서 나온 가죽은 만져선 안 돼요. 또 저는 흥미롭고 중요한 일들을 많이 맡게 돼요. 예를 들어 포도주 축제에서 포도 수확 개시를 선언하지요. 수오베타우릴리아 행렬에서는 제가 양들을 거느리고 걸어요. 위대한 신 유피테르의 신전을 비로 쓸고, 집안에서 사람이 죽으면 나중에 그 집을 정화하는 의식을 거행하지요. 그래요, 흥미롭고 중요한 일이 많아요!"

세 어른은 잠자코 이 말을 들었다. 그들은 어린 카이사르가 냉소적으로 구는 것인지 아니면 그냥 순진한 것인지, 말투만으로는 도통 구분할 수가 없었다.

"어떠냐?" 마리우스가 이제 세번째로 대답을 요구했다.

두 개의 푸른 눈동자가 마리우스의 얼굴을 올려다보았다. 그 두 눈이 술라의 눈과 너무도 흡사하여, 순간 마리우스는 거기 술라가 서 있는 듯한 착각에 본능적으로 손을 더듬어 검을 찾았다.

"음……. 감사합니다, 가이우스 마리우스! 이렇게 말끔하게 제 미래를 정해주시다니 정말 자상하고 사려 깊으세요." 소년이 말했다. 목소리에 일체 감정이 실려 있지 않았지만 상대를 불쾌하게 하는 구석은 없었다. "하잘것없는 제 운명을 고모부께서 왜 그렇게 세심하게 고민하셨는지 저는 그 이유를 정확히 알아요. 유피테르 대제관에게는 그 무엇도 숨길 수 없으니까요! 하지만 고모부, 사람의 운명은 바꿀 수 없다는 것, 그 사람이 되도록 운명지어진 것은 그 무엇으로도 막을 수 없다는 것 역시 말씀드려요."

"아, 하지만 너는 유피테르 신관의 의무조항에서 벗어날 수 없어!" 마리우스가 소리를 질렀다. 그는 점점 더 화를 내고 있었다. 그는 소년이 움찔하여 애원하고 울고 쓰러져 눕는 모습을 보길 간절히 원했던 것이다.

"당연히 그래야지요!" 어린 카이사르가 소스라치게 놀라며 말했다. "제 뜻을 오해하셨어요. 저는 이 새로운, 그야말로 헤르쿨레스 같은 능력이 필요한 일을 제게 맡겨주셔서 고모부께 진심으로 감사드려요." 소년은 아버지를 바라보았다. "이제 집에 갈래요. 아버지께선 저와 같이 가세요? 아니면 여기 볼일이 더 있으세요?"

"아니, 같이 갈 거다." 카이사르가 깜짝 놀라 대답했다. 그가 마리우스를 향해 한쪽 눈썹을 들어올렸다. "괜찮겠습니까, 집정관님?"

"물론일세." 마리우스가 대답했다. 그는 두 부자가 포룸 로마눔 낮은 구역을 가로질러 걷기 시작하자 잠시 그들을 배웅했다.

"루키우스 킨나, 다음에 보세." 카이사르가 한쪽 손을 들어 작별인사를 했다. "두루 고맙네. 내가 타고 온 이 말은 그라티디아누스 군단 소속인데 어디 매어둘 마구간이 없군."

"걱정 말게, 가이우스 율리우스. 내가 부하를 시켜 처리하겠네." 킨나가 말했다. 그는 아까 마리우스를 만나러 갈 때의 괴로웠던 심정보다 훨씬 더 나아진 기분으로 카스토르 · 폴룩스 신전을 향했다.

인사말이 모두 끝나자 마리우스가 말했다. "내일 바로 애들을 맺어주기로 하지. 혼인식은 새벽에 루키우스 킨나의 집에서 치르면 되겠군. 식이 끝나면 최고신관, 대신관단, 조점관단, 또 그 아래 하급 신관단 전부 위대한 신의 신전에 모여 우리 신임 유피테르 대제관 부부의 취임식을 거행하겠네. 축성식은 어린 카이사르 네가 성인 토가를 입을 때까지 기다려야 하겠지만, 어쨌거나 취임식만으로도 법적인 의무조항은 전부 충족되니까."

"다시 한번 감사드려요, 고모부." 어린 카이사르가 말했다.

세 사람은 이제 로스트라 연단을 지나고 있었다. 연단 주변에 빙 둘러진 소름 끼치는 수십 개의 전승기념물들을 향해 마리우스가 팔을 뻗었다. "저길 보게!" 그가 행복한 목소리로 외쳤다. "참으로 장관이지 않은가?"

"네." 카이사르가 말했다. "참으로 그렇습니다."

아들은 큰 보폭으로 성큼성큼 걸어갔다. 다른 사람이 함께 걷는 걸 의식하지 않는군, 하고 아버지는 생각했다. 고개를 돌려 뒤를 본 아버지는 루키우스 데쿠미우스가 조심스레 멀찍이 떨어진 채 뒤쫓아오고 있음을 눈치챘다. 어린 카이사르는 이 끔찍한 장소에 혼자 오지 않아도 되었던 것이다. 카이사르 자신은 데쿠미우스를 좋아하지 않았지만, 지금은 그자가 거기 있다는 사실이 큰 위안이 되었다.

"고모부가 집정관이 된 지 얼마나 되었지요?" 갑자기 소년이 물었다. "꽉 채운 나흘? 아, 마치 영원 같은 시간이었어요! 어머니가 우시는 건 처음 봤어요. 사방에 시체가 널브러져 있고, 애들이 울고, 에스퀼리누스 언덕은 절반이 불탔고, 로스트라 연단에는 머리통들이 울타리처럼 둘러져 있고, 어딜 가나 피투성이예요. 고모부께서 바르디아이라고 부르는 저 노예부대 사람들은 여자들 가슴을 꼬집고 포도주를 퍼마시느라 바빠요! 이 얼마나 영광에 찬 집정 7기인가요! 지금쯤 호메로스는 엘리시온 들판가의 도랑을 어슬렁대면서 이 피를 한껏 마시고 싶어 안달하고 있을 걸요. 가이우스 마리우스 집정 7기의 행적을 대서사시로 노래하게요! 아, 지금 로마에는 호메로스가 가득 퍼마시고도 남을 만큼 피가 넘쳐나지요!"

이 통렬한 비판에 어찌 답해야 할까? 그동안 집에 거의 있지 않아 아들을 제대로 이해할 수 없었던 카이사르는 아무런 말도 할 수 없었다.

아들과 걸음걸이를 맞추려고 애쓰는 아버지를 뒤로한 채, 소년은 집 안으로 먼저 뛰어들어가 응접실 한가운데 서서 크게 외쳤다. "어머니!"

카이사르의 귀에 갈대펜이 바닥에 떨어지는 소리가 들렸다. 아우렐리아가 공포에 질린 얼굴로 서둘러 작업실에서 나왔다. 평소의 아름다운 모습은 거의 찾아볼 수 없었다. 몸은 비쩍 말라 있었고, 눈 밑은 어둡게 그늘져 있었다. 얼굴은 푸석푸석했고, 입술은 물어뜯어 온통 상처투성이였다.

아우렐리아의 관심은 온통 어린 카이사르에게만 쏠려 있었다. 아들이 무사한 것을 확인하자 그녀의 온몸이 축 처졌다. 그다음 아들 곁에 선 사람이 누구인지 알아봤을 때는 그녀의 두 다리가 완전히 풀려버렸다. "가이우스 율리우스!"

카이사르는 아내가 쓰러지기 전에 붙들고 양팔로 꽉 끌어안았다.

"아, 당신이 돌아와서 정말 기뻐요!" 카이사르의 승마용 망토 주름에 얼굴을 파묻으며 아우렐리아가 말했다. "이건 악몽이에요!"

"두 분 인사가 다 끝나면 말인데요!" 어린 카이사르가 쏘아붙이듯 말했다.

부모는 고개를 돌려 아이를 바라보았다.

"드릴 말씀이 있어요, 어머니." 소년이 말했다. 지금 소년은 자기에게 닥친 엄청난 문제 외엔 무엇에도 관심이 없었다.

"무슨 이야기니?" 아우렐리아가 여전히 어수선한 기분으로 아들에게 물었다. 아들이 무사하고 남편이 집에 돌아왔다는 두 가지 사실로 인해 들뜬 마음이 쉽게 진정되지 않았다.

"저한테 대체 무슨 짓을 하셨는지 아세요?"

"누가? 네 아버지가 말이냐?"

어린 카이사르가 장황한 몸짓으로 그 말을 일축했다. "아뇨, 아버지가 아녜요! 아뇨! 아버진 그냥 호응만 하셨고, 그건 충분히 예상한 일이에요. 제 말은 늘 다정하고 친절하고 사려 깊으셨던 가이우스 마리우스 고모부 말이에요!"

"가이우스 마리우스가 뭘 어쩌셨단 말이니?" 아우렐리아가 마음속 전율을 감추고 차분히 물었다.

"고모부가 저를 유피테르 대제관으로 지명했어요! 저는 내일 당장 루키우스 킨나의 일곱 살 난 딸과 혼인해요. 식이 끝나면 곧바로 유피테르 대제관에 취임하고요." 어린 카이사르가 이를 앙다물고 말했다.

아우렐리아는 놀라서 숨이 턱 막혔다. 할말을 찾을 수 없었다. 애초 마리우스가 포룸 로마눔의 낮은 구역으로 어린 카이사르를 불렀을 때 너무 걱정했던 탓에 그녀에게는 일단 깊은 안도감이 몰려들었다. 아들이 나가 있는 사이 인술라 장부를 꺼내어 아무리 더해도 매번 다른 수가 나오는 수열을 붙들고 앉아 있던 그녀의 머릿속에는 어린 아들이 볼 수밖에 없는, 자신도 말로만 들은 광경들이 내내 맴돌았다. 로스트라 연단에 진열된 머리통, 시체. 미치광이 노인.

어린 카이사르가 대답을 기다리다 지쳐 직접 답을 내놓았다. "저는 이제 절대 전쟁에 나가서 고모부와 겨룰 수 없어요. 저는 이제 절대 집정관 선거에 나가서 고모부와 겨룰 수 없어요. 이제 제게는 절대 로마 제4의 건국자라 불릴 기회가 없을 거예요. 대신에, 저는 앞으로 남은 나날을 아무도 이해하지 못하는 언어로 기도문을 중얼대며 살아야 해요. 신전에서 비질을 하고, 집을 정화해야 하는 어중이떠중이들을 위해 시간을 바치고, 우스꽝스러운 옷을 입고요!"

어린 카이사르가 양손을 들어올렸다. 넓은 손바닥과 길게 뻗은 손가락이 남자답고 아름다웠다. 허공을 더듬던 두 손이 무력하게 주먹을 불끈 쥐었다. "고모부는 내 생득권을 박탈했어요. 역사책 속에서 자기의 그 빌어먹을 위상을 지키려는 일념만으로!"

두 사람 다 어린 카이사르의 머릿속이 어떻게 돌아가는지 통찰력이 충분치 않았을 뿐만 아니라, 소년이 스스로 어떤 미래를 꿈꿔왔는지 들어보는 특권을 누린 적도 없었다. 그리하여 그들은 자기네 눈앞에서 열정적으로 토로하는 소년을 지켜보면서 그저 이것은 이미 벌어진 일이며, 이미 결정된 일이기에 어쩔 수 없다는 것을 소년에게 납득시킬 방법만을 궁리했다. 지금 이 상황에서의 최선은 자신의 운명을 흔연히 받아들이는 것임을 어린 카이사르는 깨달아야 했다.

엄격한 태도를 취하기로 작정한 아버지가 못마땅하다는 듯 말했다.

"어리석은 소리 말아라!"

어머니 역시 아버지의 태도를 따랐다. 아우렐리아가 아들을 다룰 때늘 취하던 태도이기도 했다. 그녀는 의무, 복종, 겸손, 겸양 등 자신의 아들이 갖추지 못한 로마인의 미덕을 늘 강조했다. "어리석구나!" 어머니의 말은 여기서 그치지 않았다. "너는 진심으로 네가 가이우스 마리우스의 상대가 된다고 생각하니? 그분과 겨룰 자는 세상에 없어!"

"가이우스 마리우스와 겨룬다고요?" 아들이 어이없다는 듯 되물었다. "저는 태양이 달을 능가하듯 저의 찬란함으로 가이우스 마리우스를 능가할 거예요!"

"가이우스 2세, 이 엄청난 특권을 넌 그런 식으로밖에 받아들일 수 없니? 만일 그렇다면 가이우스 마리우스가 너한테 이 임무를 주길 무척 잘했구나. 너한테는 널 바닥에 단단히 고정해줄 닻이 꼭 필요하니까. 이제 로마에서 네 자리는 보장되었어."

"보장된 자리 따윈 원치 않아요!" 소년이 울부짖었다. "저는 제 자리를 스스로 싸워서 얻어낼 거예요! 전 제가 스스로 노력해서 얻은 자리를 갖길 원해요. 이 나라 로마보다도 오래된 그 자리에 무슨 만족이 있겠어요? 저 아닌 다른 누군가가 자기의 명성을 지켜내려고 저한테 내

준 자리에서 무슨 만족을 얻겠냔 말예요?"

아버지의 얼굴에 노기가 서렸다. "감사할 줄 모르는구나."

"아, 아버지! 아버진 어떻게 그런 답답한 말씀을 하세요? 지금 잘못한 사람은 제가 아니라 가이우스 마리우스라고요! 저는 평소의 저 그대로예요! 감사할 줄 모르는 게 아니에요! 이 짐을 떠안기 위해 저는 제 자신을 완전히 버려야만 할 거예요. 가이우스 마리우스는 제가 감사할 만한 일을 하지 않았어요. 고모부가 이런 행동을 한 동기는 순수하지 않을뿐더러 이기적이라고요."

"네 자신이 대단한 존재라도 된다는 듯한 착각에서 제발 벗어날 수 없니?" 아우렐리아가 절망적인 어투로 외쳤다. "아들아, 네가 아주 어릴 적부터 내가 늘 말해왔잖니! 넌 생각이 지나치게 거창하고 야망이 과해!"

"그게 뭐가 문제예요?" 소년이 물었다. 소년의 말투는 어머니보다도 더 절망적이었다. "어머니, 이 세상에 그런 판단을 내릴 수 있는 사람은 오직 저뿐이에요! 저조차도 제 인생이 다 끝나갈 때라야 내릴 수 있는 판단이고요. 지금은 시작도 하기 전이잖아요! 이젠 시작조차 할 수 없게 되어버렸지만요!"

카이사르는 태도를 바꿀 때가 되었다고 생각했다. "가이우스 2세, 우린 이 문제에 선택권이 없단다." 그가 말했다. "포룸 로마눔에 가보았으니 지금 무슨 일이 벌어졌는지 너도 알 거다. 수석 집정관인 루키우스 킨나조차도 가이우스 마리우스의 말이라면 무엇이 되었든 다 동의하는 것이 현명하다고 하는데, 내가 어떻게 그분과 맞서겠니! 나는 너뿐만 아니라 네 어머니나 누이들 생각도 해야 해. 가이우스 마리우스는 이제 예전의 그분이 아니다. 정신이 병들었지. 하지만 지금 그분에겐 권력이 있어."

"네, 저도 알아요." 어린 카이사르가 말했다. 아까보다 조금 진정된 듯했다. "그 점에서만큼은 그분을 능가하고 싶지 않아요. 아니, 흉내조차 내고 싶지 않아요. 저는 절대 로마의 시가지에 피가 흐르게 하지 않을 거예요."

현실적인 만큼 무신경했던 아우렐리아는 이제 위기가 지나간 것으로 판단했다. 그녀가 고개를 끄덕였다. "그래, 그게 낫지, 내 아들아. 좋든 싫든 넌 이제 유피테르 대제관이 되는 거야."

소년은 입술을 꽉 다문 채 암울한 눈빛으로 어머니와 아버지의 얼굴을 번갈아 보았다. 어머니의 아름다운 얼굴에는 파리한 기색이 역력했고 아버지의 잘생긴 얼굴 역시 피로에 지쳐 있었다. 둘 중 누구도 자신을 진정으로 동정하는 것 같지 않았다. 더 끔찍한 것은, 그들이 자기를 제대로 이해하고 있다는 느낌조차 들지 않았다. 그러나 그 자신도 부모가 처한 어려움을 이해하지 못하고 있음을 소년 역시 깨닫지 못했다.

"나가봐도 되나요?" 소년이 물었다.

"바르디아이 사람들을 피하고 루키우스 데쿠미우스의 집보다 멀리 벗어나지 않는다면." 아우렐리아가 말했다.

"그냥 가이우스 마티우스를 찾아갈 거예요."

소년은 채광정 정원으로 나가는 문으로 걸어갔다. 이제 어머니보다 키가 컸고, 말랐다기보다는 날씬한 몸매였으며, 어깨가 떡 벌어져 있었다.

"가엾은 녀석." 소년을 조금은 이해한 카이사르가 말했다.

"이제 꼼짝없이 덫을 내렸군요." 아우렐리아가 단호한 어투로 말했다. "정말 걱정이에요, 가이우스 율리우스. 저 아이는 도무지 제어가 안 돼요."

가이우스 마티우스는 기사 가이우스 마티우스의 아들로, 어린 카이사르와는 생일까지 비슷한 동갑이었다. 둘은 중정을 사이에 두고 맞은편에 자리한 두 아파트에서 태어난 후로 줄곧 함께 자랐다. 어릴 때 장래희망이란 게 다 그렇듯 두 아이가 꿈꾸는 미래는 늘 달랐지만, 둘은 마치 형제처럼 서로를 잘 알았고 친형제 이상으로 서로를 좋아했다.

어린 카이사르보다 키가 작은 마티우스는 피부가 희고 머리칼은 금발이었으며 눈동자는 적갈색이었다. 호감 가는 잘생긴 얼굴에 부드러운 입매의 이 소년은 모든 면에서 아버지를 쏙 빼닮은 아들이었다. 상업과 상법에 벌써부터 관심을 보였고, 어른이 되면 이런 일들을 할 거란 생각에 행복해했다. 소년은 또한 정원일을 무척 좋아했고 이쪽 방면으로 손재주가 좋았다.

자기 집 쪽 중정에서 기분좋게 흙을 파던 마티우스는 문을 열고 나오는 친구의 모습을 보고 뭔가 심각한 문제가 있음을 단박에 알아챘다. 모종삽을 내려놓고 일어서서 튜닉의 흙을 털어낸 다음(마티우스의 어머니는 집안에 흙을 들이는 것을 싫어했다) 옷을 턴 보람도 없이 지저분한 손가락을 튜닉 앞자락에 닦았다.

"무슨 일 있어?" 마티우스가 담담히 물었다.

"축하해줘, 푸스툴라!" 카이사르가 낭랑한 목소리로 답했다. "나는 로마의 신임 유피테르 대제관이 됐어!"

"이런, 맙소사." 마티우스가 말했다. 어린 카이사르는 늘 자기보다 작았던 이 친구를 아주 어릴 때부터 '푸스툴라(부스럼)'라고 불렀다. 마티우스가 다시 쪼그려 앉아 흙을 팠다. "거참 안됐다, 파보." 목소리에서 친구에 대한 동정심이 느껴졌다. 그는 카이사르가 자기를 '부스럼'이라고 부를 때마다 '파보(공작새)'라는 말로 응수했다. 둘의 모친들은 두 소년과 딸들을 데리고 핑키우스 언덕으로 소풍을 나가곤 했다. 핑키우스 언덕에는 꼬리깃털을 활짝 펼친 공작새들이 한껏 뽐내며 걸으면서 주변에 흐드러지게 핀 아몬드 꽃과 수선화를 더욱 빛냈다. 막 걸음마를 시작한 아기였던 카이사르도 꼭 그렇게 날갯짓을 하며, 꼭 그렇게 빼기듯 걸었다. 그때부터 카이사르는 늘 '파보'였다.

카이사르는 마티우스 옆에 같이 쪼그려 앉아, 눈물을 쏟지 않으려고 온 신경을 집중했다. 분노는 점점 사그라지고 그 자리를 슬픔이 차지한 탓이었다. "난 퀸투스 세르토리우스보다도 더 이른 나이에 풀잎관을 차지할 거였어." 카이사르가 입을 열었다. "난 세계 역사상 가장 위대한 장군이 될 거였다고. 심지어 알렉산드로스 대왕보다도 더 위대한! 나는 가이우스 마리우스보다도 더 여러 번 집정관이 될 거였어. 나는 엄청난 존엄을 쌓았을 거야!"

"넌 유피테르 대제관으로서 위대한 존엄을 쌓게 될 거야."

"나 스스로의 존엄이 아니잖아. 사람들이 존경하는 것은 그 자리이지, 그 자리를 맡은 사람이 아니야."

마티우스가 한숨을 쉬며 모종삽을 다시 내려놓았다. "가서 루키우스 데쿠미우스를 만나보자."

그것참 옳은 제안이었다. 카이사르는 재빨리 일어섰다. "그래, 가자."

마티우스네 아파트를 통과해 수부라 미노르로 나간 두 소년은 건물 옆면을 따라올라 수부라 미노르와 파트리키 구가 만나는 큰 교차로에 닿았다. 여기 아우렐리아의 삼각형 인술라의 꼭대기 지점에 이 구역 교차로단 본부가 있었다. 데쿠미우스는 이곳에서 20년 넘게 대장으로 군림해왔다.

언제나처럼 데쿠미우스는 그곳에 있었다. 새해 첫날 이래 데쿠미우스는 아우렐리아나 그녀의 아이들을 경호해주어야 할 때가 아니면 늘 그곳을 지켰다.

"아, 이거 공작새와 부스럼이 아니신가!" 데쿠미우스가 저 안쪽 탁자에 앉아 유쾌하게 말했다. "물에 포도주 좀 살짝?"

하지만 어린 카이사르도 마티우스도 포도주를 마실 기분은 아니었다. 두 소년 모두 고개를 젓고 데쿠미우스 맞은편 의자에 가 앉았다. 데쿠미우스가 컵에 물을 따랐다.

"시무룩해 보이는데. 안 그래도 가이우스 마리우스와 무슨 일이 있었는지 궁금해하던 참이었지. 무슨 일이신가?" 데쿠미우스가 어린 카이사르에게 물었다. 데쿠미우스의 명민한 두 눈은 애정으로 가득했다.

"가이우스 마리우스가 나를 유피테르 대제관으로 지명했어요."

마침내, 소년이 그토록 원하던 반응이 나왔다. 데쿠미우스는 충격에 얼이 빠진 표정을 하더니 이내 분노했다.

"복수에 눈먼 늙은 똥자루!"

"네, 정말 그렇죠?"

"네가 그 노인네를 가까이서 돌봐준 몇 달간 널 너무 잘 알게 되어버린 모양이구나, 공작새. 하지만 시키는 대로 해야지. 그 노인네가 지금 머릿속이 완전히 뒤죽박죽이긴 하다만 절대로 바보는 아니니까."

"난 이제 어떻게 하죠, 루키우스 데쿠미우스?"

교차로단의 지배인은 오랫동안 대답은 않고 깊은 생각에 잠겨 입술만 물어뜯었다. 얼마 후 데쿠미우스가 밝게 빛나는 두 눈을 들어 어린 카이사르를 향해 환히 미소 지었다. "지금은 그 답을 모르지만, 넌 앞으로 꼭 찾아낼 거다, 공작새!" 데쿠미우스가 새처럼 재잘댔다. "그렇게 똥 씹은 표정은 해서 뭐하냐? 아무도 너보다 더 좋은 계획과 작전을 짜지 못해. 필요한 때가 되면 네가 다 하게 돼. 너는 네 미래를 멀리 내다볼 줄 알지. 그렇지만 넌 너의 미래를 두려워하지 않잖아! 지금 그렇게 걱정할 게 뭐 있어? 그래, 충격이긴 하지, 꼬마. 하지만 그게 다야. 나는 가이우스 마리우스보다도 너에 대해 잘 알아. 그리고 난 네가 이 난관을 헤쳐나갈 방법을 꼭 찾아낼 거라고 생각한다. 어쨌거나, 카이사르, 이곳은 로마이지 알렉산드리아가 아니야. 로마에는 늘 법적으로 빠져나갈 구멍이 있단다."

가이우스 마티우스 푸스툴라는 앉아서 듣기만 할 뿐 아무 말이 없었다. 계약서나 증서 작성을 업으로 삼는 아버지를 둔 그로서는 데쿠미우스의 말이 옳다는 것을 누구보다도 잘 알았다. 하지만 그렇다 해도…… 그건 모두 계약서나 법에나 해당하는 말이었다. 심지어 12표법보다도 오래된 유피테르 신관 직은 법적 허점 따위를 초월해 존재했고, 똑똑하고 박식한 공작새 카이사르가 그 사실을 모를 리 없었다.

데쿠미우스 역시 그러한 사실을 잘 알고 있었다. 그러나 어린 카이사르의 부모보다 아이의 감정을 잘 이해하던 그로서는 어린 카이사르에게 희망을 심어주는 것이 무엇보다 중요했다. 그렇게 하지 않으면 이 아이는, 이제 만져서는 안 되는 물건이 되어버린 칼에 손을 댈 수도 있었다. 마리우스가 분명히 이미 알고 있듯, 어린 카이사르는 신관 직을 맡기에 적합한 유형이 아니었다. 소년은 초월적인 힘을 맹신하는 경향이 있긴 했지만 종교에는 관심이 없었다. 제한된 공간에서 온갖 규칙과 규율에 둘러싸여 있어야 한다면 소년은 질식하고 말 것이다. 그런 현실을 벗어나기 위해 심지어 목숨을 끊을지도 모를 일이었다.

"내일 취임식에 앞서 아침에 결혼해요." 어린 카이사르가 찡그린 얼굴로 말했다.

"뭐? 코수티아랑?"

"아니, 그애 말고요. 그애는 유피테르 대제관 부인이 될 자격이 없어요, 루키우스 데쿠미우스. 내가 그애와 결혼하려고 한 건 단지 그 집안의 돈 때문이었어요. 유피테르 대제관이 되려면 파트리키와 결혼해야 돼요. 그래서 어른들은 저를 루키우스 킨나의 딸에게 준대요. 그앤 일곱 살이에요."

"그래, 그러면 누구와 하든 그건 별로 중요하지 않겠구나, 그치? 꼬마 공작새야, 열여덟 살보다는 일곱 살이 나아."

"저도 그런 것 같아요." 소년은 양 입술을 다물고 고개를 끄덕였다. "아저씨 말이 맞아요. 난 반드시 방법을 찾아낼 거예요!"

그러나 다음날 이어진 일련의 사건들은 소년의 맹세를 무색게 했다. 어린 카이사르는 마리우스가 자신을 얼마나 교묘한 덫에 빠뜨렸는지 깨닫기 시작했다. 모두가 수부라 지구에서 팔라티누스 언덕까지 걸으며 보게 될 끔찍한 광경을 걱정했다. 하지만 다행히 식에 앞서 열여덟 시간 동안 한바탕 대청소가 이루어졌다는 사실을 데쿠미우스가 카이사르에게 전해주었다. 시내 중심부 어디까지 걷게 될지 걱정이라며 카이사르가 데쿠미우스에게 의논을 해왔던 것이다. 아들은 전날 최악의 광경을 이미 목격한 터였다. 카이사르가 그토록 걱정한 것은, 어린 카이사르를 위해서보다도 아이의 어머니와 누이들을 위해서였다.

"바르디아이 부대원한테 직접 들은 얘긴데, 오늘 아침에 아드님 혼사만 있는 게 아닙니다." 데쿠미우스가 말했다. "가이우스 마리우스가 오늘 젊은 마리우스를 결혼시키려고 간밤에 데려왔습죠. 가이우스 마리우스는 그 난장판을 누가 보든 상관 않지만, 젊은 마리우스는 예외죠. 이제 포룸 로마눔을 걸으셔도 됩니다. 머리통도 다 치웠어요. 피도 다 씻어내고 시체도 걷어냈지요. 그 가엾은 청년이 자기 아버지가 어떻게 됐고 무슨 짓을 했는지 모르는 줄 아나보지요!"

카이사르는 단신의 사내를 두려운 듯 바라보았다. "자네 그 끔찍한 인간들과 말을 섞고 지내나?"

"당연히 그렇습죠!" 데쿠미우스가 조소하듯 말했다. "우리 조직원 중에도 여섯이나 있는뎁쇼."

"알겠네." 카이사르가 냉담하게 대꾸했다. "자, 그럼 가세."

킨나의 저택에서 열린 결혼식은 평생을 약속하는 콘파레아티오 전통 혼례식이었다. 조그마한 신부(어린 나이를 감안해도 유난히 작았다)는 발랄하지도 조숙하지도 않았다. 강렬한 붉은색과 샛노랑색의 어울리지 않는 조합으로 모직 천과 부적을 몸에 둘둘 말고 입장한 소녀는 활기나 열의 없이 인형 같은 모습으로 식에 참여했다. 소녀의 얼굴에서 베일이 들어올려지자, 어린 카이사르의 눈앞에는 커다랗고 부드러운 검은 눈동자에 보조개가 움푹 팬 꽃처럼 어여쁜 얼굴이 나타났다. 순간 소녀를 안쓰럽게 느낀 소년이 소녀를 향해 스스로도 아는 예의 매력적인 미소를 지어 보이자, 소녀가 보조개를 드러내며 흠모하는 표정으로 미소에 화답했다.

로마 귀족층에서도 이제 겨우 정혼 상대나 알아볼 만한 어린 나이에 혼인을 맺은 꼬마 신혼부부는 양가 식구들을 동반하고 유피테르 옵티무스 막시무스 신전을 향해 카피톨리누스 언덕을 올랐다. 유피테르 신상이 예의 멍청한 미소를 띤 채 둘을 내려다보았다.

그 자리에는 다른 신혼부부들도 참석해 있었다. 킨닐라의 언니인 장녀 코르넬리아 킨나 역시 하루 전 나이우스 도미티우스 아헤노바르부스와 서둘러 식을 올렸다. 혼인을 서두른 데에는 특별한 이유가 있었다. 아헤노바르부스는 마리우스의 동료 집정관인 킨나의 딸과 어차피 정혼한 사이이니 이왕지사 서둘러 혼사를 치름으로써 목숨을 보존하는 것이 현명하다 판단했기 때문이었다. 한편 전날에 땅거미가 지기 전 로마에 도착한 젊은 마리우스는 이날 새벽 최고신관 스카이볼라의 딸(재당고모 두 명과 헷갈리지 않도록 무키아 테르티아라는 이름으로 불렸다)과 혼인을 맺었다. 두 쌍의 신혼부부 모두 전혀 행복해 보이지 않았지만, 특히 젊은 마리우스와 무키아 테르티아가 더욱 그랬다. 서로 얼굴도 모르고 결혼한 두 사람은 이제 둘의 결합을 완성할 기회조차 갖지 못할 것이었다. 젊은 마리우스는 이날 의식을 다 치르면 곧장 일터로 돌아가 맡은 일을 완수하라는 명령을 받은 터였다.

젊은 마리우스는 아버지가 저지른 만행을 당연히 알고 있었다. 다만 로마에 가면 그 만행의 정도가 어디까지였는지 알 수 있을 것이라 짐작했다. 마리우스는 포룸 로마눔에 세운 진지에서 아들을 만났다. 면담은 짧았다.

"퀸투스 무키우스 스카이볼라의 집에 가서 새벽에 네 결혼식을 올린다고 전해라." 마리우스가 명령했다. "미안하지만 나는 그 자리에 없을 거다. 일이 너무 많아. 너는 네 아내와 신임 유피테르 대제관 취임식에 참석해. 식을 아주 크게 연다고 하더구나. 취임식이 끝나면 신임 유피테르 대제관의 저택에서 열리는 연회에 가거라. 연회가 끝나면 곧장 에트루리아의 일터로 복귀해."

"네? 저더러 혼인을 완성할 시간조차 갖지 말란 말씀이세요?" 젊은 마리우스가 말했다. 그는 분위기를 가볍게 이끌고 싶었다.

"미안하다, 아들아. 그건 상황이 말끔히 정리될 때까지 기다려야 하겠다." 마리우스가 말했다. "업무에 곧장 복귀해!"

노인의 얼굴에 어려 있는 그 무엇 때문에, 젊은 마리우스는 꼭 해야 할 질문을 건네기를 망설였다. 그는 숨을 들이마시고 질문을 건넸다. "아버지, 이제 어머니를 뵈러 가도 될까요? 저는 거기서 자도 괜찮겠습니까?"

슬픔, 고통, 괴로움, 이 세 가지 감정이 마리우스의 눈동자 속에서 타올랐다. 그의 입술이 떨렸다. "그래." 그가 이렇게 말하고 뒤돌아섰다.

이날, 어머니를 만난 순간이 젊은 마리우스에게는 평생 최악의 순간이었다. 어머니의 눈빛! 어머니가 어찌나 늙으셨는지! 얼마나 비참해 보이는지. 얼마나 슬퍼 보이는지. 율리아는 자기만의 세상에 스스로를 꽁꽁 가둔 채 그간 있었던 일에 대해 좀처럼 말하지 않으려 했다.

"알고 싶어요, 어머니! 아버지가 무슨 짓을 하신 거죠?"

"제정신인 사람은 할 수 없는 짓이다, 아들아."

"아프리카에서 함께 지낸 때부터 아버지 정신이 흐려졌단 건 알고 있었어요. 하지만 이 정도이실 줄은 몰랐어요. 아, 우리가 어떻게 해야 이 잘못을 수습할 수 있을까요?"

"우린 수습할 수 없어." 어머니가 얼굴을 찌푸리며 한 손을 들어 머리를 만졌다. "아들아, 그 이야기는 그만하자!" 그녀가 혀로 입술을 적셨다. "아버진 어떠시니?"

"그 말이 사실인 거예요?"

"뭐가 말이니?"

"아버지를 전혀 만나지 않으신 거예요?"

"전혀 만나지 않았다, 작은 가이우스. 앞으로도 그럴 거야."

어머니 의중이 그렇다는 건지, 앞으로 그럴 거란 예감이 든다는 건지, 아버지가 그러길 원한다는 건지, 젊은 마리우스는 어머니의 말투만으론 좀처럼 판단할 수 없었다.

"아버진 안 좋아 보이세요. 제정신이 아니세요. 제 결혼식에도 오지 않으신댔어요. 어머니께선 오세요?"

"그래, 가이우스야. 나는 갈 거다."

혼인식이 끝나고(무키아 테르티아는 참 희한하게 생긴 아가씨였다!) 율리아는 유피테르 옵티무스 막시무스 신전에서 열리는 어린 카이사르의 취임식에 동행했다. 마리우스가 참석하지 않은 까닭이었다. 거리가 말끔하게 씻기고 닦여서, 젊은 마리우스는 아버지의 만행이 어느 정도였는지 여전히 알 수 없었다. 그렇다고 가이우스 마리우스의 아들인 그가 다른 사람에게 물어볼 수도 없었다.

신전의 의식은 엄청나게 길고 지루했다. 허리끈 없이 튜닉만 걸치고 선 어린 카이사르에게 새 직책에 걸맞은 복식이 입혀졌다. 넓은 붉은색과 자주색 줄무늬가 들어간 무거운 모직 천을 이중으로 겹쳐 만든 끔찍하게 불편하고 갑갑한 원형 망토, 가운데 뾰족한 못이 박힌 모직 원판이 붙은 꼭 끼는 상아 모자, 매듭이나 죔쇠가 없게 특수 제작된 신발. 어떻게 이런 옷을 하루도 빼지 않고 입으며 평생 버틸까? 데쿠미우스가 선물해준 아름답고 작은 단도가 달린 멋진 가죽띠를 늘 차고 나녀서 이제 그 감각에 너무도 익숙해진 탓에, 소년은 지금 그 허리띠를 차고 있지 않은 것이 몹시 허전했다. 게다가 상아 모자는 머리가 훨씬 더 작은 사람을 위해 제작된 것이어서, 원래대로 귀까지 감싸 내려오는 대신 소년의 상아색 머리칼에 우스꽝스럽게 얹혀 있었다. 괜찮다, 최고신관 스카이볼라가 소년을 안심시켰다. 가이우스 마리우스가 네게 새 아펙스를 기증한다는구나. 장인이 네 머리 치수를 재러 내일 네 어머니 아파트에 들를 거야.

소년의 시선이 율리아 고모에게 닿았을 때 그는 심장이 내려앉는 것 같았다. 신관들이 끝없이 기도문을 웅얼대는 동안, 소년은 고모가 자신을 봐주기만을 간절하게 소망하며 오직 그녀만 바라보았다. 율리아가 그 시선을 느끼지 못했을 리 없건만 그녀는 그쪽을 쳐다보려 하지 않았다. 고모는 갑자기 원래 나이인 마흔 살보다 훨씬 더 늙어 보였다. 그녀가 넘어설 수 없는 근심의 담장 앞에서 그녀의 미모는 후퇴하는 듯했다. 그러나 취임식이 끝나고, 신임 유피테르 대제관과 그의 인형 같은 부인에게 사람들이 모여들었을 때 드디어 고모의 눈을 본 그는 차라리 그녀의 눈을 보지 못했기를 바랐다. 고모는 언제나처럼 소년의 입술에 입을 맞추더니 소년의 어깨에 얼굴을 기대고 잠시 흐느꼈다.

"미안하다, 카이사르." 율리아가 속삭였다. "너한테 이렇게 가혹한 짓을 하다니. 네 고모부는 모두에게 상처를 주느라 바쁘고, 심지어 절대 상처주지 말아야 할 사람들에게까지 상처를 주고 있구나. 그렇지만 그건 고모부가 제정신이 아니셔서 그래. 제발 그것만 알아주렴!"

"알아요, 율리아 고모." 소년은 다른 사람들이 듣지 못하게 작고 부드러운 목소리로 말했다. "제 걱정은 마세요. 제가 다 알아서 할게요."

마침내 해가 떨어지고 자리를 떠나는 것이 허락되었다. 신임 유피테르 대제관은 너무 작은 모자를 벗어서 손에 들었지만 숨막히게 갑갑한 망토는 계속 걸친 채였다. 그는 끈이나 띠로 단정히 매듭을 지을 수 없어 헐렁한 신발을 끌며, 부모님과 오늘따라 얌전한 누이들과 율리아 고모와 젊은 마리우스와 그의 신부 무키아 테르티아와 함께 집으로 걸었다. 신임 유피테르 대제관 부인 킨닐라 역시 매듭이나 죔쇠가 없고 숨막히게 무거운 모직 로브를 입은 채 부모님과 오빠와 언니 코르넬리아 킨나와 나이우스 아헤노바르부스와 함께 부모님 집으로 돌아갔다.

"그러니까 킨닐라는 열여덟 살까지 자기 집에서 지내요." 밤늦게 차려진 축하 만찬 식탁에 모두가 앉자 아우렐리아는 율리아에게 일부러 밝은 목소리로 소소한 대화를 시도했다. "앞으로 11년! 그 나이엔 긴 세월 같을 거예요. 제 나이엔 너무도 짧은 시간이지만요."

"네, 그렇지요." 율리아가 덤덤하게 대답했다. 그녀는 무키아 테르티아와 아우렐리아 사이에 앉아 있었다.

"혼인식을 하루에 참 많이도 치렀구나!" 카이사르가 누이동생의 그늘진 얼굴을 의식해서 애써 활기찬 목소리로 말했다. 그는 통상적으로 주인이 앉는 가운데 의자의 아랫자리에 기대어 앉아 있었다. 최고 상석은 신임 유피테르 대제관에게 내어준 터였다. 여태껏 단 한 번도 긴 의자에 기대앉도록 허락받아본 적 없는 신임 유피테르 대제관은, 이 떠들썩한 격동의 하루 동안 모든 게 그랬듯 긴 의자에 기대앉는 것 역시 몹시 어색하고 불편하기만 했다.

"가이우스 마리우스는 왜 안 오셨어요?" 아우렐리아가 눈치 없이 물었다.

율리아가 붉게 상기된 얼굴로 어깨를 으쓱해 보였다. "너무 바쁘세요."

자기 혀를 콱 깨물고 싶다고 생각하면서, 아우렐리아는 간절히 구원을 바라는 눈빛으로 말없이 남편을 바라보았다. 그러나 구원은 오지 않았고, 대신 어린 카이사르가 오히려 상황을 악화시켰다.

"말도 안 돼요! 가이우스 마리우스가 오지 않으신 건 감히 이 자리에 올 수 없기 때문이에요!" 신임 유피테르 대제관은 이렇게 말하더니 갑자기 몸을 일으켰다. 그는 허리를 바짝 세워 앉아 입고 있던 망토를 벗어젖히더니, 바닥에 놓인 특수 신발 옆으로 격식이고 뭐고 없이 옷을 내동댕이쳤다. "아, 훨씬 낫네. 끔찍한 옷이야! 정말 싫어, 싫어!"

좀 전의 난처한 상황에서 빠져나올 구실을 발견한 아우렐리아가 아들을 향해 얼굴을 찌푸렸다. "불경하구나."

"제 말이 사실인데도요?" 어린 카이사르가 왼쪽 팔꿈치를 팔걸이에 대고 몸을 옆으로 기울이며 반항적으로 물었다.

그때 첫번째 코스가 나왔다. 바삭하게 구운 흰 빵과 올리브, 계란, 셀러리, 상추 샐러드였다.

어린 카이사르는 오늘 의식에 따라 아무것도 먹지 못했다. 음식을 보자 시장기를 느낀 신임 유피테르 대제관이 빵으로 손을 뻗었다.

"안 돼!" 아우렐리아가 두려움에 사색이 되어 날카롭게 외쳤다.

소년이 손을 멈추고 어머니를 바라보았다. "왜요?"

"넌 이제 밀이나 효모가 들어간 빵에 손을 대선 안 돼." 어머니가 말했다. "네가 먹을 빵은 여기 있다."

신임 유피테르 대제관 앞의 접시에는 그야말로 맛없게 생긴 얇고 납작한 회색 덩어리가 놓여 있었다.

"이게 뭐예요?" 어린 카이사르가 앞에 놓인 음식을 혐오스럽다는 듯이 쳐다보며 물었다. "몰라 살사(거칠게 갈아 구운 밀가루에 소금을 섞은 것—옮긴이)?"

"몰라 살사도 스펠트 밀로 만들지." 아우렐리아가 말했다. 아들도 그 사실을 뻔히 알고 있다는 걸 그녀는 알았다. "이건 보리빵이야."

"효모를 넣지 않은 보리빵이군요." 어린 카이사르가 무덤덤하게 말했다. "이집트 소작농도 이것보단 잘 먹어요! 저는 보통 빵을 먹겠어요.

이런 걸 먹으면 전 토할 거예요."

"카이사르, 오늘은 네 취임일이야." 아버지가 말했다. "징조도 길했어. 너는 이제 유피테르 대제관이야. 다른 날도 아니고 오늘 같은 날에는 모든 것을 철저하게 지켜야지. 너는 로마를 위대한 신과 이어주는 존재야. 네 행동 하나하나가 위대한 신과 로마의 관계에 영향을 주지. 네가 배가 고픈 것은 나도 알아. 그리고 그게 굉장히 맛없는 음식인 것도 맞아. 하지만 너는 오늘부터 로마보다 너를 우선해서는 안 돼. 네 빵을 먹거라."

어린 카이사르의 두 눈이 사람들의 얼굴을 훑었다. 소년은 숨을 들이쉬더니 오늘 누군가는 반드시 해야 할 말을 했다. 어른들은 너무 여러 해를 살아온 탓에, 또 이런저런 두려움으로 인해 아무도 할말을 하지 못했다.

"지금은 기뻐할 때가 아니잖아요. 우리가 어떻게 지금 기분이 좋을 수 있어요? 제가 어떻게 지금 기분이 좋을 수 있냐고요?" 소년은 갓 구운 바삭한 흰 빵에 손을 뻗어 하나를 집어들더니 한 조각을 떼어 올리브기름에 적신 뒤 입에 집어넣었다. "이 비인간적인 일을 제가 정말 맡고 싶은지 아무도 묻지 않았어요." 소년이 빵을 맛있게 씹으며 말했다. "아, 그래요, 가이우스 마리우스는 제게 무려 세 차례나 물어보셨죠! 그렇지만 저한테 선택권이 있었나요? 너를 말씀해보세요! 제가 말할까요? 제겐 선택권이 전혀 없었어요. 가이우스 마리우스는 미쳤어요. 우리 모두 그걸 알지만 아무도 대놓고 저녁식사 대화거리로 그 이야길 꺼내지 않아요. 가이우스 마리우스는 저한테 일부러 그렇게 했고, 그 이유는 경건한 것도, 로마의 안녕을 위한 것도, 종교적인 것도 그 무엇도 아니에요." 소년이 입속의 빵을 삼켰다. "저는 아직 성인이 아니에요. 성인이 될 때까지는 절대 저 끔찍한 복장을 하지 않을 거예요. 제 허리띠와 토가 프라이텍스타와 편안한 신발을 착용할 거예요. 제가 먹고 싶은 음식을 먹을 거예요. 마르스 평원에 나가서 전쟁 훈련을 받고, 검술을 연마하고, 말을 타고, 방패 다루는 법을 익히고, 필룸창을 던질 거예요. 제가 어른이 되고 제 신부가 제 아내가 되면, 그건 그때 가서 봐요. 하지만 그전엔, 가족의 품안에서까지 유피테르 대제관처럼 행동하거나 로마의 귀족 자제로서 일반적으로 받는 교육까지 그만두진 않을 거예요."

소년의 독립 선언이 끝나자, 완벽한 침묵이 내려앉았다. 이 자리에 모인 어른들은 과연 여기에 어떻게 대응해야 옳을지 고심했다. 이제 불구가 되어 몸조차 제대로 쓰지 못하는 마리우스가 저 강철 같은 의지력과 맞닥뜨렸을 때 얼마나 큰 무력감을 느꼈을지, 그들은 처음으로 조금이나마 짐작이 갔다. 어쩌면 좋을까? 아버지는 생각했다. 아이가 마음을 바꿀 때까지 침실에 가두어두겠다는 생각도 들었지만 그 방법이 통할 것 같지 않았다. 아이 아버지보다 훨씬 더 단호하게 마음을 먹었던 아우렐리아도 같은 방법을 심각하게 고려했지만, 그 방법이 통하지 않을 것임을 남편보다 훨씬 잘 알았다. 이 모든 불행을 초래한 장본인의 아내와 아들은 그 말이 사실임을 잘 알기에 차마 화를 낼 수 없었고 스스로에게 이 사태를 바로잡을 만한 힘이 없다는 것 역시 너무나 잘 알았다. 오늘 처음 만난 신랑의 건장한 체격과 잘생긴 얼굴에 반한 무키아 테르티아는 이들 가족의 지나치게 솔직한 분위기에 놀란 나머지 무릎만 물끄러미 쳐다보고 있었다. 남동생을 아기 때부터 지켜봐왔기에 어린 카이사르의 이런 태도에 익숙한 누이들은 서글픈 표정으로 서로의 얼굴만 바라보았다.

율리아가 평온한 목소리로 침묵을 깼다. "네 말이 옳아, 카이사르. 열세 살 반 나이에는 좋은 음식을 먹고 열심히 운동하는 것이 사리에 맞지. 어쨌거나 언젠가는 너의 건강과 기술이 로마에 소용이 있을 날이 올 테니까. 네가 유피테르 대제관이라고 해도 말이야. 가련한 노인 루키우스 메룰라를 생각해보렴. 그분은 자기가 집정관 노릇을 해야 할 날이 올 거라곤 꿈에도 생각지 못했을 거야. 그렇지만 그분에겐 그 일을 해야만 하는 때가 왔고, 실제로 그렇게 했잖니. 아무도 그분이 유피테르 신관으로서 부족하다거나 불경하다고 여기지 않았어."

여자들 중 최고 연장자였던 율리아는 자기 생각을 말할 자격이 있었다. 어쩌면 율리아의 이 발언 덕분에, 소년의 양친은 까다로운 아들과 영원히 사이가 멀어지게 할 태도를 취하지 않을 수 있었다.

효모를 넣은 밀빵과 올리브와 닭고기를 배고픔이 가실 때까지 마음껏 먹은 어린 카이사르는 볼록하게 부른 배를 톡톡 두드렸다. 평소 적게 먹는 편은 아니지만 사실 먹는 것에 별 관심이 없었기 때문에, 소년은 바삭한 흰 빵 없이도 다른 것으로 충분히 스스로를 만족시키며 잘 살 수 있음을 분명히 알고 있었다. 그러나 소년은 자신의 새 직책에 대해 스스로 어떻게 느끼는지, 또 그것에 앞으로 어떻게 대처할 생각인지 가족들에게 처음부터 제대로 이해시키는 것이 낫다고 판단했다. 만일 자기가 한 말로 인해 율리아 고모와 젊은 마리우스가 더 불행해지거나 죄책감을 느낀다면 안된 일이다. 하지만 유피테르 대제관이 로마의 안녕에 절대적으로 중요한 존재라 해도 애초 신관에 임명된 것은 그의 선택이 아니었다. 위대한 신은 그에게 신전에서 비질하는 것 말고 다른 일을 준비해두었다는 것을, 어린 카이사르는 마음속 깊은 곳에서부터 잘 알고 있었다.

밀빵 사태와 독립 선언을 차치하더라도, 비통한 식사였다. 하지 않은 말, 하지 않고 남겨두어야 하는 말이 너무 많았다. 그들 모두를 위해. 어쩌면 어린 카이사르의 솔직함이 그날의 식사를 구원한 셈이었다. 덕분에 마리우스의 만행과 광기에 대해 생각하지 않을 수 있었으니까.

"오늘이 끝나서 기뻐요." 침실로 들어서며 아우렐리아가 카이사르에게 말했다.

"이런 날이 다신 없었으면 좋겠소." 카이사르가 다정하게 말했다.

아우렐리아는 옷을 벗기에 앞서 침대 맡에 걸터앉아 남편을 올려다보았다. 그는 몹시 피곤해 보였다. 하지만 남편은 늘 그랬다. 그의 나이가 올해 몇인가? 거의 마흔다섯이었다. 집정관이 될 나이는 거의 지났고, 남편은 마리우스나 술라가 아니었다. 아우렐리아는 남편을 지그시 바라보다 문득 남편이 결코 집정관이 되지 못할 것임을 깨달았다. 책임은 주로 자기에게 있다고 아우렐리아는 생각했다. 카이사르가 좀 덜 바쁘고 덜 독립적인 아내를 두었더라면, 지난 10년간 집에서 좀더 많은 시간을 보내며 포룸 로마눔에서 명성을 쌓을 수 있었을 것이다. 내 남편은 투사가 아니다. 그리고 미치광이가 되어버린 자에게 어떻게 집정관 출마를 위한 선거 자금을 대어달랄 수 있겠는가? 남편은 그러지 않을 것이다. 두려워서가 아니다. 자존심 때문이다. 그것은 이제 피 묻은 돈이다. 품위 있는 사람이라면 그런 돈을 쓰고 싶어하지 않는다. 내 남편은 어느 누구보다도 품위 있는 사람이다.

"가이우스 율리우스." 아우렐리아가 말했다. "신관이 되기 싫다는 우리 아들을 어찌해야 할까요? 애가 그렇게나 싫어하잖아요!"

"녀석의 마음은 이해해요. 하지만," 카이사르가 한숨을 쉬었다. "나는 이제 집정관이 되지 못할 거요. 그건 저애도 집정관이 되기 힘들다는 뜻이오. 이번 이탈리아 전쟁 때문에 우리 재산이 줄었소. 내가 루카니아에 사둔 천 유게룸 땅은 잃은 거나 다름없어요. 아주 헐값이 되어버렸으니까. 무사히 지켜지기에는 마을에서 너무 떨어져 있었지. 작년에 가이우스 노르바누스가 루카니아 사람들을 시칠리아에서 되돌려보낸 후에 반란군이 루카니아의 내 땅을 비롯해 여기저기 모여들어 잠복해 있소. 로마는 반란군을 쫓아낼 시간도 사람도 돈도 없을 테지. 심지어 우리 아들이 죽는 날까지도 그 상태일 거요. 그러니 남은 것이라고는 내가 애초에 물려받은 땅, 그러니까 가이우스 마리우스가 내게 사준 보빌라이 근처의 600유게룸이 전부요. 그 정도면 원로원 평의원 정도는 보장해주겠지만 관직의 사다리를 오를 정도는 안 돼요. 사실 그 땅도 가이우스 마리우스가 다시 가져갔다고 봐도 무방하지. 그의 군대가 라티움에서 배회하던 지난 몇 달간 그 땅을 다 망쳐놨으니까."

"알아요." 아우렐리아가 슬픈 목소리로 말했다. "불쌍한 우리 아들은 지금의 신관 직에 만족해야 하겠죠, 그렇죠?"

"안타깝지만 그래야지."

"그 아인 가이우스 마리우스가 나쁜 의도에서 그랬다고 굳게 믿고 있어요!"

"아, 그건 나도 그렇게 생각해요." 카이사르가 말했다. "그날 포룸 로마눔에 나도 있었지 않소. 점잖지 못하게 굉장히 기뻐하더군."

"그렇다면 우리 아들은 가이우스 마리우스가 두번째 뇌졸중을 앓은 후 그에게 바친 헌신을 전혀 인정받지 못했군요."

"가이우스 마리우스에게 감사하는 마음 따위는 남아 있지 않소. 그날 가장 놀라웠던 것은 루키우스 킨나가 보인 두려움이었소. 킨나는 그날 내게 안전한 사람은 아무도 없다고, 심지어 율리아와 젊은 마리우스조차 안전하지 않다고 하더군. 가이우스 마리우스를 만나보고는 그의 말을 믿게 되었소."

카이사르가 옷을 벗자 아우렐리아는 그의 몸무게가 준 것에 약간 충격을 받았다. 갈비뼈와 엉덩이뼈가 드러나보이고 양 허벅지 사이가 휑하게 비어 있었다.

"가이우스 율리우스, 당신 건강은 괜찮아요?" 아우렐리아가 불쑥 물었다.

카이사르는 놀란 듯했다. "그럴 거요! 좀 피곤하긴 하지만 딱히 어디가 아프진 않아요. 아마 아리미눔에서 체류할 때 이렇게 되었을 거요. 폼페이우스 스트라보가 군대를 데리고 3년간 휩쓸고 다닌 바람에 움브리아와 피케눔에는 군단을 먹여 살릴 식량이 거의 남질 않았소. 군량이 충분치 않아 사병들을 잘 먹일 수가 없는데, 마르쿠스 그라티디아누스와 나 같은 상관들이라고 잘 먹을 수 있었겠소. 그곳에서는 군수품을 구하려고 매일같이 말을 타고 사방을 돌아다닌 기억밖에 없어요."

"그렇다면 이제 당신한테 제일 좋은 음식만 해먹여야겠네요." 그 자신도 핼쑥한 아우렐리아가 얼굴에 요즘 좀처럼 볼 수 없었던 밝은 미소를 띠며 말했다. "아, 이제부턴 상황이 나아질 거라고 생각하고 싶어요! 그렇지만 앞으로도 나빠질 것만 같은 끔찍한 예감이 들어요." 아우렐리아가 일어서서 가운을 벗기 시작했다.

"나도 당신과 같은 기분이라오, 내 사랑." 카이사르는 이렇게 말하며 자기 쪽 침대 맡에 걸터앉더니 두 다리를 휙 돌려 침대에 올렸다. 아주 편안하다는 듯 길게 한숨을 내쉬고, 베개를 벤 머리 뒤로 두 손을 끼우며 미소를 지었다. "그래도 우리가 살아 있는 한, 이것 하나만큼은 우리에게서 빼앗아갈 수 없소."

아우렐리아가 남편 옆으로 기어들어가 그의 어깨에 얼굴을 파묻자, 그가 왼팔을 내려 그녀를 감싸안았다. "아주 좋은 한 가지죠." 아우렐리아가 목쉰 소리로 말했다. "사랑해요, 가이우스 율리우스."

가이우스 마리우스의 제7집정기 여섯째 날이 밝자, 마리우스는 호민관 포필리우스 라이나스를 시켜 또다시 평민회를 열었다. 마리우스의 바르디아이 부대원들만이 민회장에 출석하여 회의 진행을 지켜보았다. 지난 이틀간 그들은 얌전히 굴라는 마리우스의 명령하에 로마 시내를 깨끗이 청소하고 눈에 띄지 않는 곳으로 물러나 있었다. 그러나 젊은 마리우스가 에트루리아로 떠나자, 로스트라 연단은 다시 머리통들로 북적였다. 로스트라 연단에 서 있는 사람은 단 세 명, 가이우스 마리우스, 포필리우스 라이나스, 그리고 사슬에 묶인 죄수 한 명이었다.

마리우스가 큰 소리로 외쳤다. "이자는 청부업자를 써서 나를 죽이려 했습니다! 내가 늙고 병든 몸으로 이탈리아에서 도망칠 때 민투르나이 시는 내게 도움의 손길을 내밀었습니다. 한데 그곳에 암살청부업자 무리가 나타나서는 민투르나이의 정무관들더러 나를 처형하라고 강요했습니다. 여기 나의 착한 친구 부르군두스가 보입니까? 내가 민투르나이 중앙청 지하 감방에 앉아 있을 때, 나를 교살하라는 임무를 받고 내려온 자가 바로 부르군두스였습니다! 나는 신흙으로 범벅이 된 채 그곳에 홀로 앉아 있었습니다. 벌거벗은 채로! 나, 가이우스 마리우스가! 로마 역사상 가장 위대한 자! 로마가 낳은 가장 위대한 자! 마케도니아의 알렉산드로스 대왕보다도 위대한 자! 위대하고, 위대하고, 위대한 자!" 마리우스는 마치 방전된 듯 멈춰 있다가 잠시 어리둥절한 표정을 짓더니, 머릿속으로 기억을 더듬고는 다시 활짝 웃었다. "부르군두스는 나를 교살하라는 명령을 거부했습니다. 그러자 민투르나이 시 전체가 저 순수한 게르만족 거인을 모범으로 삼아 내가 처형되는 것을 보고만 있지 않겠다고 앞으로 나섰습니다. 그 한심한 암살청부업자 놈들, 처형을 저들 손으로 직접 하려고도 하지 않았습니다! 그러나 놈들이 민투르나이를 떠나기 전에 내가 그놈들 대장을 불러서 네놈들을 고용한 게 누구냐고 물었습니다. '섹스투스 루킬리우스'라는 대답이 돌아왔습니다."

마리우스는 다시 활짝 웃으며 두 발을 벌리더니, 마치 춤이라도 추고 싶다는 듯 두 발을 쿵쿵 굴렀다. "내가 일곱번째로 집정관 자리에 오를 때—지금까지 로마의 집정관을 일곱 번이나 지낸 사람이 또 누가 있었습니까—섹스투스 루킬리우스 놈은 자기가 그놈들을 고용한 사실을 아무도 모르는 줄 알겠지, 하는 생각에 기분이 몹시 짜릿했습니다. 그후로 무려 닷새 동안, 멍청하게도 저자는 자기가 안전한 줄로만 알고 계속 로마에 남아 있었습니다. 하지만 오늘 아침, 날이 밝고 저자가 잠자리에서 일어나기도 전에 나는 내 릭토르들을 보내 놈을 체포했습니다. 반역죄 죄목으로 말입니다. 저자는 가이우스 마리우스를 죽이려고 했습니다!"

역사상 이렇게 짧은 재판도, 이렇게 대충 처리된 표결도 없었다. 민회장에 모인 바르디아이 부대원들은 변호인도 없고 증인도 없고 적절한 형식이나 절차도 없이 루킬리우스에게 반역죄 유죄판결을 내렸다. 이어 그들은 타르페이아 바위에서 죄인을 내던지기로 표결했다.

"부르군두스, 바위에서 이자를 던지는 임무를 너에게 맡기겠다." 몸집이 집채만한 하인에게 마리우스가 말했다.

"기꺼이 그리하겠습니다, 가이우스 마리우스." 부르군두스가 우렁찬 목소리로 말했다.

모인 사람들 전부 처형 장면이 더 잘 보이는 곳으로 자리를 이동했다. 하지만 정작 마리우스는 포필리우스 라이나스와 함께 로스트라 연단 위에 그대로 머물러 있었다. 벨라브룸 구역은 높게 솟은 로스트라 연단 위에서 더 잘 보였던 것이다. 지금까지 변명하는 말 한마디 없이 오직 경멸의 눈빛만 쏘아대던 루킬리우스는 죽음을 향해 당당하게 걸어갔다. 저멀리, 얼핏 보면 반짝이는 아름다운 금덩어리 같은 부르군두스가 루킬리우스를 타르페이아 벼랑 끝으로 데려갔다. 그러나 루킬리우스는 거인이 자신을 집어들 때까지 얌전히 기다리는 대신 자기가 나서서 몸을 던졌다. 그 바람에 루킬리우스의 사슬을 아직 손에 쥐고 있던 게르만족 거인까지 밑으로 떨어질 뻔했다.

이 같은 루킬리우스의 반항 행위에, 그리고 부르군두스가 죽을 뻔한 사실에 마리우스는 화가 머리끝까지 치솟았다. 그는 검붉게 상기된 얼굴로 숨도 제대로 못 쉬고 식식거리더니, 깜짝 놀란 포필리우스 라이나스를 향해 분노를 쏟아내기 시작했다.

여태껏 희미하게나마 마리우스의 정신을 비춰주던 작은 불빛은, 그의 몸속에서 거꾸로 솟구쳐오르는 피에 완전히 꺼져버리고 말았다. 마치 도끼에 찍힌 듯 마리우스가 로스트라 연단 바닥에 고꾸라지자 릭토르들이 그 주위로 몰려들었고, 포필리우스 라이나스는 들것이나 가마를 가져오라고 미친듯이 악을 썼다. 저 모든 오랜 경쟁자들, 오랜 적들의 머리통들이 더이상 움직이지 않는 마리우스의 몸을 둘러쌌다. 잔칫상을 받은 새들이 마음껏 쪼아댄 탓에 해골들은 이빨을 훤히 드러낸 채 한껏 입을 벌려 웃고 있었다.

킨나, 카르보, 그라티디아누스, 마기우스, 베르길리우스가 원로원 계단을 한달음에 달려내려 왔다. 그들은 릭토르들을 옆으로 물리치고 바닥에 쓰러진 마리우스 주변에 모여섰다.

"아직 숨을 쉬고 있습니다." 마리우스의 양조카 그라티디아누스가 말했다.

"그것참 안됐군." 카르보가 나직이 말했다.

"집으로 모셔라." 킨나가 말했다.

이쯤 되자 가이우스의 노예 경호부대원들 역시 난리가 벌어진 것을 알고 로스트라 연단 밑에 몰려와 울었다. 몇몇은 요란스레 통곡했다.

킨나가 수하의 수석 릭토르를 돌아보고 말했다. "마르스 평원에 사람을 보내서 퀸투스 세르토리우스를 급히 데려오거라. 지금 벌어진 일에 대해서도 알려라."

마리우스의 릭토르들이 그를 들것에 실어갔고, 바르디아이 노예부대가 여전히 울면서 뒤따라 언덕을 올랐다. 킨나, 카르보, 그라티디아누스, 마기우스, 베르길리우스, 포필리우스 라이나스는 로스트라 연단에서 내려와 세르토리우스를 기다렸다. 그들은 민회장의 가장 위쪽 줄에 앉아 분별력을 되찾으려 애썼다.

"저분 숨이 아직도 붙어 있다는 게 도저히 믿기지 않소!" 킨나가 놀랍다는 듯 말했다.

"잘 드는 60센티미터짜리 로마 검으로 저분 갈비뼈 밑을 내리치면 당장에라도 벌떡 일어나 걸어다닐 것만 같아요." 베르길리우스가 찌푸린 얼굴로 말했다.

"어떻게 하실 작정입니까, 루키우스 킨나?" 마리우스의 양조카가 물었다. 그는 다른 사람들 의견에 동의하면서도 그걸 인정할 수는 없어서 대화 주제를 바꾸려 했다.

"모르겠소." 킨나가 얼굴을 찌푸렸다. "그래서 퀸투스 세르토리우스를 기다리는 거요. 내게는 그의 조언이 중요해요."

한 시간 후 세르토리우스가 도착했다.

"가장 바람직한 상황이 벌어진 겁니다." 세르토리우스는 모두를 향해 말하면서도 그라티디아누스에게 특히 더 눈길을 주었다. "이 말을 불충하게 여기지 마시오, 마르쿠스 마리우스. 당신은 입양된 처지이니 나보다 마리우스 가문의 피를 덜 물려받은 사람 아니오. 어쨌거나 내 모친도 마리우스 가문 출신이지만 나는 이 말을 함에 있어 두려움이나 죄책감이 없소. 그분은 추방된 후 정신이 흐려지셨소. 우리가 알던 가이우스 마리우스가 아니오."

"이제 우리가 어떻게 해야 하겠소, 퀸투스 세르토리우스?" 킨나가 물었다.

세르토리우스는 놀란 듯했다. "뭘 말입니까? 집정관은 당신입니다, 루키우스 킨나! 지금 그 이야기를 해야 할 사람은 제가 아닌 당신입니다."

얼굴이 새빨갛게 상기된 채 킨나가 손을 저었다. "집정관이 할 일에 관해서라면, 퀸투스 세르토리우스, 나도 잘 아오!" 킨나가 딱딱거렸다. "내가 당신을 여기 부른 건 바르디아이 부대를 처치할 가장 좋은 방법을 묻기 위해서였소."

"아, 알겠습니다." 세르토리우스가 천천히 말했다. 아직도 왼쪽 눈에 붕대를 감고 있었지만 출혈은 이제 멈춘 듯했다. 세르토리우스는 왼눈을 쓰지 못하는 데 익숙해진 것 같았다.

"바르디아이 부대가 해체되지 않는 한 로마는 여전히 마리우스의 손에 있소." 킨나가 말했다. "문제는 그들이 해체를 순순히 받아들일까 하는 점이오. 놈들은 위대한 도시 하나를 공포로 몰아넣는 재미를 맛봤소. 마리우스가 몸져누웠다고 저들이 멈추겠소?"

"놈들을 끝낼 수 있습니다." 세르토리우스가 말하고는 잔인한 미소를 지었다. "제가 놈들을 죽이겠습니다."

카르보가 기쁨에 들떴다. "좋습니다!" 그가 말했다. "제가 가서 강 건너에 남은 놈들을 다 데려오겠습니다."

"아니, 안 되오!" 킨나가 공포에 질려 외쳤다. "로마의 시가지에서 또다시 전투를 벌인다고? 지난 엿새를 겪고도 어찌 그럴 수 있소!"

"제가 방법을 안다니까요!" 세르토리우스가 말했다. 그는 어리석은 소리를 하며 자꾸 끼어드는 사람들에게 짜증이 났다. "루키우스 킨나, 내일 새벽에 바르디아이 부대의 지도부를 이곳 로스트라 연단으로 호출하십시오. 그들에게 이렇게 말하십시오. 이처럼 극한 상황에서도 가이우스 마리우스는 그들을 생각해서 그들에게 치를 급료를 당신에게 전달하셨다고요. 그러려면 일단, 오늘 반드시 그자들이 보는 앞에서 가이우스 마리우스의 집에 들어갔다가 충분한 시간 동안 머물다 나오십시오. 그와 이야기를 나눴다고 믿을 정도로 길게 말입니다."

"왜 꼭 그 집에 들어가야 하오?" 생각만으로도 싫은 듯 몸을 움츠리며 킨나가 말했다.

"오늘 온종일 바르디아이 부대원들이 가이우스 마리우스의 집 앞에 진을 치고 앉아서 소식을 기다릴 테니까요."

"그래, 당연히 그렇겠군." 킨나가 말했다. "미안하오, 퀸투스 세르토리우스. 내 머리가 제대로 돌아가지 않는군. 그러고 나서는?"

"바르디아이 전 부대원에게 급료를 지불할 준비가 되었으니 마르스 평원의 빌라 푸블리카로 낮의 두번째 시각에 오라고 지도부에 말씀하십시오." 세르토리우스가 이를 드러냈다. "제가 병사들을 데리고 기다리고 있겠습니다. 그리고 그때가 가이우스 마리우스 공포정치의 진정한 끝이 될 겁니다."

들것에 실려 집안으로 옮겨지는 마리우스를 내려다보는 율리아의 눈빛에는 엄청난 슬픔과 무한한 동정이 깃들어 있었다. 마리우스는 눈을 감은 채 거친 숨을 몰아쉬었다.

"이제 끝이군요." 율리아가 릭토르들에게 말했다. "인민의 충직한 종복이신 여러분, 집으로 돌아가세요. 이제 내가 모시겠습니다."

율리아는 직접 마리우스의 몸을 씻기고, 지난 엿새 동안 뺨과 턱을 뒤덮은 수염을 깨끗이 면도하고, 스트로판테스의 도움을 받아 하얀 튜닉을 새로 입힌 뒤 그를 침대에 눕혔다. 그녀는 울지 않았다.

"아들과 친지들에게 사람을 보내게." 마리우스를 준비시키는 일을 마치고 율리아가 집사에게 말했다. "당장은 아니지만, 곧 돌아가실 것이네." 그르렁그르렁, 부글부글하는 호흡 소리가 방안에 울려퍼졌다. 율리아는 위인의 침대 맡에 놓인 의자에 앉아 스트로판테스에게 세세한 지시를 내렸다. 응접실을 치우고 음식을 충분히 준비하고 집을 말끔하게 단장해야 했다. 또한 스트로판테스는 최고의 장의사도 구해야 했다. "어떻게 아는 이름이 하나도 없을까!" 율리아가 이상하다는 듯 말했다. "가이우스 마리우스와 결혼해 사는 동안 이 집에서 상을 치른 건 어린 둘째 아들 때밖에 없었고, 그나마도 할아버지 카이사르께서 다 처리해주셨으니까."

"어르신께선 일어나실 겁니다, 마님." 집사가 흐느껴 울며 말했다. 마리우스 밑에서 일하며 그도 어느덧 중년의 나이에 다다랐다.

율리아가 고개를 저었다. "아니, 스트로판테스, 그럴 일은 없네."

율리아의 오빠 가이우스 카이사르, 올케 아우렐리아, 오빠 부부의 아들 카이사르와 딸 리아와 유유는 정오에 도착했다. 더 먼길을 와야 하는 젊은 마리우스는 해질녘이 지나서도 도착하지 않았다. 죽은 큰오빠의 아내 클라우디아는 직접 방문하길 거절했지만, 그쪽 집안을 대표해 어린 아들 섹스투스 카이사르를 보냈다. 몇 해 전 세상을 떠난 마리우스의 동생 마르쿠스를 대신해 그의 양아들 그라티디아누스도 왔다. 최고신관 스카이볼라와 그의 두번째 아내인 두번째 리키니아도 왔다. 그의 딸 무키아 테르티아는 물론 먼저 와 있었다.

병문안을 온 사람은 물론 많았지만, 한 달 전이라면 더 많았을 것이다. 카툴루스 카이사르, 루키우스 카이사르, 안토니우스 오라토르, 카이사르 스트라보, 감찰관 크라수스. 그들의 혀는 더이상 말할 수 없었고 그들의 눈은 더이상 볼 수 없었다. 킨나는 마리우스의 집을 여러 차례 방문했다. 처음 왔을 때 그는 세르토리우스 대신 사과의 말을 전했다.

"지금 그는 군단을 떠나 있을 수 없습니다."

율리아는 킨나를 날카로운 눈길로 쳐다보면서도, 이렇게만 말했다. "친애하는 퀸투스 세르토리우스에게 제가 다 이해한다고 전해주세요. 그분 뜻에 동의한다는 것도요."

이 여자는 모든 걸 아는군! 킨나는 생각했다. 온몸에 소름이 돋았다. 킨나는 마리우스와 대화를 나눈 것처럼 보일 만큼만 머무르고 되도록 빨리 자리를 떴다.

밤새 간호가 이어졌다. 가족들이 차례로 순번을 돌며 죽어가는 위인의 곁을 지켰다. 율리아는 줄곧 병상 옆 자기 자리에 앉아 있었다. 하지만 어린 카이사르의 차례가 돌아왔을 때 소년은 방에 들어가기를 거부했다.

"저는 망자와 한자리에 있어선 안 돼요." 소년이 말했다. 표정은 부드러웠고 눈빛은 순수했다.

"하지만 가이우스 마리우스는 아직 돌아가시지 않았어." 아우렐리아가 스카이볼라와 그의 아내 쪽을 흘끗 보며 말했다.

"제가 방에 있을 때 돌아가실 수도 있잖아요. 절대 안 돼요." 소년이 단호하게 말했다. "그분이 돌아가시고 시신이 치워지면, 저는 정화 의식으로 그분 방을 비로 쓸어낼 거예요."

소년의 푸른 눈동자에 비친 희미한 조롱의 기색을 알아챈 것은 오직 소년의 어머니뿐이었다. 어머니는 아래턱이 서서히 무감각해지는 기분이 들었다. 어머니가 아들의 눈빛에서 본 것은 완벽한 증오였다. 너무 뜨겁지도 차갑지도 않고, 전혀 비이성적이지 않은.

율리아가 마침내 휴식을 취하려고 자리에서 일어났다. 아들이 강제로 어머니를 아버지 곁에서 떼어놓은 것이었다. 그때 율리아에게 다가가 그녀를 응접실로 데려온 사람은 다름아닌 어린 카이사르였다. 소년이 자리에서 일어나는 순간, 아우렐리아는 아들의 눈에서 아까와는 다른 감정을 알아채고 놀랐던 가슴을 쓸어내렸다. 그녀는 이제 아들에 대한 통제력을 완전히 상실했다. 아들은 자유로웠다.

"드셔야 해요." 소년이 사랑하는 고모에게 말했다. 소년은 고모가 긴 의자에 다리를 펴고 눕게 했다. "스트로판테스가 음식을 가져올 거예요."

"정말이지, 하나도 시장하지 않단다!" 율리아가 속삭이듯 말했다. 그녀의 얼굴은 집사가 주인마님의 휴식을 위해 긴 의자에 깔아둔 하얗게 표백된 아마천처럼 창백했다. 율리아의 침대는 마리우스와 함께 쓰는 것이 다였고, 집안에 그녀가 쓰는 다른 침대는 없었다.

"시장하시지 않더라도, 고모께 뜨거운 스프를 떠먹일 거예요." 어린 카이사르가 심지어 마리우스조차 뭐라고 받아치지 못했던 바로 그 목소리로 말했다. "이렇게라도 하지 않으면 안 돼요, 율리아 고모. 이런 식으로 며칠을 보내야 할 수도 있어요. 고모부는 이 세상을 쉽게 떠날 분이 아니세요."

굳어진 빵조각 몇 개와 스프가 왔다. 어린 카이사르는 긴 의자 끝에 걸터앉아 때로는 부드럽게, 때로는 다정하게, 때로는 단호하게 고모를 달래가며 스프를 마시고 빵조각을 씹게 했다. 대접이 다 비워지자 소년은 비로소 한 걸음 물러나더니, 고모의 등뒤에 받쳐두었던 베개들을 치우고 이불로 덮어준 뒤 눈썹으로 흘러내린 머리카락을 부드럽게 넘겨주었다.

"나한테 정말 잘해주는구나, 어린 가이우스 율리우스." 율리아가 말했다. 잠기운에 눈이 흐려지고 있었다.

"제가 사랑하는 사람들한테만요." 소년은 이렇게 답하고 잠시 생각하더니 덧붙였다. "제가 사랑하는 사람들. 고모. 어머니. 그리고 더는 없어요." 소년은 허리를 굽혀 고모의 입술에 입을 맞추었다.

율리아는 그렇게 몇 시간을 내리 잤다. 그동안 소년은 웅크린 채 의자에 앉아 율리아를 지켜보았다. 눈꺼풀이 무거웠지만, 절대 감기게 두지 않았다. 소년은 지칠 줄 모르고 고모의 존재를 들이마시며 마음속에 커다란 추억을 쌓아갔다. 그녀가 저렇게 잠들어 있는 지금처럼 완전히 소년의 것일 수 있는 시간은 두 번 다시 오지 않으리라.

아니나다를까, 율리아가 잠에서 깨어나자 그런 기분은 모두 사라져 버렸다. 율리아는 순간 공황 상태에 빠져들었지만, 마리우스의 상태에 전혀 변화가 없다고 소년이 안심시키자 이내 마음을 진정했다.

"가서 목욕하고 오세요." 꼬마 간호사가 엄하게 일렀다. "돌아오시면 꿀 바른 빵을 드릴게요. 고모가 옆에 계시건 안 계시건 가이우스 마리우스는 어차피 알지도 못하세요."

잠을 자고 씻고 나자 허기를 느낀 율리아는 꿀 바른 빵을 먹었다. 어린 카이사르는 찡그린 얼굴로 의자에 둥글게 웅크리고 앉아 율리아가 다 먹고 일어설 때까지 그대로 자리를 지켰다.

"다시 방까지 모셔다드릴게요." 소년이 말했다. "하지만 저는 들어가지 않을 거예요."

"그래, 당연히 너는 들어가면 안 되지. 넌 유피테르 대제관이잖니. 네가 그 일을 싫어해서 무척 안타깝구나."

"제 걱정은 마세요, 율리아 고모. 제가 해결할게요."

율리아는 두 손으로 소년의 얼굴을 감싸고 입을 맞추었다. "카이사르, 이렇게 도움을 줘서 고맙다. 크게 위로가 되었어."

"오직 고모를 위해 그렇게 한 거예요, 율리아 고모. 고모를 위해서라면 저는 제 목숨도 내놓을 수 있어요." 소년이 미소를 지었다. "어쩌면 벌써 그렇게 했다고 해도 그리 틀린 말은 아닐 거예요."

가이우스 마리우스는 죽었다. 동트기 한 시간 전, 생명의 기운이 간조에 다다르며 개가 짖고 수탉이 우는 때였다. 혼수상태에 빠진 지 이레째, 제7집정기가 시작되고 열사흘째였다.

"불운의 숫자야." 최고신관 스카이볼라가 몸을 부르르 떨며 양손을 맞비볐다.

마리우스에게는 불운이더라도 로마로선 다행한 일이지. 스카이볼라의 말을 듣고 다른 모든 사람들이 머릿속에 떠올린 생각이었다.

"국장을 치러야 합니다." 킨나가 도착하자마자 말했다. 이번에는 아내 안니아와 어린 딸이자 유피테르 대제관의 아내인 킨닐라도 대동하고 왔다.

하지만 율리아는 눈물 자국조차 없이 침착한 모습으로 단호히 고개를 저었다. "아니요, 루키우스 킨나, 국장은 없을 겁니다." 율리아가 말했다. "가이우스 마리우스는 본인 장례비를 스스로 댈 수 있을 정도로 충분히 부유합니다. 지금 로마는 자금 문제로 다투고 있을 상황이 아닙니다. 저도 떠들썩한 예식을 원치 않고요. 가족끼리 조용히 치르겠습니다. 그러니까 장례식이 다 끝날 때까지 그분이 돌아가셨다는 말이 집밖으로 새지 않았으면 합니다." 율리아가 문득 얼굴을 잔뜩 찡그리며 몸을 떨었다. "남편이 마지막에 징병한 그 끔찍한 노예들을 어떻게 처치할 방법이 없을까요?"

"그 부분은 엿새 전에 다 처리했습니다." 대답하는 킨나의 얼굴이 붉게 상기되었다. 킨나는 늘 불편한 속마음을 감추지 못했다. "퀸투스 세르토리우스가 마르스 평원에서 그들에게 급료를 지불하고 로마를 떠날 것을 명령했습니다."

"아, 그랬지요! 잠시 잊고 있었어요." 율리아가 말했다. "이렇게 우리 어려움을 해결해주시다니 퀸투스 세르토리우스는 참으로 친절한 분이에요!" 혹시 비꼬는 뜻은 아닌지, 그 자리의 누구도 알 수 없었다. 율리아는 오빠 카이사르 쪽을 바라보았다. "베스타 신녀들에게서 가이우스 마리우스의 유언장을 찾아오셨어요, 가이우스 율리우스?"

"여기 있다." 카이사르가 말했다.

"그러면 누가 소리내서 읽어주세요. 퀸투스 무키우스께서 저희에게 읽어주시겠어요?" 율리아가 스카이볼라에게 물었다.

유서는 내용이 짧았고 아주 최근에 작성된 것이었다. 야니쿨룸 언덕 남쪽에 군대와 주둔해 있을 때 작성한 게 분명했다. 토지의 상당 부분이 아들 마리우스에게 돌아갔고, 그중 율리아가 가질 수 있는 최대한의 지분을 그녀에게 남겼다. 양조카 마르쿠스 마리우스 그라티디아누스에게 토지의 10분의 1을 물려주어서 그는 졸지에 큰 부자가 되었다. 마리우스가 가진 토지의 양은 그만큼 어마어마했다. 어린 카이사르에게는 유년기의 귀중한 시간을 바쳐 노인이 왼쪽 몸을 다시 쓸 수 있을 정도로 회복하게 도와준 데 감사하는 의미로 자신의 게르만족 노예 부르군두스를 남겼다.

이건 또 무슨 이유죠, 가이우스 마리우스? 소년은 잠자코 속으로 물었다. 유언장에 쓴 이유 때문은 아니겠지요! 혹시 제가 신관 직을 내던질 경우 제 앞길을 확실히 끊어놓기 위해서인가요? 제가 당신이 원하지 않는 공직에 진출하면 그 거인이 저를 죽일 건가요? 하, 이봐요, 노인 어르신, 이틀 후면 당신은 재가 돼요. 제가 신중한 사람이라면 그 킴브리족 거인을 죽여 없애야 마땅하겠지만, 전 그러지 않을 거예요. 그 거인은 당신을 사랑했어요, 제가 한때 당신을 사랑한 것처럼. 사랑에 대한 대가가 죽음인 건 너무 심하잖아요. 그게 육신의 죽음이건, 영혼의 죽음이건 간에요. 그러니 저는 부르군두스를 곁에 두겠어요. 그리고 그가 당신이 아닌 저를 사랑하게 만들 거예요.

유피테르 대제관은 데쿠미우스를 돌아보며 말했다. "저는 여기 있으면 방해가 되겠어요. 저랑 집까지 같이 걸어가실래요?"

"지금 갈 건가? 잘됐군!" 킨나가 말했다. "나 대신 킨닐라를 집에 데려다주겠나? 킨닐라도 이젠 가봐도 될 것 같네."

유피테르 대제관은 자신의 일곱 살 난 아내를 쳐다보았다. "이리 와,

킨닐라.” 스스로 잘 알고 있듯 마술처럼 여자들을 사로잡는 예의 미소를 지어 보이며 어린 카이사르가 말했다. “너희 집 요리사가 만드는 케이크 맛있니?”

데쿠미우스의 보호를 받으며 아르겐타리우스 언덕길에 이른 두 아이는 포룸 로마눔을 향해 언덕을 걸어 내려갔다. 태양이 떴지만, 아직 높이 오르지 않아서 로마 존재의 이유가 자리해 있는 저 축축한 협곡 밑바닥까지 환히 비춰주진 못했다.

“흠, 저것 봐요! 머리통들이 다시 사라졌네요! 저 궁금한 게 있어요, 루키우스 데쿠미우스.” 유피테르 대제관이 사색에 잠겼다. 소년의 발끝이 민회장 가장자리의 첫번째 판석에 닿았다. “죽은 사람의 영혼을 그가 죽었던 자리로부터 쓸어낼 때 그냥 평범한 빗자루를 쓸까요, 아님 다른 특수한 빗자루를 써야 할까요?” 소년은 한번 깡총 뛰고는 아내의 손을 붙잡았다. “뭐 별다른 도리가 있겠어요? 책을 읽어서 제가 알아내야겠죠. 저의 후원자이신 가이우스 마리우스를 위한 의식에 털끝만큼이라도 잘못된 점이 생긴다면 정말 끔찍한 일일 거예요! 다른 건 몰라도, 우리에게서 가이우스 마리우스의 흔적을 전부 지워내는 일만큼은 완벽하게 해야 해요.”

데쿠미우스는 감동하여 예언을 읊었다. 그에게 예지력이 있어서가 아니라, 그가 소년을 사랑하기 때문이었다. “너는 가이우스 마리우스보다 훨씬 더 위대한 인물이 될 거다.”

“저도 알아요.” 어린 카이사르가 말했다. “저도 알아요, 루키우스 데쿠미우스. 저도 알아요!”

〈『풀잎관』 끝, 『포르투나의 선택』으로 이어짐〉

작가의 말

이 로마 소설 시리즈의 첫 작품이었던 『로마의 일인자』는 현대와 몹시 다른 생경한 세상을 배경으로 펼쳐졌다. 첫 작품을 마친 후, 나는 순전히 이 시리즈의 엄청난 길이 때문에라도 세부 묘사를 인물과 구성을 발전시키기 위해 필요한 정도로만 제한해야 했다. 사실 역사소설의 특성상 이들 인물과 구성은 어떤 의미에서 이미 모두 성립되어 있다.

가능하면 시대착오적인 표현은 피했다. 하지만 종종 작품에서 다루는 시대와 맞지 않는 단어나 구절이 원래 의미를 전달할 수 있는 유일한 방법일 때가 있다. 그런 경우가 많지는 않다. 그래도 어쩔 수 없이 시대와 맞지 않는 표현을 사용해야 할 때는 사전에 하나하나 신중하게 고민했음을 독자들에게 알리고 싶다. 어쨌거나 나는 이 소설을 구성하는 인물이나 사건과 2천 년이나 떨어진 독자들을 대상으로, 영어로 글을 쓰는 입장에 있는 것이다. 심지어 이 시기를 다루는 현대의 가장 위대한 학자들조차도 이따금은 시대착오적 표현에 기대곤 한다.

뒤에 나오는 용어설명은 이전의 것을 다듬었다. 기존 표제어 중 몇몇은 삭제했고, 더러는 새 항목을 추가하기도 했다. '아라우시오 전투', '사투르니누스', '톨로사의 황금' 등이 새로 추가한 경우다. 『로마의 일인자』에 등장했던 모든 인물과 사건들은 이제 『풀잎관』의 인물과 사건들에 있어 과거 역사의 일부가 되었다.(한국어판에서는 제1, 2, 3부의 용어설명을 통합하여 별도의 『마스터스 오브 로마 가이드북』으로 출간했다 — 옮긴이)

삽화의 경우, 1부에 이어 2부에서도 중요한 인물들은 1부의 초상화를 그대로 사용했다. 새로 추가한 초상화도 있다. 마리우스, 술라, 미트리다테스 왕, 젊은 폼페이우스의 초상화는 실제를 본떠 그렸고, 다른 인물들의 초상화는 공화정 시기 무명인의(즉 누구를 모델로 했는지 알 수 없는) 흉상을 보고 그렸다. 로마 공화정 시대 주요 인물의 흉상 중 청년 시기에 제작된 것은 없기 때문에, 젊은 폼페이우스의 초상화는 내가 '청년화(化)'하여 그린 첫번째 사례이다. 책에 실린 초상화는 50대의 폼페이우스를 모델로 한 유명한 흉상에서 중년의 살집을 제거하고 얼굴의 주름을 들어낸 것이다. 이렇게 한 이유는 청년 시절 폼페이우스의 외모가 동시대인들에게 알렉산드로스 대왕을 연상시킬 만큼 출중하고 아름다웠다고 확언했던 플루타르코스 때문이다. 사실 중년의 폼페이우스 흉상만 봐서는 좀체 믿기 힘든 말이 아닌가! 하지만 막상 10킬로그램 이상을 떼어내고 나니 퍽 매력적인 청년의 얼굴이 드러났다.

지도는 그리는 방식을 다소 바꾸었다. 사람은 경험을 통해 배우고, 이전 방식의 실수를 고칠 기회를 갖기 마련이다. 장편 시리즈를 쓰는 작가로서 누릴 수 있는 특권이라 할 수 있겠다.

참고문헌 목록에 대해서도 한마디. 참고문헌 목록을 밝혀달라고 (출판사를 통해) 내게 편지를 보낸 분들은, 낙담하지 마시라! 만약 아직 보지 못했다 해도, 조만간 꼭 볼 수 있을 것이다. 문제는 지금까지 이 시리즈로 소설을 두 편 냈는데—각각 40만 단어 길이의 소설을 무려 일곱 차례에 걸쳐 퇴고했다—두 편의 발행 간격이 12개월에 지나지 않았다는 것이다. 남는 시간이라는 건 있어본 적이 없는 내게 정식으로 참고문헌 목록을 작성하는 일은 만만치 않다. 희망하건대, 독자들이 이 글을 읽을 즈음에는 이미 마쳤기를.

이름을 직접 거명하여 감사를 드려야 할 몇몇 분들과, 그 밖에 이름을 일일이 다 쓸 수는 없지만 감사드려야 할 수많은 분들이 있다. 나의 고대사 전문 편집자가 되어준 시드니 매쿼리 대학의 얼래나 노브스 박사. 실라 히든 씨. 나의 출판 에이전트 프레더릭 T. 메이슨. 편집자 캐럴린 레이디와 에이드리언 잭하임. 남편 릭 로빈슨. 케이 펜들턴, 리아 하월, 조 노브스, 그 밖에 작업에 도움을 준 모든 분들께 깊은 감사의 인사를 전한다.

역자 후기

떨리는 마음으로 독자 반응을 살피던 기억이 아직도 생생한데 어느새 계절이 바뀌고 『로마의 일인자』 후속편 출간일이 코앞으로 다가왔다. 이번에는 『풀잎관』이다. 우리의 떨림도 매컬로가 그려놓은 세계의 생생함도 여전하다. 싸우는 상대와 무대가 바뀌었을 뿐.

이 책은 시리즈 제1부의 마지막으로부터 대략 3년이 지난 기원전 97년부터 86년까지의 시기를 다룬다. 앞서 게르만족을 무찌르고 사투르니누스의 반란 기도를 저지하여 로마의 영웅으로 떠올랐던 마리우스는 중앙정치 무대에서 밀려나고 술라는 아직까지 그 무대에 진입하지 못한 상태에서 이야기가 시작된다. 두 사람 사이에 작은 균열의 조짐이 나타나듯이, 로마 역시 표면적인 평화 아래로 커다란 위험이 꿈틀거리고 있다. 안으로는 포화상태에 이른 이탈리아인들의 불만, 밖으로는 세력 확장을 꿈꾸는 미트리다테스의 야욕이 그 두 축이다. 이러한 위협이 작은 불씨에서 시작해 걷잡을 수 없는 불길로 번지며 휘몰아치는 전개를 보면서, 역사는 무궁무진한 이야기 창고라는 사실이 새삼 실감나게 다가왔다. 작가는 역사의 창고에서 굵직한 소재를 가져다가 섬세한 고리로 촘촘하게 연결해놓았다. 처음에는 무심코 지나쳤던 그 고리들은 두 번, 세 번 읽을수록 또렷이 눈에 들어오면서 우리의 감탄을 자아냈다.

소아시아 여러 왕국의 풍경이 로마와 대비되며 새로운 문화권을 구경하는 재미를 줬다면, 이탈리아 동맹시 문제는 지금의 우리 사회와 묘하게 닮아 있어 묵직한 생각거리를 던져준다. 먹고사는 문제에 더해 시민권이 없어 불평등한 처우를 받는 이탈리아인들의 상황은 로마 내 계급 문제가 한층 더 확장된 형태라 할 수 있다. 역사의 기록에서는 어찌 보면 엑스트라에 지나지 않았던 이탈리아인들의 목소리를 들어볼 수 있었던 것은 상당히 의미 있었다. 그들의 이야기에 공감하고 그 입장을 이해한 건 비단 우리만이 아닐 것이다. 또한 이탈리아인들에게 시민권을 부여해주려 했던 드루수스의 활약상과 비극적인 최후는, 이후 벌어지는 역사적 사건들의 중요한 분수령이 될 뿐만 아니라 이 소설에서 읽는 이의 감정을 가장 크게 뒤흔드는 대목이기도 하다.

매컬로가 그리는 인물들은 누구도 완벽하지 않다. 그 동기가 권력이건 명예건 돈이건, 공동체의 이익과 배치되는 개인의 욕심이 살인과 전쟁을 일으키고 파국을 낳는다. 개혁적인 지도자의 모습을 보였던 마리우스조차 그 한계를 벗어나지 못했다. 이렇듯 불완전한 인물들의 집합체인 로마 역시 불완전하다. 실용정신과 포용정책 등으로 공화정이라는 발전된 체제와 거대한 제국을 이루었지만, 로마 시민권으로 대변되는 특권의식이나 부유층과 권력층의 탐욕과 부패는 화려한 제국의 곳곳에 어두운 그림자를 드리웠다. 그러나 이같은 불완전성이야말로 머나먼 과거의 로마 이야기와 오늘날의 우리를 연결해주는 매력이라는 생각도 들었다. 불완전해서 흥미롭고, 불완전하기에 우리의 모습을 더욱 선명히 비춰주는 게 아닐까.

마리우스를 포함한 수많은 인물이 죽었고 그로써 한 세대가 퇴장했다. 다음 세대를 책임질 소년들과 소녀들은 자라고 있다. 마리우스가 일곱 차례 집정관이 된다던 예언은 예기치 못한 방식으로 실현되었다. 이제 술라도 예언을 들었고 권력을 잡았다. 매컬로가 그 누구보다 다층적인 인물로 재탄생시킨, 위험하고 불가해한 매력의 소유자 술라는 이후 어떤 행보를 보일까? 폼페이우스와 키케로의 관계는 앞으로 어떻게 발전할까? 마리우스에 의해 손발이 묶인 어린 카이사르는 어떻게 그 굴레에서 벗어날까? 이 책은 전편보다도 더 많은 궁금증을 남기면서 끝을 맺는다. 물론 이 이야기에는 역사라는 스포일러가 이미 존재한다. 하지만 그럼에도 이 책의 번역을 마무리할 무렵의 우리는 매컬로의 손끝을 통해 다음 이야기가 어떻게 그려질지 무척이나 궁금했다. 독자 여러분들도 우리와 같은 호기심과 기대를 안고 마지막 책장을 덮을 수 있기를 기대해본다.

풀잎관 3

마스터스 오브 로마 2

1판 1쇄 2015년 11월 20일
1판 5쇄 2020년 10월 26일

지은이 콜린 매컬로 | 옮긴이 강선재 신봉아 이은주 홍정인 | 펴낸이 신정민

편집 신정민 신소희 | 디자인 고은이 이주영
마케팅 정민호 김경환 | 홍보 김희숙 김상만 지문희 김현지
저작권 한문숙 김지영 이영은 | 모니터링 서승일 이희연 전혜진
제작 강신은 김동욱 임현식 | 제작처 한영문화사

펴낸곳 (주)교유당
출판등록 2019년 5월 24일 제406-2019-000052호

주소 10881 경기도 파주시 회동길 210
문의전화 031) 955-8891(마케팅), 031) 955-3583(편집)
팩스 031) 955-8855
전자우편 gyoyudang@munhak.com

ISBN 978-89-546-3836-4 04840
978-89-546-3833-3 04840 (세트)

* 이 도서의 국립중앙도서관 출판예정도서목록(CIP)은 서지정보유통지원시스템 홈페이지(http://seoji.nl.go.kr)와 국가자료종합목록 구축시스템(http://kolis-net.nl.go.kr)에서 이용하실 수 있습니다. (CIP제어번호: CIP2015029455)